Über das Buch:

Wenn es Nacht wird in Paris, werden die Erinnerungen wach. Dann perlt der letzte Rest Champagner, dann schweigt Johnny Hallyday, und die Freundinnen Clara, Agnès, Lucille und Joséphine erinnern sich an ihre Jugend in einem Pariser Vorort. Im Mittelpunkt ihrer Erzählungen steht immer wieder Rapha, der Maler, den sie alle lieben. Und alle vier Freundinnen haben sich mit ihm eingelassen, verheimlichen dies jedoch voreinander. Rapha aber liebt nur Clara, und darum meldet er sich auch nur bei ihr, als er von einer Reise mit einem schrecklichen Verdacht zurückkommt.

Über die Autorin:

Katherine Pancol lebt mit ihrem Mann und ihren Kindern in Paris. Sie ist Journalistin und Schriftstellerin, ihre Romane kommen in Frankreich regelmäßig auf die Bestsellerliste.

Katherine Pancol
Eine Liebe in Paris
Roman

Aus dem Französischen von
Claudia Geng

BASTEI LÜBBE TASCHENBUCH
Band 14648

1. Auflage: Dezember 2001

Vollständige Taschenbuchausgabe
der im Gustav Lübbe Verlag erschienenen Hardcoverausgabe

Bastei Lübbe Taschenbücher und Gustav Lübbe Verlag
sind Imprints der Verlagsgruppe Lübbe

Titel der französischen Originalausgabe: ENCORE UNE DANSE
© 1998 by Librairie Arthème Fayard, Paris
© für die deutschsprachige Ausgabe 2000 by
Verlagsgruppe Lübbe GmbH & Co. KG, Bergisch Gladbach
Einbandgestaltung: Tanja Østlyngen
Titelabbildung: Photonica/S.S.Yamomoto
Satz: Kremerdruck GmbH, Lindlar
Druck und Verarbeitung: Ebner Ulm, Germany
ISBN 3-404-14648-4

Sie finden uns im Internet unter
http://www.luebbe.de

Der Preis dieses Bandes versteht sich einschließlich
der gesetzlichen Mehrwertsteuer.

Uns widerfährt, was wir lieben.
Schade um die, welche nichts lieben!

    JEAN-RENÉ HUGENIN

Erster Teil

Minderwertigkeitsgefühle gehören zum Wesen der Frau. 99,9 Prozent aller Frauen denken ernsthaft, sie seien keinen Pfifferling wert, gerade gut genug, um den Hunden zum Fraß vorgeworfen zu werden, und dann auch nur ausgehungerten Kötern, die sich auf ödem Gelände darum reißen, alte Pal-Dosen auszulecken. Sie halten sich grundsätzlich für zu dumm oder zu dick oder für ängstlich. Ihnen kann ich ja gleich sagen, dass auch ich zu den 99,9 Prozent zähle. Genau wie meine Freundin Agnès, die mir die Bücher führt und Steuern sparen hilft. Neulich Abend, als sie in der Küche ihrer Vier-Zimmer-Wohnung in Clichy ein Brathuhn mit Zwiebeln zubereitete, gestand sie mir, dass sie sich für eine Null hält, dabei streichelte ihr Mann ihr den Hintern und versicherte ihr das Gegenteil. Agnès ist Buchhalterin bei einer Computerfirma, Ehefrau und zweifache Mutter. Nie findet sich ein Fehler in ihren Zahlenreihen, ihr Küchenboden riecht stets frisch geputzt, und für die Probleme ihrer Kinder hat sie immer ein offenes Ohr. Sie ist schlank, gut gekleidet, und dank einer Edelkastanie-Farbglanz-Reflex-Spülung ist kein fahler Haaransatz zu sehen. Yves, ihren Mann, hat sie zu einer Eheberatung überredet, damit in ihrer Partnerschaft keine Routine aufkommt und sie sich auch in Zukunft etwas zu sagen haben. Sie reden nicht mehr miteinander, sie schreiben sich. Abends im Bett halten sie, jeder für sich, allen Ärger, der sich im Laufe des Tages angesammelt hat, in einem gro-

ßen Heft fest, und sonntags nachmittags, wenn die Kinder auf der Straße Inlineskates fahren, tauschen sie ihre Notizen aus, und dann diskutieren sie darüber. Dabei versuchen sie, sachlich zu bleiben und sich nicht aufzuregen. Letzteres findet Agnès an der ganzen Sache am schwersten. Neulich hat sie mir gegenüber zugegeben, dass sie vor jeder Sitzung ein Beruhigungsmittel nimmt. Außerdem liest Agnès Bücher, bildet sich weiter, hat einen flachen Bauch, behauptet ihren Platz in der Gesellschaft, und doch denkt sie, sie sei nichts wert. Deshalb hält sie auch meistens den Mund. Jedes Mal, wenn ich sie auf ihren Komplex anspreche und sie ermutige, sich davon zu befreien, gibt sie dieselbe Antwort:
»Du hast gut reden, Clara, du bist ganz anders...«
Unsinn: Ich habe Angst, eine Riesenangst, davor, die Initiative zu ergreifen, Angst, die mich mitten im Anlauf bremst, eiskalte Panik, wenn ich eine Heldentat hinter mich gebracht habe und danach das Ergebnis (oder vielmehr den Schaden) meines Überschwangs betrachte. Aber ich kämpfe gegen die Angst, die in den weiblichen Genen festgelegt ist. Ich sträube mich dagegen, mich von ihr einschüchtern und von ihr mein Leben lahm legen zu lassen. Ich übe mich darin, sie zu verjagen und, wenn ich sie einmal ausfindig gemacht habe, zu analysieren und möglichst zu neutralisieren. Ein hartes Stück Arbeit. Manchmal gelingt es mir. Dann wiederum siegt die Angst, und ich werde schlaff wie ein alter, zerkauter Kaugummi.
»Du bist ein Stehaufmännchen... du weißt dich zu wehren... du machst dir nichts vor.«
Stimmt, ich mache mir nichts vor. Ich stehe mit beiden Beinen fest auf der Erde. Schon im Kindesalter war ich be-

müht, den Dingen ins Gesicht zu sehen. Mir blieb nichts anderes übrig.
Clara Millet ist zynisch. Man könnte sogar sagen, der Zynismus ist fest mit ihrem Körper verwachsen. Ihrer Ansicht nach sind die dunklen und düsteren Seiten des Menschen viel wichtiger, als gemeinhin zugegeben wird, und sie wehrt sich gegen Lügen, gegen Arschkriecher, gegen allzu rosige, verkitschte Darstellungen. Clara Millet verlangt, dass man mit jedem Satz nur die Wahrheit sagt. Ihrer Überzeugung nach formt der Mensch sich aus der Wirklichkeit, auch und besonders dann, wenn sie nicht erfreulich ist. Clara Millet ist stets bereit, das bisschen schmutzige Wäsche, die kleinen Gemeinheiten bei sich und den anderen aufzustöbern. Begierig verfolgt sie »aufschlussreiche« Details, Details, die Bände sprechen, die an der schönen Oberfläche kratzen. Im Leben ist der Mensch nicht nur auf Rosen gebettet, unter den Rosen gärt die Jauche. Clara weiß das. Sie beteuert, dass sie schon als Kind zu dieser Erkenntnis gekommen ist. Als sie den ehrwürdigen Pater Michel dabei erwischte, wie er vor ihrer Tante Armelle kniete. Damals war sie sieben Jahre alt, und als sie die schwarze Lache (der Ehrwürdige trug noch eine Soutane), die sich auf dem Parkett bildete, sah, ging sie zwei Schritte rückwärts, um, hinter der Tür versteckt, zu spionieren. Er machte ihr Liebeserklärungen und hielt ihre Hand. Tante Armelle lächelte und streichelte den Kopf des Priesters. Derselbe, der sonntags die Morgenmesse las. Ein sehr schöner Mann, kräftig und behaart, mit schwarzen Haaren auf den Fingern, mit denen er die Hostie reichte, und einem männlichstarken Handgelenk, wenn er den Kelch hob. Wie Clara später erfuhr, ließ die gesamte weibliche Gemeinde während

des Gottesdienstes ihrer Fantasie über Pater Michel freien Lauf, doch hatte Tante Armelle letztlich die Nase vorn und empfing die Weihen des meineidigen Priesters. Von da an war Claras Glaube an das Bild des Glücks, das ihre Tante verkörperte, zerstört, das Bild einer gepflegten und rosigen Dame, die immer von Familie, Liebe, Arbeit, Achtbarkeit, Mühen und Würde predigte. Sie war eine Lügnerin. In dem Augenblick, als Clara den Priester auf Knien entdeckte, war ihr klar, dass ihr Onkel Antoine keine Ahnung hatte. Kopflos war sie davongerannt. Jetzt kannte sie ein Geheimnis der Erwachsenen. Obwohl sie sich plötzlich ungemein wichtig vorkam, hatte sie den Eindruck, betrogen worden zu sein. Mit einem Schlag war sie älter geworden. Und dazu misstrauisch, unnachgiebig, unbelehrbar. Was, wenn alles um sie herum eine Lüge war? Ihr wurde ganz schwindelig.

Mit zwölf wollte Clara Millet sterben. Ernsthaft. Weil sie fühlte, dass ihre Kräfte sie verließen. Dass sie erwachsen wurde und ihr der kindliche Scharfblick abhanden kam. Das stand jedenfalls als Erklärung in ihrem kurzen Abschiedsbrief, der auf dem Nachttisch lag. Sie ahnte, dass sie nicht nur den Verstand, sondern zudem sämtliche Lebensenergie verlieren würde, wenn sie den Steg der Wahrheit verließe, um sich in das Album der schönen Lügen zu flüchten, das ihre Tante angelegt hatte. Nachdem sie zehn Packungen Aspirin geschluckt hatte, legte sie sich schlafen. Obwohl sie viel Blut verlor (innere Blutungen, wie die Ärzte sagten), überlebte sie. Sie schloss daraus, dass Gott sie nicht haben wollte. Sie sollte leben, um jeden Preis. Aber nicht wie Tante Armelle.

Also fing sie an, Fragen zu stellen. Sonst hätte sie sich Feigheit vorwerfen müssen. Zu feige, um verstehen zu wollen.

Sie musste im Bilde sein. Was war aus Pater Michel geworden? »Er hat jetzt eine andere Gemeinde«, antwortete Tante Armelle. »Du weißt ja, der Klerus steckt gerade in einer Krise.«
»Hast du ihn denn wenigstens mal wieder getroffen? Oder von ihm gehört?«
»Aber Clara! Warum sollte gerade ich von Pater Michel gehört haben?«
»Weil ich den Eindruck hatte, dass du ihn gut leiden konntest…«
»Ich habe ihn sehr geschätzt, aber sonst hatte ich nichts weiter mit ihm zu tun.«
Lügnerin, Lügnerin, tobte es in Clara. Mit bohrendem Blick sah sie Tante Armelle an, bis diese, gereizt von so viel Dreistigkeit, ein »Außerdem geht dich das nichts an!« hervorstieß, was Clara als Schuldeingeständnis deutete. Ermutigt durch den Sieg über die überrumpelte Tante Armelle ließ Clara nicht locker. Und was war mit ihren Eltern, wo waren sie? Auf diese Frage bekam sie die wenigsten Antworten.
»Sie sind leider tot, die Armen«, antwortete ihre Tante geduldig.
»Wie sind sie gestorben?«, fragte Clara weiter.
»Das erkläre ich dir, wenn du größer bist. Es gibt Dinge, die kann ein Kind nicht verstehen.«
Onkel Antoine antwortete dasselbe: Später, später… Niemand gab ihr eine Antwort, alle reagierten verärgert. Auf ihre Fragen erntete sie nur ausweichende Worte. Es kam ihr vor, als würde ihr Leben immer unerträglicher. Also hielt sie den Mund. Sie versuchte, es den anderen gleichzutun. Leben, ohne zu viele Fragen zu stellen, den Verstand abstumpfen zu lassen. Jedoch manchmal überkam es sie,

dann war ihr Wissensdurst stärker, und sie machte sich damit unbeliebt. Wenn sie den Mund nicht halten konnte und die eine oder andere Wahrheit preisgab, hatte das böse Folgen: Dann brach all die Gewalt, die sie so lange unterdrückt hatte, aus wie ein wiedererweckter Vulkan.

Mit einem Mädchen wie Clara Millet zu leben ist nicht einfach.

Ich weiß es: Alle haben es mir bestätigt. Ich habe einen schlechten Ruf. Man hält mich für unverschämt und taktlos. Kurzum: für abgebrüht. Eine, die weder weinen darf noch es verdient hat, liebkost zu werden. Wo ich auch hingehe, wen ich auch treffe, mein Ruf eilt mir voraus. Ich finde es ungerecht, dass meine Suche nach der Wahrheit mich von angenehmen Empfindungen, von Zärtlichkeit, Verwirrtheit und dem Gefühl, allein gelassen zu sein, fern hält. Wenn ich Agnès versichere, dass auch mich manchmal Angst beschleicht, glaubt sie mir nicht. Ich weiß, dass sie es mir nicht abnimmt: Sie rührt weiter in ihrem Topf. Ohne dass ihr Handgelenk eine einzige Sekunde in der Bewegung innehält. Unbeirrbar.

»Das kann man wirklich nicht vergleichen, das weißt du genau. Du warst schon immer anders als wir alle...«

Agnès probiert mit einem langen Kochlöffel die Sauce und denkt weiter über ihr Leben nach. Über ihr wohlgeordnetes Leben. Ein ganz normales Leben. Schließlich ist es nicht normal, in meinem Alter noch unverheiratet zu sein. Mit sechsunddreißig sollte man eigentlich verheiratet, Mutter und versorgt sein. Alles Quatsch! Schließlich richtet sich jeder sein Leben nach eigenen Vorstellungen ein. Sinnlos, sich auf Biegen und Brechen einzwängen zu lassen. Sonst büßt man seine Persönlichkeit ein und stirbt langsam vor sich hin. Es gibt zwei Dinge, deren ich mir sicher bin: Ich bin abgebrannt, und ich betrachte die Dinge auf meine ganz persönliche Weise. Diese beiden Beobachtungen machen mein Leben aufregend und lebenswert. Ich möchte es gegen kein anderes tauschen.

Heute bei Morgendämmerung, als ich beschloss zu sterben, habe ich mich auf einen Schlag erleichtert gefühlt: Die Qual macht unabhängig. Endlich kann ich frei handeln. Brauche mich nicht mehr zu verstellen oder zu heucheln. Kein Ruf mehr, den es zu erfüllen, keine Fassade mehr, die es aufrechtzuerhalten galt, keine Erklärungen mehr von meiner Seite.

Ich mache mich über alles lustig, jongliere mit Worten, verstecke meine Gefühle hinter lautem Lachen, so kann ich meine Verzweiflung auf Distanz halten, begegne ihr mit Sarkasmus. Mit einem Wortspiel schlage ich sie zurück. Dafür können mir kleine Schicksalsschläge den Rest geben. Dann bin ich am Ende, in Tränen aufgelöst. Ich bin unschlagbar darin, aus einer Mücke einen Elefanten zu machen und umgekehrt.

Und doch... Mit einem Mal... habe ich keine Angst mehr. Weder vor Elefanten noch vor Mücken. Und es ist unheimlich spannend, ohne Angst zu leben!

—

Heute Morgen öffnete Clara Millet die Augen, als sie den Radiowecker hörte, den Marc Brosset auf sechs Uhr vierzig gestellt hatte. Wie immer, wenn er bei ihr übernachtet. Zwanzig vor sieben, Zeit für eine kleine Schmusestunde, um mit seiner kalten Nase ihren warmen Hals zu berühren und sein linkes Knie zwischen ihre Schenkel zu schieben.

Auf der rechten Seite des Bettes schläft Clara, mit angezogenen Beinen, während Marc Brosset die linke Seite belegt, ebenfalls mit angezogenen Beinen. Das hat sich bei ihnen so eingespielt.

Sie hört den Wecker, hört Musik und lauscht. Zwar hat sie dieses Lied zuvor schon oft gehört, doch heute Morgen, im Halbschlaf, in der Dämmerung eines Dezembermorgens, kurz vor Weihnachten, achtet sie auf den Text. Auf den vereisten Pariser Straßen ist es noch dunkel, jeden Moment wird die Müllabfuhr kommen. Durch die Fensterläden, die Marc Brosset gestern schloss, nachdem er seine Hose zusammengelegt und sein Hemd über die Rückenlehne des Korbsessels in der Nähe des Bettes drapiert hatte, dringt kein Licht. Gestern Abend waren sie bei seinen Eltern zum Abendessen eingeladen, Michel und Geneviève Brosset, beide Lehrer im Ruhestand. Häufig stellt Clara Millet sich die Frage, ob es vielleicht die Eltern sind, die sie an ihren jeweiligen Liebhabern am meisten schätzt. Für die Eltern hegt sie immer eine so große Zuneigung, dass sie nach dem Ende einer Beziehung zusätzlich ein Stück Familie verliert, was sich in einigen Fällen als besonders schmerzhaft erweist. Ohnehin versteht sie es, zu den Eltern ihrer ehemaligen Liebhaber guten Kontakt zu halten, wodurch es eine ganze Reihe von Ex-Schwiegereltern (nicht gerade üblich bei einer Frau, die noch nie verheiratet war) gibt, die sie regelmäßig besucht.

Während sie auf den Text achtet, spürt sie, wie Marc Brossets Körper sich an ihren schmiegt, wie sein Knie ihre Schenkel auseinander drückt. *»You fall in love ZING BOOM, the sky above ZING BOOM, is caving on WOW BAM, you've never been so nuts about a guy, you wanna laugh, you* *wanna cry, you cross your heart and hope to die*«... und ihr geht durch den Kopf, dass sie niemals für diesen Mann sterben würde, der nun fachmännisch eine Hand zwischen ihre Beine gleiten lässt und anfängt, sie zu streicheln. Sicher, sagt sie sich, Marc Brosset ist ein guter Liebhaber. Er weiß, dass er eine Frau erst in Stimmung bringen muss, ihr mit Zärtlichkeiten begegnen muss, anstatt sich wie ein hungriges Tier auf sie zu stürzen. Das ist übrigens der Grund, weshalb er den Wecker auf sechs Uhr vierzig stellt. Ein guter Liebhaber mit liebenswürdigen Eltern; gestern Abend gab es bei Geneviève Brosset ein aufwendig zubereitetes Lachsfilet auf Rosenbett, dazu gebratene Zucchini mit frischem Basilikum, und nun fällt es ihr schwer, sich dem sanften Streicheln von Marc Brossets Fingern hinzugeben. Kurz gesagt: Es geht ihr auf den Geist und entfacht in ihrem Innern eine Wut, die sie nur zu gut kennt.

Gestern liebte sie ihn noch. WOW BAM. Heute Morgen ist es vorbei mit der Liebe. ZING BOOM. Weil sie den anderen liebt. Der jedes Mal die Flucht ergreift, wenn sie ihm zu nahe kommt. Dessen Namen sie im Halbdunkel ihres Schlafzimmers nicht auszusprechen wagt, aus Angst, in Tränen auszubrechen. Es hilft kein Lachen und kein Weinen, nur Verstehen hilft, meinte Großmutter Mata immer, wenn man schluchzend zu ihr lief, um bei ihr Trost zu suchen.

Von Anfang an hat sie Marc Brosset nicht richtig geliebt. Sie hat ihn bewundert, wollte ihn kennen lernen, sich bei ihm einhängen, sich von ihm ins Schlepptau nehmen lassen. Aber sterben wollte sie nie für ihn.

Das war ihr bewusst. Schon immer. Seit jenem Abend, als er allein im »Triporteur« aß; sie war nur hineingegangen, um den Inhaber um etwas Brot zu bitten, damit sie sich für ihren Fernsehabend ein Sandwich machen konnte. Wieder einer jener Abende, an dem sie darauf wartete, dass das Telefon klingelte und der andere anrief. Marc Brosset saß an einem der hinteren Tische, allein, ein aufgeschlagenes Buch neben seinem Teller. Obwohl sie sich den Hals verrenkte, um den Buchtitel zu erkennen, gelang es ihr nicht. Später hatte sie es vergessen und stattdessen ihn beobachtet. Gutaussehend, um die vierzig, kurze Haare, aufrechte Haltung, ein ordentlich gebügeltes Polohemd von Lacoste – er schien sich nicht gerade einsam zu fühlen. François, der Besitzer des »Triporteur«, hatte sie gefragt: »Hast du eine Minute Zeit? Ich möchte dir einen Freund von mir vorstellen, auf den ich große Stücke halte...« Vertrauensvoll war sie auf Marc Brosset zugegangen, weil sie François vertraute. Und er hatte es verstanden, ihr den Kopf zu verdrehen. Mit Worten. Wie zum Beispiel mit seiner Definition von Intelligenz. Beziehungsweise der von Malraux. Demnach ist Intelligenz: 1. Zerstörung der menschlichen Komödie; 2. Urteilsvermögen; 3. Vorstellungskraft. Oder so etwas in der Art. Sie war ganz begeistert von dieser Definition gewesen. Vor allem, was den ersten Punkt betraf. Die Masken fallen lassen. Durchblicken. Die Jauche unter den Rosen. Bei diesen Worten war sie wieder in ihre Kindheit zurückversetzt worden. Fasziniert von so viel Gelehrtheit. ZING BOOM! Noch am selben Abend war sie in seine Arme gesunken.

Clara Millet hat einen enormen Wissensdurst. Wenn sie traurig ist, tröstet sie sich mit Worten, Anekdoten, neuen Erkenntnissen. Dummes Zeug, das ihr wieder Lust aufs Leben gibt. Zum Beispiel die Geschichte über den Kuckuck, die sie im Wartezimmer beim Zahnarzt gelesen hat. Wie die graue Bachstelze oder das Rotkehlchen ist das Kuckucksweibchen ein Parasit, das seine Eier in ein Sperlingsnest legt. Nachdem es sich ein geeignetes Nest ausgesucht und die Eltern auf Grund seiner Ähnlichkeit mit dem Sperber in die Flucht geschlagen hat, verschluckt es im Flug eines der gelegten Eier und legt stattdessen eins der eigenen hinein, das in Größe und Farbe ähnlich ist. Danach verzieht es sich und überlässt es der Sperlingsmutter, das Kuckucksei auszubrüten. Da das Kuckucksküken eine kürzere Brutzeit benötigt, schlüpft es als erstes und wirft die anderen Eier aus dem Nest, um das Futter, nach dem sein Mordsappetit verlangt, für sich alleine zu haben. Bis zu fünfundzwanzig Eier kann ein Kuckucksweibchen legen, es überlässt sie irgendwelchen Pflegeeltern und macht sich anschließend ohne Gewissensbisse aus dem Staub. Der Bericht über das Kuckucksweibchen, der in einem Prospekt des »Conseil général« des Departements von Seine-Maritime veröffentlicht war, hatte sie so beeindruckt, dass sie darüber ganz vergaß, dass sie beim Zahnarzt saß. Letzterer stammte sicher aus der Normandie oder hatte zumindest ein Landhaus dort. Oder er interessierte sich für Vögel. Wahrscheinlich hatte er als Kind davon geträumt, Ornithologe zu werden, aber seine Eltern hatten ihm eingeredet, dass dies ein Beruf ohne Zukunft wäre, da das Erdöl sowieso sämtliche Vögel zu Grunde richten würde. Karies wäre stattdessen auf dem Vormarsch, zumal die Gören diesen ganzen Süßkram in sich hineinstopften. Während sie im Wartezimmer des Zahnarztes, des verhinderten Ornithologen, saß, ging Clara die Aussetzaktion des Kuckucksweibchens nicht mehr aus dem Kopf. Offenbar gab es in der Natur keinen Mutterinstinkt, der war nur eine Erfindung des Menschen. Wozu das ganze Gerede und Getue über weibliche Pflichten. Um den Frauen ein schlechtes Gewissen einzureden, die mit Kinderkriegen nichts am Hut haben. Marc Brosset erfuhr nichts von der Geschichte mit der charakterlosen Kuckucksmutter. Sie wollte ihn nicht daran teilhaben lassen. Hingegen erzählte sie ihrem Zahnarzt, dem verhinderten Ornithologen, sogar trotz weit geöffneten Munds und betäubten Zahnfleisches davon. Marc Brosset gegenüber verlor sie kein Wort darüber. Das hätte sie stutzig machen müssen. Das war ein Zeichen. Ein Zeichen, das sie nicht wahrhaben wollte.

Wenn sie genau überlegt, gibt es noch andere solcher Zeichen. So genannte »tödliche Einzelheiten«, wie sie sie nennt. Zum Beispiel sind da zu Beginn eines Kennenlernens jene Details, die die Begierde im Keim ersticken. Dinge, die unwichtig sind, wenn man aufrichtig liebt und vor Liebe vergeht, ZING BOOM, die aber entscheidend sind, wenn man jemanden nur gern hat. Wie Rechtschreibfehler in einem Liebesbrief. Oder eine Umhängetasche über der Schulter. Oder ein Wagen mit Dieselmotor. Oder wenn man sich mit den Schlüsseln am Kopf kratzt.

Was die Rechtschreibfehler angeht, ist Marc Brosset unfehlbar: Schließlich ist er Philologe. Worte, Sätze, Konjunktiv, Interpretationen sind sein Steckenpferd. Auch fährt er weder einen Diesel, noch hat er eine Umhängetasche. Er trägt keine Tangaslips und auch nicht zu kurze Socken. Er stochert nicht mit der Gabel zwischen den Zähnen herum. Das alles genügte ihr, um ihn schön, verführerisch und intelligent zu finden. Um sich einzureden, dass sie sich in ihn verlieben könnte.

Um so den anderen zu vergessen.

Den anderen zu vergessen ist ihre große Lebensaufgabe. Es ist beinahe schon eine Vollzeitbeschäftigung. Manchmal gelingt es ihr. Wie durch Marc Brosset.

Genau einhundertzweiundachtzig Tage lang.

Marc Brossets Mund wandert von ihrem Hals zu ihrer linken Brust. Als Marc Brossets Zunge von ihrer linken Brustwarze Besitz ergreift, spürt Clara Millet, wie sich ihr Körper versteift. Sie muss ihm sagen, dass sie ihr Leben nicht für ihn opfern möchte. Wenn sie den Mund hält, wird die Wut wieder in ihr hochsteigen. Wut, die sich in erster Linie gegen ihn richtet, gegen ihn, der völlig ahnungslos ist und weiterhin an ihrer linken Brust saugt, dann an der rechten, um sich dann zu ihrem Bauch hinabzuarbeiten. Den weiteren Verlauf kennt sie auswendig. Er könnte sich gelegentlich auch einmal etwas anderes einfallen lassen und seine Methode umstellen! Jetzt richtet sich ihre Wut gegen sich selbst, weil sie sich in diese Situation gebracht hat. Und das nicht zum ersten Mal. Es ist nicht das erste Mal, dass sie sich etwas vormacht, um den anderen zu vergessen.

Clara Millet rückt etwas von ihm ab, um Marc Brossets Zunge auszuweichen. Um zu zeigen, dass sie nicht will, dass sie lieber woanders wäre, weit weg von ihm. Demütig und mit der Beharrlichkeit eines Benediktinermönchs, der aus antiken, verblichenen Schriften alte Formeln zur Destillation von Alkohol neu abschreibt, setzt er seine Anstrengungen jedoch fort. Ein gelehriger Schüler, dieser Marc Brosset. Strebsam, und dies beinahe mit Erfolg. Wenn sie ihn nicht auf der Stelle bremst, wird automatisch die Lust in ihr geweckt werden und die Wut auf einen späteren Zeitpunkt verschoben. Auf ein anderes Treffen, einen anderen Morgen. Doch das Problem wird sich nicht verdrängen lassen. Hinzu kommt noch die Scham. Die Scham davor, feige gewesen zu sein, sich vom eigenen Bauch abhängig gemacht zu haben.

Ein Wort würde genügen, nur ein winziges, dahingehauchtes Wort, ein Wort in Form eines Namens, des Vornamens des anderen, um ihn in die Wüste zu schicken, um diesen Saugmund loszuwerden, der auf ihr lustwandelt. Aber sie will diesen Namen nicht aussprechen. Also konzentriert sie sich mit aller Kraft auf das Kuckucksweibchen und bewundert dessen Egoismus, dessen phänomenale Lebenslust. Undenkbar, stundenlang nutzlos in einem Nest zu hocken, einen Sprössling zu wärmen, der später sowieso ohne das kleinste Zeichen von Dankbarkeit davonfliegt; da verlässt sie doch lieber ihre Nachkommenschaft, die sich gefälligst allein durchschlagen soll. Soll doch eine andere an ihrer Stelle die Zeit totschlagen! Soll sich doch eine andere damit abrackern, die Brut zu füttern, zu säubern, ihr das Fliegen beizubringen! Sie hingegen führt ihr eigenes Leben. Ohne sich aufzuopfern. Opferbereitschaft ist grundsätzlich verdächtig, denkt Clara und spürt, wie das Laken an ihren Beinen heruntergleitet, gefolgt von Marc Brossets Mund.

Aber auch ich, verfolgt Clara Millet den Gedanken weiter, führe ein Leben wie die Kuckucksdame. Nie habe ich mich für andere geopfert. Rücksichtslos habe ich stets eigene Interessen verfolgt. Warum also bringe ich Marc Brosset gegenüber keinen Ton heraus? Warum fordere ich ihn nicht einfach auf, seine paar Sachen zu nehmen und aus meinem Leben zu verschwinden? Warum nur? Weil man seinen Liebhaber nicht inmitten eines sexuellen Vierviertaltakts

unterbricht? Weil es unhöflich wäre? Weil er ein Trauma erleiden könnte, das ihn bei der Nächsten impotent macht? Weil ich ihm eigentlich nichts vorzuwerfen habe? Weil seine Eltern vorzüglichen Geschmack beweisen, indem sie mich schätzen und mir schmeicheln? Oder weil ich im Grunde panische Angst davor habe, alleine zu sein? Er sieht gut aus, ist kein übler Liebhaber, kennt Malraux' Definition von Intelligenz, ist ledig, schnarcht nicht, führt mich in vorzügliche Restaurants und in Theateraufführungen am Rande der Stadt aus, was mir von selbst niemals einfallen würde. Es ist mir nicht peinlich, mich bei ihm eingehakt in der Öffentlichkeit zu zeigen, in der Warteschlange vor dem Kino gibt er keine Dummheiten von sich, er schreibt brillante Artikel für anspruchsvolle Zeitungen, er klammert nicht, hat noch nie seine Zahnbürste in mein Zahnputzglas gestellt, jenes himmelblaue, das wir, der andere und ich, in Murano gekauft haben...
Murano, Zahnbürsten, himmelblaues Glas.
Oh, ich möchte sterben, denkt Clara und fühlt die Tränen unter ihren Lidern hochsteigen wie Federn, die sie kitzeln. Vogelfedern, weich und leicht, kaum salzig. Die Möwenfedern in New York, weiße und schmutzige Federn, die der andere auf Leinwand bannte. Ich möchte sterben, ich möchte sterben! Dann müsste ich nicht mehr reden, mich nicht mehr rechtfertigen, nicht mehr warten. Immer nur warten.
Marc Brosset legt sich auf Clara und leitet mit einer sanften Hin-und-her-Bewegung die finale Phase des Geschlechtsaktes ein. Sie sollen beide die gemeinsame Lust erleben, diese wahnsinnige Lust, die die Schläfen zum Explodieren bringt und den Kuckuck verjagt. Clara Millet legt eine Hand

auf den Rücken ihres Liebhabers, schlingt fest die Beine um seine Hüften und spürt die vertraute Lust. Eigentlich ist es ja ganz schön, sagt sie sich, ich muss aufhören, mir den Kopf zu zerbrechen. Gerade da liegt mein Problem: Ich mache mir zu viele Gedanken. Beim Sex hat man nicht zu denken. Jedoch flattern die Federn in ihrem Kopf herum, und während sie noch immer Marc Brossets Hüften umklammert, die nun kraftvoll und effizient zustoßen, beschäftigt sie ein neuer Gedanke. Gestern hat sie in einer Zeitschrift gelesen, dass man in Spanien das Fossil eines Sauriervogels gefunden hat, das einhundertfünfzehn Millionen Jahre alt sein soll. Ein Fossil, halb Reptil, halb Vogel mit Flügeln. In einem Glossar wurde erklärt, dass die Flügel aus den Reptilienschuppen entstanden sind. Dass der Vogel, bevor er zum Vogel wurde, ein Dinosaurier gewesen sein muss, ein kleiner Dinosaurier, und dass sich aus seinen Schuppen nach und nach Federn gebildet haben. Als Schutz vor Hitze oder vor Kälte? Um seine Beute besser fangen zu können? Um den großen Dinosauriern zu entkommen, die ihn mit einem Bissen verschlungen hätten? Jedenfalls sind die Federn nicht mehr als gefranste Schuppen. Und was war zuerst da, die Flügel oder der Vogel? Marc Brosset gegenüber hat sie keine Silbe davon erwähnt. Erneut ein Zeichen, dass ihre Beziehung wohl zu Ende ist.

Über ihr gibt Marc Brosset ein Stöhnen von sich, und sie antwortet ihm, indem sie ihn imitiert. Sie krümmt ein wenig die Zehen, spannt den Bauch unter dem seinen, umschlingt den Rücken ihres Liebhabers, stößt einen kleinen Schrei aus wie ein Vogel, der aus dem Nest gefallen ist, damit er mit seiner morgendlichen Leistung zufrieden sein kann. Damit er den körperlichen Beweis hat, dass sie sich,

wie er, brav bemüht hat, zum Orgasmus zu kommen. Es ist nicht das erste Mal, dass sie ihm etwas vormacht und er nichts merkt, keinen Wind von der Sache bekommt. Die Feder, die vom Wind davongetragen wird... Aus ihrem rechten Auge, das dem Kissen zugewandt ist, kullert eine Träne. Sie spürt die zarte Flüssigkeit unter den Wimpern, mit denen sie blinzelt, um die Tränen zurückzuhalten.
Oh, ich möchte sterben!, denkt sie erneut, während sie sich ganz auf die rechte Seite dreht, um ihre Tränen zu verbergen.
»Ach, das tut doch immer wieder gut«, versichert Marc Brosset und hebt den Kopf in Richtung Quarzuhr, die mittlerweile sieben Uhr sieben anzeigt. »Verdammt! Jetzt habe ich den Anfang von den Nachrichten verpasst... Glaubst du, dass irgendwas Außergewöhnliches passiert ist, während wir geschlafen haben? Ich verpasse ungern die Morgennachrichten, die sind immer so spannend. Vielleicht ist ja eine gute oder aber eine furchtbare Meldung dabei!«
Nein. Ihr wird der Mut fehlen, es ihm zu sagen. Nicht jetzt, da er so fröhlich in einen neuen Tag startet.
Mit einem Satz springt er auf und geht duschen. Sie wird ihm nur Kummer bereiten. Sein Hüpfer von vorhin zeugte von so viel Ausgelassenheit, ein Luftsprung voller Hoffnung und Lebensfreude. Die Aussicht auf einen neuen Tag mit zahlreichen Erfahrungen, Erklärungen, Aufgaben. Worüber definiert sich eigentlich Marc Brosset?, fragt sich Clara. Über seine Arbeit, seine Eltern, seine Kollegen, seine Artikel... Wo ist der Haken? Die Jauche unter den Rosen? Sie wittert nichts. Ein etwas zu steifer Hals? Zu harte Gesichtszüge? Zu kurz geschnittene Haare? Die blasse, schmale, glatte Brust? Sie lachen nicht gerade viel mitein-

ander. Schließlich ist das Leben eine furchtbar ernste Sache. Wie eine Vorlesung. Selten kommt sie zu Wort. Zwar fragt er sie nach ihrer Meinung, hört ihr aber letztendlich nicht zu. Sie kann förmlich seine Ungeduld spüren, wenn sie ihm antwortet: Noch bevor sie zu Ende gesprochen hat, schneidet er ihr das Wort ab. Heute muss er einen Artikel für »Le Monde« fertig stellen. Thema: Frankreich lebt über seine Verhältnisse und versäumt die notwendigen Maßnahmen, um sich dem globalen Wettbewerb zu stellen. Darin werden sämtliche nationalistischen Ängste der Franzosen vor einem geeinten Europa und vor anstehenden Wirtschaftsreformen aufgezeigt. Wenn wir uns den Neuerungen verschließen, werden wir große Verluste erleiden, darunter auch die soziale Absicherung, auf die wir so stolz sind. Es muss verhindert werden, dass die Angst von den Franzosen Besitz ergreift: die Angst vor Reformen, die Angst vor einer neuen Gesellschaftsordnung, die Angst, jenes Gift, das uns lähmt. Neben dem Bett hat er einen Entwurf liegen lassen, und Clara versucht ihn auf dem Kopf zu lesen. Ein getipptes Konzept, noch unkorrigiert: »Es müsste das Bewusstsein für die Notwendigkeit einer Assimilation geweckt werden, angefangen von der Basis bis hin zur Spitze. Im Vertrauen auf die Schutzfunktion des Staates konnte sich dieses bislang nicht entwickeln. Jedoch steht der Staat zum jetzigen Zeitpunkt am Rande des Zusammenbruchs. Die Möglichkeit der staatlichen Subvention von abgewirtschafteten Unternehmen unter gleichzeitiger Gewährleistung einer kostenfreien Bildung und einer hohen Lebenserwartung ist nicht mehr gegeben.« Gestern hatte er ihr diesen Abschnitt vorgelesen, den er für sehr gelungen hält. Das Thema ist für ihn unerschöpflich. Er möchte verhindern, dass in Frankreich amerikanische Verhältnisse entstehen, mit drastischen Einschnitten im sozialen Bereich. Das, bedingt durch den Egoismus und die Geldgier, ist der Grund, weshalb er der amerikanischen Gesellschaft den Untergang prophezeit. Europa muss sozial bleiben, aber auch Frankreich muss den Wandel akzeptieren. Schließlich besteht der wahre Wert einer Gesellschaft in den Menschen, die ihr angehören, und nicht im Wirtschaftswachstum. Wahrscheinlich durchdenkt er das Ganze gerade unter der Dusche und sucht eifrig nach Zahlen, nach Belegen, mit denen er seine Publikation füllen wird. Sie hört, wie er vor sich hin pfeift und das Radio lauter stellt, das über dem Wasserhahn hängt. Sie hat es eigens für ihn gekauft. Am Anfang ihrer Beziehung. Damit er die Nachrichten um sieben hören kann. Das ist der Beweis, dass du ihn doch geliebt hast, sagt sie sich, während sie ihr Daunenkopfkissen zusammendrückt. Ein klarer Beweis. Dir hat die Vorstellung geschmeichelt, dass dieser intelligente Mann, dieser Mann, dem du dich automatisch unterlegen gefühlt hast, sich für dich entschieden hat und sich mit dir abgibt. Du schätzt es, wenn ein begabter, kultivierter Mann sich dazu herablässt und dich aufsammelt. Er ist der Märchenprinz, der dir mit einem Kuss seine Intelligenz einhaucht. Du wirst dir das doch nicht alles zerstören wegen eines Popsongs, eines Kuckucks und eines Dinosauriers mit Federn. Er hat noch eine Chance verdient. Vielleicht findest du auch wieder Gefallen an Marc Brosset...

Der andere hat immer gesagt, dass man nicht zurückstecken soll, dass man leben sollte, als wäre es der letzte Tag. Und wenn ich morgen sterben müsste, würde ich dann mit Marc Brosset zusammenbleiben?

Während Clara an einem Kissenzipfel kaut, schwört sie sich, objektiv zu bleiben. Alles gründlich zu erwägen. Unbeweglich verharrt sie eine Weile und lauscht den Geräuschen von Marc Brosset aus dem Badezimmer, dann aus der Küchenecke, wo er sich Kaffee aufsetzt und seine zwei Scheiben Vollkorntoast röstet, horcht auf das knappe Einrasten des Toasters, auf das Geräusch der elektrischen Zitruspresse, als er eine Orange darauf steckt für seine tägliche Dosis Vitamin C. Vollkorntoast, Vitamin C, morgendlicher Orgasmus. Marc Brosset lebt gesund und nach Plan. Sie streckt ein Bein aus, dann einen Arm. Allein zu schlafen ängstigt sie nicht. Sie hat keine Probleme damit, einen Mann für eine Nacht zu finden. Kinobesuche, Einkäufe, mit dem Auto übers Wochenende zu Freunden fahren, sich auf dem Bett mit einem Buch, mit Musik von Scarlatti und einer Tasse aromatisiertem Tee einkuscheln. Sich bei einem Pornofilm einen kleinen Joint drehen, sich selbst vor dem Fernseher befriedigen. Dafür braucht sie keine Gesellschaft. Sie hat keinen Mann an ihrer Seite nötig, um am Leben der großen, weiten Welt teilzuhaben.

Erneut stellt sie sich die Frage, ob dieser Hang zum Single-Dasein nicht daher rührt, dass sie keine Eltern mehr hat. Ein Modell der Zweisamkeit ist ihr nie vorgelebt worden. Der einzige, mit dem sie ein Paar bildet, ist ihr Bruder Philippe. Momente der wahren Verbundenheit, die auf ihre gemeinsame Kindheit zurückzuführen sind. Und ihre Freunde. Agnès, die mit dem Brathuhn in ihrer Vier-Zimmer-Wohnung in Clichy, Joséphine, Lucille. Sie wohnten im selben Haus, gingen gemeinsam zur Schule. Philippe, Clara, Agnès, Joséphine, Lucille und der andere, dessen Namen sie nicht aussprechen mag, waren eine Clique.

Wenn man jung ist, gibt es nichts Besseres, als einer Clique anzugehören.
Zusammen sind sie groß geworden. Wie selbstverständlich gaben die Jungs den Ton an. Sie waren die Größeren, die Stärkeren und eben Jungs. Man hat sich nie aus den Augen verloren. Von Zeit zu Zeit treffen sich die Mädels abends oder mittags zum Essen, um auf dem Laufenden zu bleiben. Im Grunde hat man sich nicht viel zu sagen. Man vergewissert sich, ob alle noch da sind. Das ist also meine Familie, denkt Clara Millet, während sie an einem Zipfel ihres Kopfkissens kaut, das sie auf dem Flohmarkt gekauft hat. Das Stück für fünf Francs. Handstickerei. Damals hatte sie Lucille begleitet, die für ihr Leben gern bummelt und die auch den Stapel Kopfkissenbezüge unter einem Haufen alter, vergilbter Laken entdeckt hatte. Das war zu der Zeit, als Clara gerade ihre Wohnung in der Rue Bouchut einrichtete. Sie trafen sich noch öfter, der andere war auch dabei. Zwar nur für eine Weile, aber sie hatten Kontakt. Jetzt ist es schon sechs Monate her, dass sie zuletzt von ihm gehört hat...
Nein, wenn sie nur noch bis morgen oder eine Woche zu leben hätte, würde sie den anderen an den Haaren herbeiziehen und ihn um vierundzwanzig Stunden oder acht Tage des Glücks bitten.
Sie will warten, bis Marc Brosset sein Frühstück beendet hat, bis er sich das Hemd, das auf dem Korbsessel liegt, die Hose und den Parka übergezogen hat... Dann wird sie mit ihm reden. Angezogen wird er nicht so verletzlich sein. Man eröffnet nicht einem splitternackten Mann, dass man ihn nicht mehr liebt. Sie wird ihm sagen, dass sie bald sterben wird und dass er im Ablauf ihrer letzten Tage nicht vor-

gesehen ist. Dass sie den anderen wiedersehen muss. Sie hat ihm nie von ihm erzählt. Sie schaut auf den Wecker: Viertel vor acht. Er muss gleich los. Sie wird es ihm sagen. In ihren Gedanken wird sie von dem Klingeln der Haussprechanlage unterbrochen.

»Erwartest du jemanden?«, fragt Marc Brosset, während er sich sein weißes Hemd überstreift.

»Nein«, antwortet sie, schnappt sich den Bademantel und geht in Richtung Sprechanlage.

Sie nimmt den Hörer ab, der in der Nähe der Tür hängt. Und falls gerade der andere zurückkommen sollte? Wahrscheinlich hat er gespürt, dass sie so intensiv an ihn gedacht hat.

Sie horcht und hängt wieder auf, enttäuscht.

»Es ist einer von Darty... wegen der Küche... Der Herd ist doch kaputt...«

»Hättest du was gesagt... Ich hätte ja mal einen Blick darauf werfen können.«

Handwerklich begabt ist er auch noch, denkt sie und seufzt. Was ist los mit mir? Was habe ich bloß? Dann beruhigt sie sich wieder: Ich muss Rapha wiedersehen, sonst sterbe ich... RAPHA. Sie hat seinen Namen gesagt. Rapha. Rapha Mata. Sie hört, wie der Fahrstuhl sich in Bewegung setzt. Das ist jetzt nicht der Moment für Tränen. Mittlerweile ist Marc Brosset bei ihr und nimmt sie in den Arm.

»Ich ruf dich heute Abend an. Einverstanden? Hast du heute Abend schon was vor?«

Sie weiß es nicht. Sie weiß nichts mehr. Oder doch: Heute Abend trifft sie sich mit Rapha. Sie wird ihn zum Abendessen einladen. Ihm ein Huhn mit Erdnusssoße servieren. Bei dieser Vorstellung muss sie unwillkürlich lächeln, wäh-

rend sie Marc Brosset die Wange hinhält, der die große Hand eines perfekten Liebhabers auf ihren Nacken gelegt hat und an den feinen Haaren spielt, die sich hinter ihren Ohren kräuseln.
»Ist das der Dank? Ich will einen richtigen Kuss...«
Mit einem zärtlichen Lächeln drückt er ihren Nacken. Obwohl sie seine Worte verabscheut, seine Liebkosung verabscheut, lässt sie ihn gedankenverloren gewähren. Gekränkt und enttäuscht sieht er sie an und will gerade den Mund öffnen, um eine Diskussion zu beginnen, als die Klingel an der Wohnungstür ohrenbetäubend schellt. Sie löst sich von ihm und öffnet sowohl ihrem Liebhaber als auch dem Elektriker von Darty die Tür. Ohne ein Wort gehen die beiden Männer aneinander vorbei. Sie zeigt dem Mann in seiner Dienstkleidung den Weg zur Küche, winkt in Richtung Marc Brosset, der die Treppe hinuntergeht, den Kopf zu ihr gewandt, wünscht dem einen einen schönen Tag, ruft dem anderen zu, dass sie gleich kommt, geht zurück in ihr Zimmer, wirft sich aufs Bett, tastet nach dem Telefon, findet es schließlich unter der Matratze und wählt Raphas Nummer.

Clara ist nie um ein Wort verlegen. Mühelos schließt sie Bekanntschaft mit anderen, sodass wildfremde Menschen ihr ihr Herz ausschütten. Sobald man sie unter Leute lässt, beginnt sie große Diskussionen über Gott, die Liebe, über Lust, Beziehungen, über das Ozonloch oder die Fütterung von Kühen. Jedes Mal, wenn seine Schwester wieder endlos abschweift, würgt Philippe sie mit einer nüchternen Bemerkung ab. Wenn sie zum Beispiel wieder einmal von den

Engeln und vom Teufel, von Himmel und Hölle anfängt – wie sie es im Kommunionsunterricht gelernt hat –, dann antwortet er schulterzuckend: »Himmel und Hölle erlebt man auf Erden. Weil man ein Bewusstsein hat. Und das Bewusstsein erzeugt Gewissensbisse, und Gewissensbisse machen dir das Leben schwer. Du erntest, was du zu Lebzeiten gesät hast. Du büßt auf der Erde, soviel ist sicher, und damit basta.«

Clara stützt ihre Füße gegen die Windschutzscheibe des Saab. Sie weiß, dass ihn das wütend macht, auch wenn er sich nicht traut, etwas zu sagen. Oft genug zieht er über Autonarren her, die ihre Besessenheit zur Schau stellen. Sie fährt gern bei ihrem Bruder mit. Sie genießt seine Gesellschaft. Selbst wenn sie wenig miteinander reden. Das haben sie gar nicht nötig. Er ist zwei Jahre älter als sie. Sie liebt alles an ihm, selbst wenn er sich schnäuzt oder in der Nase bohrt, wenn er rülpst oder mit dümmlichem Grinsen die Hupe betätigt, wenn er bei Aznavours Lied »*Emmenez-moi*« Schlangenlinien fährt. Er muss nicht beweisen, dass er der Größte, der Stärkste und Klügste ist. Nicht selten macht sie sich über ihn lustig. Der Junge hat seine Schwächen, sagt sie sich manchmal, aber wer, außer Gott, ist schon vollkommen? Und seine Schwächen passen gut zu mir. Ich weiß, was hinter diesem kleinen, verschmitzten Lächeln steckt, das so schnell verschwindet, wie es erschienen ist, hinter diesem Eifer, alles auf die leichte Schulter zu nehmen und existenzielle Fragen, mit denen ich ihn bombardiere, zu verspotten, hinter seiner Entschlossenheit, Problemen aus dem Weg zu gehen, solange sie sich nicht zu Bergen auftürmen und ihm die Aussicht versperren. Man könnte ihn für oberflächlich und leichtsinnig halten. Ich dagegen vermute, dass seine Oberflächlichkeit nur oberflächlich ist.

Hinter einem grauen und wolkenverhangenen Himmel scheint die Sonne, eine ärmliche, blassgelbe Wintersonne, sodass Clara rätselt, wer am Ende das Rennen machen wird, die Sonne oder die Wolken. Schließlich setzt sie auf die Sonne, und dieser Gedanke beflügelt sie geradezu in ihrer schwarzen Lederjacke, die sie für zweihundert Francs auf dem Flohmarkt von Bagnolet erstanden hat. »Stell dir vor! Zweihundert Francs!« Mit diesen Worten hatte sie sie Philippe vorgeführt. Sie drehte sich, damit er den Schnitt bewundern konnte, befühlte das Leder und betrachtete sämtliche Nähte von allen Seiten. »Trotzdem, ein seltsamer Stil«, hatte er erwidert. »Vor allem zusammen mit deinen schwarzen Stiefeln und den Hochwasserjeans. Normalerweise schleppe ich Mädchen, die so gekleidet sind, sofort ins Bett. Ohne groß mit ihnen zu reden, außer vielleicht über den Preis.« Das ist die Crux an Philippe: Nie nimmt er sie richtig ernst. Nichts Ungewöhnliches, schließlich ist er ihr Bruder. Außerdem ist er in Modefragen absolut stilsicher. Ohne großes Kopfzerbrechen. Ohne stundenlang vor dem Spiegel oder im Laden zu stehen. Er ist der Typ, der alles tragen kann. Sogar der eleganten Lucille war das aufgefallen. »Alle Achtung, dein Bruder hat wirklich Klasse.« Wie eine Mutter, der man auf einer Parkbank Komplimente über ihr bezauberndes Kind macht, brüstet sich Clara damit. Eingekuschelt in ihre wohlig warme Jacke denkt sie an die Sonne und an Wolken, an die Dächer über Paris. Falls die Sonne gewinnt, wird mich das für heute Abend in gute Stimmung versetzen, und Rapha werde ich ein Huhn mit Erdnusssoße zubereiten. Mittlerweile muss ihn meine Nachricht

erreicht haben, und er wird zum Abendessen kommen, ganz bestimmt. Er muss ganz einfach kommen, damit ich mich mit ihm ausspreche.
»Ich werde mich von Marc Brosset trennen...«
Fragend sieht Philippe sie an, bis sein Blick auf die Füße seiner Schwester fällt, die ihm plötzlich riesig vorkommen. Und ihn dazu stark beunruhigen: Mit diesen Kindersärgen wird sie seine Windschutzscheibe ruinieren. Ihm war nicht bewusst, dass sie solche Quadratlatschen hat. Während er sie von der Seite mustert, fragt er sich, ob ihm noch andere körperliche Besonderheiten verborgen geblieben sind. Er weiß, sie ist brünett, hat kurze Haare, einen großen Mund, blasse Haut, kleine Brüste, lange Beine und...
»Wie groß bist du?«, fragt er.
»Ein Meter achtundsechzig.«
Jedoch hätte er zum Beispiel ihre Größe nicht genau bestimmen können, oder die Farbe ihrer Augen. Blau, aber nicht durchgehend blau. Mit braunen Punkten, oder? Oder gelben. Oder grünen und grauen...
Aus einem der Seitenfächer schnappt sich Clara einen Schokoladenriegel, der dort herumliegt, und schält ihn sorgfältig, mit gerunzelter Stirn und konzentriertem Gesichtsausdruck, aus der Verpackung.
»Bist du in einen anderen verknallt?«
»Nein... Wenn ich verknallt wäre, wäre ich jetzt einen Meter fünfundsiebzig groß!«
Sie lehnt sich in den Sitz zurück, zerknüllt das Papier, wirft es auf den Boden und schiebt das Carambar von der linken in die rechte Backe. Der Schokoriegel füllt ihre Wange so sehr aus, dass ein wenig braun gefärbter Speichel an ihrem Kinn herunterläuft.

»Hattest du den Süßigkeiten nicht abgeschworen?«
»In zehn Minuten fange ich damit an. Aber nur, wenn Martin in Zukunft nicht mehr seine Schokoriegel in deinem Wagen herumliegen lässt!«
Martin ist der Sohn von Philippe. Und von seiner Exfrau, Caroline. Nach fast sechs Jahren Ehe haben sie sich getrennt. Ohne viel Aufhebens. Martin war damals zwei Jahre alt. »Wieder ein Fall für die Statistik«, lautete Philippes Kommentar. »Jedes zweite Paar lässt sich scheiden. Für die Auswertung hat noch eins gefehlt. Also haben wir uns geopfert.«
»Das ist ja richtig ekelhaft, dir zuzusehen...«
»Du musst ja nicht hinsehen... Es laufen genügend Mädchen auf der Straße herum!«
»Im Winter lohnt sich das nicht. So dick, wie die vermummt sind...«
»Weil du nur auf Äußerlichkeiten achtest... Mich dagegen interessieren die inneren Werte!«
Die Ampel springt auf Rot. Eine hoch gewachsene Skandinavierin überquert die Fahrbahn. Ihre langen blonden Haare fließen über den hochgeschlagenen Kragen ihres Mantels. Sie hat die Fingernägel grün lackiert.
»Siehst du... Kein bisschen Haut zu sehen! Geschweige denn ihre inneren Werte«, seufzt Philippe.
Sein Blick folgt der langbeinigen Skandinavierin, dann legt er den ersten Gang ein und fährt los. Wegen Bauarbeiten ist die andere Straßenseite aufgerissen. Auf schmalen Eisenträgern arbeiten Männer mit weißen Helmen und blauen Arbeitsanzügen. Überall liegen kreuz und quer Bretter herum, die einen richtigen Rundgang bilden. Mit der Leichtigkeit von Akrobaten balancieren die Arbeiter furcht-

los von Brett zu Brett. Im Erdgeschoss brennt ein offenes Feuer, an dem sich einige in heiterer Runde die Hände wärmen, bevor sie wieder nach oben steigen. Die Sonne hat es endlich geschafft, die Wolken zu durchdringen, und Philippe schwebt ein perfekter Plan vor. Männer, die fröhlich ihrer Arbeit nachgehen, die auf ihr handwerkliches Können und Wissen vertrauen, die sich an diesem frühen Dezembernachmittag von den zaghaften Sonnenstrahlen streicheln lassen. Da schnauzt man sich gegenseitig an, da wird aus vollem Halse gelacht, da wirft man sich Unverschämtheiten an den Kopf, während nebenher gehämmert und gezimmert wird. In wenigen Tagen wird sich der riesige Rohbau mit Leben füllen. Dann wird der Architekt an seinem Zeichenbrett erkennen, ob sich all seine Pläne so verwirklichen lassen, wie er das berechnet hat. Dabei auch die dritte Dimension, die er nicht auf Papier festhalten kann... Die Besorgnis, ob es klappen wird oder nicht, ob all seine Entwürfe Gestalt annehmen werden oder ob nicht vielleicht ein Stück seiner Träume umgeleitet wird und dem Ganzen eine völlig andere Wendung gibt. Jedes Mal dieser Bammel... In einem Interview mit Woody Allen hat er gelesen, dass es diesem mit seinen Filmen genauso geht. Am Anfang hat man eine Idee, die sich beim Drehen allmählich verliert. Ist der Film einmal im Kasten, ist von der ursprünglichen Idee kaum mehr etwas übrig. Dasselbe gilt für Bauten. Dasselbe gilt universell. Während man selbst nach geordneten Bahnen strebt, schlägt das Leben Kurven, folgert Philippe, während er das Treiben auf der Baustelle beobachtet. Er sieht auf die Uhr und fragt sich, ob er sie zurückrufen soll. Beim letzten Mal haben sie sich gestritten. Als er ging, hat er die Tür hinter sich zugeknallt.

Sie bringt es nicht fertig, ihren Mann zu verlassen. »In Wahrheit hängst du an seinem Geld und an dem Lebensstandard, den er dir ermöglicht!«, hat Philippe gebrüllt. »Sei so ehrlich und gib es wenigstens zu, das würde uns manches ersparen...« Sie hat ihm kühl entgegnet: »Du hast Recht, na und? Was hast du mir schon zu bieten? Heutzutage sind Architekten auch nicht mehr das, was sie mal waren, oder?« Wutentbrannt und gedemütigt war er gegangen. Heute oder morgen früh wird sie in Paris sein, wie er weiß. Verdammt, mit ihr macht Sex so viel Spaß! Seit er sich von seiner Frau getrennt hat, hat er niemanden mehr bei sich einziehen lassen. Für sie würde er sogar einen Teil seiner Ablage im Badezimmer freiräumen. Sie sogar Martin vorstellen. Sie haben wollen, mit Haut und Haaren... Normalerweise ist er nicht der Typ, der sich leicht verliebt. Zu misstrauisch. Außerdem, die zwei oder drei Male, als es ihm passiert ist, haben stets böse geendet. Immer sind die Frauen gegangen. Er hat zu lange gebraucht, um Vertrauen aufzubauen. Hinterher dann unzählige einsame Abende zu Hause, vor einem Nudelauflauf sitzend. Dabei zusehen, wie der Käse lange Fäden zieht. Sich den Magen voll schlagen. Danach ließ er sich nur noch ins Bett fallen und schlief schnarchend ein. Die Nudeln waren der einzige Trost. Heute spürt er, dass alles wieder in ihm hochsteigt. Sonst zwingt er sich dazu, die Frauen in Gedanken mit den vulgärsten Worten auf einen Gebrauchsgegenstand zu reduzieren, ohne jede Rücksicht auf Gefühle: dicke Titten, geiler Arsch, Flittchen, dumme Schlampe. Die Schimpfworte machen jedem Anfall von Verliebtheit den Garaus. So benimmt er sich wie ein Chauvi, was für ihn besser ist. Ansonsten würden die Gefühle die Lust mattsetzen.

»Und was passt dir nicht an Marc Brosset? Es ist noch keine vier Wochen her, da war er, ich zitiere, ›der klügste, verständnisvollste, toleranteste, aufgeschlossenste, gebildetste Mensch auf Erden‹, und mit einem Mal, pffft...«

»Weil ich heute Morgen erkannt habe, dass ich niemals für ihn sterben würde! Dafür liebe ich ihn nicht genug...«

»Man muss nicht für jeden Kerl oder jede Frau sterben, mit der man eine Affäre hat!«

»Der Unterschied zwischen dir und mir ist, dass ich keine Affären habe. Ich bin auf der Suche nach der Liebe, der großen Liebe.«

»Dann such mal schön weiter!«

»Jedenfalls besser, als sich mit jedem x-beliebigen einzulassen.«

»Kommt drauf an. Man muss weniger Federn lassen!«

»Finanzielle Absicherung war mir noch nie wichtig.«

Mir auch nicht, denkt Philippe, wobei er das zornige Profil seiner Schwester betrachtet. Aber geht es tatsächlich auch anders? Er greift zum Handschuhfach seines Wagens, um eine CD herauszuholen. Er spürt, dass die Unterhaltung in eine große Debatte über die Liebe, das Leben und die Vergänglichkeit der Zeit umschlagen wird, und er ist nicht geneigt, sich darauf einzulassen. Wenn Clara nur nicht alles im Leben so tragisch nehmen würde...

»Hast du den Test gemacht?«, fragt Clara unvermittelt.

»Nein.«

»Hast du aufgepasst?«

»Nur bei zwei von dreien...«

»Und warum?«

»Weil ich nicht immer daran denke. Wenn du alles glaubst, was man dir heute so erzählt, lebst du mit einem Kondom

im Kopf... Nie mehr Alkohol, nie mehr Zigaretten, nie mehr Sex, nie mehr essen, nie mehr atmen.«
»Trotzdem...«
Clara ist gerade damit beschäftigt, an den Knöpfen ihrer derben schwarzen Jacke herumzuzupfen, als sie plötzlich die Gewissheit hat, dass ihr Tod bald bevorsteht!
»Hör auf zu grübeln, Schwesterchen!«
Unversehens ergreift Clara eine schreckliche Sehnsucht danach, sich an ihn zu schmiegen. Sehnsucht danach, dass er sie in den Arm nimmt und ihr dieselben Worte zuflüstert, mit denen er ihr Trost spendete, als sie noch klein waren. »Ich bin da, Clarinette, und ich werde dich immer beschützen.« Sie begnügt sich damit, eine Hand auf seinen Nacken zu legen. Er hat wunderschöne dunkelblonde, gewellte, dicke Haare. Sie hat den Eindruck, dass sie nur leicht mit den Fingern gegen die Haut ihres Bruders drücken müsste, um neue Kraft zu schöpfen. Sie schließt die Augen und lässt die Hand bewegungslos dort ruhen. Im Geist versucht sie sich den Weg vorzustellen, den Philippe durch die Straßen von Paris nimmt. Zur Orientierung zählt sie die roten Ampeln, die Rechts- und Linkskurven. Eines Tages, als sie noch sehr klein war, hatte Clara beim Versuch, ihrer Puppe Locken zu drehen, diese angezündet. Sie hatte den Babyliss von Tante Armelle auf den Bauch der Puppe gelegt. Der Bauch sowie der rechte Arm waren geschmolzen und verströmten den Geruch von verbranntem Gummi. Nachdem sie den Lockenstab wieder weggenommen hatte, hingen überall lange roséfarbene und schwarze Fäden daran, die bis zum Körper der Puppe reichten. Schluchzend drückte Clara Véronique an sich. Danach war sie losgegangen, um ihren Bruder zu suchen. Philippe hatte den ange-

sengten Körper, eine scheußliche Mischung aus Rosé und Kohlrabenschwarz, untersucht und ihr vorgeschlagen, die Puppe in einen großen Tontopf einzupflanzen, sie täglich zu gießen und ihr immer wieder zu sagen, dass sie sie lieb hat, damit die Wunden verheilten. »Und wenn du dann irgendwann morgens aufwachst, ist deine Puppe nicht nur wieder gesund, sondern auch größer und schöner als vorher. Du wirst sie kaum wieder erkennen.« Gemeinsam hatten sie Véronique in einen großen Tontopf gesteckt, und jeden Abend hatte sie mit der großen roten Gießkanne, die Tante Armelle sonst für die Blumen verwendete, Wasser darüber gekippt, wie er ihr geraten hatte. Eines Morgens, oh Wunder, fand sich an Stelle der verbrannten und verkohlten Puppe eine schicke und schöne Véronique, größer als die alte und mit unversehrtem Bauch. »Siehst du«, hatte Philippe gesagt, »es hat funktioniert!« Später hatte sie versucht, ihm das Geständnis zu entlocken, dass er die Puppe in der Nacht ausgetauscht hatte, aber er hatte ihr stets unter Schwüren versichert, dass allein der Zauber der Liebe dies bewirkt hätte. Letztendlich hatte sie ihm geglaubt. Nie zweifelt sie an dem, was ihr Bruder ihr erzählt. Ohne ihn, denkt sie und wird plötzlich schrecklich sentimental, bin ich verloren. Obwohl sie ihren Tränen freien Lauf lassen möchte, beherrscht sie sich. Als sie weiterredet, kommt es ihr vor, als kaue sie auf den Tränen herum.

»Mir ist jetzt klar geworden, dass ich sterben werde, wenn Rapha nicht zurückkommt. Ich gebe mir noch einen Monat, nein... eine Woche... Ohne ihn will ich nicht mehr leben. Es wäre reizlos.«

Philippe stößt einen langen Pfiff aus, als hätte er gerade eine Boa constrictor wahrgenommen, die sich von der Ampel

hinabschlängelt. Sein Blick schweift vom Rückspiegel zu einem freien Parkplatz am Straßenrand, wo er hält und den Motor abstellt. Danach dreht er sich zu seiner Schwester und fragt ganz behutsam:
»Du liebst ihn also immer noch?«
Mit Tränen in den Augen nickt sie: »Mir kommt es so vor, als würde ich nur auf ihn warten...«
»Und all die anderen Typen?«
»Ich probier's ja, ich gebe mein Bestes, aber...«
»›Die große Tragödie des Lebens besteht nicht darin, dass der Mensch zu Grunde geht, sondern dass er aufhört zu lieben.‹ Ich habe vergessen, von wem das Zitat stammt.«
»Ich wusste gar nicht, dass du so belesen bist...«
»Eigentlich weißt du gar nichts über mich«, seufzt er. »Oder höchstens nebensächliche Details, über die es sich nicht mal zu reden lohnt. Ich habe es satt, gründlich satt, nicht einmal von der eigenen Schwester verstanden zu werden.«
Es ist eins ihrer Spiele. »Ich habe es satt, richtig satt« ist Philippes ewige Leier auf alles Mögliche, um damit auf das Thema des Ungeliebten, des Unverstandenen überzuleiten. Aber dieses Mal bleibt Clara ihm die Antwort schuldig. Steif sitzt sie in ihrer Ecke, wobei sie beinahe in ihrer dicken schwarzen Lederjacke verschwindet. Philippe rutscht näher, um sie in den Arm zu nehmen. Solch eine Geste der Zärtlichkeit kommt so selten von ihm, dass sämtliche Dämme, die seit heute Morgen Claras Tränen zurückhalten, mit einem Schlag brechen und sie anfängt zu schluchzen. Während er sie weinen lässt, drückt er sie ein wenig enger an sich und tätschelt ihren Kopf.
Zwar wäre er selbst nie zu solchen Gefühlsausbrüchen fähig, aber er hält Clara weiter fest, um an ihren Tränen, ihrer Ver-

letzlichkeit, ihrem Schmerz über den Verzicht auf Rapha teilzuhaben. Gern würde er sich so fallen lassen wie Clara. Hinterher wird es ihr besser gehen, sie wird sich erleichtert fühlen, jedoch seine Liebe wird ihn weiter quälen, er wird sich nicht neu verlieben können, auch wenn er es möchte. Als Kind schon hat er heftig gegen die Mittelmäßigkeit angekämpft, gegen die banale Grausamkeit ihres Lebens, ihrer beider Leben, dass er sein Herz mit einer Mauer umgeben hat. Mit solcher Leidenschaft hat er seine kleine Schwester beschützt, mit der ganzen Kraft eines Jungen, dann eines Mannes, dass diese am Ende für ihn selbst nicht mehr gereicht hat. Ob die Frauen sich für ihn oder gegen ihn entscheiden, er ist wehrlos dagegen. Als Caroline heiraten wollte, hat er Ja gesagt, als sie ein Kind wollte, hat er Ja gesagt, und als sie ihn verlassen wollte, hat er sie nicht aufgehalten. Als ob ihn das alles nichts anginge. Einmal hat er geglaubt, dass Rapha die Flucht ergreifen würde. Und Rapha hatte die Flucht ergriffen. Clara, Rapha, Philippe. Sie drei bildeten eine Familie. Philippe mochte Rapha. Er freute sich darüber, dass Rapha und Clara sich liebten. Ihre Trennung war ihm nahe gegangen. Auch er wusste, dass allein Clara die Verantwortung dafür trug. Liebe ist egoistisch, Liebe ist brutal, Liebe ist gefährlich. Clara hatte sich egoistisch und brutal verhalten. Vermutlich ohne es zu ahnen. Auf Grund ihrer Vergangenheit. Eine Vergangenheit, die er am liebsten ausradiert, korrigiert und ignoriert hätte. Es ist ihm nicht gelungen, seine Schwester von ihrer Kindheit zu heilen. Es war wie eine große Schuld, die seither auf ihm lastete... Auf seinen Schultern lastete. Er weiß es. Er verdrängt es. Weil er sonst in die Vergangenheit zurückkehrt und wieder zum hilflosen Kleinkind wird.

Aber er möchte auch nicht, dass Clara dasselbe Schicksal wie ihre Mutter erleidet. Dass die Vergangenheit sich auf die Gegenwart projiziert. Noch nie hat er Clara die Wahrheit gesagt, um ihr nicht die Hoffnung zu nehmen, ihr Leben zu leben, ihr eigenes Leben, aber hier im Auto, während der Kopf seiner Schwester an seiner Schulter lehnt, muss er an seine Mutter denken, die aus Liebeskummer gestorben ist. Selbstmord. Weil sein Vater mit einer anderen abgehauen war und sie nicht ohne ihn leben wollte. Alle Kräfte, die ihm verblieben sind, würde er dafür aufbringen, damit Clara nicht dasselbe tragische Ende erlebt. Suizidale Tendenz, hatte der Arzt erklärt, bei dem seine Mutter in Behandlung war und der sie mit Antidepressiva voll stopfte. Neigung zum Selbstmord. Die Hand voll Schlaftabletten, der Wagen mit Höchstgeschwindigkeit, der Schlaf, der sie übermannt, und der Baum, der sein Opfer erwartet. Liebe ist egoistisch, Liebe ist brutal, Liebe ist gefährlich. Guten Gewissens war sie losgefahren und hatte dabei vergessen, dass sie zwei kleine Kinder hatte. Sie war noch keine achtundzwanzig Jahre alt und überließ beide ihrem Stiefbruder und dessen Frau, Antoine und Armelle Millet. An Claras achtundzwanzigstem Geburtstag hatte Philippe eine riesige Erleichterung verspürt. Die Angst, die größte Sorge seines Lebens, löste sich auf, sodass er seine Aufsicht etwas eingeschränkt hatte. Die meisten Männer haben Angst. Gewöhnlich kennen sie nicht einmal den Grund dafür. Sie wollen ihn auch nicht kennen. Männer fürchten sich nicht, tönen sie, das überlassen wir den Frauen, dabei schwitzen sie Blut und Wasser und marschieren blindlings voran, während sie die Rolle des tapferen kleinen Soldaten spielen. Sie schmücken sich mit Orden, Baretten, Titeln und verbergen hinter einer großen Klappe, dass sie sich eigentlich in die Hosen machen. An jenem Tag, in dem Lokal, wo sie Claras Geburtstag feierten, war es ihm gelungen, diese dumpfe und hartnäckige Angst zu identifizieren, was ihm das Gefühl von Stärke gab, stärker als das Schicksal, so stark, dass er Clara sogar fast in seinen Armen zerdrückt hätte. Er hatte sie ganz fest gehalten, hatte sie herumgeschwenkt wie eine Ertrunkene, die er dem finsteren Gewässer entrissen hatte, wie ein Neugeborenes, das man triumphierend dem Licht der Welt entgegenhält. So groß war seine Erleichterung darüber, dem Schicksal ein Schnippchen geschlagen zu haben und sich wieder stark und frei zu fühlen, dass er sie gar nicht mehr loslassen wollte. Kurze Zeit darauf hatte er Caroline geheiratet.

Und nun, sagt er sich, während er sicher im Innern seiner Familienkutsche sitzt, ist die Angst wieder da. Die Angst verschwindet niemals völlig. Sie nimmt ihren alten Platz wieder ein.

»Du wirst nicht sterben«, erklärt er Clara. »Und weißt du auch warum? Weil ich es nicht zulassen werde.«

»Ohne ihn ist mein Leben sinnlos.«

»Und meines ohne dich... Rapha wird zurückkommen, oder du wirst einen anderen Rapha kennen lernen.«

»Nie und nimmer!«

»Oder es wird einen anderen Rapha geben, sage ich dir, aber ich will nicht, dass du mit deinem Leben spielst! *Ich will es nicht! Du hast kein Recht dazu!*«

Philippe schrie sie an. Verkrampft, die Lippen zusammengekniffen, die Arme auf dem Lenkrad, starrt er vor sich hin. Leichenblass.

»Glaubst du, er kommt heute Abend?«, fragt sie mit einer

solch dünner Stimme, als könnte Philippe Rapha mit einem Zauberstab aus einem Tontopf hervorzaubern.
»Er wird kommen, dessen bin ich mir sicher. Nur wann das sein wird, weiß ich nicht.«
»Weißt du was?«
»Ja?«, erwidert er beunruhigt und dreht den Kopf zu ihr.
»Ich liebe ihn wie verrückt.«
Er seufzt und sucht nach Worten, um nicht zu zeigen, wie gerührt er ist. Aber sie will keine Worte. Sie möchte, dass dieser Augenblick der Emotionen, der reinen Liebe noch etwas anhält. Ganz sachte legt sie die Finger auf seine Lippen, damit er schweigt, aber er, verlegen, befreit sich wieder. Trotzig nestelt sie erneut an einem Knopf ihrer Jacke herum.
»Dich liebe ich wie keinen anderen. Vielleicht nicht so, wie ich Rapha liebe, aber...«
»Man kann alles und jeden lieben... Ich bitte dich, mach keine Dummheiten!«
»Versprochen«, flüstert Clara und gibt ihm rasch einen Kuss auf die Wange. »Und du, vergiss die Kondome nicht!«

———

Damals war Rapha der Kopf der Clique.
Ein seltsamer Anführer, schmächtig und gebildet, dessen Macht eher auf Denkvermögen als auf Muskelkraft beruhte. Damals wohnte er in der Rue Victor Hugo 24 in Montrouge, einem Pariser Vorort. In einem Gebäude, das in den fünfziger Jahren erbaut worden war, aus rotem Backstein, wie viele in der Umgebung von Paris. Ein Wohnhaus mit acht Stockwerken, das sich in zwei Flügeln um einen Garten mit Rosenbeeten, einer Grünanlage mit Bäumen und

einem runden Springbrunnen mit einer Fontäne in der Mitte erstreckte. Ein »Komfort-Wohnhaus«, wie ein großes, farbiges Plakat verkündete, das die restlichen noch unverkauften Appartements anpries. Hier war der Quadratmeter günstiger als in Paris, obwohl die Rue Victor Hugo nur zirka zehn Meter vor der Pariser Stadtgrenze lag. Was einige besonders snobistische Wohnungseigentümer zu der Behauptung verleitete, sie lebten in Paris.

Raphaël Mata war der einzige in der Clique, der im Erdgeschoss wohnte. So konnte er nicht nur verfolgen, wann die Bewohner des Gebäudes ein- und ausgingen, sondern auch nach Lust und Laune vom Balkon seines Zimmers springen, um die Welt zu erkunden. Am darauf folgenden Tag erzählte er dann immer von seinen nächtlichen Abenteuern. Und Raphaël Mata war ein hervorragender Erzähler.

Er lebte bei seinen Großeltern, spanischen Emigranten, die 1938 vor dem Franco-Regime nach Frankreich geflohen waren, um dort Arbeit zu finden. Sein Großvater besaß eine Tankstelle, und die Großmutter thronte dort vormittags an der Kasse. Täglich las Großvater »L'Humanité« und »Le Monde«. Er war Mitglied der »Partei«. Großmutter Mata schnitt stets die Kochrezepte aus der »Elle« aus und verschlang die Bücher von Aragon, Elsa Triolet, Federico García Lorca, Apollinaire und Éluard. »Paris friert, Paris hungert, Paris isst keine Maronen mehr auf den Straßen, Paris trägt nur noch alte, altmodische Kleider, Paris schläft im Stehen ohne Sauerstoff in der Metro...«, zitierte Großmutter Mata beim Bohnenschälen. »Unterm Pont Mirabeau fließt die Seine dahin, Unsre Liebe auch, Ist Erinnern Gewinn, Aus traurigem Sinn wird fröhlicher Sinn. Komm Dunkel, Stunde eile, Die Tage gehn, Ich verweile.« Als Kind hatte man Raphaël diese Gedichte beigebracht anstatt solchen Unsinn wie in dem beliebten Kinderlied »Mama, haben die kleinen Boote auf dem Wasser Beine? Natürlich, mein Dummerchen, sonst könnten sie ja nicht schwimmen«, was laut Großmutter Mata die Intelligenz eines Kindes beleidigte. Großmutter Mata behauptete stets, dass Bildung genauso wichtig sei wie Essen: Mit schönen Versen wird man groß, mit bezaubernden Symphonien wächst man heran, von den Werken der großen Maler, mit denen man die Wände tapeziert, kann man nicht genug bekommen, damit man mit zwanzig nicht dumm ist. Mit der Sprache der Dichter animiert man die Kunden geschickt zum Kauf, was immer noch besser ist als das, was man euch in der Schule lehrt. »Besser als alle Vitamine!«, spottete sie, wenn sie wieder einmal eine Radio-Diskussion von Kinderärzten über die Bedürfnisse der Kinder verfolgte.

Großmutter Mata hatte auch eine Schwäche für das Evangelium. Vor allem das Gleichnis vom anvertrauten Geld hatte es ihr angetan, das sie ihrem Enkel deshalb erzählte, weil sie bei ihm eine Begabung entdeckt hatte: nämlich das Zeichnen. Seit dem Kindergarten hatte sie sämtliche Hefte von Rapha aufbewahrt und seine »Werke« eingerahmt, um sie in ihrer Wohnung auszustellen. Als er sieben Jahre alt war, schickte sie ihn in den Zeichenkurs und verfolgte aufmerksam seine Fortschritte. Unter keinen Umständen durfte Rapha eine Stunde versäumen. »Dies ist eine besondere Gabe, die dir zuteil geworden ist, du hast die Chance, also nütze sie. Es ist mir gleichgültig, wenn du die Schule schwänzt, aber wehe, du verpasst eine Unterrichtsstunde bei Monsieur Felix.«

Und daraufhin trug sie ihm das Gleichnis vom anvertrauten Geld vor.

»Das Gleichnis von den anvertrauten Pfunden nach Matthäus und Rosa Mata:

Ein Mann, der auf Reisen ging, rief seine Diener und vertraute ihnen sein Vermögen an. Dem einen gab er fünf Talente Silbergeld, einem anderen zwei, wieder einem anderen eines, jedem nach seinen Fähigkeiten. Dann reiste er ab. Sofort begann der Diener, der fünf Talente erhalten hatte, mit ihnen zu wirtschaften, und er gewann noch fünf dazu. Ebenso gewann der, der zwei erhalten hatte, noch zwei dazu. Der aber, der das eine Talent erhalten hatte, ging und grub ein Loch in die Erde und versteckte das Geld seines Herrn. Nach langer Zeit kehrte der Herr zurück, um von den Dienern Rechenschaft zu verlangen. Da kam der, der die fünf Talente erhalten hatte, brachte fünf weitere und sagte:

›Herr, fünf Talente hast du mir gegeben; sieh her, ich habe noch fünf dazugewonnen.‹

Sein Herr sagte zu ihm:

›Sehr gut, du bist ein tüchtiger und treuer Diener. Komm, nimm teil an der Freude deines Herrn!‹

Dann kam der Diener, der zwei Talente erhalten hatte, und sagte:

›Herr, du hast mir zwei Talente gegeben; sieh her, ich habe noch zwei dazugewonnen.‹

Sein Herr sagte zu ihm: ›Sehr gut, du bist ein tüchtiger und treuer Diener. Komm, nimm teil an der Freude deines Herrn!‹

Zuletzt kam auch der Diener, der das eine Talent erhalten hatte, und sagte:

›Herr, ich wusste, dass du ein strenger Mann bist; weil ich Angst hatte, habe ich dein Geld in der Erde versteckt. Hier hast du es wieder.‹

Sein Herr antwortete ihm:
›Du bist ein schlechter und fauler Diener! Hättest du mein Geld wenigstens auf die Bank gebracht, dann hätte ich es bei meiner Rückkehr mit Zinsen zurückerhalten. Werft den nichtsnutzigen Diener hinaus in die äußerste Finsternis! Dort wird er mit den anderen Taugenichtsen heulen und mit den Zähnen knirschen. Denn wer hat, dem wird gegeben, und er wird im Überfluss haben; wer aber nicht hat, weil er sich von seiner Angst und seiner Faulheit leiten lässt, dem wird auch noch weggenommen, was er hat.‹«

Großvater Mata murrte immer, wenn seine Frau dieses Gleichnis erzählte.

»Das ist ein Lobgesang auf den barbarischen Kapitalismus!«

»Du hast doch keine Ahnung vom Evangelium, du Ungläubiger...«

Die Großeltern Mata hatten ihren Enkel im Alter von sechs Monaten zu sich genommen. Anfangs war nur eine vorübergehende Pflegschaft für die Zeit geplant, in der Raphaëls Vater und Mutter wegen Dreharbeiten auf den Jungferninseln waren. Aber als sie nach Ablauf der drei Monate wieder nach Frankreich zurückgekehrt waren, war Raphaëls Mutter in eine Klinik gegangen, um sich einer Schönheitsoperation an der Nase zu unterziehen, sodass das Kind bei den Großeltern blieb. Aus der Übergangslösung wurde eine endgültige Lösung. Sehr rasch hatte sich herausgestellt, dass Raphaëls Eltern zu beschäftigt waren, um ihren Sohn großzuziehen, und dass dieser bei seinen Großeltern wesentlich besser aufgehoben war. Lucien Mata spendierte seinen Eltern eine großzügige Pension, bezahlte ihnen ein Dienstmädchen, das dreimal die Woche kam, sorgte dafür, dass es dem Kleinen an nichts fehlte, und besuchte ihn jeden Sonntag. Niemand hat genau gewusst, was Madame Mata von der Vereinbarung hielt, zumal sie nie eine eigene Meinung äußerte. Sie war eine jener Frauen, deren Lebensaufgabe es ist, sich voll und ganz ihrem Gatten zu widmen. Allerdings verflogen ihre Schuldgefühle – falls sie überhaupt welche hatte – recht schnell: Schließlich machte Raphaël einen glücklichen Eindruck, und da sie die Wahl hatte, sich um ihren Mann zu kümmern oder ihr Kind zu versorgen, zog sie es ohne zu zögern vor, auf ihren Mann aufzupassen. In dem Umfeld, in dem Lucien Mata sich bewegte, lauerten zahlreiche Verlockungen, sodass es sich für sie empfahl, auf der Hut zu sein.

Somit statteten Monsieur und Madame Lucien Mata jeden Sonntag ihrem einzigen Sohn Raphaël einen Besuch ab. Der Ablauf war stets derselbe. Um zwölf Uhr dreißig setzte ein Taxi sie an der Rue Victor Hugo 24 in Montrouge ab, das sie um siebzehn Uhr dreißig wieder abholte. Fünf Stunden Familie pro Woche. Monsieur Mata behauptete, dass nicht die Quantität, sondern die Qualität der Zeit zähle. Daher erkundigten sie sich immer sofort nach Raphaël, kaum dass sie die große Wohnung betreten, sich ihrer Mäntel entledigt und die Großeltern mit einer Umarmung begrüßt hatten. Stets brachten sie ein Geschenk und einen Kuchen mit. Und setzten ein breites Lächeln auf. Lucien Mata trug gewöhnlich einen zerknitterten Anzug, Yvette Mata ein elegantes Kostüm mit tiefem Dekolleté. Nachdem sie das Geschenk und den Kuchen auf dem Tisch abgestellt hatten, riefen sie durch die ganze Wohnung »Raphaël, Raphaël«, als wären sie auf der Suche nach einem verlorenen Schatz. Daraufhin kam Raphaël hervor und sagte »Hallo Papa! Hallo

Mama«, wobei er seine Großmutter ansah und mit den Füßen scharrte. Dann wurde ihm sein Geschenk überreicht und der Kuchen in den Kühlschrank gestellt. Schlaff hob er seinen Arm in Richtung Päckchen, um es dann auf dem Tisch liegen zu lassen. Auch den Kuchen rührte er nie an.

Sie wollten von ihm wissen, was er die Woche über so erlebt hatte, woraufhin Raphaël ihnen unweigerlich zur Antwort gab, dass sich nichts ereignet hätte. Oder fast nichts, fügte er hinzu, um die Aggressivität etwas abzuschwächen, die er diesen Fremden gegenüber empfand, die nach wenigen Sekunden schon etwas hören wollten, was er normalerweise frühestens am Kaffeetisch oder, wenn man Glück hatte, beim Spaziergang von sich gab. Nichts, was er in wenigen Silben zusammenfassen konnte, um seinen Eltern eine Freude zu bereiten. Also fing Großmutter Mata damit an, von seinen Noten zu berichten, den Beurteilungen der Lehrer, den Bauchschmerzen, den Streichen, den Wehwehchen sowie der Dauer der Mittagsschläfchen. Es war wirklich seltsam: Plötzlich sprachen sie alle von Raphaël, als wäre er noch ein Baby.

In ihrer Gegenwart hielt er die Fäuste geballt. Mit leicht schiefem Mund und ausweichendem Blick ließ er einen Finger in den Kragen seines weißen Hemds gleiten, das seine Großmutter extra für diesen Anlass gewaschen und gebügelt hatte, und machte den obersten Knopf auf. Dann fuhr er sich mit der Hand durch die Haare, die ihm seine Großmutter gekämmt und mit Brillantine geglättet hatte. Dies tat er so lange und so gründlich, bis er schließlich ganz zerzaust war.

»Aber Rapha«, tadelte Großmutter Mata.

»Lass ihn, Mama, lass gut sein«, beschwichtigte Raphaëls

Vater. »Die Kinder von heute sind nun mal so... Der Schlamp-Look ist gerade in!«
»Lass sehen, wie schön du bist!«, sagte Yvette Mata, wobei sie die Hand nach ihm ausstreckte, als wollte sie Verbotenes naschen. »Sieh mal, Lucien, er hat dieselben schwarzen und dicken Haare wie ich...«
Raphaël ließ sich nicht anfassen. Einmal war es ihr gelungen, ihn zu erwischen, woraufhin er ihr eine Laufmasche riss, indem er ihr Fußtritte verpasste. Da sie ihn nicht ausgeschimpft hatte, war es ihm vorgekommen, als hätte er einen großen Sieg errungen. Wenn sie nichts gesagt hatte, dann nur, weil sie wusste, dass sie im Unrecht war. Danach war er beinahe freundlich zu ihr gewesen.
»Ja, aber von mir hat er den Zinken geerbt!«, dröhnte Lucien Mata vor Lachen, während er sich voller Zufriedenheit den Bauch rieb. »Ein großer Zinken ist gut fürs Geschäft.«
Nun kam er auf seine letzte Kinoproduktion zu sprechen. Rasselte die berühmten Schauspieler herunter, die er engagiert hatte. Sprach von den Dreharbeiten und technischen Schwierigkeiten. Lästerte über die einen, lobte die anderen, wobei er Rotwein in großen Zügen trank.
»Kein schlechter Tropfen, nicht übel... Yvette, erinnere mich doch das nächste Mal daran, dass ich ihnen eine Kiste von dem Burgunder mitbringe, den ich letzte Woche bei Morel bestellt habe.«
Und dieses »ihnen« wirkte wie ein Giftpfeil, der die empfindliche Kinderhaut durchbohrte. Plötzlich schien es ihm, als wäre er ein Armenkind, das seine Eltern nur aus Barmherzigkeit besuchten. Lucien Mata bildete sich gehörig etwas auf seinen Erfolg ein. Er behandelte jeden wie seinen Leibeigenen. Mit seiner Frau ging er um wie mit einer Sek-

retärin, die mit dem Stenoblock auf den Knien die Anweisungen des Chefs notiert. Von der Vorstellung beseelt, ein allmächtiger Produzent zu sein, übersah er den Ausdruck seines Kindes, dessen Lippen sich vor Verachtung zusammenkniffen. Er schwafelte von Millionen, Verträgen, Dollar, Rom, London, Los Angeles, den Launen der Filmsternchen, von Starallüren. Erwähnte den aufsehenerregenden Erfolg von »Love Story«, den er sich ebenfalls wünschte. Er redete wie vor einer Gruppe Journalisten, die auf schlüpfrige Einzelheiten erpicht waren. Yvette Mata lauschte ihm andächtig. Sie verschlang geradezu jedes seiner Worte. Man hätte meinen können, dass sie ihm eben zum ersten Mal begegnet wäre. Sie streichelte seinen Arm, lehnte sich an seine Schulter, verschlang ihre Finger mit denen ihres Ehemanns. Raphaël konnte förmlich spüren, wie der Körper seiner Mutter von dem Körper seines Vaters angezogen wurde, und diese Anziehung widerte ihn an. Wie immer wandte sich Yvette Mata Raphaël zu und sagte:
»Siehst du, ich kann ihn doch nicht allein lassen, mit all diesen Schönheiten um sich herum! Wenn ich ihn nicht verlieren will, darf ich ihn nicht aus den Augen lassen...«
Sie sagte ihm dies im Vertrauen. Ihr Benehmen war affektiert, so senkte sie den Blick auf ihren versilberten Serviettenring, um die Haltung ihres Kinns und die Straffheit des Halses zu überprüfen, befeuchtete die Lippen, bevor sie sich wieder ehrfurchtsvoll dem Redefluss ihres Gatten zuwandte. Lucien Mata blähte sich auf. Er war ein Fantast. Hollywood lag ihm zu Füßen. Ob sie das Foto in den Zeitschriften gesehen hätten, das ihn am Premierenabend von »Trop belle pour être honnête« zeigte? Ein Wahnsinnsfilm! Ein französisch-italienischer Monumentalstreifen! Wie?

Sie hatten ihn nicht gesehen? Da stürmt der Sohn spanischer Einwanderer das französische Kino, und die eigenen Eltern bekommen nichts davon mit! »Stell dir das mal vor, Yvette!«, wandte er sich fassungslos an seine Frau. Aber was für Zeitungen sie eigentlich lesen würden?
Der Großvater las »Le Monde«. Die Großmutter »gar keine, nur Bücher. Außerdem haben wir keinen Fernseher…«
»Ach darum. Ohne Fernseher… Soll ich dir einen kaufen?«, fragte er seine Mutter.
»Oh, nicht nötig… Nein, das ist zwar lieb von dir, aber wir brauchen keinen…«
»Aber für Raphaël könnte es ganz nützlich sein… Das wird ihn beschäftigen. Oder, Raphaël? Was meinst du dazu?«
»Wenn ich fernsehen will, geh ich zu meinen Freunden…«
»Was habe ich doch für einen vernünftigen Sohn!«, rief Yvette Mata, ohne ihn aus den Augen zu lassen. »Ich kann es nicht fassen, dass ich so ein vernünftiges Kind in die Welt gesetzt habe!«
Raphaëls Blick fiel auf den Bauch seiner Mutter, wobei er sich fragte, wie er es neun Monate darin ausgehalten hatte, ohne zu rebellieren. Er rührte in dem Kaninchenragout auf seinem Teller herum und hatte mit einem Mal keinen Appetit mehr. Langsam schlief die Unterhaltung ein. Sie erstarrte wie die Ragoutsoße. Großmutter erhob sich, um den Kaffee aufzusetzen. Lucien Mata zog zwei Zigarren hervor: eine für Großvater, die andere für sich selbst. Der Kuchen wurde aus dem Kühlschrank geholt. Raphaël fragte, ob er draußen spielen dürfe. Yvette Mata erwiderte: »Jetzt schon? Aber ich habe dich doch noch gar nicht richtig zu Gesicht bekommen…« Lucien Mata meinte: »Lass ihn,

Schatz, lass ihn ruhig... So sind die Kinder heute... Na los, Sohnemann, geh schon und amüsier dich. Geh zu deinen Freundinnen.«

Verschwörerisch zwinkerte er ihm zu, was Raphaël verabscheute. Er zerrte an seinem Hemdkragen, als würde sein Hals jeden Augenblick explodieren. Er machte sich aus dem Staub, ohne von dem Kuchen probiert zu haben.

Sonntags um diese Zeit fand sich niemand zum Spielen. Die anderen Kinder aus dem Haus waren entweder beschäftigt oder verbrachten den Tag mit ihrer Familie. Erst später würden sie herunterkommen. Er ging hinaus, kletterte über den Balkon in sein Zimmer zurück und verschloss die Tür. Dann nahm er ein Buch, um zu lesen. Oder machte ein Puzzle. Sonntags bekam er häufig ein Puzzle. Er musste zugeben, dass die Geschenke, die auf dem Tisch im Esszimmer lagen, meistens interessant waren. So war er an die Platten von Cream, Santana, The Who, The Doors, an Neuauflagen alter Jazzkonzerte, an eine Harmonika made in Nashville, einen Roman von Kerouac, »Unterwegs«, gekommen. Lucien Mata war ein begeisterter Fan der »States«, wie er die Vereinigten Staaten nannte.

Eines Tages hatte er ein großes Farbpuzzle mit dem Fotomotiv von sich und seiner Frau in Las Vegas mitgebracht, auf dem sie gerade mit einem Sänger, Neil Sedaka, anstießen. Rapha hatte in Gedanken die Szene nachvollzogen: die mit rotem Plüsch ausgestattete Sitzecke im Casino, die weiße Tischdecke, der Champagnerkübel, der breite Hemdkragen des Sängers, unter dem eine Goldkette auf behaarter Brust hervorblitzt, das schallende Lachen von Yvette Mata, das zufriedene Grinsen von Lucien Mata, mit Zigarre im Maul. Danach hatte er mit einem Zirkel die Augen sei-

nes Vaters und seiner Mutter ausgekratzt und sie sorgfältig mit Tipp-Ex ausgefüllt, ohne daneben zu malen. Nun sahen Lucien und Yvette Mata wie lächerliche Schwachköpfe aus. Das Puzzle war im Mülleimer gelandet: Dort wirkten die beiden lächerlichen Schwachköpfe mit ihren leeren Augen irgendwie mitleiderregend, verletzlich, wie die Blinden, die sich von Labradoren durch die Pariser Straßen ziehen lassen.
Raphaël hätte es seinen Eltern nicht übel genommen, wenn sie ganz weggeblieben wären. Dafür nahm er ihnen übel, dass sie für ein paar lächerliche Stunden in der Woche sonntags ihre Elternrolle spielten. Er verabscheute die Inszenierung, die er an diesem Tag über sich ergehen lassen musste. Sonntags hatte alles einen falschen Klang. Er nicht ausgenommen. Obwohl er sich anstrengte, um seine Großeltern zufrieden zu stellen. Um ihnen keine Schande zu bereiten. Obendrein befürchtete er, dass seine Eltern auf die alberne Idee kommen könnten, ihn in ein Internat zu stecken.
Jeden Sonntag war es dasselbe. Außer, wenn Lucien und Yvette Mata verreist waren. Dann aber... das große Freudenfest! Zu dritt zogen sie los, um Paris zu erkunden, wobei Rapha die Bilder, Farben, Geräusche und Gerüche förmlich in sich aufsog. Bei Regen gingen sie ins Kino. Für den Film war Großmutter zuständig, für die Karten Großvater. Großmutter erklärte ihm vorher, wer der Regisseur war und welche Filme er gedreht hatte, und schilderte ihm ausführlich die Laufbahn der Schauspieler und Schauspielerinnen, falls diese ihr bekannt waren. Sie hatte ein paar Lieblingsfilme, die sie sich mehrmals ansahen, wie »Der Zauberer von Oz«, aus dem sie sämtliche Lieder

kannte. Diese summte sie noch lange, nachdem sie den dunklen Saal verlassen hatten, vor sich hin. Sie tanzte auf der Straße und imitierte dabei Judy Garland und Tin Man. Oder »Singing in the rain«, für den sie ebenfalls schwärmte. »Make them laugh, make them laugh, make them laugh!!!«, predigte sie, wobei sie die längst vergessene Tugend des Humors pries. Großvater fiel immer mit seinen Bemerkungen dazwischen, die Großmutter »Blödsinn« nannte. So behauptete er, dass Clark Gable ein Toupet, eine Zahnprothese und Schuheinlagen trage, dass er Nacktfotos von Martine Carol gesehen und dass Brigitte Bardot ihm ihre Beine »bis obenhin« gezeigt hätte. Das war in »Mit den Waffen einer Frau«, in dem sie so schön war, dass sich einem der Himmel auftat. Noch grün hinter den Ohren, hatte Gabin gerade etwas mit der Mistinguett angefangen und Montand mit Édith Piaf.

»Was beweist, dass auch Männer sich nach oben schlafen können!«, folgerte Großvater, zufrieden darüber, einen Punkt für die weibliche Seite gemacht zu haben.

Dann wieder zählte er die Namen amerikanischer Regisseure auf, die mit McCarthy kollaboriert hatten. Großmutter entgegnete, dass Begabung sich nicht proportional zu moralischer Integrität verhalte und dass sie noch nie gehört hätte, dass Ehrlichkeit und Mut für eine Künstlerkarriere ausreichten. Zwischen den beiden saß Raphaël, still, mit glänzenden Augen, ganz bei der Sache. Manchmal gab Großmutter ihm das Buch zu lesen, bevor sie in den Film gingen, und danach diskutierten sie zu dritt über die Verfilmung. Oder er hörte zu. Großmutter ereiferte sich jedes Mal, wenn Großvater auf einer anderen Meinung beharrte. Weil sie sich hinreißen ließ, musste sie lachen und meinte:

»Meine Güte, warum rege ich mich eigentlich so auf? Ist doch bloß ein Film! Stimmt's, Rapha?«

Von ihr stammte dieser Spitzname. Und seitdem nannte alle Welt ihn Rapha. Rapha Mata. Er wurde zum Helden einer Comic-Serie, die er heimlich in seinem Zimmer selbst entwarf. »Rapha Mata und die siebenundvierzig Räuber«, »Rapha Mata, der Goldgräber«, »Rapha Mata und die Tochter des Hexenmeisters«. In seinem Kopf hallte sein Name wider, und er verwandelte sich in einen Piraten oder Dichter. Großmutter bestärkte ihn, indem sie ihm seine Erzeugnisse abkaufte. Das war sein Taschengeld. Mittlerweile besuchte er nicht mehr den Kurs von Monsieur Félix, sondern die Kunstvorlesung, die immer Mittwoch und Samstagnachmittag stattfand.

Den Mädchen fiel er weder durch physische Stärke noch durch schulische Leistungen auf. Auch setzte er sich nicht auf ein frisiertes Mofa oder übertrumpfte die anderen mit seinem Wissen. Jedoch hatte er etwas, womit die anderen Burschen vom Haus nicht mithalten konnten. Nämlich jenen Funken, der in seinen Augen schimmerte, der ihn erstrahlen ließ und dessen Lichtblitz auf den jeweiligen Gesprächspartner zurückfiel. In seiner Gesellschaft fühlte man sich anders, irgendwie intelligenter. Solche Leute gibt es. Wenn man sich mit ihnen unterhält, fallen einem stets die passenden Worte ein. Mit einem Mal denkt man klarer, präziser. Man glänzt geradezu. In ihrer Gegenwart gewinnt man an Größe. Raphaël Mata war so ein Mensch. »Er versteht alles, was ich sage«, hörte man Clara häufig sagen. »Und wenn er was sagt, lerne ich dazu. Mit Rapha habe ich den Durchblick. Immer.«

Es gab lediglich ein Mädchen, das sich scheinbar nicht von

Raphaël Mata beeindrucken ließ. Es war Lucille Dudevant. Jedoch war Lucille Dudevant grundsätzlich schwer zu beeindrucken.

—

Wieder zu Hause, nachdem sie sich von ihrem Bruder verabschiedet hat, wirft Clara die Wohnungsschlüssel in das Körbchen auf dem Ablagetisch in der Diele. Clara bückt sich, um die Post aufzuheben, die die Concierge unter der Tür hindurchgeschoben hat. Rechnungen, Rechnungen und nochmals Rechnungen. Höchste Zeit, dass sie sich wieder an die Arbeit macht. Sonst wird bald der Gerichtsvollzieher vor der Tür stehen. Clara Millet gehört zu jenen Menschen, die erst dann arbeiten, wenn sie müssen. Der Höhlenmensch, erklärt sie immer, schuftete fünf Stunden pro Woche, um für Nahrung zu sorgen, die restliche Zeit amüsierte er sich, spielte mit Knochen, malte oder war mit seinem Partner zugange. Was mich betrifft, arbeite ich nur, wenn Bedarf besteht. Allerdings wird der Bedarf von Tag zu Tag dringlicher. Sie hat eine große und leere Wohnung, ganz in Weiß. Man sieht sofort, dass hier ein Single wohnt, denkt sie, während sie sich auf ein Sofa fallen lässt. Obwohl die Wohnung riesig ist, gibt es keinen Platz für ein Kind.
Im Grunde ihres Herzens ist Clara Millet eine Romantikerin. Sie liebt Liebesgeschichten mit Happy End, in denen sich die Prinzen und Prinzessinnen am Ende doch noch kriegen. Obwohl sie weiß, dass das alles nur Lug und Trug ist, kann sie sich nicht dagegen wehren. Gerade sie, die sich stets rühmt, mit beiden Beinen fest auf dem Boden der Tatsachen zu stehen, würde als erste in eine Montgolfiere steigen. Jedoch kann sie es nicht leiden, wenn man es ihr auf

den Kopf zusagt, sodass sie dann immer in die Defensive geht. »Was ist schon dabei, zu träumen? Sonst wäre das Leben noch trister, und außerdem ist schon so mancher Traum wahr geworden.«

Nachdem sie wieder aus dem Keller zurück ist, wo sie einen guten Wein geholt hat, stellt sie die beiden Flaschen auf den Küchentisch und lässt sich auf einen Stuhl sinken. Immer und immer wieder murmelt sie vor sich hin, wie um sich selbst zu überzeugen: Er ist nicht mehr der alte Rapha, wie du ihn kennst, und selbst wenn er es wäre, vergiss nie, was er dir angetan hat. Vergiss nie, dass du seinetwegen durch die Hölle gegangen bist, dass alles wie weggeblasen ist, wenn er auftaucht, und dass du jedes Mal wieder an einen Neuanfang glaubst. Vergiss auch nicht, dass ihr zwei noch eine Rechnung offen habt. Für die eine Geschichte wirst du geradestehen müssen, mit der du ihn in der Unbekümmertheit deiner Jugend so sehr verletzt hast, als du über die Stränge geschlagen hast und glaubtest, dass dein bloßes Wiederauftauchen genügen würde, um ihn alles vergessen zu machen, all die Qualen, die er wie ein Wucherer aufgelistet hat und die du ihm Stück für Stück wirst zurückzahlen müssen.

Schon, aber… da sind doch noch die ganzen Jahre, die sie mit ihm verbracht hat und die sie nicht vergessen kann. All die Tage, an denen sie durch Galerien und Museen schlenderten, Kinos und Kneipen besuchten. Während er sie mit seinem Wissen überhäufte, machte sie ihn auf einen kitschigen Brunnen in einer abgelegenen Straße oder auf eine Taube aufmerksam, die sich in das Schaufenster einer Bäckerei verirrt hatte. Als er die ersten Male zögerte, seine Zeichnungen Galerien anzubieten, war sie diejenige, die die Tür aufstieß. Wenn sie an sich zweifelte, appellierte er

an ihr Selbstvertrauen. »Niemals aufgeben!«, lautete seine Devise, die er auf eine große, weiße Leinwand gepinselt hatte. Niemals aufgeben... Und dann die Nächte, in denen sie bis drei, vier Uhr aufblieben. In denen sie redeten, lachten, schmusten, sich ihre heimlichen Ängste beichteten. »Nie wieder werde ich jemanden lieben können wie dich«, gestand sie ihm eines Nachts. »Was sollte ich einem anderen schon Neues erzählen? Ich habe nämlich keine Lust, mich zu wiederholen.«
»Erzähl mir alles, aber auch alles«, insistierte er, »damit ich die Gewissheit habe, dich nicht zu verlieren.« Sie flüsterte ihm ins Ohr: »Und du, könntest du eine andere lieben?« Er gab keine Antwort. »Antworte mir, Rapha, antworte doch.«
»Wozu, du kennst die Antwort.«
»Auch nicht Lucille, die viel besser aussieht als ich?«
»Stimmt schon, Lucille ist eine Schönheit, aber du... du weckst in einem die Begierde, das Verlangen. Immer und unablässig...« Beruhigt atmete sie auf. Ihr war es lieber, begehrt statt respektiert zu werden. Sie war sich nie darüber im Klaren, was sie mit Rapha wollte. Gewiss, sie liebte ihn, aber sie wollte auch die Welt entdecken. »Die ganze Welt?«, fragte er belustigt und besorgt zugleich.
»Die ganze Welt«, sagte sie bedeutungsvoll.
Sie hatte bereits ziemlich viel von der Welt gesehen, als Rapha sie eines schönen Tages verließ. Es gibt da eine andere, hatte er ihr gleichmütig verkündet. Wer diese andere war, hatte sie nie wissen wollen, um ihren Schmerz mit dem konkreten Bild einer Rivalin nicht noch größer zu machen. Sie war nach London gegangen. Dort hatte sie Philippe wiedergetroffen, der gerade frisch in das Geschäft

seiner englischen Partner eingestiegen war. Sie hatte die Vorlesungen an der London School of Design besucht. Nach ihrer Rückkehr nach Paris war sie mehrmals umgezogen und hatte es sich verboten, dass der Name Raphaël Mata in ihrer Gegenwart ausgesprochen wurde. »Nur so komme ich darüber hinweg. Nur so. Du kennst mich ja, du verstehst das«, hatte sie Philippe anvertraut.

Ihr Wunsch war respektiert worden. Tatsächlich hatte sie nie wieder etwas von ihm gehört bis zu jenem Tag, als sie sich begegnet waren und alles von vorn begonnen hatte. Um genauso schnell wieder zu enden, dann wieder zu beginnen und erneut zu enden. Sie verstand die Welt nicht mehr. Sie fand sich damit ab, ihn zu lieben und dabei zu leiden. Die schmerzliche Leere seiner Abwesenheit mit flüchtigen Abenteuern zu füllen, an die sie sich vage klammerte. Sie nannte sie ihre »Nutzliebhaber«. Nützlich, um ihren Kummer zu verdrängen, nützlich, um sie aus ihrer Apathie wachzurütteln, aber auch nützlich, man muss es erwähnen, für ihre Geschäfte. Sie hatte erkannt, dass eine Frau es in dieser Männerwelt allein nicht weit bringt. Oder höchstens, wenn sie unablässig ihre Originalität und ihre Macht behauptet, wozu ihr die nötige Kraft fehlte. Sie kam nicht ohne Beschützer aus. Dabei ist es ihr sogar passiert, dass sie sich verliebte. Dass sie darauf wartete, dass das Telefon klingelt. Aber sobald das Klingeln ertönte, verflog die Liebe. Dann fiel der Mann aus dem mystischen Himmel, in den sie ihn gehoben hatte. War wohl nichts mit Liebe, war ihr verdrossenes Fazit. Er war wohl nicht der Richtige, um ihn zu vergessen. Und außerdem… sobald sie anfing, Rapha mit dem Nutzliebhaber zu vergleichen, behielt Rapha die Oberhand. Ich kann es auch nicht ändern, seufzte Clara.

Was macht einen Menschen eigentlich für einen anderen wertvoll? Warum glaubt man, dass man auf bestimmte Menschen genauso wenig verzichten kann wie auf die Luft zum Atmen?
Zusammen mit Rapha war sie groß geworden, zusammen waren sie wie eine einzelne und einzigartige, verschlungene Weinranke, die aus zwei Stängeln entsprang, die sich umeinander schlangen, die eine um die andere. Sie nährten, stärkten und halfen sich gegenseitig, um nach oben zu wachsen, bis in den Himmel hinauf. Es gibt offene und engstirnige Menschen. Während die einen das Leben bejahen, es in großen Zügen in ihre weit geöffneten Köpfe einatmen, verschanzen sich die anderen, sodass das Zusammenleben mit ihnen einen erstarren, verkümmern und in Stücke brechen lässt. Am Ende ähnelt man dem, wofür die anderen einen halten, hatte sie von einem südamerikanischen Schriftsteller gelesen. Sie wollte ja das sein, wofür Rapha sie hielt.
Hör auf, dir etwas vorzumachen, Mädchen! Hör auf damit! Du armes Kind! Das Leben ist kein Zuckerschlecken, das weißt du genau! Gerade du, die damit angibt, der Realität ins Auge zu sehen: Mach die Augen auf! Sei auf der Hut! Lass dich nicht von ihm benutzen und wieder wegwerfen, wie es ihm gerade passt!
Obwohl das Telefon klingelt, bleibt sie sitzen. Und wenn er es ist? Um abzusagen? Der Anrufbeantworter ist an, sodass sie wartet, bis er sich einschaltet. Langsam lenkt sie ihre Schritte in Richtung Schreibtisch, wo der Anrufbeantworter, das Fax und der nagelneue Farbkopierer stehen, den sie sich vor kurzem erst zugelegt hat. Ein Canon für 1690 Francs, ein echtes Schnäppchen. Eine Stimme erhebt sich im Raum.

»Clara, hier ist Lucille! Ich bin erst seit heute Morgen wieder aus New York zurück, deshalb konnte ich dich nicht früher anrufen. Die Premiere ist sehr gut gelaufen. Die Presse hat sich förmlich überschlagen! Ein Riesenerfolg… Freitagabend werde ich auf jeden Fall kommen. Du kannst mich heute Abend zu Hause erreichen, aber bitte nicht so spät! Ciao, ciao!«

Neben dem Anrufbeantworter steht das Faxgerät, an dessen Ende sich das Papier aufrollt. Clara bückt sich, setzt sich an den Schreibtisch und streicht das Papier mit beiden Händen glatt.

Als sie Joséphines Handschrift erkennt, muss sie lächeln. Seit ihre Freundin in die Provinz nach Nancy gezogen ist, fehlt sie ihr. Ihr Mann, Ambroise de Chaulieu, hat dort eine Klinik errichten lassen, die so gut läuft, dass seine Anwesenheit mittlerweile unentbehrlich ist. Lange Zeit hat Joséphine sich dagegen gesträubt und ist weiterhin mit ihren drei Kindern in Paris geblieben. Dann musste Joséphine sich wohl oder übel dem Unvermeidlichen fügen, sodass die kleine Familie in Nancy wieder vereint war. Clara hat sie einmal besucht, als sie gerade frisch umgezogen waren. Ambroise, den seine Frau spöttisch nach dem berühmten Chirurgen »Paré« nennt, hatte ganze Arbeit geleistet: So hatte er eine herrliche Wohnung in der Stadtmitte mit hohen Decken, marmornen Kaminen und lackierten Holzvertäfelungen gemietet. Joséphine kümmert sich um die Kinder, den Haushalt, tischt Abendessen vom Feinsten mit edlen Gedecken auf, hat eine Haushälterin, die genauso dick ist wie gutmütig, aber leidet unter einer Langeweile, die scheinbar unerträglich ist, wären da nicht ihre drei Kinder, die sie abgöttisch liebt, »meine Mäus-

63

chen« nennt und für die sie voller Eifer sorgt. Am Telefon beschwert sie sich häufig über ihr monotones Leben und verspricht immer pikante Details, die sie aber schuldig bleibt, weil sie von irgendeinem ihrer Kinder unterbrochen wird, das gerade irgendwo hochklettert oder plärrt. Clara ist es unbegreiflich, dass sie sich von ihrem Nachwuchs so vereinnahmen lässt. »Wie wäre es, wenn du sie für die Zeit ersäufst, in der wir uns unterhalten?« ist einer ihrer typischen Vorschläge, auf die ihre Freundin dann verärgert entgegnet, dass das überhaupt nicht witzig sei. Wenn es sich um ihre Mäuschen handelt, verliert sie jeglichen Sinn für Humor. Selbst wenn sie den Haushalt einer Dritten überlassen würde, den Platz bei ihren Kindern würde sie niemals räumen. Vermutlich würde jede liebevolle und selbstlose Mutter so handeln, sagt sich Clara, während sie wehmütig an diesen Status denkt, der ihr völlig unbekannt ist, und an ihre Mutter, an die sie nur eine verschwommene Erinnerung hat, nämlich eine lange, braune Gestalt, die sich fast nackt auf dem Balkon bräunt, die schwarzen Haare nach hinten gebunden und das schöne Gesicht der Sonne zugewandt. Als sie sich so präsentierte, hatte Clara die seltene Gelegenheit, ihre Mutter genauer zu betrachten, da sie sonst nie stillsaß, ausging, wiederkam, zerstreut ihre Kinder umarmte, bevor sie sich eine Zigarette anzündete und sich ans Telefon hing. »Mama ist wie ein Windhauch«, meinte Philippe einmal.
»Was ist ein Windhauch?«, fragte Clara.
»Etwas, das so schnell ist, dass man es nicht festhalten kann...«
Clara greift sich das Bündel Faxpapier, legt die Füße auf die große Schreibtischplatte und beginnt zu lesen:

Liebste Clarinette,
da ich gerade etwas Luft habe, möchte ich dir ein paar
Zeilen schreiben... Außerdem kann ich so das Faxgerät einweihen, das Paré aus dem Büro mitgebracht
hat. Es gäbe so viel zu berichten, was ich mich am
Telefon nicht zu sagen traue, aus Angst, die Kinder
könnten etwas mitbekommen. Ich möchte nicht, dass
sich meine wirren Ideen in ihren kleinen, unschuldigen Köpfen festsetzen. Sonst hängt irgendwann ganz
groß NO FUTURE über ihren Betten! Also werde ich
die alte französische Tradition des Briefeschreibens
wiederbeleben. Hast du gewusst, dass zu Flauberts
guter, alter Zeit die Post fünf- bis sechsmal am Tag
zugestellt wurde? Versprich mir, dieses Fax nicht aufzuheben, sondern es sofort zu vernichten, sobald du es
gelesen hast, sonst muss ich mich am Riemen reißen
und mich selbst zensieren. Was ein Jammer wäre, wie
du noch feststellen wirst...
Heute ist ein ganz normaler Sonntag: Paré schläft vor
dem Fernseher, mit einer Flasche Bier auf dem Bauch,
und Mama, die zur Zeit bei uns weilt, ist mit den
Mäuschen spazieren gegangen. Klammer auf: Wenn
Mama da ist, ist Paré wie ausgewechselt. Er blüht geradezu auf, hebt die Ellbogen über den Tisch, nimmt die
Krawatte ab, wenn er nach Hause kommt, und kann
sich manchmal sogar das Lachen nicht verbeißen; sie
schmeichelt ihm, verbietet ihm, über die Arbeit zu
reden, wickelt ihn um den Finger, und er lässt es voller
Entzücken mit sich geschehen. Er lässt sich sogar öfter
blicken, was für einen Ehemann beachtlich ist. Ich bin
zu dem Schluss gekommen, dass er mich wegen mei-

ner Mutter geheiratet hat. Eines Tages werde ich ihn dabei erwischen, wie er gerade die Nase zwischen ihre Brüste steckt. Klammer zu.

Endlich! Wenn ich schon einmal ein paar Stunden Ruhe habe, möchte ich sie mit dir verbringen und das tun, was mir am meisten Freude bereitet: schreiben. Wie du weißt, führe ich seit kurzem ein Tagebuch, jedoch habe ich solche Panik davor, dass Paré es in die Finger bekommt, und verstecke es daher immer so gut, dass ich es nicht mehr wieder finde. Also beginne ich immer wieder ein neues… das ich dann ebenfalls verlege. Wenn ich einmal tot bin, wird Paré einen Anfall bekommen, wenn er sie alle findet. Nach den Tagebüchern der jungen Damen aus dem 18. Jahrhundert, für die ich eine besondere Vorliebe habe, wie dir bekannt sein dürfte, müsste ich mich eigentlich mit irgendeiner Arbeit beschäftigen wie Sticken oder Nähen, nützliche Beiträge für den Haushalt, aber diese guten Zeiten sind längst überholt, und ich ziehe es vor, zur Feder zu greifen und mit dir zu plaudern. Zwar weiß ich nicht, ob ich meinen seligen Vorgängerinnen, Madame de Sévigné, Madame du Deffand, Madame de Genlis und anderen spitzzüngigen Klatschbasen (wie die übereinander hergezogen haben!), stilistisch gewachsen bin, aber ich versuche mein Bestes! Leider ist die Sprache nicht mehr dieselbe, sodass ich meine liebe Mühe haben werde, mich mit ihrer brillanten Ästhetik zu messen, hatata hatata.

Mein Leben ist so langweilig, dass ich gar nicht recht weiß, worüber ich dir schreiben soll, ohne dich ebenfalls zu langweilen. In Nancy liegt der Hund begraben, oder zumindest so gut wie. Der Laden bei uns an der Ecke (der, in dem du so gerne Nägel und Schraubenzieher gekauft hast) hat dichtgemacht; dafür kommt jetzt ein McDonalds hinein. Arthur und Julie habe ich sofort verboten, dorthin zu gehen, und habe ihnen dazu Fotos von fettleibigen amerikanischen Blagen gezeigt, die jetzt an der Kühlschranktür kleben. Julie hat das Gesicht verzogen, geschafft! Arthur dagegen hat sich nicht so leicht abschrecken lassen; seine kleinen Schulkameraden haben ihn bereits verdorben. Und Nicolas hat mit einem Finger, der mit dem guten, von mir mit Liebe zubereiteten Kompott verschmiert war, auf die Fotos gezeigt und dabei »böse, böse« geschrien! Beim letzten Diner bei Monsieur Unterpräfekt wurde gemunkelt, dass die Gattin des Notars ein anrüchiges Verhältnis mit dem jungen Arzt habe, der eben erst aus Paris gekommen ist und den ich Doktor Propeller nenne, weil er es immer so eilig hat! Ein gut aussehender, kräftiger junger Mann mit vollen, roten Lippen und funkelnden Augen. Heimlich wird über seine Versetzung beraten, während ich voller Neid die schöne Hure von oben bis unten mustere. Zugegeben, sie scheint richtig zu strahlen und wackelt mit dem Hintern, als sende sie Signale der triumphierenden Wollust aus!

Bei mir geht es dagegen prosaischer zu: Ich musste meinen wilden Thymian wieder hereinholen, sonst wäre er völlig erfroren, und nun ziert er meine Küche. Ambroise hat mir vorgeschlagen, eine Satellitenschüssel auf dem Dach anbringen zu lassen. Zwar behauptet er, es sei zu meiner Ablenkung und als Ersatz für Paris, aber ich weiß ganz genau, dass es ihm in Wirklichkeit um all die Fußball-, Tennis-, Golfspiele etc. geht. Das nennt man wohl Scheinheiligkeit in der Ehe oder die Kunst, seinen Ehepartner zu verarschen, indem man ihm großzügig ein Geschenk spendiert, um es für eigene Zwecke zu verwenden! Erinnerst du dich, dass ich dir einmal geloben musste, mir nie etwas vormachen zu lassen? Ich habe deine Ratschläge nicht vergessen. Ich halte die Augen offen, und das ganz genau! Ich bin nicht wie dieses Dummchen Agnès, die versucht, ihre Ehe durch Eintragungen in Beschwerdeheftchen zu retten. Eine Ehe ist nicht zu retten, weil sie wider die Natur ist, basta!

Ich bereue es so sehr, Paris aufgegeben zu haben, mit den Straßentheatern und den Lichtern im Künstlerviertel, wenn der Tag sich dem Ende neigt. Obwohl, mit meinen drei Mäuschen kam ich ja kaum dazu, Paris zu erleben… Hier sind sie jedenfalls besser aufgehoben als in der von Abgasen verpesteten Pariser Luft! Hier sind ihre Bäckchen schön rosig, sie schlafen wie junge Hunde und haben einen Mordsappetit auf all die Sachen, die ich ihnen zubereite. Zu Tisch lese ich ihnen immer die »Maximen« von La Rochefoucauld oder »Poil de carotte« vor. Manchmal ist ihnen das noch zu hoch. Aber egal, zumindest kann ich dabei meinen Gedanken freien Lauf lassen. Irgendwelche Sätze oder Gedanken bleiben immer hängen. Weißt du noch, was Großmutter Mata über das geistige Waffeleisen im Kopf sagte? Sie hatte völlig Recht, die resolute alte Dame. Als Mutter muss ich oft an sie denken. Wie hat sie immer gesagt: Eine Mutter ist unersetzlich. Wie Recht sie hatte!

Ach ja! Du weißt ja noch gar nicht das Neueste: ER will noch ein Kind. Als ob drei nicht schon genug wären! Er meint, das würde seine Männlichkeit bestätigen! Worauf ich ihm erwidert habe, das würde meine Weiblichkeit ruinieren! Er war nicht gerade begeistert. Er hasst es, wenn ich mich schlagfertig zeige. Dann glaubt er, dass ich mich ihm widersetze. Verwundert zieht er dann eine Augenbraue hoch und nennt mich eine Feministin. Für Paré ist eine Frau, die selbstständig denkt, gleich eine giftige Frauenrechtlerin! Eine Frau soll gefälligst von ihrer Meinung keinen Gebrauch machen, außer in Haushaltsangelegenheiten oder um ehrfürchtig Komplimente über ihren Gatten hervorzustottern. Dabei weißt du doch mit Sicherheit auch noch, wie inbrünstig er um mich herumgeschwänzelt ist, als wir uns an der Uni kennen gelernt haben. Mit welchem Feuereifer wir gemeinsam gelernt haben. Wie wir uns in die Arme fielen, wenn unsere beiden Namen auf den Aushängelisten mit den Prüfungsergebnissen standen! Und was für Pläne wir schmiedeten! Zu jener Zeit hatte ich den Eindruck, ihm ebenbürtig zu sein. Eine gleichberechtigte Partnerin. Mit der Hochzeit ist alles anders geworden. Jetzt bin ich nur noch Madame Ambroise de Chaulieu, eine erfolgreiche Gebärmaschine ohne Mitspracherecht. Ich muss dir etwas gestehen: Manchmal hasse ich ihn richtig! Oder, um genauer zu sein, hasse ich seine männliche Selbstgefälligkeit. Mittlerweile glaube ich, dass ich Männer nicht ausstehen kann. Außer beim Sex. Ich respektiere sie nicht mehr als Menschen. Ihre Art, wie sie die Frauen behandeln, stößt mich ab, es sei denn, sie spielen den Verführer. Wenn sie sich aufplustern und sich die tollsten Lügen ausdenken, um eine Frau ins Bett zu bekommen. Oh Gott! Du solltest ihn einmal erleben, wenn er über seine Geschäfte (seine Klinikgeschäfte) spricht! Man könnte meinen, er wäre der König von Frankreich! Und dann das Chaos, das er ständig zu Hause hinterlässt, als wäre es selbstverständlich, dass eine Frau hinter ihm herräumt, oder seine Art, nach dem Essen zufrieden aufzustehen, ohne jemals auf die Idee zu kommen, den Tisch abzuräumen (vor allem am Wochenende, wo mir niemand zur Hand geht), oder die Schmierzettel, die er mir morgens immer hinterlegt, als wäre ich seine Sekretärin, mit einer langen Liste von Besorgungen darauf ... Selbst Kleinigkeiten machen mich rasend: Wenn er auf die Toilette geht, lässt er permanent die Klobrille oben! Permanent! Tag für Tag ist die Klobrille hochgeklappt! Wie auf Befehl! Und wenn ich sehe, dass Arthur (Nicolas ist noch zu klein!) ebenfalls mit solchen Unsitten anfängt, sträuben sich mir die Haare! Trotzdem halte ich mich zurück, da ich meine Tochter nicht mit meiner Abscheu vor dem männlichen Geschlecht anstecken will! Aber meine Erfolgschancen sind äußerst mager. Neulich meinte Julie seufzend, als sie von der Toilette kam: »Warum können die Jungs *nie* die Klobrille herunterklappen? Warum müssen immer wir Frauen das machen? Sind wir ihre Dienstmagd oder was?« Ich konnte mir das Lachen nicht verkneifen. Aber gleichzeitig dachte ich, dass sie lediglich das nachplappert, was sie aufgeschnappt hat. Was sie aus *meinem* Mund aufgeschnappt hat. Sie hat nur

meine Zornausbrüche wiederholt, und das mit acht Jahren! Mir lief es kalt den Rücken hinunter…
Trotzdem ist er ein guter Kerl, mein Paré. Er ist weder bösartig noch geizig, noch grausam, noch ein Säufer oder ein Schürzenjäger. Er liebt mich, dessen bin ich mir sicher, aber er ist eben ein Mann. Das ist der Haken! Er traut mir überhaupt nichts zu. Als ich ihm vor kurzem erzählt habe, dass du mir ein Buch geschickt hast, du weißt ja, das Tagebuch der Eugénie de Guerin, hat er mich nur erstaunt angesehen und gemeint: »Du liest Bücher? Das ist fein, mein Schatz!« Oh! Dieser patriarchalische Ton, als wäre ich irgendeine Buschfrau, die weder lesen noch schreiben kann, mit einem Knochen im Haar und Palmblättern um die Brüste! Aus Rache habe ich beschlossen… ihn zu schröpfen. Und zwar mit einer neuen Haushaltssteuer, die ihm nicht wehtut, dafür aber meinen Hass zur Genüge lindern wird. Für jede Beleidigung klaue ich ihm hundert, zweihundert, dreihundert Francs… aus der Hosentasche. Oder ich lasse seine Kreditkarte verschwinden (er kontrolliert nie seine Kontoauszüge). Das gibt mir Trost, vertreibt meine Hassgefühle und gibt mir meine Selbstachtung zurück, die, wie schon der alte La Rochefoucauld sagte, die Grundlage all unserer Gefühle ist. Ach, ihr dummen Ehemänner, würdet ihr etwas mehr Rücksicht auf das Selbstwertgefühl eurer Frauen nehmen, gäbe es weniger Scheidungen, weniger Seitensprünge und weniger ständige Gehässigkeiten! Manchmal kommt es sogar vor, dass er sagt: »Hm, das verstehe, wer will. Heute Morgen habe ich noch tausend Francs abgehoben,

und jetzt ist davon fast nichts mehr übrig!« Dann entgegne ich ihm mit geheuchelt mitleidigem Blick: »Ach Schatz! Wenn du dein Geld nicht ständig lose mit dir herumtragen würdest, würdest du es auch nicht verlieren!« Woraufhin er mich wie Arthur ansieht, wenn sein ferngesteuertes Auto sich selbstständig macht. Wenn du wüsstest, welche Genugtuung es mir bereitet, so unverschämt zu lügen! Es ist, als wäre ich eine andere, als gäbe es da ein zweites Ich, als würde ich Theater spielen... Mittlerweile bin ich Expertin darin, meinen Mann zu belügen. Ich schmiere ihm Honig um den Mund. Es fällt schon beinahe auf. Ich sage ihm, dass er der Klügste, Begabteste, Tüchtigste in seiner Klinik sei und dass er mit vierzig noch den festen und knackigen Körper eines jungen Mannes hätte, ohne ein einziges graues Haar. Mit großen Augen, die ihn anhimmeln, lausche ich seinen Worten, sodass er mir hinterher keinen Wunsch mehr abschlagen kann. Aber davor muss man erst vor Seiner Königlichen Hoheit Zipfel der Erste einen Kniefall machen und ihm in den Arsch kriechen. Obwohl ich dieses Spielchen bis zur Perfektion betreibe, muss ich eingestehen, dass es mich manchmal vor mir selbst ekelt. Ich hätte nie mein Studium wegen der Heirat abbrechen dürfen. Deswegen predige ich meiner kleinen Julie bis zum Erbrechen: »Bleibe un-ab-hän-gig, mein Kind!« Ich weiß, sie ist gerade erst acht Jahre alt, aber man kann nicht früh genug damit anfangen.

Mit den Zusatzeinnahmen aus der von mir auferlegten Ehesteuer leiste ich mir hie und da ein paar Kleinigkeiten: So schenke ich einem Penner hundert Mäuse (ich kann mir bildlich das Gesicht vorstellen, das Ambroise ziehen würde, wenn er davon wüsste!), ich kaufe mir Klamotten, Cremes für Gesicht und Körper, Parfums, Bücher (tonnenweise Bücher), CDs. Neulich habe ich mir eine Dose Kaviar gegönnt, die ich nachmittags mutterseelenallein mit einer Flasche Champagner und Crackern verdrückt habe. Dafür habe ich den Esstisch mit einer hübschen Tischdecke geschmückt, das Silbergeschirr herausgeholt, eine Callas-CD eingelegt und es mir dabei so richtig schmecken lassen, indem ich mir jedes einzelne der recht großen, knackenden und köstlichen Kügelchen auf der Zunge zergehen ließ. Julie und Arthur waren noch in der Schule. Nicolas schlief. Die Haushälterin war krank. Und ich sehnte mich nur nach einem: nach absoluter Ruhe. Niemandem zu Dank verpflichtet zu sein. Aber leider war mir diese Ruhe nicht lange vergönnt. Madame Ripon (die Haushälterin) blieb noch länger weg. Also musste ich mich um alles kümmern! Um Haushalt, Bügeln, Kochen und Kinder! Der totale Horror! Ich hätte sie alle im Mixer pürieren können! Vor allem, als ich merkte, dass ich wie eine Verrückte versuchte, alles auf Hochglanz zu polieren! Ich finde keine Ruhe, solange nicht alles picobello ist, sodass ich bereits zur Furie werde, wenn nur irgendeiner mein Meisterwerk mit einem Krümel verunziert. Wie kürzlich, als Paré in *meiner* lupenreinen Küche ein Rumpsteak »kreieren« wollte und mir dabei alles mit Fett verspritzt hat! Ich hätte ihn umbringen können. Wahrscheinlich hat es auch damit zu tun, dass er nicht mehr mit mir schläft... Willst du wissen, was ich abends immer mache, wenn er

neben mir schnarcht? Ich mache es mir selber. Selbst wenn ich mich vor lauter Lust neben ihm krümme, bekommt er es nicht einmal mit. Hinterher bin ich immer so deprimiert, dass mir die Tränen kommen. Dann quäle ich mich mit dem Gedanken, dass ich ein erbärmliches Leben führe, das Leben einer frustrierten, unnützen Ehefrau, ein Leben, das keinen Pfifferling wert wäre, wenn es meine Mäuschen nicht gäbe.
Bitte vernichte dieses Fax, sobald du es gelesen hast…
Keine Sorge: Außer dir weiß niemand über meinen Frust Bescheid. Wenn du sehen könntest, wie ich mich verstelle, wärst du bestimmt überrascht. Ich bin die perfekte Ehefrau! Wie schrieb schon Madame du Deffand, als sie sich über ihre alte Rivalin Madame du Châtelet ausließ: »Madame verwendet so viel Mühe darauf, den Schein zu wahren, dass man letztendlich überhaupt nicht mehr weiß, wer sich dahinter verbirgt.« Gelegentlich stelle ich mir diese Frage ebenfalls. Was mich dann stets in eine schmerzvolle Agonie versetzt, in der ich mir das Gehirn zermartere. Ab und zu lüftet sich jedoch der Schleier, dann aber mit einer solchen Heftigkeit, dass ich mir die Frage stellen muss, ob dies tatsächlich die Lösung wäre…
Wie neulich, zum Beispiel…
Also, ich sollte zu Ambroises Mutter nach Straßburg fahren. Wegen einer heimlichen Geldschieberei.
Wie du weißt, sind seine Eltern stinkreich. Aber wirklich stinkreich. Denen kommt das Geld schon aus beiden Ohren raus. Jedoch, wie es sich für anständige Franzosen geziemt, halten sie damit hinterm

Berg und machen ein Heidengeschiss um ihre Millionen. Kein Fleck auf der Erde, wo sie nicht ein Konto haben: Panama, Schweiz, Vereinigte Staaten, Kanada. Schon mehrmals habe ich mit dem Gedanken gespielt, sie ans Finanzamt zu verpfeifen. Kannst du dir vorstellen, was ich den Chaulieus damit für einen Schrecken einjagen würde? Aber was soll's... ich lasse es lieber. Nun, da Weihnachten vor der Tür steht, war es Schwiegermamas Wunsch, uns ein materielles Geschenk zu kredenzen, aber sie wollte unter keinen Umständen einen Scheck ausfüllen, geschweige denn es mit der Bank oder Post überweisen (Das könnte ja jemand mitbekommen!). Schließlich soll es ja geheim bleiben, dass sie Geld wie Heu haben, das gut getarnt in guten Verstecken im Umlauf ist. Also musste das Mädchen für alles mit dem Knochen im Haar und dem Baströckchen in den Zug nach Straßburg steigen, um Schwiegermamas Kröten abzuholen. Ambroise Paré war schließlich zu beschäftigt, um auch nur ein paar Stunden zu opfern, und außerdem konnte er keineswegs auf seinen Wagen verzichten (Meiner war gerade in der Werkstatt. Nicht übel, dieser Mechaniker! Wenn ich ihn so sehe, in seinem Blaumann, mit ölverschmierten Händen, hager und groß, mit diesem strengen Blick, mit dem er mich abschätzig ansieht, weil ich wieder einmal Kupplung mit Kühlschlauch verwechsle, laufe ich sofort rot an! Ich frage mich, wie er wohl reagieren würde, wenn *ich* ihn einmal in Verlegenheit brächte. Ich hätte ja gute Lust dazu...). Folglich erteilte er mir den Auftrag, mir »irgendwas wegen der Kinder

einfallen« zu lassen und mich nach Straßburg aufzumachen, um den Zaster zu holen.
Tapfer schlucke ich meine Wut hinunter und gebe nach, während ich mir gleichzeitig schwöre, dass er mir diese neuerliche Demütigung teuer bezahlen wird. Du weißt ja über das vorzügliche Verhältnis zwischen meiner Schwiegermutter und mir Bescheid. Noch immer hat sie es nicht verdaut, dass ihr Sohn ausgerechnet mich geheiratet hat, wo ich doch weder Vermögen noch die richtige Ahnenreihe besaß, die würdig genug gewesen wäre, in einem Goldrahmen neben all den verknöcherten Schurken in dem vornehmen Speisesaal aufgehängt zu werden. (Mich beschleicht der Gedanke, dass mein Proletarierblut nur von Vorteil für diese Sippe sein kann!) Als Bäckerskind aus Montrouge schade ich nur diesem edlen Geschlecht, auf das sie sich soviel einbildet. Du solltest einmal sehen, wie sie mit meiner Mutter spricht, wenn sie ihr zufällig begegnet. Der Kulturschock schlechthin! Und meine Mutter setzt noch einen drauf mit Sätzen wie »Ist mein Baguette etwa nicht frisch?«, was die Alte zur Weißglut bringt!
Jedenfalls habe ich mich wieder beruhigt, als ich im Zug sitze. Während ich mein Spiegelbild im Zugfenster betrachte, sinniere ich darüber, dass mir gerade meine besten Jahre flöten gehen. Weil mein Abteil quasi wie ausgestorben ist und ich die Schnauze voll davon habe, meinen Ärger hinunterzuschlucken, wo doch sowieso keiner da ist, mache ich mich auf zur Bar. Dort bestelle ich einen Tee (der unerwartet gut schmeckt, hast du das auch schon bemerkt? Obwohl

sie nur Beuteltee in Plastiktassen servieren...) und ein Stück Teekuchen zur Stärkung. Mit unendlicher Sorgfalt wickle ich den Kuchen aus dem Zellophanpapier, um ja keinen Krümel zu vergeuden, als ich wie aus einer glücklichen Ahnung heraus den Blick hebe und einen recht verführerischen jungen Kerl wahrnehme. Er muss um die zwanzig sein. Groß, leger, geheimnisvoll, mit schulterlangen blonden Haaren, breiten Schultern, einem Waschbrettbauch, grauen Augen, einem sinnlichen Mund, den ich mir zwischen meinen Schenkeln vorstelle, einem marineblauen Pullover und einer schwarzen Lederjacke. Alles in allem ziemlich sexy! Unsere Blicke treffen sich. Ich halte dem Blick stand. Er aber nicht. Also beschäftige ich mich weiter mit meinem Kuchenstück und lecke mir wie eine Naschkatze die Finger ab, ohne ihn aus den Augen zu lassen. Bauch rein, Brust raus. Ich höre, wie er sich bei dem Barkellner ein Bier bestellt, dann setzt er sich... neben mich. Ich tue so, als wäre ich völlig in die Betrachtung der Landschaft versunken. »Oh liebliche Maas, du Wonne meiner Kindheit!« Er rückt näher, wobei er sein Bein gegen meines drückt. Ich bewege mich nicht. Jetzt lehnt er sich mit dem ganzen Körper gegen meinen, nützt das Wackeln des Zugs aus, um sich auf mich zu stützen. Um sich meiner stummen Zustimmung zu versichern. Noch immer halte ich das klebrige Stück Teekuchen zwischen den Fingern, weiß aber nichts mehr damit anzufangen. Drüben unterhält sich der Kellner gerade mit einem Kollegen, wobei er uns den Rücken zudreht. Während die Landschaft vorüberzieht, sind wir allein, völlig ungestört. Mich packt

ein wildes Verlangen, das in meinen Brüsten brennt.
Ich kann an nichts anderes mehr denken. Nämlich
daran, dass er es mir besorgen soll. So richtig. Dass ich
sein festes, geiles Fleisch in meinem spüren will...
Ich weiß, Süße, ich weiß. Du denkst jetzt sicher,
dass so etwas heutzutage leichtsinnig ist. Weil man
die Lust eventuell mit dem Leben bezahlt. Aber ich
war so scharf darauf! Außerdem, was ist schlimmer?
Langsam an der ehelichen Schmuseminute einzugehen
oder im Feuer der Lust zu verbrennen?
Um ehrlich zu sein, habe ich daran keinen Gedanken
verschwendet. Zwischen meinen Brüsten glühte es,
meine Lippen waren vor Verlangen geschwollen, der
Nacken ganz starr und die Sinne wie winzige Vogel-
schnäbel, die nach Futter verlangen. Ich witterte das
wilde Tier in der Savanne. Und ich wollte die Löwin,
Tigerin oder lang ausgestreckte Giraffe unter dem
Bauch des brünstigen Raubtiers sein! Wir stehen auf.
Ohne ein Wort. Wie zusammengewachsen. Jeder Ruck
des Zugs reißt uns auseinander, um uns dann wieder
aneinanderzustoßen. Alles war wie ausgestorben,
ehrlich, kein Mensch zu sehen. Als wir das erste Zwi-
schenabteil passieren, packt er mich an den Haaren
und küsst mich so wild, dass ich mich ihm ganz und
gar hingebe. Dann sind wir in das nächstbeste freie Abteil. Wir haben die Tür verriegelt und es bis Straßburg
in allen erdenklichen Stellungen miteinander getrie-
ben...
*Versprichst du mir, dass du dieses Fax vernichtest, so-
bald du es ganz gelesen hast? Versprochen?* Als wir
in Straßburg ankamen, haben wir unsere Kleider ge-

ordnet. Ohne ein Wort zu wechseln. Die ganze Zeit über war kein einziges Wort gefallen, mit Ausnahme von vulgärem Zeug und willkommenen Befehlen wie »Dreh dich um«, die dich noch devoter, geiler und willenloser werden lassen. Wir verließen das Abteil, ohne »Auf Wiedersehen«, »Bis bald«, »Wie heißt du eigentlich?« oder anderen Schwachsinn dieser Art zu sagen. Beschwingten Schrittes betrat ich den Bahnsteig und stieg in ein Taxi. Als ich an mir roch, war da der Gestank von Luxus und zügellosem Sex. Schwiegermama hat ein empfindliches Näschen, sodass ich mir grinsend ihr perplexes Gesicht vorstellte. Und so kam es auch: Als sie mich umarmte, wandte sie das Gesicht ab und bat mich, mich für das Abendessen umzuziehen, zu dem die Sowiesos und die Sowiesos eingeladen waren. Mir kam es sehr gelegen, einer dieser steifen Unterhaltungen mit meinen Schwiegereltern entgehen zu können, und ich versprach ihr deshalb, mich unverzüglich frisch zu machen. Auch wollte ich allein sein, um noch einmal alles Revue passieren zu lassen. Ich sprang unter die Dusche und seifte diesen Körper ein, der sich noch vor wenigen Minuten unter dem eines Fremden gewunden hatte. Mit geschlossenen Augen kostete ich diese Erinnerung aus, kostete sie bis zum Letzten aus, bis ich mich schließlich in der Duschwanne kauernd wieder fand. Glücklich. Frei. Unschuldig. Reingewaschen von sämtlichem Groll, von sämtlicher Frustration. Erfüllt von Liebe und von Achtung vor der menschlichen Rasse, insbesondere vor den Männern. Vom Zimmer aus rief ich dann Ambroise an und flüsterte ihm Liebesgeständnisse,

Zärtlichkeiten und Schweinereien zu. Der Gute hat gar nichts mehr kapiert, sodass das Gespräch schließlich in das Thema Kinder abdriftete.

Eine halbe Stunde später ging ich dann zu Schwiegermama und Schwiegerpapa in den eiskalten Salon (aus Kostengründen wird er so gut wie nie beheizt), perfekt gestylt im kleinen Schwarzen mit einer Perlenkette (schließlich weiß ich, was in solchen Kreisen erwartet wird). Wir tauschten Banalitäten aus. Zur Ablenkung zog Schwiegerpapa die Louis-quinze-Uhr über dem Kamin auf, um seine Whiskysucht zu betäuben (das Trinken ist ihm nur in Anwesenheit von Gästen gestattet). Schwiegermama überprüfte die Tischordnung und erwähnte einen unvorhergesehenen Gast, dem man noch einen Platz zuweisen müsste. Prima!, dachte ich mir: ein neues Opfer, das ich mir krallen kann. Danach beschäftigte ich mich damit, ihre Freunde zu beobachten. Lauter Opportunisten, Spießbürger, Schießbudenfiguren. Glaube mir, die wählen bestimmt alle Le Pen! Wenn du das Wort »Araber« oder »Jude« in den Mund nimmst, ist es, als würdest du »Schwanz« oder »Eier« sagen! Es klingelte. Rosette, die kleine Haushälterin aus Mauritius (als Billiglohnkräfte sind die Schwarzen doch noch gut genug), machte auf, und herein kamen die Sowiesos, gefolgt von ihrem Sprössling, der kein anderer war, aber du wirst es schon erraten haben, als der Typ aus der Zugbar!

»Hier ist Arnaud, frisch vom Bahnhof«, erklärte Madame Sowieso, um sich für den unvorhergesehenen Gast zu entschuldigen.

»Was für eine glänzende Idee, ihn mitzubringen!«, erwiderte Schwiegermama, »aber ist es nicht ein lustiger Zufall, meine Schwiegertochter kommt auch gerade erst vom Bahnhof!«

»Ha ha ha!«, kicherten die alten Drachen, dass ihre Juwelen klimperten. Ich dagegen sah hinter ihrem Rücken Arnaud an. Mittlerweile trug er ein Jackett, eine Krawatte und ein weißes Hemd, und zwischen seinen Eltern sah er wie ein Vollidiot aus. Er sagte zu mir: »Guten Tag, Madame!«, und zupfte an seinem Hemdärmel herum. Ich entgegnete: »Guten Abend, Arnaud!«, wobei ich die perfekte Schwiegertochter spielte und ihn für den Rest des Abends ignorierte. Nur mit Mühe gelang es mir, ein hysterisches Gelächter zu unterdrücken, als ich hörte, dass seine Mutter ihn Nono nannte. Er wirkte gereizt, hielt sich aber zurück. Als ihm einmal ein Schimpfwort herausrutschte, wies seine Mutter ihn mit einem kleinen, gezwungenen Lächeln zurecht. Jedoch entschuldigte er sich nicht, sondern warf mir einen finsteren Blick zu, sodass ich erneut eine Feuerkugel tief in meinem Bauch spürte. Es hätte nicht viel gefehlt, und ich hätte ihn auf Schwiegermamas Klo gezerrt, um nochmals von vorn zu beginnen! Doch leider kam die Unterhaltung wieder auf das beste Geschäft in Paris zurück, wo man rostfreie Klingen, die spülmaschinentauglich sind, auf alte Silbermesser ziehen lassen kann (nämlich bei »Murgey«, Süße, Boulevard des Filles-du-Calvaire 20. Wenn du sagst, daß das Restaurant »L'Essile« dich schickt, lassen sie mit sich handeln. Man kommt dabei ganz gut weg!).

So, mein Engel, jetzt hast du einen Einblick in mein kleines Provinzleben bekommen. Ich pendle zwischen lauwarm und kochend heiß, zwischen langweiligem Ehealltag und großem Zittern. Harmonie macht träge. Nur Dissonanz bringt Abwechslung. Das ist ein altes hebräisches Sprichwort, das, wie ich finde, bestens auf mich zutrifft. Also zum Teufel mit der Vorsicht und den guten Manieren! Doch ich sehe gerade, dass der gute Paré aus seiner Siesta erwacht. Gleich wird er sich strecken, und dabei wird seine Bierflasche auf den Teppich fallen. Ich muss ihm zu Hilfe eilen… (Ihm oder dem Teppich?!)

Hast du gemerkt, dass ich ihn wieder mehr liebe, nachdem ich ihn hintergangen habe? Ich habe den Eindruck, dass wir wieder gleich sind, dass ich wieder wer bin. Was ist überhaupt Liebe, meine Süße? Und Lust? Passen die beiden zusammen? Weißt du es, du, die du mit deinem Rapha umherirrst, ohne dich (euch) jemals entscheiden zu können? Ich kann dir versichern, dass ich bei ihm keine Sekunde zögern würde, würde ich ihm im Zug begegnen und dich nicht kennen! Er wirkt irgendwie immer wie »ich komme frisch aus dem Bett, wo ich leidenschaftlich gebumst habe«, was meinen Appetit weckt, seit ich im zarten Alter von dreizehn Jahren auf den Geschmack gekommen bin. Aber du bist meine Freundin, also Finger weg! Aus den Augen, aus dem Sinn!

Freitag werde ich da sein. Hoffentlich kommen Lucille und Agnès ebenfalls. Könnte ich bei dir übernachten? Dann können wir unser vertrauliches Gespräch weiterführen…

Umarme die schöne Lucille von mir, wenn du sie noch vor Freitag triffst. Natürlich auch die gute Agnès. Einen Gruß mit Kuss an Philippe, und steck ihm von mir eine Hand in den Hosenschlitz! (Nein, ich scherze nur, aber was soll ich machen, ich weiß nicht wohin mit meiner überschüssigen sexuellen Energie...) Morgen, Montag, werde ich diesen Brief zu Ende schreiben und ihn dir schnell faxen. Bis dahin viele Küsse von einer Freundin, die dich liebt, die dich liebt und die dich liebt.
Joséphine

P.S.: Montagmorgen, neun Uhr. Julie hat vierzig Grad Fieber, und ich warte auf den Arzt. Sie hat die ganze Nacht gewimmert, während ich sie in den Armen hielt. Ständig hat sie »Mama, Mama« gesagt und sich an mich geklammert, sodass ich weder ein noch aus wusste. Ambroise war wie von Sinnen und hat ihr alle möglichen Medikamente verabreicht. Mir kamen die Tränen, während ich sie an mich drückte. Das arme Kind hat kaum mehr Luft bekommen, und ich bin ganz aufgelöst... Ich werde dir noch eine Zeile hinzufügen, sobald der Arzt da war! Ach! Die Geschichte im Zug kommt mir so harmlos vor, verglichen mit dem, was ich heute Morgen durchmache!
Vernichte dieses Fax, das ist ein Befehl!

P.S. 2: Donnerstagmorgen: Geschafft, alles überstanden. Ich habe schon geglaubt, ich werde noch verrückt... Bis morgen Abend...

Lächelnd liest Clara das Fax noch einmal, bevor sie es in kleine Fetzen reißt. Joséphine hatte schon immer eine Schwäche fürs Schreiben. Deswegen war es Clara auch unbegreiflich gewesen, weshalb sie sich damals für Medizin eingeschrieben hatte. Oder vielmehr war ihr schon klar gewesen, dass sie dem nicht unüblichen Wunsch ihres Vaters vom sozialen Aufstieg gehorchte, der davon träumte, eine Ärztin zur Tochter zu haben. Sie lässt sich rückwärts in den großen Ledersessel fallen. Joséphine, Agnès, Lucille und Clara. Joséphine wollte Schriftstellerin werden, Agnès wartete unerschütterlich auf ihren Traummann, den »Mann fürs Leben«, Lucille hatte sich »egal was, nur nach oben kommen« vorgenommen, und ich? Ich dagegen werde etwas Besonderes, schwor ich mir. Besonders worin?

Erneut klingelt das Telefon. Wieder wartet sie ab, bis der Anrufbeantworter sich einschaltet. Es ist Philippe, der wissen möchte, ob sie mit dem Huhn in Erdnusssoße bereits begonnen hat, weil er sonst einen anderen Vorschlag hätte. Obwohl er versucht, gleichmütig zu klingen, hört Clara die Besorgnis in der Stimme ihres Bruders heraus. Sie hebt ab, um ihn zu beruhigen.

»Alles klar, Großer.«

»Er wird schon kommen, sei unbesorgt. Schlimmstenfalls kannst du das Huhn ja immer noch einfrieren, falls er heute Abend doch nicht auftaucht.«

Wieder einmal erwartet sie ihn. Es könnte auch gut sein, dass er sich gar nicht meldet, dass er sie seelenruhig im Ungewissen lässt. Ich werde besser nichts vorbereiten, beschließt sie unvermittelt, das bringt nur Unglück, dann kommt er nicht. Aber da ihre Gelüste stärker sind, begibt sie sich in die Küche. Der Mann von Darty hat die ganze Sauerei, die sich mit der Zeit hinter dem Herd angesammelt hat, auf dem Boden liegen lassen. Clara hebt eine roséfarbene, beinahe weiße Krabbe auf, verschrumpelt, aber unversehrt, die sie an Raphas Bilder erinnert. Sie nimmt einen schwarzen, verkohlten Dreckklumpen in die Hand: Er sieht beinahe wie Lavagestein aus, wie ein Stück Rinde, das von einem Krater ausgespuckt wurde. Hart, gezackt, aus grauem, glänzendem Staub und an den Kanten brüchig. Sie befühlt ihn eine geraume Weile, kratzt mit dem Fingernagel daran herum, versucht, ein Tier oder einen Gegenstand darin zu erkennen, bis sie ihn schließlich zur Seite legt, um ihn später Rapha zu zeigen. Danach sucht sie das Rezept in ihrer alten schwarzen Kladde, um sich davon zu überzeugen, dass sie alle Zutaten da hat. All ihre Rezepte haben etwas gemeinsam: Sie hat sie von Leuten, die ihr am Herzen liegen. Dasjenige für das Huhn in Erdnusssoße stammt von Kassy. So, wie es war, hat sie es in ihre Kladde geklebt, sodass sie immer ganz gerührt ist, wenn sie Kassys große, verschnörkelte Handschrift entziffert.

>»Für acht Personen:
Entschuldige, mein Herz, aber ich denke immer in großem Stil! Friere den Rest einfach ein, auch aufgewärmt schmeckt es noch sehr lecker.
Ein dickes, fettes, zerteiltes Huhn, ein Glas Erdnussöl, fünf Zwiebeln und ein paar Silberzwiebeln, vier Tomaten (in kochendem Wasser häuten, da die Haut schlecht verdaulich ist), eine Paprika, ein Glas Kokosmilch, sechs große Löffel Erdnussbutter, Salz, eine Zucchini, eine gepresste Zitrone.

Das zerkleinerte Huhn mit dem Zitronensaft einreiben. Im Öl anbräunen und entfernen, dann die gehackten Zwiebeln und die gewürfelten Tomaten darin bei mäßiger Hitze schmoren, damit die Zwiebeln nicht rösten, Fleisch, Kokosmilch und etwas Wasser dazugeben, damit das Ganze ›schwimmt‹. Zum Kochen bringen, dann ca. 15 Minuten bei mittlerer Hitze garen. Die Erdnussbutter mit etwas kochendem Wasser verdünnen, dazugeben, salzen. Die Paprika und die klein geschnittenen Silberzwiebeln hinzufügen. 45 Minuten bei schwacher Hitze ziehen lassen. Zum Schluss den Saft einer Zitrone zugeben. Mit weißem Reis und frittierten Zucchinischeiben servieren.

Bei uns in Afrika isst man es mit den Fingern, aber ihr Weißen werdet wohl Messer und Gabel verwenden müssen! Ach, mein Herz, seit ich hier lebe, weiß ich nicht mehr, wer ich bin: außen schwarz, innen weiß... Obwohl ich versuche, mit beiden Hautfarben weiterzuleben, finde ich mich trotzdem von Zeit zu Zeit nicht mehr zurecht! Denk an mich, wenn du dieses Gericht kochst, mein geliebtes Herz, mein Herz, mit dem ich immer so gern tanzen ging...«

Sie haucht einen Kuss auf Kassys feine Handschrift, die Schrift, die ihm seine afrikanischen Schwestern beigebracht haben. Sie entkorkt die Flaschen. Gießt Wein in ein großes Glas, schwenkt es wie ein affektierter Weinkellner, nickt anerkennend mit dem Kopf... Und als Vorspeise?, fällt ihr plötzlich siedend heiß ein. Rasch durchblättert sie ihre schwarze Kladde und entscheidet sich für heiße Pampelmusen mit Zucker, die schnell im Backofen zubereitet sind.

—

»Heute Morgen, kurz bevor ich gegangen bin, habe ich dir doch gesagt, dass ich mich abends melden werde...«
»Ja, ich weiß.«
»Ich komme gerade vom Joggen und dachte, ich rufe dich an.«
Clara erwidert nichts. Ihr Schweigen ist Marc Brosset unangenehm, macht ihn unsicher. Jeden Abend von sieben Uhr fünfzehn bis sieben Uhr fünfundvierzig geht er joggen. Es gibt nichts Besseres, um den Körper in Form zu halten und um nachzudenken.
»Beim Joggen sind mir so viele Dinge durch den Kopf gegangen... wie zum Beispiel der Fortschritt, das geklonte Schaf... Ich habe mich gefragt, ob das tatsächlich ein Fortschritt ist oder ob wir uns da nicht auf gefährlichem Terrain bewegen.«
»Wir sind doch alle schon geklont«, entgegnet Clara gelangweilt.
Er bemerkt ihre schlechte Laune und nimmt seinen ganzen Schwung zusammen, um die Unterhaltung wieder in Gang zu bringen.
»Wie, alle geklont?«
»Ja, klar... Alle denken gleich, ziehen sich gleich an, leben gleich... Irgendwann reden wir alle Englisch, stopfen Hamburger oder Vitamine in uns rein, sind blond und dünn oder dunkelhaarig und haben ein strahlend weißes Gebiss. Du zum Beispiel bist auch ein Klon, ein geklonter Intel-

lektueller, der zum Psychiater rennt, sich gern reden hört, alles analysieren muss.«

»Na vielen Dank! Du bist wirklich charmant«, gibt er beleidigt zurück.

Sie gibt keine Antwort.

»Hör mal, Clara... Beim Joggen habe ich mir überlegt, ob wir...«

Er muss jetzt aufpassen, was er sagt. Sie könnte die Fassung verlieren. Man muss auf die Launen des anderen Rücksicht nehmen. Man kann nur geben, wenn der andere auch bereit ist zu empfangen. Es ist sehr schwer, Liebe zu empfangen. Genauso schwer, wie Liebe zu geben. Man vergisst das leicht. Man geht ständig davon aus, dass jeder lauthals nach Liebe schreit. Das stimmt aber nicht. Liebe ist eine komplizierte Angelegenheit, und man muss wissen, wie und wie sehr man lieben soll, um den anderen nicht mit zu hohen Erwartungen unter Druck zu setzen. Liebe... Und wer liebt mich?

»...ob wir uns heute Abend nicht sehen könnten...«

»Marc, ich denke, es ist besser, wenn wir uns überhaupt nicht mehr sehen.«

Es dauert einen Moment, bis er begreift. Irgendetwas sagt ihm, dass dies keine erfreuliche Nachricht ist, keine, die er sich bis in alle Ewigkeit anhören möchte. Er wischt sich die noch schweißnassen Hände am Hosenbund ab, legt den Hörer an das andere Ohr. Setzt sich, tastet nach Zigaretten, bis ihm einfällt, dass er das Rauchen kurz vor ihrer ersten Begegnung aufgegeben hat. Kratzt sich am Kopf, kaut an den Nägeln. Schielt nach dem Lexotanil, das neben der Nachttischlampe steht.

»Clara... Ich verstehe nicht...«

»Marc, ich mag dich sehr, aber ich liebe dich nicht.«

Dieses Mal hat er verstanden. Ihm ist heiß, sehr heiß. Er ist lange gerannt. Von seiner Stirn und aus den Achselhöhlen tropft Schweiß, der auf seinem Bauch Rinnsale bildet. Er streift sich sein Sweatshirt über den Kopf, trocknet sich damit die Stirn und muss plötzlich niesen, ohne dabei den Hörer loszulassen.

»Aber was soll ich denn meinen Eltern sagen?«, stößt er in einem Atemzug hervor.

»Dass alles meine Schuld ist, dass ich sie sehr mochte.«

»Aber...«

Er wird trotzig. So unverschämt geht man mit seinen Eltern nicht um! Sie haben sie wie ihre eigene Tochter aufgenommen. Sie haben große Hoffnungen in sie gesetzt, und sie hätten gerne Enkelkinder, bevor sie zu alt sind. Sie hat kein Recht, sich so aufzuführen.

»Soll ich dir sagen, warum du das tust, Clara?« Er hat sich wieder in der Gewalt, wobei er aufsteht und eine Art Kampfstellung einnimmt. »Weil du Schiss hast! Schiss davor, dich zu binden, Schiss vor dem Kinderkriegen.«

»Marc, das bringt doch nichts.«

Er wird kämpfen. Drei Monate seines Lebens hat er in die Beziehung mit Clara investiert, sodass er überhaupt nicht daran denkt, sich so abspeisen zu lassen. Sie hat keinen Grund, die Beziehung zu beenden. Heute Morgen noch... heute Morgen...

»Es ist doch nicht normal, wenn man in deinem Alter noch keine Familie hat! Mit dir stimmt was nicht, aber ganz gewaltig... du solltest mal zu meinem Psychiater gehen, der könnte dir helfen.«

»Marc...«

»Nicht ich bin es, den du nicht mehr liebst, sondern du liebst dich selbst nicht. Irgendwas läuft bei dir nicht ganz rund, aber du willst es dir nicht eingestehen... wie immer. Du wirst in deinem Leben immer wieder dieselben Fehler begehen, wenn du nicht endlich an dir arbeitest...«
»Marc, lass gut sein.«
»Du musst deinem Leben einen Sinn geben, du brauchst einen Mann, mit dem du Kinder bekommst, mit dem du ein gemeinsames Ziel hast... Ein richtiges Ziel aus Fleisch und Blut... Nämlich Kinder, Clara!«
Als er merkt, dass er sich verplappert hat, hält er inne und horcht in den Hörer hinein. Er hört nur noch das Besetztzeichen. Sie hat aufgehängt. Er lässt sich aufs Bett fallen, vergräbt das Gesicht im Kissen und streckt den Arm nach dem Lexotanil aus.

—

Vor dem Haus, in dem Clara wohnt, stellt Rapha seinen Wagen ab und sieht nach oben. Bei ihr brennt Licht. Es vergehen lange Minuten, in denen er mit der Stirn auf dem Lenkrad verharrt.
Sie muss es als Erste erfahren.
Sie war schon immer die Erste gewesen. Erst, als sie nicht mehr miteinander redeten, nahm das Unheil seinen Lauf. Erinnerungsfetzen werden wach. Eigenarten, Gerüche, Ausdrücke, die nur ihnen gehörten. »Das Leben ist ein Korb voller Schokoriegel«, »Dein Hintern soll sich häuten«, »Leben heißt Lust«. Wie eine riesige Collage, der er den Titel »Clara und Rapha sitzen in einem Boot« hätte geben können.
Eines Tages, als sie gerade gemeinsam durch die Straßen von Florenz schlenderten, als ihre Tasche ständig gegen

seine Hüfte schlug, als er diese wieder mit der Hüfte zurückstieß, was sie als Aufforderung verstand, so schnell wie möglich ins Hotel zurückzugehen, sich unter den Laken zu verkriechen und wieder und wieder von vorn zu beginnen, waren sie von einer Zigeunerin angehalten worden, die ihnen aus der Hand las. Mit ihren runzligen Händen, an deren Fingern der rote Nagellack abblätterte, hatte sie die Innenfläche von Claras linker Hand und die Innenfläche von Raphas linker Hand nach oben gedreht, sie eine geraume Weile befühlt, bevor sie mit sibyllinischer Stimme verkündet hatte:

»*La vostra fortuna si fermerà il giorno o voi vi lasciate…*«
»Was hat sie gesagt? Was meint sie?«, hatte Clara gefragt.
Er hatte die Worte der Zigeunerin übersetzt: »Euer Glück endet an dem Tag, an dem ihr euch trennt.«
»Aber wir werden uns nie trennen!«, hatte Clara sich entrüstet und dabei die Schultern gezuckt, als wäre die Unheilverkünderin nicht ganz bei Trost.
»Eure Wege werden sich trennen, und das Unglück wird nicht mehr von euch weichen«, hatte die Alte hinzugefügt.
Rapha hatte ihr zehntausend Lire gegeben, um sie loszuwerden. Zehntausend Lire, um das Unheil heraufzubeschwören. Lachend meinte Clara: »Das ist unmöglich, Rapha! Einfach unmöglich!« Und ihre Tasche schlug erneut gegen seine Hüfte, aber diesmal stieß er sie nicht mehr gegen ihre Hüfte zurück.
»Komm schon! Ist doch offensichtlich, dass sie nichts drauf hat, alles Humbug!«
»Das ist ein schlechtes Omen… du glaubst doch auch an Omen«, hatte Rapha sie angefaucht.
»Aber nur, wenn es mir gerade passt!«

Sie hatte sich ein Vanilleeis mit Schokosplittern bestellt.
»Wie kannst du dir da so sicher sein?«, hatte er zitternd gefragt.
»Weil ich es weiß. Wir werden uns nie trennen. Ich kann nicht ohne dich leben, und du nicht ohne mich. So einfach ist das. Die Alte hat ja keine Ahnung, sie glaubt, wir sind wie alle anderen Paare. Dabei sind wir nicht nur ein Paar, Rapha, wir sind siamesische Zwillinge, und um siamesische Zwillinge zu trennen, müssen beide einverstanden sein. Einverstanden?«
Mit weit herausgestreckter Zunge bearbeitete sie ihr Eis, das an ihren Fingern herunterlief, bis zum Handgelenk, von wo sie es ableckte. Als ihr das Eis bis zum Ellbogen tropfte, wischte sie es mit dem Handrücken der anderen Hand ab und knabberte dann weiter an dem restlichen Ende des Waffelhörnchens. Was sie auch tat, er fand sie nie abstoßend.
Sie musste damals achtzehn gewesen sein. Sie waren nach Florenz gefahren. Ihr erster Urlaub. Finanziert von Lucien Mata. Wie üblich. Für ihn war alles käuflich. Jedes Mal, wenn sie in eine Stadt im Ausland fuhren, bestand er darauf, ihnen an die jeweilige Agentur von »American Express« Geld zu schicken. Zwar wollte Rapha nie davon Gebrauch machen, aber Clara schleifte ihn hin. »Dann gehe eben ich, ich gehe. Ich hole die Knete, und du musst ja nicht fragen, woher sie stammt. Ganz einfach. Dein Vater schwimmt in Geld, Rapha. Es muss unter die Leute gebracht werden! Damit kauft er sich frei von Gewissensbissen, weil er sich nie um dich gekümmert hat, und wir können uns schicke Trattorien leisten und im Fünf-Sterne-Hotel logieren... So haben alle was davon.«

Stets hatte Clara für alles eine Erklärung. »Es gibt keine größere Sünde, als seine Wünsche an sich vorbeiziehen zu lassen, Rapha. Das ist sogar eine Todsünde ... Hör zu, wir sind jung, wir lieben uns, das Leben ist schön, und da sollen wir in Jugendherbergen absteigen, wo man sich nur heimlich einen Kuss geben darf, nur weil du dieses Geld nicht annehmen willst! Rapha, sieh dir den Himmel an, sieh dir die Erde an, sieh dir die Farben der Mauern in Florenz an, sie alle fordern uns auf, dass wir zugreifen, dass wir es mit all unsren Sinnen ungetrübt auskosten! Lass es uns genießen, Rapha, lass es uns genießen!«

Und sie genossen es. Sie sagten sich, dass eines Tages, eines schönen Tages sich seine Skizzen verkaufen und der Damm brechen würde, sodass er es ihm, Lucien Mata, hundertfach zurückbezahlen könnte. Clara reihte sich in die Schlange hinter den Glastüren von »American Express« ein und kam mit einem Bündel Banknoten wedelnd wieder heraus. Sie machte ein fröhliches Gesicht wie ein Räuber, der gerade eine Bank überfallen hat. Sie küsste ihn auf den Hals, auf die Haare, auf den Mund, bis er weich wurde und sie in die Arme schloss.

Nichts ließen sie aus, Städte und wieder Städte auf der Suche nach Museen, kleinen Kirchen, voll gestopft mit Meisterwerken, ockerfarbenen und roten Wallmauern, grünen und kahlen Palmen, Geröllhaufen, die in der Sonne glühten. Clara las die Reiseführer, er saß hinter dem Steuer. Während sie Steine, Kristalle, Fossilien und Mineralien sammelte, kritzelte er Skizzen in seine kleinen Spiralblöcke. Abends holten sie dann ihre Schätze hervor, legten alles auf einen Haufen und verglichen sie. Den blauen Stein hatte er in Marokko entdeckt, den roten in Siena, den ockerfarbenen in den Wüstendünen im Süden Algeriens, den weißen, als er gerade von einer Parkbank in Brooklyn aus Manhattan im Nebel betrachtete. »Der grüne ist zu düster, er drückt die Stimmung, macht einen traurig und gereizt, während der blaue hingegen...« Sie stimmte ihm zu. Er brach in ein Universum voller Blau- und Weißtöne auf, getragen von ihrer unerschrockenen Neugierde, die ihn zu immer neuen Zielen führte. In New York hatte er nur Löcher, Risse, tote und ausgedörrte Gehäuse, klaffende Öffnungen und Menschensilhouetten, die sich unter Kartons zusammengerollt hatten, gezeichnet. Staunend war sie vor den gläsernen Wolkenkratzern, den rechtwinkligen Avenuen und Straßen, dem Gelb der Taxen, der bunten Mischung aus Turbanen, afrikanischen Gewändern, Nike-Schuhen und Jeans stehen geblieben. Louise Nevelsons Skulpturen aus weißem Stein hatten sie fasziniert. All dies machte ihnen Lust auf Afrika, auf das wilde Schwarzafrika. Ihr Freund Kassy schwärmte ihnen oft vom Sudan, von Mali, von dem Buschland der Elfenbeinküste vor. Mit fünfzehn war er von Abidjan nach Paris gekommen, um zu studieren. Ursprünglich sollte er bei einem Onkel wohnen, der ihn aber ein Jahr später hinauswarf. Daraufhin landete er in einem besetzten Haus in Bagneux, wo er sich mit allen erdenklichen Gaunereien über Wasser hielt: gefälschte Scheckkarten, kleine Einbrüche, Verkauf von Waren, die »vom LKW gefallen« waren und billig verscherbelt wurden. Seine Eltern waren noch unten, in ihrer Hütte nördlich von Abidjan, mitten im Busch, umgeben von Regenwald. Seine Finger waren lang, schlank, filigran wie Glas und seine Handflächen weiß wie Milch. Oft saßen Rapha und Clara in Kassys Bude, die mit bunten Stoffen, Musikinstrumenten, Duschkabinen,

Stereoanlagen, Videorekordern, Autoradios oder Fernsehern voll gestopft war, die sich alle in der Ecke stapelten und darauf warteten, von Kassy auf dem Schwarzmarkt verschachert zu werden. Anfangs rümpfte Clara die Nase. Sie war der Meinung, dass es sich nicht gehöre, sich an fremdem Eigentum zu vergreifen. »Aber ich beklaue doch bloß die Reichen«, rechtfertigte sich Kassy, »die bekommen das nicht mal mit! Und ich sage dir eins: Ich lasse grundsätzlich die Finger von Kinderzimmern!«
»Schon, aber wegen Typen wie dir gibt es mehr Rassismus, mehr Gewalt, mehr Stimmen für Le Pen und so weiter und so fort...«
»Also gut, Schwester, dann nenne mir einen Job, wo sie einen Neger ohne Papiere und ohne Zeugnisse nehmen!«
Wenn er gerade nicht mit Stehlen beschäftigt war, trainierte Kassy auf dem Parkplatz in seiner Siedlung mit dem Walkman auf dem Kopf. Er hörte Reggae, handelte mit Gras, Lacoste-Hemden, Parfums, die er aus Lagerhallen geklaut hatte, Markenklamotten. Von harten Drogen ließ er grundsätzlich die Finger. Nachdem Raphaël vom Gymnasium abgegangen war, hatte er mit ihm zusammen trainiert. Damals wollte er Musiker werden. Er rauchte Joints, die Kassy ihm drehte. Er lauschte Kassys Erzählungen über seine Heimat, seine Mutter, seinen Vater, über die Stoffe für Lendenschurze, die aus Holland oder Mühlhausen kamen, über Menschen, die sich vor dem Schlafengehen bis über die Ohren einmummten, um nicht nachts von den Moskitos aus den Wäldern gestochen zu werden, über Vogelschreie, über Agamen, jene massigen Echsen mit orangefarbenem Bauch, die atmen, indem sie mit den Vorderfüßen pumpen, über Mütter, die ihre Babys in große Wannen tauchen,

um sie zu baden, sie darin hin- und herwenden wie Wäschestücke und sie danach von Kopf bis Fuß mit Kalk einreiben. »Du glaubst gar nicht, wie oft die sich da unten waschen... Anfangs kamen mir die Franzosen richtig dreckig vor... Dabei hält man in Afrika große Stücke auf Frankreich, aber als ich hierher gekommen bin, haben die Franzosen auf mich herabgesehen, als wäre ich ein Zwerg...«

All diese Bilder verbanden sich mit Kassys Musik, vermischten sich in seinem Kopf mit dem Haschisch. Sie verbrachten Stunden auf dem Parkplatz. Um sich bei den Miezen der Siedlung einen Korb zu holen, weil sie keine Kohle hatten, weil ihre Klamotten nicht schick genug waren, weil sie sich nicht wie tolle Hechte aufführten. Manchmal holte Großvater Mata sie ab, und sie fuhren mit der Metro nach Paris. Er führte sie nach Beaubourg, zum Jeu de Paume, in den Louvre, und Rapha erinnert sich noch an den Tag, als er seinem Großvater zugeflüstert hatte, dass es ihm schien, als würden die Gemälde ihn anstarren, ihn, den kleinen Rapha aus Montrouge. Unbeweglich war die Hand seines Großvaters in seinem Nacken liegen geblieben, als hätte er zum ersten Mal den Parkplatz besiegt. Am Ausgang hatte er ihm dann den Ausstellungskatalog gekauft. Ein dicker Katalog über Braque, den Rapha sorgfältig in seinem Zimmer aufbewahrt hatte. Von da an war er nie wieder zum Parkplatz gegangen. Er hatte Kassy gebeten, ihm einen Platz in seiner Bude frei zu machen, »um all die Farben aus seinem Kopf zu bekommen«. Es handelte sich um nichts Konkretes, vielmehr um eine unbändige Lust, sein Leben in den Griff zu bekommen. Er hatte das Gefühl, zu viel Zeit auf dem Parkplatz vergeudet zu haben, er war dabei, ins Leere zu fallen. Also hatte er damit begonnen, mit Farben zu

experimentieren, insbesondere mit Rot. Mit Orange. Seitdem war er beim Malen nicht mehr zu bremsen. Und Clara spornte ihn an.
Eines Tages fuhren sie nach Venedig, Jahre später, einige Jahre später, als sie immer noch viel reisten. Er hatte sein kleines Skizzenheft dabei, in das er Paläste, Säulen, Gesichter, die ihm auf der Straße begegneten, Wäsche, die zwischen zwei Wohnhäusern zum Trocknen hing, zeichnete, in dem er Farben, Formen, Lichtreflexe, Schatten einfing. Sie dagegen sah sich die engen Gassen, das Kopfsteinpflaster an, knetete die Erde zwischen ihren Fingern, berührte vorsichtig ein uraltes, unebenes, gebrochenes Glas, hob es schräg gegen das Licht, strich über einen Stein, schoss Fotos. Bis drei Uhr morgens konnten sie sich darüber unterhalten, was sie tagsüber alles gesehen hatten. Sie redeten zu viel. Vor lauter Worten ging die Lust verloren, sodass sie, bevor sie einschliefen, keine Kraft mehr hatten, andere Spielarten als Haut an Haut, Mund auf Mund zu erfinden. Wenn er sie darauf ansprach, zuckte Clara zur Antwort lediglich die Achseln, als ob nichts weiter wäre. Sie sagte: Ist nicht so schlimm, die Hauptsache ist, dass unsere Liebe einzigartig auf dieser Welt ist. Ohne dich will ich nicht leben, Rapha, ohne dich kann ich nicht atmen, nicht verreisen, nicht dazulernen, nicht lachen, die Lust wird schon wiederkommen... Manchmal kam sie auch wieder, wie sie gesagt hatte. Unerwartet brach sie über sie herein und nagelte sie ans Bett, gegen eine Mauer, hinter eine kleine Kirche. Danach verschwand sie wieder. Rapha zählte die Tage. Wie ein pedantischer Buchhalter. Clara ließ es gemächlich angehen.
Mir gefiel es nicht, dass die Lust sich mit fortlaufender Zeit

verbraucht. Ich sagte zu ihr, dass wir jeden Abend miteinander schlafen müssten, um uns nicht ganz aus den Augen zu verlieren. Gelegentlich benahm ich mich richtig weibisch. Während ich mich von oben bis unten im Spiegel betrachtete, von vorn, im Profil, halbseitlich, fragte ich mich, ob ich begehrenswert sei. Ich übte verschiedene Gesichter, zupfte mir die Nasenhaare aus und legte die Stirn in Falten. Ich befühlte meinen Bizeps. Manche Frauen sind ja verrückt nach Muckis. Dann kaufte ich mir ein Rudergerät. Das habe ich dreimal benutzt. Wegen ihr zerbrach ich mir ständig den Kopf. Mein Selbstvertrauen war dahin, obwohl, wie ich zugeben muss, ich mich selbst eigentlich recht attraktiv fand. Oder, um genauer zu sein, mir bei anderen Frauen die Bestätigung holte, dass ich sie reizte. Allein bei ihr war ich mir nicht sicher. Ein verwirrter Kerl, der sich von der Meinung einer einzigen Frau abhängig machte, um sich bestätigt zu fühlen.

Er brachte sie dazu, dass sie ihm Modell saß, und malte ihren nackten Körper in allen Stellungen, wie um die Lust festzuhalten. Sie aufzuhalten. Fröhlich, aber teilnahmslos ließ sie es mit sich geschehen. Dabei las sie ein Buch, döste vor sich hin, aß ein Nutellabrot, während er sie in Pose setzte, sie hin- und herrückte, sie umdrehte, sie mit Farbe vollkleckste. Sich auf der Leinwand wälzend, erfand sie den Wirbelsturm. Raphas Bild war zu einem wahren Schlachtfeld geworden. Es war mehr als eine flache Oberfläche voller Farben. Es war ein Krieg. Ein Krieg, um die Lust zu bannen. Das alleinige Ziel, wenn er zu seinen Pinseln griff. Ein ziemlich verworrenes Ziel, aber es ließ ihn nicht mehr los. Nur dafür arbeitete er, und manchmal, wenn die Leinwand trocken war, ergab es sogar einen Sinn, und er begriff, was er beabsichtigt hatte. Es war stärker als sämtliche Thesen. Ein Verhängnis. Und wenn er den Eindruck erweckte, sich zu wiederholen, dasselbe Bild immer wieder zu malen, dann nur aus Ungeschicklichkeit. Weil die Lust sich nicht auf diese Weise einfangen lässt. Schon aus einer Zigarettenkippe, die sie achtlos in die Ecke geschnippt hatte, konnte ein Bild entstehen, aus einer Kippe, dahinter eine schwere Schachtöffnung, eine Schachtöffnung wie ein Höcker, ein Höcker, der zur Wassermelone wurde, sodass er sich auf die Melone konzentrierte, zu der Kippe zurückkam, um dann sowohl Melone als auch Kippe wieder zu vergessen und etwas völlig anderes zu malen. Eine Armbeuge oder Augen, die sich vor Müdigkeit schließen. Claras Augen, eine Mischung aus Sonne und Meer. Claras Beine, die sich spreizen. Claras dichte schwarze Mähne. Claras volle blutrote Lippen wie Fleisch, das in einer Metzgerei am Haken hängt. Lippen, in die man gerne beißen, die man gerne aufschneiden, in Stücke schneiden würde, um sie zum Schreien zu bringen. Clara war seine Materie. Sein Fleisch. Geschaffen, um Leben zu empfangen, um es von ihrem Körper in seinen Körper zirkulieren zu lassen. Kurz und gut, sie war seine Muse. Er trug bereits sämtliche Narben seiner Lust für sie. Sie dagegen blieb unversehrt. Sie war frei, so frei. Er beneidete sie um diese Freiheit. Frei und selbstständig, selbst wenn sie behauptete, nicht ohne ihn auskommen zu können. Sie könnte durchaus auch ohne mich leben, dachte er, während er ihren sinnlichen Mund betrachtete, und dieser Gedanke schnürte ihm die Eingeweide zusammen. Ohne sie werde ich verglühen. Ich werde ausgedörrt und ideenlos sein. Und dann, wenn sie einen Mann vorbeigehen sah, der ihr gefiel, der ihr nicht mehr aus dem Kopf ging, der sich darin festsetzte, wenn ihr Blick sich verlor, zur Decke schweifte, lehnte sie sich an Rapha... »Es geht schon wieder los, Rapha, schon wieder. Ich glaube, mich packt die Lust... Große Lust. Rapha, bitte... Es ist keine Liebe, ich liebe ihn nicht, es ist nur pure Lust...« Sie wirkte dabei so zerrissen, so unglücklich. Sie rieb die Hände aneinander, um sich von ihrer Schuld reinzuwaschen. Sie sagte, dass es nicht gut wäre, dass sie sich schämte, aber ihr war es lieber, dass er Bescheid wusste. Sie wollte ihn nicht belügen. Nicht, um ihn zu verletzen, sondern damit er sie verstehen lernte. Damit er sie in jeder Hinsicht, auch mit ihrer ungezügelten Lust, akzeptierte.

»Du bist ein guter Mensch, Rapha. Du gibst mir alles, du verurteilst mich nie, und trotzdem, wie du siehst, verletze ich deine Gefühle. Ich betrüge dich, ich erzähle es dir sogar, aber selbst, wenn du versuchen würdest, mich daran zu hindern, mich fesseln und knebeln würdest, könnte mich das nicht aufhalten... Ich würde aus dem Fenster springen, ein Auto klauen, alles nur, um den anderen zu treffen, auf den ich so scharf bin... Ich kann nichts dagegen tun, Rapha. Es ist mir sogar egal, dass du darunter leidest... und dennoch, ich bin mir sicher, dass ich nur dich liebe.«

Vor ihm hatte sie keine Geheimnisse, sie wusch sich in seiner Gegenwart, pinkelte in seiner Gegenwart, schminkte sich in seiner Gegenwart ab und blieb dennoch ein Rätsel für ihn. Er ließ ihr die Freiheit. Dann zog er sich zu Kassy zurück, verkrümelte sich dort in eine Ecke, drehte die Musik auf volle Lautstärke auf, nahm seine Pinsel, malte die sinnliche Silhouette ihres abwesenden Körpers in die Luft, wartete auf ihre Rückkehr, während er Gras rauchte, das Kassy in großen Tontöpfen auf der Fensterbank züchtete, es anschließend im Backofen trocknete, um dann lange Joints daraus zu drehen.

Sie kam zurück. Immer. Sie machte sich ganz klein. Sie nahm seinen Arm. Aber er schickte sie in die Wüste. Sie klammerte sich an ihm fest und sprach zu ihm wie zu einem Kleinkind: »Aber ich liebe doch dich, dich liebe ich über alles...« Er ging. Erst nachdem sie zurückgekommen war, konnte er gehen. Er ging auf Tour. Das konnte einen oder mehrere Tage dauern. Auch kam es vor, dass er mit anderen ins Bett stieg. Jedoch kehrte er immer wieder zurück. Stets fanden sie wieder zueinander. Und es war schön, wenn sie wieder zueinander fanden. Wie beim ersten Mal. Niemand verstand ihre Liebe. Dafür verstanden sie sie umso besser. Es war ihre Art, am Leben zu bleiben. Wenn sie loszog, war er viel zu niedergeschlagen, um eine Diskussion zu beginnen. Also schrieb er ihr lange Briefe, in denen er Rechenschaft, Erklärungen verlangte und Vermutungen aufstellte, ihr Dinge unterstellte, andichtete. Bei ihrer Rückkehr las sie sie. Stand Rede und Antwort. Frauen sind die besseren Redner, können besser ihre Emotionen, Gefühle, Begierden erklären. Auch dies hatte er an ihr kennen gelernt. Dass sie in jeder Situation die passenden Worte fand.

Eines Abends, als es mit der Lust nicht klappte, an jenem Abend in Venedig, es war der 8. August 1988, er erinnert sich noch sehr gut daran, während die Gondeln ihre Kurven zogen, im Kreis fuhren und sich hintereinander drängelten, waren sie durch die Kneipen gezogen. Sie suchte nach Blickkontakt, nach einer Männerhand, wobei er sich im Hintergrund hielt. Er betrachtete ihren festen und straf-

fen Körper, der in hohen Korkabsätzen steckte, in einem billigen, knappen Kleid, während sie wartend darauf hoffte, dass die Lust einschlug. Kein verliebter Mann erträgt es, dass ein anderer über den Körper der Frau, die er bis zum Wahnsinn liebt, herfällt. Vergeblich führte sie immer wieder das Beispiel von Jean-Paul Sartre und Simone de Beauvoir an, vergeblich versuchte sie, mir den Unterschied zwischen einer Liebschaft und Liebe zu erklären, vergeblich bemühte ich mich, mich davon zu überzeugen, der Schmerz blieb bestehen, brennend und unerträglich.
An jenem Abend bekam ein Mann an der Theke einer Kneipe seinen Moralischen. Er erzählte aus seinem Leben. Welch ein Elend! Die Geschichte eines typischen Versagers. Das Geschwätz eines alkoholisierten Fremden abends in einer Kneipe. Derart abgedroschen, dass er sich schwor, sie dieses Mal aufzuhalten! Der Mann lallte etwas davon, dass seine Frau im Krankenhaus läge, dass seine Kinder, *piccoli bambini*, hungerten, dass er arbeitslos sei und sich nicht nach Hause traue, weil er sich vor den Blicken seiner Kinder schäme. »*Piccoli bambini, piccoli bambini.*« Weinend schwenkte er seine ineinander verschränkten Finger wie einen Blumenstrauß. Er war groß, kräftig, schlampig gekleidet, mit einem gierigen Funkeln in den Augen. Clara sah auf die flehenden Hände, Clara hörte aufmerksam zu, mit geneigtem Kopf, als wolle sie dieser fremden und weinerlichen Sprache ermöglichen, in den kleinen Kopf einer ausgehungerten Französin zu dringen. Rapha hatte das Gesicht abgewandt. Er wollte dem nicht mehr zusehen. Er wollte nicht daran teilhaben. Niemals, hatte er ihr gesagt, niemals werde ich dabei mitmachen. Zwar bin ich bereit, zuzuhören, aber nicht, zu verstehen. Sie war ganz Ohr, kon-

zentriert auf diesen Mann und sein Schicksal, mit ihrer großen Tasche, die an ihrer Hüfte baumelte. Er stellte sich eine völlig schwarze Leinwand vor, mit schwarzen und roten Kreisen, Kreisen des Elends und der Lust, richtig dicke Kreise mit Ausbuchtungen, Kreise, die aneinander stoßen und ständig in Bewegung sind. Er hatte Lust, ins Hotel zurückzugehen, um all diese Kreise zu malen. Und dann hatte er plötzlich gehört, wie die große Tasche gegen das Holz der Theke schlug. Als er sich umdrehte, hatte er gesehen, wie Clara gerade den Inhalt ihrer Tasche auf den Tresen schüttete. Mit einer kräftigen Bewegung aus der Hüfte heraus. Das gesamte Bargeld, das sie bei sich trug, hatte sie ihm gegeben. Alles. Wortlos hatte sie dem Mann ihr Geld in die Hände gedrückt. Rapha war in Lachen ausgebrochen. An der Taille hatte er sie hochgehoben, sie durch die Kneipe gewirbelt, wie ein Verrückter immer wieder Clara, Clara gerufen, und die Lust war wiedergekommen. Sie waren in die schwarze Nacht hinausgerannt, und er hatte sie gegen eine Mauer gedrückt und geliebt. Ein Feuer in der Nacht. Er hörte die Schritte des Mannes auf den unebenen Pflastersteinen, die sich immer weiter entfernten, während er noch versprach, es ihnen zurückzugeben. »In zwei Tagen bekommt ihr es wieder, versprochen, in zwei Tagen.« Fest drückte er sie gegen die Mauer, ihre Beine gespreizt, das Kleid hochgeschoben, während ihr Kopf gegen den Stein schlug. »Genau hier, in zwei Tagen...«

»Ja, ja«, stöhnte Clara. »Mehr... Mehr...« Stolpernd waren sie anschließend bis zum Hotel gelaufen, wo sie die ganze Nacht rote Kreise mit ihren Körpern machten. Während er sie fickte, sang er lauthals vor sich hin, nannte sie eine Hure, eine läufige Hündin, seinen Sonnenschein, seine schwarze Schicksalsgöttin, er fantasierte, und sie verdrehte ihren Körper noch wilder, noch heftiger. In seinem Kopf drehte sich alles, er wollte, dass es nie mehr aufhörte, er gab ihr einen Klaps, wenn sie schlappzumachen schien, wenn sie den Kreis unterbrach, den Kreis der Lust. Sie zog ihn an den Haaren, wenn er nach mehr schrie, biss ihn, um ihm Schmerzen zuzufügen, damit er wieder zu sich kam und es ihr erneut besorgte. Wie von Sinnen packte er sie und drehte sie herum. Die ganze Nacht. Die ganze Nacht. Ihre letzte Nacht voll unschuldigen Glücks... der 8. August 1988.

Am nächsten Morgen hatte er von dem verzweifelten Mann an der Bar eine Skizze gemacht, eine schwarze, gewundene, abstoßende Masse. Er wollte sein Modell unbedingt wieder treffen, um ihm nochmals die Lust zu stehlen. Also waren sie in die Kneipe zurückgegangen. Dort hatten sie auf ihn gewartet. Einen Abend, zwei Abende, drei Abende lang...

Er war nicht mehr aufgetaucht. Clara hatte gesagt: »Was soll's, wir denken uns was Neues aus.« Rapha hatte sie angelächelt. Señor Matas Geld war im fetten Rachen eines Betrügers gelandet. Von einem Betrüger zum anderen. Hier unten kommen nur die Fetten weiter. Je fetter sie sind, desto mehr essen, verschlingen sie, sacken alles ein, was auf ihrem Weg liegt. Den ganzen Abend hatten sie auf der Kneipenterrasse gesessen, um auf den Mann zu warten. Glücklich und satt. Sie hielten sich an den Händen, und sie hielten die ganze Welt in diesen beiden Händen. Um sie herum saßen ungefähr zehn andere Paare, die Kaffee tranken oder Eis aßen. Zehn Paare, aber keines davon wie Clara und ich, war es Rapha durch den Kopf gegangen. Er beobachtete die Mädchen auf der Straße. Mädchen mit nackten Armen, Mädchen mit nackten Beinen, Mädchen mit tiefem Ausschnitt, Mädchen mit hohem Ausschnitt, hässliche Mädchen, hübsche Mädchen, lachende Mädchen, wartende Mädchen, aufreizende Mädchen, die seinen Blick erwiderten, aufreizende Mädchen, die ihn überhaupt nicht wahrnahmen, Mädchen, die sich mit Blödmännern oder Nicht-Blödmännern verheirateten, mit Kavalieren oder Primitivlingen, Mädchen, deren Schönheit vergehen würde, weil sie sich auf ein Leben mit Schwachköpfen einließen, die sie nie wieder so ansehen würden wie an diesem Abend. Er stellte sich vor, wie sie mit Kerlen verheiratet waren, die nur herumbrüllen, die ihren *bambini* öfters eine schmieren, die sich in Kneipen ausheulen. Typen, die nie einen Fuß in eine Kirche oder ein Museum setzen, die nie ein Buch in die Hand nehmen, die sich wie Arschlöcher aufführen, die nur über Autos und Fußball reden, die ihr Geld verwetten, die abends zu Hause ihre Wut und ihre Ohnmacht an ihrer Frau auslassen. Und inmitten all dieser Mädchen saß Clara und sagte: »Was soll's! So ist das Leben… Aber du weißt ja, beim nächsten Mal werde ich bestimmt wieder schwach…«

Sie konnte nicht widerstehen. Sie sagte, sie sei noch zu jung, um Nägel mit Köpfen zu machen. Damals war sie um die achtundzwanzig. Sie war genau achtundzwanzig, es fiel ihm wieder ein, weil er hinterher hochgerechnet hatte und auf elf Jahre kam, die sie es miteinander ausgehalten hatten. Elf gemeinsame Jahre. Nicht einmal eine runde Zahl!

Nach diesem 8. August 1988, wegen dieses 8. August 1988 mussten sie sich wieder Geld besorgen. Er hatte beschlossen, dieses Mal selbst zu »American Express« zu gehen. Seinem Vater gegenüber verspürte er keine Abscheu mehr, er war ihm egal, ein für alle Mal. Lucien Mata war aus seinen Gedanken gestrichen. Dank eines italienischen Ganoven, der ihnen ihre schönste Liebesnacht verschafft hatte. Auch wenn er es nicht erklären konnte, aber in dieser Nacht hatte er den Himmel, die Sterne, die Milchstraße und alles, was dort oben funkelte, berührt. Der Schatten seines Vaters verfolgte ihn nicht mehr. Er hatte sich wieder im Griff. Schon komisch, wie Ereignisse, die man sich inbrünstig herbeisehnt, auf die man Jahre wartet, plötzlich wie durch Zauberei geschehen. »Die Ideen, die das Gesicht der Welt verändern, kommen auf den Füßen einer Taube daher.« Dieser Satz stammte von seinem Großvater, als dieser ihm von der Oktoberrevolution erzählte.

An diesem Morgen überschlug er sich beinahe vor Übermut. Er hüpfte im Hotelzimmer auf und ab, trällerte »Don't be cruel«, imitierte Elvis the Pelvis, indem er so tat, als würde er sich mit einem Kamm durch die Haare fahren. Clara beobachtete ihn, zusammengekauert unter den Laken.

»Bist du sicher, dass du selber gehen willst?«, hatte sie ihn beunruhigt gefragt.

»Hundertprozentig sicher, mich kann nichts mehr aus der Bahn werfen. I am the king!«

»Aber ich kann doch gehen. Ich weiß ja, wie's funktioniert…«

»Du wartest hier, bis ich zurück bin…«

»Es wird uns Unglück bringen, wenn du dieses Geld berührst…«

Dem Geld war ein Brief beigefügt. Ein Brief von Lucien Mata für Clara Millet. Darin schrieb Lucien Mata, dass er Clara Millet gerne wieder treffen würde, dass er sie wieder anfassen möchte wie in dem kleinen Büro auf den Champs-

Élysées, ihr heißes und zartes Fleisch wieder berühren möchte; sollte es jemals, jemals mit seinem Sohn vorbei sein, würde er sofort kommen und mit ihr um die Welt reisen. Lucien Mata, für den alles käuflich war.
Er hatte den Brief in den Abfalleimer in der »American-Express«-Agentur geworfen. Danach war er ins Hotel zurückgegangen, um die Rechnung zu begleichen und ihr etwas Geld für die Rückfahrt nach Frankreich zu hinterlassen. Fair, sehr fair. Und mit einer solchen Gleichgültigkeit, dass der Schmerz ihm beinahe die Eingeweide zerriss. In zwei Hälften geschnitten. Auf der einen Seite der Rapha, der bezahlt und sich nach den Abflugzeiten erkundigt, auf der anderen Seite der, der innerlich schreit. Ohne eine Notiz hatte er das Geld hinterlassen. Sie unterschied sich jetzt in keiner Weise mehr von den Millionen anderer Mädchen, die ihm täglich über den Weg liefen. Schlimmer noch, sie war eine von jenen Herumtreiberinnen, die sich für etwas Besseres ausgeben, eine miese Betrügerin, die vorgibt, ihr Herz an jemanden zu verschenken, und sich aber gleichzeitig heimlich einen in Reserve hält! Wie viele Jahre sie wohl schon die Hure für den senilen Mata spielte, eine gut organisierte Hure, die es zu vertuschen verstand, die vor Lügen und Abmachungen geradezu stank? Eine Gottesanbeterin, die den Alten finanziell aussog, um es dem Jungen wieder ins Blut zu spucken. Vertrauensbezeugungen, Liebkosungen, ewige Versprechen, bis zum Erbrechen »I love you, I love you«, lauter Blabla, dem er auf den Leim gegangen war. Gegenüber der weiblichen Raffinesse ist der Mann ein armer Einfaltspinsel. Er hatte alles für bare Münze genommen, während sie sich mit den Kröten des alten Sacks mit den Zigarren kleine Reichtümer anhäufte.

Nicht einmal so ehrlich war sie, wie eine richtige Schlampe die Hosen herunterzulassen und zu ihren Schweinereien zu stehen. Eine Heuchlerin, eine falsche Schlange, eine Scheinheilige, die hausieren ging. Und er, der alte Sack mit dem glanzvollen Schein eines erfolgreichen Produzenten, der sicher auf seinem fetten Arsch saß, er muss es doch richtig genossen haben, dass sein Sohn ihm auch noch zu Dank verpflichtet war. Er hatte ihn fest an den Eiern. Rapha drehte durch. Er kotzte seinen Schmerz aus, um jedes Gramm von ihr auf seiner Haut, in seinem Gehirn loszuwerden. Um sich zu erleichtern. Er kotzte elf Jahre voller Lügen aus.

In Paris hatte sie dann auf der Fußmatte vor seinem Atelier geschlafen, bis er die Tür öffnete. Mit unbewegtem Blick hatte er ihr verkündet, dass es aus sei. Aus, Clara, vorbei. Unsere Liebe war doch nicht stärker als alles andere. Wir haben uns getäuscht. Es gibt eine andere. Ich kann nichts dafür. Sie hatte geweint, ihn angefleht, ohne von der Stelle zu weichen, hatte weiter vor seiner Tür gelegen. Er hatte nichts mehr gesagt. Dafür war er geradewegs nach Afrika aufgebrochen, zu Kassys Hütte im Buschland, weil sie dort noch nie gemeinsam waren. Dort war er überhaupt noch nie gewesen. Er verbrachte dort sechs Monate, ohne zu malen. Um einen Strich unter die Vergangenheit zu ziehen. Um mit anderen Mädchen, die ihm nichts bedeuteten, ins Bett zu steigen, Mädchen in schicken Wickelkleidern, Mädchen aus Mali, die auf der Suche nach Arbeit in die Stadt kamen, nach Abidjan. Um sich Lianen und den üppigen, dichten und undurchdringlichen Dschungel anzusehen. Grün, nichts als Grün, sattes Grün, Grün, das in seinem Kopf verfaulte, das ihn bis an die Decke hob. Er ließ sich treiben. Er wartete, dass die Qual ihn auslaugte. Erschöpft blieb er in Kassys elender Hütte und beobachtete Leute. Die Menschen aus dem Dschungel waren klein, stämmig, muskulös. An sie klammerte er sich, an ihre Kraft. Von Kassys Mutter ließ er sich in die Arme nehmen, ließ sich verständnisvoll hin- und herwiegen und sich Geschichten über den Dschungel erzählen. »Die kleinen Kraftpakete aus dem Busch waren die Ersten, auf die die Sklavenhändler es abgesehen hatten. Aber die Schlauen unter ihnen sind entkommen, weil sie sich im Dschungel versteckt haben«, erklärte sie ihm, während sie über seinen Kopf strich, ihm Rücken, Arme und Beine mit Öl einrieb, das sie aus einem großen Krug aus gebranntem Ton holte. Sie umgab ihn mit ihrem warmen Fleisch, fütterte ihn mit Foutus und Attiéké, kochte ihm klare Fischbrühen und Fischsuppen mit Einlage, magere Hühnchen, Radhühnchen, die am Spieß gebraten und mariniert waren. Obwohl sie nichts besaß, teilte sie alles.

Nach und nach hatte er sich wieder erholt. Er hatte sich in Mama Kassys großer Wanne gewaschen, war aufgestanden, hatte ein sauberes Hemd angezogen. Er hatte Papa Kassy in den Dschungel begleitet. Dort wuchs alles in Übergröße, aber er war immer noch angeschlagen, am Ende seiner Kräfte, ohne Vergangenheit, ohne Zukunft, mit nichts als der Gegenwart, die seine Haut und den Kopf mit den gewaltigen Regenfällen reinwusch, mit Fieberanfällen, nagenden Termiten, Mücken, Schaben, und aus heiterem Himmel übermannte ihn ein Glücksgefühl wie ein Blitzschlag, das ihm wieder Lust auf Sehen, auf Berühren machte. Ein grelles Licht, aus Tausenden von weißen, blauen, gelben, roten Farben, die auf die Landschaft niedergingen. Abgestorbene Baumstümpfe, summende Mücken, Erde, organische Materie, Wurzeln, Früchte, Fasern, Nahrung, die in leuchtender Helligkeit strahlten. Er bekam wieder Lust aufs Malen. Jedoch größer, universeller als je zuvor, eine Lust aus dem Bauch heraus, die auf seinen Leinwänden regelrecht explodierte. Er malte auf allem und jedem, auf weggeworfenen Schachteln, Verpackungspapier, alten Lumpen, und mit allem und jedem, mit flüssigem Teer, roter Erde, dem Blütenstaub verdorrter Blumen, zerdrückten grünen Blättern, gegarten Fischmäulern, blutigen Innereien. Allem, was Mama Kassy ihm aus den umliegenden Hütten mitbrachte. Und als er nichts mehr hatte, wollte sie für ihn Farben in Abidjan stehlen; wie kein anderer verstand sie es, sich über den Markt zu schleichen und Töpfe mit Farbe, Ersatzleinwände, Platten aus weißem Holz oder Metall, gegerbte Häute, Pergamentpapier, Laken, die sie den Missionarsschwestern klaute, mitgehen zu lassen; zu Fuß kam sie dann wieder, beladen wie ein Lumpensammler, mit Ballen auf dem Kopf, auf den Schultern, die Farbtöpfe unter die Arme geklemmt. Sie legte die Schätze vor seinen Füßen ab und hockte sich zwei, drei Meter von ihm entfernt hin. So verbrachte sie Stunden damit, ihn zu beobachten, die Fliegen aus seinem Gesicht zu verscheuchen, ohne ein einziges Mal mit der Wimper zu zucken oder ihn für eine Sekunde aus den Augen zu lassen.

Eines Tages legte er all seine Zeichnungen und Bilder auf einen Haufen, rollte sie zusammen, verpackte sie und schickte sie einem Galeristen, dem Typen, der früher schon Bilder von ihm ausgestellt hatte, vor langer Zeit, ziemlich langer Zeit... Drei seiner Bilder hängte er zwischen den Werken anderer Künstler aus. Sie verkauften sich umgehend.

Daraufhin bat er ihn schriftlich, ihm weitere zu schicken. Und fügte einen Vertrag bei. Er hätte alles unterschrieben.
Die Zigeunerin hatte Unrecht: Von diesem Tag an lachte ihm das Glück. Der Galerist kannte nämlich eine jener Frauen, die in Paris den Ton angeben. Eine steinreiche Frau, die eine Stiftung hatte und junge Künstler förderte, die einen Riecher für Talente hatte und auch wusste, wo sie sie suchen und wie sie sie vermarkten musste. Zwar hieß es, dass man zuerst mit ihr ins Bett gehen müsste, aber bei Rapha wusste jeder, dass dies nicht der Fall war. Diese Ausnahmestellung kam Raphas Erfolg und Ruf zugute, sodass er als »das Genie« gehandelt wurde, als ein neuer Jean-Michel Basquiat. Man munkelte, dass er seinem Viertel den Rücken gekehrt hätte, dass er *black* sei, ein Junkie im Dschungel auf der Suche nach seinen Wurzeln. Über das Postfach in Abidjan erhielt Rapha Berichte wie: »Bei der letzten FIAC wurden deine Bilder von Stand zu Stand gehandelt, wobei sich der Preis jedes Mal um das Doppelte erhöhte«. Er las sich die fotokopierten Zeitungsartikel durch. Triviale Schmierereien! Was lachte er sich kaputt, als er las, was über ihn geschrieben wurde. Nur theoretischer Dünnschiss! Das Geschwätz irgendwelcher blutarmer Akademiker. Typen, die ihr ganzes Leben vor sich hin gammeln, jedoch höchste Ansprüche an ein Kunstwerk stellen! Unerbittlich dem Künstler gegenüber, sich selbst beweihräuchernd! Er hatte keine Intention, er malte wie die Höhlenmenschen von Lascaux. Was ihm gerade unter die Finger kam.
Der Galerist meinte, dass viel Zaster auf ihn warten würde. Und dass ihm jede Menge Ausstellungen überall angeboten worden seien. Leo Castelli war eigens von New York

angereist, um seine Arbeiten zu begutachten. Alle standen Schlange, um ihn kennen zu lernen, eine Adresse zu bekommen oder ihn zu treffen. Aber man traf ihn nie. Er reagierte nicht. Er malte einfach weiter. Ließ sich von der Unbändigkeit tragen, die sich auf seinen Leinwänden, Pappkartons, Holzplanken, Mama Kassys weißen Stoffen ergoss. Es kam ihm vor, als würde sich seine Wut niemals erschöpfen.

Ein paar Monate noch war er im Busch geblieben. Er hatte sein Geld Großmutter Mata schicken lassen. Sie wüsste, was damit zu tun sei. Sie hatte ihm stets beigestanden. Als er sein Studium hatte abbrechen wollen, weil er nichts mehr lernte, als er sich auf den Schulbänken im Gymnasium langweilte, als er sein Leben nicht so führte, wie sie es ihn gelehrt hatte, hatte sie ihm zugehört und nach einer langen Pause verkündet: »Tu, was dich zufrieden stellt, und du wirst zufrieden sein.« Es war leicht, mit ihr auszukommen. Eines Tages erhielt er einen Brief, in dem sie das Gleichnis vom anvertrauten Geld aufgeschrieben hatte. Am Ende des Briefs stand ein Fragezeichen.

Er war zurückgekehrt. In Montrouge hatte er ein Atelier gekauft. Nicht weit weg von der Rue Victor Hugo. Großvater Mata und Großmutter Mata waren mittlerweile alt geworden. Sie brauchten ihn, das war ganz natürlich. Die verbrauchten Hände seiner Großmutter in seine zu nehmen, die alten Diskussionen über den Zusammenbruch der kommunistischen Partei wieder aufzunehmen, über ihr Viertel, das sich verändert hatte, das den Bach hinunterging, über die Mütter, die sich nicht mehr um ihre Kinder kümmerten, sondern sich stattdessen in Nachtlokalen herumtrieben, über die Väter, die sich direkt nach dem Samenerguss aus dem Staub machten, über die Jugendlichen, die in den Siedlungen trainierten, die dem Mangel an Liebe mit Drogen und Gewalt antworteten. »Sie wollen uns glauben machen, dass das ein Problem der Vorstädte sei. Alles Quatsch! Die Jugendlichen wissen nichts mit ihrer Zeit anzufangen. Ihnen stinkt, dass sie immer wieder auf die Schnauze fallen, dass Versprechen nicht eingehalten werden, dass Leid weiteres Leid nach sich zieht, dass gegen die Jugend Front gemacht wird.«

Stets hatte Großmutter Mata Kassy und seine Freunde verteidigt. Sie unterstützte Zina, eine junge Marokkanerin aus der Wohnsiedlung Hêtres in Bagneux, dabei, ein Bildungszentrum einzurichten. Dort ging sie drei Vormittage in der Woche hin, um Kurse in Lesen und Schreiben und in Nähen zu geben. »Wenn ich mit ihnen Säume nähe, lerne ich sie dabei kennen. Nähen schüchtert nicht ein, sondern bringt einander näher. Hinterher kann man dann zum Schreiben, Lesen, Kochen und sogar, du wirst staunen, zur Sexualkunde übergehen... Ich habe mir etwas von deinem Geld genommen, um dieses Zentrum einzurichten. Ich wusste, du würdest einverstanden sein... Verstehst du, mein Schatz, die Mutter ist die Grundlage. Wenn es der Mutter gut geht, geht's auch den Kindern gut. Man kann nicht gegen die Kriminalität kämpfen, ohne mit den Müttern zu arbeiten.«

Sie hatte nichts von ihrer resoluten Art verloren, sodass sie sich die Ehemänner vorknöpfte, die ihren Frauen verboten, zum Zentrum zu gehen, die großen Brüder, die die Einrichtung verschwiegen, die rechten als auch die linken Politiker, den allgegenwärtigen Materialismus, das Verschwinden der wahren Kultur, und Rapha hörte ihr beruhigt zu. Solange Großmutter Mata wütend war, war sie am Leben.

Claras Onkel und Tante wohnten noch immer in der dritten Etage, sodass es jedes Mal wie ein Schlag ins Gesicht war, wenn sie ihm an der Eingangstür, im Supermarkt oder in der Kneipe über den Weg liefen. Dort setzte der Onkel immer seine Wetten fürs Pferderennen und trank einen Kir, während die Tante ihre Kreuze auf dem Lottoschein machte. Nie sprach er sie an. Sie dagegen suchten seine Nähe; sie hätten gerne eine Unterhaltung mit ihm begonnen: Jetzt war er ja schließlich berühmt, sein Foto war in allen Zeitungen. Er hätte ihnen irgendetwas Kleines auf einen Bierdeckel oder auf die Rückseite eines Briefumschlags zeichnen können. Aber Rapha ignorierte sie. Er hatte die beiden noch nie leiden können. Typische Kleinbürger, feige und borniert. Um so feiger und borniertner, je älter sie wurden. Nein, sie würden niemals wie Dorian Gray ihre Seele verkaufen! In ihren Gesichtern konnte man die banalen Laster ihres Lebens, die kleinen beschämenden und dreckigen Demütigungen lesen. Manchmal überkam es Rapha sogar, Clara alles zu vergeben, wenn er die beiden sah.

Clara ging ihm nicht aus dem Kopf. Sie war unweigerlich mit Montrouge verbunden. Ein Kino, das gerade abgerissen wurde und wo sie... Wann war das noch mal? Das erste Mal, dass sie ganz allein in einem dunklen Saal saßen. Es war 1977. Ja, genau. Er erinnerte sich wieder. Wenn man vergessen will, muss man sich zwingen, sich zu erinnern. Um die Erinnerung Stück für Stück zu löschen. Unerbittlich. 1977 war ein schlimmes Jahr, weil alle Menschen, die er mochte, nach und nach starben. Als ob sie sich abgesprochen hätten: Nabokov, James Cain, Roberto Rossellini, Groucho Marx, Elvis Presley, Charlie Chaplin. Sie starben

weg wie die Fliegen. Aber an jenem Abend, dem ersten Abend, wo er allein mit ihr, ohne die Clique, ausgegangen war, mussten Maßnahmen getroffen werden, Vorsichtsmaßnahmen, um die anderen loszuwerden, wobei er sich gesagt hatte, auch wenn sie nachher nicht mit zu ihm kommen wollte, wäre das nicht so schlimm. Er war fast verschüchtert, linkisch. Er drehte seine Hand in der ihren hin und her und sprach sich Mut zu, um sie dazu zu bringen, über den kleinen Balkon seines Zimmers im Erdgeschoss zu steigen. An Mut sollte es ihm an diesem Abend nicht fehlen, um an sein Ziel zu gelangen.
Dieses Mal muss er mit ihr reden.
Muss ihr erzählen, wie eines Abends... Vor ungefähr einem Monat... Er weiß auch nicht mehr so genau... Seitdem lebt er nicht mehr. Tatenlos lässt er die Tage verstreichen mit der Angst im Bauch... Eines Abends, bei sich zu Hause. Er putzt sich gerade die Zähne. Betrachtet das Blut, das er in das Waschbecken spuckt. Er muss aufhören, so fest mit der Bürste zu drücken. »Sonst nutzen sich Ihre Zähne ab«, hat ihm sein Zahnarzt erklärt. Seither putzt er sie sich mit der linken Hand, und es blutet nicht mehr. Nichts Weltbewegendes, das Zähneputzen, aber gut, um in die Gänge zu kommen, bevor er zum Pinsel greift. Er schneidet sich die Nägel oder putzt sich die Zähne oder macht sich einen schönen starken Kaffee. Und Kassy bringt alles ins Rollen, indem er einfach losplappert. »Chérie Colère. Du kennst doch Chérie Colère... Sie hat Aids, mein Alter... Sie macht es nicht mehr lange... Ihr Bruder hat es mir gesteckt. Und aus Rache dafür, dass wir sie alle bestiegen haben, hängt sie es jetzt jedem an... Warst du in letzter Zeit mit ihr in der Kiste?« Jeder treibt es mit Chérie Colère. Als sie vor

zwei Jahren in die Siedlung Hêtres zurückgekehrt ist, hat niemand verstanden, warum. Davor war sie nach Paris gezogen, hatte eine Ausbildung als Kosmetikerin abgeschlossen und arbeitete im Ritz. Die Kids in der Siedlung erzählten, dass sie in einer Woche allein an Trinkgeldern so viel verdiente wie ein Lehrer in einem Monat. Jeder ging davon aus, dass sie wegen ihres miesen Charakters rausgeflogen war.

Das sagt auch Kassy, er kann sie nämlich nicht ausstehen. Überhaupt nicht. Zuerst haut es ihn um. Erst später kommt die Angst, die große Angst, die sich nicht nach einer erfolgreich durchgearbeiteten Nacht auflöst, sondern die im Gegenteil größer wird und einen übermannt. Um sich zu beruhigen, hat er Entspannungsübungen gemacht. Bloß keine Panik, Rapha, keine Panik. Drehte langsam den Kopf hin und her. Hörte seine Wirbel knacken. Hat sich dann erneut die Zähne geputzt. Mit der linken Hand. Chérie Colère, von Zeit zu Zeit trifft er sich mit ihr. Er mag sie, sie lässt ihn an ihrer Schulter schlafen. Sie reden nie. Er kennt ihre Geschichte, sie seine. Sie stellt ihm keine Fragen. In den darauf folgenden Tagen hat er versucht, sie zu erreichen. Er hat mehrmals bei ihr angerufen. Er ist bei ihr vorbeigegangen. Er konnte nicht glauben, dass es wahr ist. Er hat sie nicht gefunden. Ihre Nachbarn haben ihm die Tür vor der Nase zugeschlagen, und im Friseursalon hat man ihm gesagt, dass sie abgehauen sei und dass das so besser wäre! Auf solche Weiber könne man gut verzichten! Verstört war er wieder nach Hause gegangen.

Und dann hat Clara angerufen. Mit einem Mal war alles so einfach: Sie war es, mit der er zuerst reden musste. Liebe bedeutet, dass der andere alles versteht. Dass er die unglaublichsten Dinge völlig normal findet. Sie kann alles mit mir machen. *Alles.* Ich werde sie immer lieben. Auch wenn ich mich danach gerächt habe, liebe ich sie noch immer. Nach ihr hatte ich sie alle. Alle, die ich wollte. Aber nicht eine, nicht einmal die Schönste, die Verführerischste konnte mir ein Gramm meiner Liebe zu ihr nehmen.

Clara sorgte dafür, dass sie sich immer wieder über den Weg liefen. Bei einer Vernissage war sie aufgetaucht. Mit ihrer großen Tasche, die gegen ihre Hüfte schlug. Sie hatte sich vor sein jüngstes Bild gestellt. RAPHA MATA 92. Stets signierte er in Großbuchstaben, mit tiefschwarzer Tusche. Und auf seinem letzten Bild war ein weißer Körper im Vordergrund, ein nackter, sich darbietender Frauenkörper, Claras Körper. Sie war in seine Malerei zurückgekehrt, ohne dass er es bemerkt hatte. Und im äußersten Bildhintergrund hatte er sich selbst gemalt. Winzig klein in einer Ecke seines Ateliers. Reglos war sie dort verharrt, während die Gäste mit ihren Champagnergläsern in der Hand vor sich hin schwatzten. »Diese Kraft! Diese Farben! Haben Sie gesehen, wie er die Linien führt... Doch, doch, sehen Sie, wie die Linie ins Unendliche führt, in die Hoffnungslosigkeit...« Während sie den Lärm ausblendete, sah sie es weiter an. Ohne sich einen Millimeter von der Stelle zu rühren. Völlig eingefangen von dem, was sie sah, wobei ihre Arme regungslos herunterhingen. Mit ihrem kurzen Rock, den Plateauschuhen, ihrer eng anliegenden, ausgeblichenen, zerfransten Jeansjacke, dem Hintern, der sich unter dem Jackensaum hervorwölbte, und er, der sich durch die Menge einen Weg zu ihr bahnte, der nur ihren Nacken sah und sich ihr wie magisch angezogen näherte. Er hatte einfach ihre Hand genommen, von hinten. Er hatte sich die

Zeit genommen, ihr die Hand zu geben. Er hatte seine Hand in die ihre gleiten lassen. Am Anfang hatte sich ihre Hand verkrampft, und einen nach dem anderen löste er ihre Finger, ohne sich von der Stelle zu rühren, ohne ihr zu nahe zu kommen. Er löste einen ihrer Finger, hielt ihn gerade, löste dann den nächsten, bis er spürte, wie ihre Hand nachgab. Und dann, plötzlich, mit einer heftigen Bewegung, hatte er ihre Hand in die seine geschlossen, hatte sie festgehalten.
Zusammen waren sie gegangen. Ohne ein Wort. Sie sprachen nicht miteinander. Nur er und sie und die große Tasche, die zwischen ihnen hin- und herbaumelte. Zu Fuß waren sie nach Montrouge gegangen. Mit ihren hohen Absätzen hatte sie sich beinahe das Genick gebrochen. Es kümmerte ihn nicht. Er brachte sie nach Hause.
Aber es war zu spät.
Die Angst vor dem anderen, die Angst, von dem anderen verraten zu werden, hatte zwischen ihnen gestanden. Umsonst all die Liebkosungen, umsonst, aneinander geschmiegt zu schlafen, umsonst schrie sie vor Lust, sobald er ihre Brustwarze berührte, sobald er zwischen ihre Schenkel glitt, umsonst fragte sie: »Warum, warum nur? Warum ist es so stark, so heftig? Warum ist es noch stärker als vorher?« Er gab keine Antwort. Er zog sie an sich, sagte ihr: »Sei still... Sei still...« Er wollte diese Worte nicht hören, und er wusste auch, warum. Er wusste, dass der Schmerz ihre Lust steigerte. Der Schmerz darüber, sich verloren zu haben, der Schmerz darüber, dass sie ihn verraten hatte, der Schmerz darüber, vier Jahre verbracht zu haben, vier ganze Jahre, ohne sich zu sehen, ohne miteinander zu sprechen, ohne sich zu berühren, sich gegenseitig zu riechen, ohne

etwas zu teilen. Diesen Schmerz trugen sie in sich wie eine offene Wunde, und sobald sie sich berührten, belebten sie diesen Schmerz von neuem.
Er wollte nicht mehr reden. Er wollte keine Erklärungen mehr abgeben. Er misstraute ihr. Deswegen wich sie ihm nicht mehr von der Seite, sie blieb bei ihm. Die ganze Zeit über. Sie folgte ihm überall hin. Stundenlang sah sie ihm beim Malen zu, stumm, gehorsam. Und duldsam. So duldsam... Er mochte ihren unterwürfigen Blick nicht. Er mochte es nicht, wenn sie demütig und kniefällig war. Das passte nicht zu ihr. Es war keine Herausforderung mehr. Die Angst kroch ihr aus sämtlichen Poren. Angst, denselben Fehler wieder zu begehen, sodass alles wieder in der Luft hing. Genau, das war es, was geschah: Sie erinnerte ihn an ihren Fehler. Sie trug ihn auf ihrer Stirn. Er stellte sich die Wurstfinger seines Vaters auf ihrer weißen Haut vor, seines Vaters Fingerspitzen auf ihrer Brustwarze, auf ihrem Bauch, seines Vaters Mund auf ihrem Nacken, sodass er Lust verspürte, sie zu verletzen, zu demütigen.
Wenn die Erinnerung unerträglich wurde, ergriff er die Flucht. Und damit es ihr auch richtig schön wehtat, zog er mit einer anderen los. Ungeniert zeigte er sich mit der anderen vor ihr. Er suchte das schönste Mädchen aus, die Filmschauspielerin, auf die jeder scharf war, das bekannteste Mannequin. Oder er wälzte sich auf dem abgenutzten Bauch von Chérie Colère. Sein Ruf eines genialen Künstlers zog die Frauen an. Er brauchte sich nur zu bücken, um sie aufzusammeln. Er demütigte Clara, wo er nur konnte. Weil sie geglaubt hatte, dass sie ihn zurückgewinnen, dass sie ihren Fehler wieder gutmachen könnte. Er konnte nicht verzeihen. Selbst wenn er gewollt hätte. Und außerdem

war es mit ihrer Liebe nie anders gewesen: ein Kommen und Gehen. Schließlich hatte sie ihn darauf gebracht, sodass der losgelassene Zauberbesen nicht mehr gestoppt werden konnte.

Heute Abend muss er endlich damit aufhören. Sie muss ihn von seiner Angst befreien. Er muss mit ihr reden, sein Schicksal in ihre Hände legen. Das Glück, das wahre Glück, das Glück der Zweisamkeit, wo der eine bei dem anderen ist, wo der eine für den anderen da ist, musste wiederkehren und ihn befreien.

Er sieht auf die Uhr, sein Mund ist wie ausgetrocknet.

Er nimmt den Aufzug. Er klingelt, lehnt ein letztes Mal die Stirn an die Tür. Seine Kräfte haben ihn verlassen.

—

Nachdem ihm sein Butler soeben einen gut geschüttelten Wild Turkey gebracht hat, macht David Thyme es sich mit dem Glas, in dem die Eiswürfel klirren, bequem. Eine Annehmlichkeit, die er zu schätzen weiß und die den Schlussakkord einer ganzen Reihe von Annehmlichkeiten bildet. Heute Nachmittag hat er wie üblich sein Bad genommen und dabei einen Roman von Edith Wharton gelesen, sich danach wieder seine alte himmelblaue Kaschmirjacke übergezogen, die er bei seinem englischen Schneider in der Flannigan Street gekauft hat, dem Schneider seines Vaters, seines Großvaters, seines Urgroßvaters, an den sämtliche Maßanfertigungen in Auftrag gegeben wurden, seit er zwölf Jahre alt war. Auf der Suche nach einem seltenen Buch bummelte er dann durch die Pariser Straßen, in Begleitung seines Bassets Léon, suchte sämtliche ihm bekannte Fachbuchhandlungen auf, blätterte zahlreiche

Exemplare durch, untersuchte den Einband, das Erscheinungsdatum, den Zustand der Seiten, die Verfärbung der Seiten, den leichten, zeitbedingten Schimmelansatz und die Lederkanten und konnte sich doch nicht entscheiden. Er verbrachte wunderbare Augenblicke in Gegenwart von flüchtigen Zeitgenossen, die einem die Zeit lassen, zu genießen, sich ein Urteil zu bilden, in Ruhe zu überlegen, ohne gedrängt oder mit Kommentaren beziehungsweise Verkaufsgesprächen behelligt zu werden. In der heutigen Welt muss alles immer so schnell gehen!, denkt er seufzend, während er mit einem kurzen Nicken dem Butler dankt, der sich sogleich zurückzieht und ihn mit einem Konzert von Rachmaninow allein lässt. Lucille, seine Frau, führt ein aufregendes Leben. Kaum aus New York zurück, ist sie bereits wieder zu ihrer Stiftung gefahren, um »auf dem Laufenden zu sein«. Was für ein dümmlicher Ausdruck! Er zündet sich eine Zigarre an und lässt sich wieder in seinen Sessel sinken, während er an Lucille denkt. Diese Eile! Und dieser Ehrgeiz... Um auf dieser Welt seine Spuren zu hinterlassen! Was für eine alberne Idee! Als ob wir auf der Welt wären, um den Lauf der Dinge zu ändern! Als ob man nur auf uns gewartet hätte, auf uns, diese winzig kleinen Staubkörnchen, um die Welt zu verändern! Zwar findet er Lucille dabei rührend, aber er versteht sie nicht. Was er im Übrigen ebenfalls an ihr schätzt. Aber Vorsicht... keine Selbstbeobachtungen, mein Lieber! Nachdenken ist schon ein wenig wie Sterben. *Qué lástima!*

Sachte zieht David Thyme ein langes Streichholz aus der Schachtel in dem Samtetui, das auf dem Tisch liegt. Für Zigarren muss man sich Zeit nehmen, um sie vorzubereiten, Zeit, um sie zu rauchen, zu genießen. Immer weniger Menschen widmen sich diesem Zeitvertreib, denkt er, während er mit dem Nacken über die Kopfstütze des Louis-quinze-Sessels streicht, der von seiner Ururgroßmutter stammt, Margaret, Herzogin von Worth. Unter seinem Nacken löst sich bereits die Kante ab, er kann es spüren, kann das ganze Gewicht der Vergangenheit fühlen, die unter den Hin- und Herbewegungen knirscht, welche er mit vertrauter Wonne ausführt. Ein Neureicher würde ihn zum Restaurator bringen, er dagegen erfreut sich an der zeitbedingten Abnutzung. Er stellt sich Margarets zierlichen Nacken vor, der sich gerade unter dem Gewicht eines Kusses beugt... Sein Blick schweift über die Gemälde, die in seinem Raucherzimmer hängen, und er lächelt vor Wohlbehagen. Welche Reichtümer die Vergangenheit bietet! Welch Fingerspitzengefühl in diesen Meisterwerken! Welche Freude, sie in seiner Freizeit betrachten zu können, ohne sich in die Schlangen in den hässlichen Museen einreihen zu müssen, wo sich Touristen in Turnschuhen und Omis, mit Führern bewaffnet, drängeln! Sein Basset hat die leichte Grimasse bemerkt, als sein Herr den schmalen, aristokratischen Mund verzog, und springt auf seine Knie. Nachdem David Thyme ihn mit einem sanften »Aber Léon!« getadelt hat, streichelt er mit der freien Hand den Kopf des Tieres, wobei er ihm vorher Zeit gibt, sich zwischen seinen Knien einzurichten und sich zusammenzurollen. Sowohl Herr als auch Hund stoßen einen gemeinsamen Seufzer der Zufriedenheit aus.

Heute Abend muss ich mit Lucille reden, denkt David Thyme, während er vorsichtig an der Zigarre zieht und die Hand an sein Glas auf dem Tisch neben dem Sessel legt. »Ich muss mit ihr reden«, wiederholt er laut zu sich selbst, sodass Léon den Kopf hebt. »Verstehst du, Léon, ich brauche einen Erben. Sie muss zustimmen. Jetzt sind wir schon acht Jahre verheiratet! Das ist ja wohl Aufschub genug. Ich sähe gerne ein paar kleine Thymes in unserer Wohnung unter der wachsamen Aufsicht einer Erzieherin in Uniform herumtollen. Was meinst du dazu?« Léon fixiert seinen Herrn mit einem Blick, der so aufmerksam wie möglich sein soll, um dann den Kopf wieder in den Raum sinken zu lassen, der ihm zugeteilt ist. »Der Name Thyme darf in der nächsten Generation nicht aussterben, und ich denke, jetzt ist die Zeit gekommen...« Sein jüngerer Bruder, Eduardo, hat ihm vor kurzem mitgeteilt, dass seine Frau in anderen Umständen sei. Er hat bereits drei Töchter und wartet auf die Ergebnisse der Fruchtwasseruntersuchung, um zu erfahren, ob das Kind männlich oder weiblich ist. Wird es ein Junge, behält er ihn, sonst muss leider eine Abtreibung eingeleitet werden. Armer Eduardo! Er lebt umgeben von Frauen und betrachtet mit Wehmut den roten Miniatur-Ferrari, den er für die Geburt seines Erstgeborenen gekauft hatte, in der Überzeugung, es würde ein Junge werden. Woher nehmen wir nur diese Sicherheit, beim ersten Mal einen Jungen zu zeugen? Wahrscheinlich aus Respekt gegenüber unserem Geschlecht, aus Pflicht unseren Vorfahren gegenüber. Morgen fährt er nach Schottland auf die Jagd, aber bei seiner Rückkehr wird er in London einen Zwischenstopp einlegen und seinen Bruder besuchen.

Acht Uhr schlägt die kleine Pendeluhr aus Silber, die einst einem russischen Großherzog gehörte, dem offiziellen Liebhaber von Urgroßmutter Thyme. David wirft einen überraschten Blick auf die Zeiger. Schon acht Uhr! Sie ist immer noch nicht zurück! Heute Abend muss ich sie unbedingt sprechen!, sagt sich David Thyme, wobei seine Finger sich leicht um das Kristallglas krampfen. Und das um so dringender, als ihm die zahlreichen anonymen Anrufe einfallen, auf die ihn der Butler hingewiesen hat. Worum geht es dabei? Oder besser, um wen geht es dabei? Man könnte wenigstens einen Namen hinterlassen, das dürfte doch das Mindeste an Höflichkeit sein. Höflichkeit ist in unserer Zeit verloren gegangen. Und dabei ist für manche Menschen Zeit gleich Geld. Oder gleich Liebe. Was für ein scheußlicher Ausdruck! Er schneidet eine Grimasse und verschluckt sich am Whiskey. Daraufhin muss er husten und springt mit einem Satz auf, wobei er mit der flachen Hand das samtbesetzte Revers seiner Hausjacke glatt streicht. Dabei sind die Vorstellungskraft, das elektrisierende Gefühl, das einen überkommt, weil man zufällig einen Blick auf eine Wölbung oder einen Schönheitsfleck im Spalt eines Dekolletés erhascht, doch wesentlich angenehmer! »Oh Léon!«, seufzt er und lässt sich erneut zwischen die Armlehnen seines Sessels sinken. Er muss gerade an das Essen gestern mit der schönen Anaïs de Pourtalet denken, die frisch von einem ungehobelten Amerikaner geschieden ist, der an der Wall Street windige Geschäfte macht. Sie trug eine weiße Hemdbluse, die so weit geöffnet war, dass man eine Art Schönheitsfleck erahnen konnte. Was für eine zarte Haut, mit einem vollendeten dunklen Schönheitsfleck, der den hellen Teint erst richtig zur Geltung brachte. Den ganzen Nachmittag war es ihm nicht mehr aus dem Kopf gegangen, während die Maniküre des Ritz ihm die Nägel feilte. Dieses Detail hatte ihm völlig gereicht; den Rest hatte er seiner Fantasie überlassen. »Das ist die wahre Lust, Léon, die Vorstellungskraft, ohne jemals seinen animalischen Trieben nachzugeben! Beziehungsweise ihnen höchstens später nachzugeben, und zwar sehr viel später, wie bei einem überfälligen Geschäftsabschluss, auf den man auch ganz gut verzichten könnte...« David Thyme ist kein Verführer, er lässt sich verführen. Die Frauen gehen auf ihn zu, verlassen ihn, kommen wieder zu ihm zurück, ohne dass er ihnen gegenüber die geringsten Anstrengungen unternimmt. Jedoch sorgt er stets dafür, dass diese Anstrengungen, die er als banal abtut, mit größter Ungezwungenheit und Charme über die Bühne gehen. Niemals Vorwürfe oder Bitterkeit, sondern stets den Ton bewahren und die Haltung. So hat er sich auch seinen drei Exfrauen gegenüber verhalten, Béatrice, Cornelia und Greta. Drei anbetungswürdige Feen. Die beiden ersten waren zu hübsch, zu zart. Kein einziges Mal hat er sie unsittlich berührt. Sonst wäre es ihm vorgekommen, als würde er sie beschmutzen. Daher begnügte er sich damit, sie zu betrachten, sie mit Juwelen und Kleidern von großen Modeschöpfern zu schmücken, sie mit seinem weit reichenden und leicht zu handhabenden Fernrohr zu beobachten. Ein kleines, kostbares Spielzeug, das er stets bei sich trägt. Greta hingegen war eine kräftige Teutonin, geschaffen, um Kinder zu bekommen. Schon damals dachte er an seine Nachkommenschaft, aber sie brachte nur Fehlgeburten zu Stande. Was für ein Jammer! Er musste sich von ihr trennen. Mit Lucille war es jedoch etwas anderes. Die Tatsache, dass sie nicht im besten Viertel aufgewachsen war, verlieh ihr in seinen Augen etwas Ordinäres, das ihm Appetit machte. Es kam vor, dass er sie im Bett wie eine Hure behandelte, sodass er in ihren Augen einen schmerzerfüllten Blick aufflackern sah, mit dem sie verwundert zu ihm hochblickte, wenn er sie hart rannahm oder sie vulgär be-

schimpfte. Er genoss es, sie zu demütigen, ließ es sich aber nicht anmerken. Als Kind hatte seine österreichische Gouvernante ihn die Kunst gelehrt, sich niemals gehen zu lassen, geschweige denn, seine Gefühle zu zeigen. *You don't show feelings.* Dafür war er ihr unendlich dankbar.
Heute Morgen nun, während er gerade sein Frühstück zu sich nahm, hatte der Butler ihm die Post gebracht, in der sich ein kleines, braunes, schlampig zusammengeschnürtes Päckchen befand. Er hatte es auf dem Silbertablett liegen lassen, bis er es inspizierte und schließlich öffnete. Immerhin war es an ihn adressiert. Bevor er es öffnete, hatte er es zunächst mehrmals genauer untersucht, wobei er eigentlich davon ausgegangen war, dass der Inhalt für Lucille bestimmt sei. Aber dem war nicht so... Dann hatte er ein winziges Fabergé-Ei aus seiner Hosentasche herausgeholt, ein Ei, das von seiner Großtante stammte, die in Venedig wohnte und eine erlesene Sammlung japanischer Wandschirme besaß, die sie ihm vererbt hatte. Danach hatte er den dicken Umschlag, der ein Heft enthielt, an den Kanten aufgeschlitzt. Es war ein altes Heft, ein Schulaufgabenheft, wie er vermutet hatte. Er hatte es durchgeblättert, unschlüssig darüber, was er damit machen sollte. Sein Frühstücksei wurde allmählich kalt, sodass er sich nicht entscheiden konnte, ob er es noch warm genießen oder sich mit dem Heft befassen sollte. Seine runden blauen Augen wanderten zwischen den beiden Alternativen hin und her. Er hatte geglaubt, eine entfernte Ähnlichkeit mit der Handschrift seiner Frau erkannt zu haben. Eine Handschrift, die zwar noch nicht so ausgeprägt und eher kindlich war, aber nichtsdestotrotz präzise und akkurat. Auf dem Deckblatt stand in Großbuchstaben geschrieben:

TAGEBUCH VON LUCILLE DUDEVANT. Es enthielt keinerlei Warnung davor, es zu lesen. Deshalb war er so frei gewesen, einige Seiten zu überfliegen und das Frühstücksei zu seinem Bedauern kalt werden zu lassen.

2. Januar 1973
Heute ist mein vierzehnter Geburtstag. Mademoiselle Marie hat mir das Frühstück auf einem Tablett ans Bett gebracht. Eine Tasse leckere heiße Schokolade, die sie selber mit Blockschokolade und Milch kocht, und ein Croissant. Ich muss auf meine Linie achten. Es gefällt mir, so bedient zu werden. Wenn ich einmal groß bin, lege ich mir ein Hausmädchen zu, das mir dann jeden Tag das Frühstück am Bett serviert. Wenn ich einmal groß bin, werde ich reich sein, aber wirklich reich… Oder aber arm, arm wie eine Kirchenmaus. Entweder werde ich Nonne oder Milliardärin, aber nie, niemals etwas dazwischen. Mir graust es vor dem Mittelmaß. Wenn ich einmal groß bin… Ich werde mich beeilen, hier herauszukommen. Ich ersticke nämlich. Eigentlich dürfte ich so etwas gar nicht sagen. Mein Vater ist so lieb, er erlaubt mir alles. Aber ich frage mich oft, ob das aus echter Zuneigung geschieht, oder weil ich ihm gleichgültig bin. Dasselbe gilt für Mademoiselle Marie, die Papa ein Heidengeld kostet und bei der ich den Verdacht habe, dass sie hauptsächlich in eigenem Interesse bei uns ist. Letztes Mal habe ich sie dabei beobachtet, wie sie Mamas Porträt angestarrt hat, und ich frage mich, ob sie nicht vielleicht ihren Platz einnehmen will. Ich muss ein Auge auf sie haben.

3. Januar 1973

Gestern habe ich einen Haufen Geschenke bekommen. Ich kam mir wie eine Königin vor, die von ihren Hofdamen und ihren tapferen Rittern die Huldigungen entgegennimmt. Von Clara habe ich ein Seidentuch bekommen (das ich schon einmal im Supermarkt gesehen habe), von Philippe einen Füllfederhalter (ich habe schon einen Montblanc), von Agnès ein schönes gebundenes Heft (das kann ich als Tagebuch verwenden), und Jean-Charles und Joséphine haben mich ins Kino eingeladen, in »Der Pate«. Ich würde ja lieber »Der letzte Tango von Paris« sehen, aber Mademoiselle Marie hat es mir ausdrücklich verboten. Bloß Rapha hat meinen Geburtstag vergessen. Trotzdem habe ich dafür gesorgt, dass er es mitbekommt, natürlich durch die Blume.

Ich frage mich, welchen Wert es hat, Königin von Montrouge zu sein, einem Pariser Vorort! Jedes Mal, wenn ich meine Cousine Béatrice besuche, die auf dem Boulevard Saint-Germain wohnt, komme ich mir wie ein dummes Gör vor. Schlimmer noch, wie eine richtige Landpomeranze. Aber so herum ist es mir immer noch lieber, als sie zu mir einzuladen. Das einzige Mal, als sie bei mir war, habe ich förmlich darauf gewartet, dass sie eine Bemerkung loslässt, was dann auch prompt der Fall war: In der Eingangshalle hat sie den grauen Teppichboden und die drei von Läusen zerfressenen Grünpflanzen gemustert und gemeint: »Du wohnst aber schäbig!« Vor Scham wäre ich am liebsten im Erdboden versunken.

Warum bloß ist Papa wieder hierher gezogen? Eine egoistische Entscheidung. Er hätte auf mich Rücksicht nehmen müssen. Ich bin sicher, wäre Mama noch am Leben, würde ich anders aufwachsen, so wie Béatrice und meine anderen Cousinen. Und dann diese Mademoiselle Marie! Was geht die mir auf den Geist, mit ihrem ewigen Jungfrau-Maria-Lächeln! So richtig unterwürfig! Und ich kann ihr nicht einmal etwas anhängen! Papa vertraut ihr nämlich voll und ganz. Und doch glaube ich, dass sie mich im Grunde ganz gut leiden kann, aber wie kann man bloß so tollpatschig sein! Ich geniere mich jedes Mal, sobald sie den Mund aufmacht. Dazu kommt noch, dass es mir peinlich ist, dass man sie für meine Mutter halten könnte. Deswegen sieze ich sie, nenne sie »Mademoiselle« und bitte sie, Abstand zu halten, wenn sie neben mir geht. Da sie keine andere Wahl hat, als mir zu gehorchen, wird die Distanz auch eingehalten.

Irgendwann wird sich das alles ändern, dessen bin ich mir sicher, weil ich den Absprung von hier schaffen werde. Manchmal träume ich davon, einem Piraten zu begegnen und mit ihm über die Meere zu segeln, dann wieder stelle ich mich mir als Kaiserin Sissi vor, die in einem riesigen Schloss Walzer tanzt… Ich weiß noch nicht so richtig, was ich genau will. Darum beneide ich Clara, die immer so zielstrebig wirkt. Oder Joséphine. Sie war natürlich in »Der letzte Tango«… Dank etwas Schminke und den hohen Schuhen ihrer Mutter hat die Kartenverkäuferin sie durchgelassen. Danach hat sie uns erzählt, dass es ein heißer Streifen war und es eine grauenhafte Szene gab, aber mehr wollte sie uns nicht verraten. Clara ist wild entschlossen, ihn sich ebenfalls anzusehen. Sie hat ja auch keine Gouvernante wie ich an den Fersen kleben. Heimlich liest sie haufenweise Bücher. Ich dagegen kann nicht…

13. Februar 1973
Gestern Abend haben Clara und Philippe eine Überraschungsfete veranstaltet. Zuerst habe ich gesagt, dass ich nicht kommen werde, weil ich bei meiner Cousine in Paris eingeladen wäre, aber dann war meine Neugier doch zu groß, und ich bin hingegangen. Clara und Rapha haben den ganzen Abend miteinander getanzt, und ich habe sogar gesehen, wie sie einen Kaugummi von Mund zu Mund ausgetauscht haben. Einfach widerlich! Ich musste mir die Millionen Bazillen und Bakterien vorstellen, die von einem Mund zum anderen wanderten! Aber anscheinend hat sie das nicht gestört… Also musste ich mich mit Jean-Charles und Philippe abgeben. Philippe ist o.k. Immerhin hat er noch Stil und Witz. Obwohl ich keine Ahnung habe, woher er den Stil hat. Sein Onkel und seine Tante sind nämlich so nullachtfünfzehn! Im Haus heißen sie nur noch »Familie Thénardier«. Das habe ich von Mademoiselle Marie, die, da ich mich häufig rar mache, mir den Klatsch erzählt, um sich bei mir einzuschmeicheln. Eine richtige Arschkriecherin… Philippe tanzt übrigens sehr gut zu Rockmusik und hat mich ziemlich eng an sich gezogen, als ein langsames Stück lief. Ich glaube, er wollte mich küssen. Beinahe hätte ich mitgemacht. Aber dann dieser Jean-Charles! Was für eine Klette, der Junge! Hat seine Hände überall! Aber es ist auch meine Schuld: Ich gehöre eben nirgendwo richtig dazu. Weder in Montrouge noch bei meinen

Cousinen. Agnès und Joséphine schienen sich köstlich zu amüsieren, diese albernen Gänse. Obwohl sie richtig lächerliche Kleider anhatten, die ihre Mütter extra für diesen Anlass genäht hatten, mit grün-violettem Muster und Rüschenausschnitt. Wahrscheinlich haben sie den Stoff vom Saint-Pierre-Markt, weil es dort billiger ist. Wie Stehlampen sahen sie aus. Zwei richtige Bauernrntrampel! Lieb, aber trampelig. Ich dagegen hatte Mademoiselle Marie gebeten, mich zur Rue de Passy zu begleiten, um mir einen Traum von einem Kleid auszusuchen, ganz schlicht, weiß, aus Wolle und mit kurzen Ärmeln, dazu hatte ich mir eine schwarze Strickjacke über die Schultern gehängt, etwas Lippenstift aufgelegt, aber umsonst. Im Klartext: Rapha hat mich einfach übersehen. Er ist der einzige Junge, der mich interessiert. Weil er anders ist. Ich weiß nicht, wie ich ihn auf mich aufmerksam machen kann. Das ist die Quittung für mein Prinzessinnengetue. Er begreift nicht, dass ich etwas von ihm will. Aber ich wünsche mir doch nichts mehr, als dass er endlich Notiz von mir nimmt! Ich weiß, dass er mit Clara unterwegs ist, sobald die Schule aus ist. Sie gehen immer nach Bagneux. Clara behauptet, sie würden die Gegend erkunden. Die Elendsviertel, wie Mademoiselle Marie sie nennt. Rapha hat dort Freunde. Und Clara hat keinen Schiss mitzugehen. Obwohl ich sie beneide, weiß ich nicht, ob ich den Mut hätte, Rapha dorthin zu begleiten. Dort sollen angeblich nur Ausländerfamilien wohnen, die mit dreizehn Mann in einer Drei-Zimmer-Wohnung hausen. Außerdem soll da mehr abgehen! Rapha hat einen Freund, Kassy, von dem er ununterbrochen erzählt. Kassy ist ein Schwarzer. »Ein richtiger Schwarzer?«, habe ich Rapha einmal gefragt. – »Dafür bist du ein Bleichgesicht!«, hat er mir patzig entgegnet, als hätte ich etwas Dummes gesagt. Ich muss mir gerade Béatrices Gesicht vorstellen, wenn sie Rapha und Kassy über den Weg gelaufen wäre an dem Tag, als sie bei mir war!

Direkt am nächsten Tag war ein Mädchen bei meiner Cousine Béatrice, die einen der Filme erwähnte, den Raphas Vater produziert hatte. Ich war wie vor den Kopf geschlagen. Als hätte man über mich gesprochen. Als wäre ich Raphas Freundin... Aber ich werde nie Raphas Freundin sein. Clara hält den Platz bereits besetzt. Und zwar den ganzen Platz. Leider muss ich mir eingestehen, dass er nur Augen für sie hat, dass er sich nur für sie interessiert. Die meiste Zeit über hockt sie bei ihm, sodass Raphas Großmutter sie schon wie eine eigene Tochter behandelt.

Nach solchen Abenden bin ich immer todunglücklich. Ich habe niemanden zum Reden. Und selbst wenn, wenn ich mir so Mamas Porträt ansehe, bezweifle ich, dass ich mit ihr über alles hätte reden können. Wie sie wohl als Mutter gewesen wäre? Wie eine Freundin? Auch Agnès und Joséphine stehen ihren Müttern nicht besonders nahe. Und Clara hat die ihre kaum gekannt. Im Haus wird gemunkelt, dass ihre Mutter ein »tragisches Ende« gehabt hat. Es geht sogar das Gerücht um, dass sie Selbstmord begangen hat. Aber warum? Ich kann es einfach nicht herausfinden. Dafür hat Clara wenigstens ihren Bruder. Ich dagegen bin allein. Abends vor dem Einschlafen er-

zähle ich mir selbst lauter Geschichten über Mama.
Das ist dann der friedlichste Augenblick des Tages.
Manchmal weine ich mich in den Schlaf, weil ich
weiß, dass, wenn ich morgens aufwache, sie nicht da
sein wird. Ich habe niemanden, NIEMANDEN, dem
ich mich anvertrauen kann. Für Papa bin ich doch
bloß Luft. Manchmal würde ich mich am liebsten
in seine Arme stürzen und einfach drauflosheulen.
Das würde mir gut tun. Ich meine, ersticken zu
müssen, weil ich alles in mich hineinfresse. Es ist
wie ein dicker, unerträglicher Kloß in meinem Hals.
Ich bin so einsam!

Mit einem Seufzer hatte David Thyme die Heftseite umgeschlagen. Dann hatte er nach seinem Butler geklingelt, damit dieser ihm ein neues Ei brachte. Letztendlich konnte er sich doch nicht überwinden, ein lauwarmes beziehungsweise kaltes Ei zu verspeisen.

2. Januar 1976
Endlich sechzehn! Und immer noch einsam! Ich hasse es, noch wie ein kleines Kind behandelt zu werden! Ich hasse mich, und ich hasse auch die anderen. Gestern hat ein Junge mir einen Zungenkuss gegeben, wonach ich am liebsten gekotzt hätte. Ich habe es satt, noch Jungfrau zu sein. Deswegen tue ich geheimnisvoll, sodass die anderen glauben, dass ich es nicht mehr bin... Ich habe mir eine Traumwelt erschaffen. Darin bin ich eine schöne Prinzessin, die von Räubern verfolgt wird und die sich in den Räuberhauptmann verliebt. Auch er stellt mir nach. Doch obwohl ich

ihn liebe, werden wir nie zusammenkommen. Außer, um uns einen Kuss ohne Zunge zu geben.

Zu Weihnachten hat Papa mir einen Welpen geschenkt. Ich habe ihn Räuber genannt. Oft schlafe ich bei ihm auf dem Boden. Dann binde ich mir ein Tuch als Halsband um und belle ganz leise in der Dunkelheit. Mit seiner Pfote zerkratze ich mir den Hals und druckse herum, wenn die anderen Mädchen mich darauf ansprechen. Seit ich Räuber habe, denke ich mir ganz furchtbare Geschichten aus, die mir wirklich ANGST einjagen. Wie die Geschichte von dem Mädchen, das von seinem Vater in einer Hütte mitten im Wald gefangen gehalten wird. Der Vater, den sie über alles liebt, gibt ihr nur Abfälle zu essen und traktiert sie mit Fußtritten. Abends zwingt er sie dann, seine dreck- und kotverschmierten Stiefel abzulecken, danach jagt er sie in die hinterste Ecke ihres Verlieses. Er schlägt sie, vergewaltigt sie, spuckt sie an und verlässt die Hütte, ohne jemals ein Wort mit ihr zu reden. Das kleine Mädchen ist schmutzig, sie verrichtet ihre Notdurft auf dem Boden, sie stinkt, sie heult. Eines Tages gelingt es ihr, an ein Messer heranzukommen, das er in seiner Hosentasche versteckt hält, und sie schneidet ihm den Kopf ab. Danach wirft sie den Kopf in die Kloschüssel und flüchtet blutverschmiert in den Wald, wo sie Räubern in die Arme läuft, die aus ihr eine Sklavin machen und sie alle nacheinander vergewaltigen...

Leicht angewidert hatte David Thyme das Heft wieder zugeklappt. *Never explain, never complain.* Seine Frau ist ein seltsames Wesen. Alle Frauen sind seltsam, man muss sie auf Distanz halten. An seine Mutter kann er sich nur im langen Kleid erinnern, abends vor dem Ausgehen. Sie ist auf ihrem Besitz in Argentinien gestorben, wohin sie sich zurückgezogen hatte, nachdem sie erfahren hatte, dass sie schwer krank war. Als er zu der Beisetzung angereist war, war der Sarg bereits verschlossen. Er hatte eine weiße Rose darauf gelegt, und sein Vater hatte ihm hinterher einen Whisky eingeschenkt. Meine Frau ist schizophren, war es ihm durch den Kopf gegangen, nachdem er das schäbige Heft wieder zugeschlagen hatte. Bis jetzt habe ich es ignoriert, und ich werde es weiterhin ignorieren.

Er steckte das Heft wieder in den braunen Umschlag. Dabei fiel ein weißes Blatt heraus. Er las folgende Worte: »Sie haben ja keine Ahnung, wen Sie da geheiratet haben. Fortsetzung folgt, ebenfalls mit der Post...« Natürlich fehlte die Unterschrift. Wie in einem Schundroman. Mit einem Schulterzucken beschloss er, Lucille gegenüber kein Wort darüber zu verlieren. Dann versteckte er den Packen hinter der gebundenen Gesamtausgabe von Saint-Simon. Dort würde ihn kein Mensch finden. Wer außer mir liest heutzutage schon so einen langweiligen Schinken?

»Lucille...«, seufzt er und lässt einen Schluck Wild Turkey die Kehle hinunterrinnen. Was für eine bildschöne Intrigantin meine Frau doch ist! Welch ein Glück, ihr bei dem Dinner in Versailles begegnet zu sein, das Marie-Hélène organisiert hatte! Ich hätte an ihr vorbeigehen können, ohne von ihr Notiz zu nehmen, wenn sie mich nicht in der Halle angerempelt hätte, als die Gesellschaft sich gerade in den Konzertsaal begab. Ihr war ein »Pardon... tut mir Leid« entfahren, das ihrem kühlen Blick widersprach, und sie war

dann in einem Rascheln von glänzender kastanienfarbener Seide davongeschwebt. Sie war in Begleitung von Bruno de Mortay, dessen Frau gerade frisch entbunden hatte, und es war ein Leichtes, sie wieder zu finden. Zu jener Zeit beendete sie gerade ihre Ausbildung als Auktionatorin. Sie hatte vor zu arbeiten. Eine köstliche Idee!
Auf seinen Knien gibt Léon ein Brummen von sich, und David Thyme hört, wie eine Tür ins Schloss fällt. Es ist Lucille, die mit Paketen beladen nach Hause kommt. Er gibt Léon einen kleinen Klaps, damit dieser sich trollt, erhebt sich und geht zu ihr hin, um sie willkommen zu heißen.
»Sie sehen müde aus, meine Liebe…«
»Das liegt wahrscheinlich am Jetlag… Und Sie, wie geht es Ihnen?«
»Mir geht es ausgezeichnet.«
»Und Léon?«, fragt Lucille, während sie dem Basset über den Kopf streicht, der prompt mit dem Schwanz wedelt, als er seine Streicheleinheit bekommt.
»Gestern Abend gab es Probleme mit der Verdauung, deswegen habe ich ihn auf Diät gesetzt.«
»Ich habe Ihnen ein paar Kostbarkeiten aus New York mitgebracht. Wenn Sie sich bitte setzen würden, bevor es Ihnen die Sprache verschlägt!«
David Thyme setzt sich auf das breite Sofa, über dem eine dicke Kaschmirdecke liegt, schlägt die Beine übereinander, wippt mit dem linken Fuß, der in einem Slipper steckt, dessen Innenseite aus weichem Lackleder ist, und sieht seine Frau aufmerksam an. Lucille macht es spannend und präsentiert schließlich ein kleines handgesticktes Kissen, auf dem zu lesen steht: *To be rich is no longer a sin, it's a miracle.* David schenkt ihr ein Lächeln, nimmt das Kissen

an sich und legt es sich in den Rücken. In der Tat, welch ein Glück, reich zu sein und dadurch ein so wunderbares Geschöpf malträtieren zu können!

»Das war nur ein Vorgeschmack! Und nun, David, wenn Sie einverstanden sind, schließen Sie die Augen, und zählen Sie bis zehn, bevor Sie sie wieder aufmachen...«

Er senkt die Lider, hört, wie eine Tür sich öffnet, sich wieder schließt, vernimmt gedämpfte Schritte auf dem Teppichboden, zählt bis zehn und... Meine Güte! Ein Canaletto! Ein Bild, mit dem er seit drei Jahren liebäugelt und das ständig den Besitzer wechselt, ohne dass es ihm je gelungen wäre, es zu ersteigern! Obwohl er sämtliche Kataloge von Sotheby's und Christie's studierte, ging es ihm stets durch die Lappen.

»Aber wie haben Sie das gemacht, Lucille? Ich kann es nicht fassen.«

Unter seiner Hausjacke kann er seinen Herzschlag spüren und stolpert beinahe über das Bein des Beistelltisches, als er aufsteht, um das Gemälde zu betrachten. Dabei fällt sein Glas um, und Lucille beobachtet, wie die bernsteinfarbene Flüssigkeit sich auf dem Mahagoniholz ausbreitet und auf den Teppichboden tropft, wo sie einen großen, dunklen Fleck bildet. Obwohl ihr Herz einen Satz macht, fängt sie sich wieder, wendet sich ihrem Mann zu und betrachtet die kindliche Freude, die in seinen Augen funkelt. Währenddessen begutachtet dieser das Bild von allen Seiten, wobei er kleine Freudensprünge macht und zufrieden gluckst, die Signatur untersucht, sich die Brille auf die Nase setzt, um sämtliche Einzelheiten zu bewundern, und sich an der Gurgel kratzt, um seine Rührung zu verbergen.

»Lucille! Sie hätten mir keine größere Freude bereiten kön-

nen! Wir hängen es in Venedig auf, was halten Sie davon? Dann befindet es sich wieder auf heimatlichem Boden...«
Er geht auf sie zu und nimmt ihre Hand, die er zärtlich küsst. Sie neigt sich zu ihm und flüstert in einem Atemzug:
»David, lieben Sie mich?«
»Das geht Sie nichts an, meine Liebe. Wie wär's, wenn wir uns zu Tisch begeben? Ich habe leichten Appetit bekommen, wie ich feststellen muss... heute Abend bin ich in Feststimmung!«

—

Clara öffnet. Er richtet sich wieder auf. Sie ist schön und verführerisch wie eh und je. Mit ihren kurz geschnittenen Haaren, den roten Lippen, der weißen Haut und den großen Augen wie die kalte See, die Nordsee, mit der Farbe von Austern und vom Kalk der Klippen. Sie gibt sich ungezwungen. Dreht sich schnell wieder um. Er hat keine Kraft mehr. Er lässt sich auf ein weißes Sofa fallen. Die Angst in seinem Bauch macht ihn schwerfällig. Sie sagt: »Wie wär's mit Champagner? Um zu feiern?« Er entgegnet: »Setz dich. Hör mit dem Zirkus auf. Mach es mir nicht noch schwerer.«
Oh, dieser nackte Arm in der Nacht, der das Laken zur Seite schiebt, diese Hand, die die Haarsträhnen aus dem Gesicht streift, um die Stirn freizulegen und ein Lächeln zu schenken... Ihre schmalen Schultern und ihre so zerbrechlichen Handgelenke... Ihn überwältigt ein Gefühl, das er sich nicht erlauben darf. Nicht in diesem Moment. Er darf jetzt nicht weich werden. Er reißt sich zusammen, um hart zu bleiben. Tsst... Tsst... Schließlich hat der alte Bock

ihr Liebesbriefe geschrieben. Sie nahm sich die Kohle und warf den Brief weg. Trotzdem hat er ihr weiter geschrieben, und sie hat ihn gewähren lassen. Und hat auch noch mit ihm zusammengearbeitet. Mit seiner Kohle. Und mit leichtem Widerwillen. Hat es absichtlich und widerstandslos genossen, ihn zu verletzen. Und dabei ihren kleinen, schlauen Spießbürgerschädel versaut. Wer sagt, dass Unglück bessere Menschen aus uns macht? Unglück macht gehässig, jawohl. Borniert, egoistisch, misstrauisch. Unglück nimmt die Würde. Vom Leid der einen profitieren doch lediglich die anderen, auch wenn sie dabei ins Grübeln kommen, allerdings nicht beim eigenen Leid! Noch nie war ich so boshaft wie in diesem Augenblick. Am liebsten sähe ich jede und jeden in der tiefsten Scheiße stecken, dort, wo ich auch bin. Sollen doch alle verrecken! Lauter Arschlöcher! Millionen von Arschlöchern! Es fällt mir nicht schwer, schließlich stehe ich vor dem Abgrund! Dabei lernt man automatisch zu hassen.

»Ich bin erledigt, meine Schöne. Am Ende. Im Eimer. Fertig. K.o. – «

Er schreit diese Worte heraus. Ihm scheint, als spräche er mit vollem Mund, so mühsam kommen die Worte über seine Lippen.

Sie sieht ihm geradewegs in die Augen. Ohne sich zu rühren. Oder fast nicht. Beinahe unmerklich schnippt sie mit dem Daumennagel am Zeigefinger. Als Kind kaute sie an den Fingernägeln, bis es blutete. Nun sind sie gepflegt und glatt. Ein leises, hohles Geräusch. Das ist alles, womit sie ihre Bestürzung zeigt. Paß jetzt genau auf, denkt er. Gespannt wartet er auf eine Reaktion. Er kennt ihre Reaktionen. Sie wartet ab. Auch sie kennt seine Reaktionen. Sie

lässt nichts nach außen dringen. Sie gehört nicht zu den Frauen, die leicht die Nerven verlieren. Sie hat Zeit. Sie hat keine Angst. Sie kennt das. Noch macht sie sich keine Sorgen. Sie ist auf der Hut. Sie fragt sich, welche Gemeinheit er jetzt schon wieder im Schilde führt. Sie will mehr erfahren. Um zu sehen.
Obwohl er eigentlich herausschreien möchte, Clara, das ist dieses Mal kein Spiel, keine Spiele mehr, Schluss damit, sagt er:
»Ich stecke tief in der Scheiße, Clara. Und du vielleicht mit...«
Sie zittert, bleibt aber stumm. Sie kommt ihm nicht entgegen.
Ihre Wohnung gefällt ihm. Hübsch und modern. Mit einem schönen Parkettboden, der unter den Füßen knarrt. Ein großer Raum mit einer Kochecke, einer Essecke, einer Wohnecke und ganz hinten mit einer Schlafecke, die durch einen Wandschirm verdeckt ist. Zusammen haben sie sie eingeweiht. Sie war gerade frisch eingezogen. Das war vor ungefähr vier, fünf Jahren, nach dem ersten Wiedersehen. Sie hatte es als ein gutes Vorzeichen gedeutet. Wie viele Typen sie seither wohl in ihre Schlafecke geschleift hatte?
»Du willst nicht mehr wissen? Du hast mich doch angerufen... du wolltest mich doch sehen! Bitte, da bin ich!«
Noch immer rührt sie sich nicht. Sie wartet.
»Ich erzähle dir, dass ich am Ende bin, und du gibst keinen Pieps von dir! Hallo, jemand zu Hause? Na? Jemand da?«
Er offenbart sein Herz, er offenbart sein Innerstes. Er fängt an zu gestikulieren.
Sie schweigt. Schon immer hatte er einen Hang zur Dramatik, zur Selbstinszenierung. Sie streckt das Kinn vor, wobei

ihr Blick den seinen trifft. Und nicht mehr loskommt. Rede, Rapha, erzähle mir alles, du weißt doch genau, dass über meine Lippen kein Sterbenswörtchen kommt, um dich zum Reden zu bringen. Dazu bin ich zu vorsichtig. Wie oft hast du mich schon eingewickelt, um mich hinterher wieder fallen zu lassen, am Boden und mit gebrochenen Herzen? Wie oft habe ich daran geglaubt, selbst als du dich bereits wie ein Dieb davongeschlichen hattest, um dann aus der Zeitung erfahren zu müssen, dass der attraktive, begehrenswerte, geniale Raphaël Mata mit der und der zusammen war, während wir noch am Abend davor aneinander geschmiegt eingeschlafen waren, und zwar so fest aneinander geschmiegt, dass nicht einmal mehr eine Messerklinge zwischen unsere Körper gepasst hätte? Wenn ich dich heute Morgen angerufen habe, dann bestimmt nicht, um mir Gehässigkeiten oder Beleidigungen anzuhören, sondern um uns zu versöhnen. In ihren Augen flackern Tränen und Vorwürfe auf. Auch Wut wegen ihrer verlorenen Zeit und Tränen wegen der Zeit, die sie noch verlieren werden. Sie weiß es: Zu etwas anderem sind sie nicht im Stande.

Also fällt er vor ihr auf den Boden, legt den Kopf auf ihre Knie und spricht die Worte, die sie nicht hören will. Worte, die er in den Stoff ihres Minirocks murmelt, der so kurz ist, dass er ihn mühelos über ihre Schenkel hochschiebt, ihre Schenkel, in die er seine Worte vergräbt, damit sie sie nicht sofort versteht.

»Erinnerst du dich an Chérie Colère?«

Er kichert in sich hinein, die Lippen auf dem warmen Fleisch ihrer Schenkel. Er presst seinen Mund gegen diese warme und zarte Quelle. Er atmet ihren Geruch ein, drückt sich mit Leibeskräften an sie, um weiterreden zu können.

Sie erinnert sich an Chérie Colère. Schließlich sind sie gleich alt. Lange Zeit waren sie sogar befreundet. Bis zu dem Tag, als… man sie zu einer Art Sexbombe abstempelte. Sie gewaltsam in jene Kategorie von Frauen einreihte, die nur auf Sex aus sind, nur ein Sexobjekt sind und es immer bleiben werden. Bereits mit zehn Jahren machte sie die Männer so nervös, dass sie ihnen als Wichsvorlage diente. Dass sie mit hängender Zunge darauf warteten, bis sie alt genug war, um über dieses roséfarbene Stück Fleisch herzufallen, mit dem sie ihnen vor der Nase herumwedelte. Was sie dann auch taten. Und zwar die ganze Kompanie. Eine richtige Jagdtrophäe. In einem Keller. An ihrem vierzehnten Geburtstag. Ohne sie zu fragen, ob es ihr recht sei oder ob sie vielleicht den einen dem anderen vorzöge. Ein richtiges Gedränge, mit der Hand am offenen Hosenschlitz, Ellbogen an Ellbogen, um ja keinen Zentimeter zu verlieren, mit vor Erregung zitternden Knien, während die Größten, Kräftigsten, Wildesten sie an den Handgelenken festhielten, auf den nackten Betonboden im Verschlag 24 zwangen und ihr den Mund zuhielten. Die Schwächeren tranken sich mit einer Dose Bier Mut an. Bald jedoch, wie sie ihr erzählt hatte, weil anfangs erzählte sie noch davon, schreit sie nicht mehr. Sie hat Angst, sie stirbt vor Angst, aber sie hält den Mund. Sie sieht sie an und weiß, dass sie es nicht ändern kann. Da muss sie durch. Es steht in ihrem Hüftschwung geschrieben, auf ihrem Hintern, auf ihren Brüsten, die hin- und herwippen, seit sie entwickelt sind. Das ist ganz normal. Von Hêtres ist sie nichts anderes gewohnt. Es ist die Rolle der Frau, sich vor den Männern zu fürchten, den Männern, die einer Frau auflauern und sie in eine dunkle Ecke drängen, Männer, die sich zu einer Horde zusammenrotten und eine Frau anpöbeln, herumstoßen und schließlich vergewaltigen, wobei sie sich gegenseitig anfeuern. Alltägliche Brutalität. Sie verschließt nicht die Augen davor und gibt sich auch nicht als gefallene Prinzessin. Sie stellt sich auf die Schmerzen ein. Sie weiß, dass es beim ersten Mal wehtut. Sie weiß es, aber mit diesen Schmerzen hat sie nicht gerechnet. Und nachdem sie sich alle verzogen haben, zieht sie ohne ein Wort oder Schluchzen ihren Rock wieder herunter und wischt sich ab. Und das alles nur deshalb, denkt sie. Nur deshalb... Nur wegen dieses kleinen Spalts in ihrem Fleisch verlieren all diese Männer ihre Beherrschung. Was für Idioten!, denkt sie. Was für ein Haufen von Schwachköpfen! Und darum dreht sich die Welt! Man nannte sie Sylvie Blondelle. Jedenfalls zu Beginn. Später wurde daraus Sylvie die Blonde, Sylvie die Gute, gut genug, um alles mit sich machen zu lassen, und in Kürze bald so versiert, dass sie sich ihre Dienste entlohnen ließ und im Keller ein Lager aufschlug. Dort richtete sie sich ein: eine alte Matratze, ein Kissen, Decken und einen Krug Wasser, um sich zwischen zwei Kunden sporadisch zu säubern. Sie hatte die Schnauze voll davon, sich den Hintern wund zu reiben wegen all dieser Tiere, die sich auf ihr abreagierten, und war es leid, sich schmutzig zwischen den Beinen zu fühlen. Aber mittlerweile ließ sie es sich bezahlen. Ließ sich weder übers Ohr hauen noch für dumm verkaufen. Aus Sylvie der Guten war Chérie Colère geworden. Zum Bumsen war sie ideal, wenn man sich an die Regeln hielt, fuhr aber sämtliche Krallen aus, wenn man versuchte, sie zu verarschen. Sie hatte keine Angst mehr. Sie verschaffte sich Respekt. Alles hatte seinen Preis: das Küssen der Brüste, auf den Mund, ihre kleinen Spezialitäten. Wie ein Profi verdiente sie ihre Kröten, sodass sogar die Hartgesottensten beeindruckt waren. In Sachen Brutalität und sogar in Abgebrühtheit stand sie ihnen in nichts nach. Chérie Colère... Ihre Stärke imponierte. Clara zollte ihr großen Respekt. Sie hatte das Schicksal bezwungen, hatte aus ihrem Unglück Kapital geschlagen. Vor ihr kuschten sie, die Jungs, die sie beim ersten Mal noch terrorisiert hatten. Aber sie kamen immer wieder. Um von dieser primitiven und rohen Liebe zu kosten, bei der der Körper sich loslöste ohne Liebkosung, ohne Zärtlichkeit, ohne die geringste Hingabe. Anonym, gleichgültig, sich gegenseitig nicht beachtend, wenn sie mit dem Akt fertig waren. Mit achtzehn gab sie ihren Verschlag auf und ging für eine Ausbildung zur Kosmetikerin nach Paris. Dort mietete sie ein kleines Appartement und suchte sich ältere, betuchtere Liebhaber. Man hat nie wieder etwas von ihr gehört. Bis zu jenem Tag, als sie zurückgekommen war, ohne Erklärung, und ein Studio in der Siedlung gemietet hatte.

»Sie ist HIV-positiv... Sie hat Aids... Und sie ist nach Hêtres zurückgekommen, um sich zu rächen, um es allen anzuhängen, die sie damals vergewaltigt haben... Kassy hat es mir erzählt. Auf ihrer Liste stehen einige... Zwei haben sich bereits angesteckt.«

Und da sie immer noch nicht versteht, da sie die Arme immer noch schlaff herunterhängen lässt, an ihrem Körper herunterhängen lässt, anstatt sich zu ihm zu beugen und seinen Kopf in die Hände zu nehmen, ihn zu streicheln oder entsetzt zurückzustoßen – mit allem hat er gerechnet, aber nicht mit diesem endlosen Schweigen:

»Ich hatte sie, Clara... Seit sie wieder da ist, bin ich mit ihr ins Bett gegangen. Auch nachdem ich wieder mit dir zusammen war, habe ich sie gefickt... Noch vor drei Monaten habe ich die Nacht mit ihr verbracht. Weil es geil war mit ihr, weil sie keine Fragen stellte, weil es so einfach war, so beruhigend... Und ich habe mich nicht geschützt!«

Zunächst denkt sie überhaupt nichts. Oder doch: an das Huhn in Erdnusssoße, das vermutlich gerade im Backofen anbrennt.

»Ich habe Angst, Clara, eine Scheißangst... Ich traue mich nicht, den Test zu machen. Den ganzen Tag schließe ich mich ein und rede mit niemandem darüber. Ich habe solchen Schiss, Clara, solchen Schiss...«

Ihr Bauch schmerzt, und alles in ihrem Körper leert sich, sie ist nur noch ein großes Luftloch, in dem gewaltige Taifune toben. In der Leere suchen ihre Hände nach etwas, an das sie sich festklammern kann.

»Sag was, Clara. Tröste mich... Wie früher... Wie früher... Clara... Oh Clara...«

Endlich löst sich ihre Erstarrung, und sie lehnt sich an Rapha, umschlingt ihn mit einer sanften und zärtlichen Umarmung. Sie lässt sich gegen ihn fallen, sodass beide auf den rauen Teppich fallen, wo sie liegen bleiben. Dann bewegen sie sich, die Beine des einen suchen die Beine des anderen. Mit den Armen umschlingen sie sich, ihre Hände greifen ineinander, ihre Körper vereinigen sich in einer langen, intensiven Umarmung, wie im Schlaf. Über ihre Körper rauscht eine bedrohliche Welle hinweg, und gemeinsam tauchen sie in das Wellental, um nicht zu ertrinken. Fest verschlungen. Wieder vereint. Die Welle entfernt sich. Ein Aufschub, bevor die nächste Flut sie umwirft und durchwirbelt. Um sie herum herrscht friedliche Stille. Sie wiegen sich, umarmen sich. Sie rollen auf dem Teppich hin und her. Stoßen dabei gegen den niedrigen Tisch und dann gegen das Sofa.

»Ich bin da«, flüstert sie ihm ins Haar. »Ich bin da. Ich werde dich immer beschützen.«

Er ist jetzt ihr Kind, ihr Bruder, ihre Liebe. Und sie ist die wunderbare Jungfrau, die Heilung bringt. »Ich bin die Madonna, zu der man auf Knien betet, die lächelnd vergibt, bei uns, bei uns…« Dabei vergisst sie, dass auch sie vielleicht… Dann fällt es ihr wieder ein, und sie schaudert. Eine neue Welle baut sich auf, riesig und bedrohlich. Unter seinen Fingern spürt er ihr Zittern, sodass er sie noch fester hält, sie ganz umschließt. Mit dem Kopf an der Schulter des anderen lassen sie die Welle passieren. Sie bewegen sich nicht. Lange Zeit. Während die Wellen brechen, klammern sie sich aneinander fest. Sie verharren regungslos. Sie spürt, wie Tränen über ihre Wangen laufen, jedoch sind es keine Tränen. Ihr Kopf ist leer. Schließlich sagt sie sich, dass er ihr ab jetzt vielleicht, vielleicht für immer gehören wird. Dass nichts mehr sie trennen kann. Dass nichts Schlimmes mehr passieren kann und dass er angesichts der tödlichen Bedrohung keine andere Wahl hat, als ihr zu verzeihen. Die Ursünde verzeihen, die die Vertreibung aus dem Paradies zur Folge hat. Es war allein ihre Schuld, dass er gegangen war. Vor langer Zeit schon ist ihr das klar geworden, aber sie hatte niemals gewagt, darüber zu reden, aus Angst, seine Wut aufs Neue zu provozieren. Stets diese Wut, die zwischen ihnen lag. Die Wut, die sie nicht zum Erwachen bringen wollten. Daher redeten sie kaum noch miteinander. Sie fanden sich und lösten sich wieder. Immer mit diesem wunden Punkt zwischen ihnen. Ohne wirkliche Intimität, weil dieser sie wie ein Fremdkörper entzweite. Nun werden sie wieder reden können wie früher.

Jetzt sind sie quitt.

Aus ihren Tränen wird reinigendes Wasser. Sie hält ihr Gesicht an ihre Tränen, an seine Tränen. Sie ist ratlos. Er löst sich und sieht sie an. Seine ganze Wut ist verraucht. Auch er denkt, dass er nun wieder mit ihr vereint ist. Wie früher. Er ist im sicheren Hafen gelandet. Er sieht sie an, betrachtet ihre Augen mit den gelben und grünen Pünktchen, ihre tränenerfüllten Augen, und ihm wird schwindlig. Ihm kommt es vor, als falle er, als falle er in seine Kindheit zurück, und er schließt die Augen, damit der Sturz in die Tiefe nicht aufhört, niemals aufhört.

———

Später, sehr viel später, während Rapha an sie geschmiegt in ihrem großen, weißen Bett schläft, wickelt Clara sich aus den Laken und Decken. Ganz sachte schiebt sie seinen Körper zur Seite und nimmt den Arm weg, der um ihren Bauch geschlungen ist. Er schläft tief und fest. Sie gibt ihm einen Kuss auf die nackte Schulter und zieht anschließend die Decke darüber. Ohne den Blick voneinander zu lösen, wie in Zeitlupe haben sie sich vorhin geliebt. Ohne sich groß zu bewegen, um die Ewigkeit festzuhalten. Erst am Schluss, als Rapha zur Seite gerollt ist und einen Seufzer ausgestoßen hat, einen tiefen Seufzer der Befriedigung, der Versöhnung, einen Seufzer der inneren Freude, hat Clara das Kondom bemerkt. So heftig und so klar war die Lust gewesen, eine Gewissheit, die von ihnen Besitz ergriffen hatte, ein langer Mantel, der sie bedeckte, dass sie es überhaupt nicht wahrgenommen hatte.

Wieder laufen ihr Tränen über die Wangen. Mit einem Schlag fühlt sie sich alt, erschöpft, schmutzig. Sie hat Angst. Eine furchtbare Angst, die ihr die Kehle zuschnürt. Sie senkt den Blick auf ihren Bauch, ihren Unterleib und redet sich ein, dass dort unten vielleicht das Übel hockt, dass es sich alle Zeit der Welt lässt, um sie auszulöschen. Sie zittert. Fährt mit der Hand durchs Haar, neigt den Kopf. Wieder fällt ihr Blick auf Rapha. Er schläft, wobei seine Arme in ihre Richtung ausgestreckt sind.
Sie geht in die Küche und holt das Huhn aus dem Backofen. Noch ist es nicht angebrannt. Dank der Zeitschaltuhr. Sie schenkt der Zeitschaltuhr ein Lächeln. Schiebt das Huhn in die Mikrowelle. Sie hat Hunger und Durst. Schnappt sich eine Flasche Wein und gießt sich ein großes Glas ein. Und während das Huhn aufgewärmt wird, während die Minuten, dann die Sekunden auf der Anzeige immer weniger werden, denkt sie darüber nach, welche verschiedenen Facetten als Frau sie durchlaufen hat, seit sie Rapha kennt, wobei ihr keine davon sympathisch ist. Sie verachtet sie alle, bis auf eine vielleicht: die kleine Clara, die alles wissen und nie betrügen wollte. Diese Clara ist ihr sympathisch, sie würde sie gerne wiederfinden. Mit ihrer spontanen Wut und den Fragen, die sie wie kleine Fausthiebe verteilte, indem sie auf die Lügen der Erwachsenen zielte.
Sie ist nicht gerade stolz auf das, was aus ihr geworden ist. Ich war nicht immer ehrlich, denkt sie, während sie den Wein in kleinen Zügen trinkt, die Ellbogen auf den Küchentisch gestützt und fröstelnd in Raphas langem Holzfällerhemd, das sie sich übergeworfen hat. Ich bin feige, verbohrt und faul gewesen. Mein Leben war einfach, so einfach. Ich fand alles so selbstverständlich: die Liebe von

Rapha, das Geld, das wir dank Lucien Mata zum Fenster hinauswarfen, die Reisen, Museen, Paläste. Ich dachte dabei nur an mich. Ich, ich, ich. Die Welt drehte sich um meinen Bauchnabel. Rapha, Rapha... Ab jetzt wird alles besser laufen, da mir inzwischen klar ist... dass ich für zwei liebe. Ich liebe für zwei...

Nachdem er sie dort ohne eine Erklärung sitzen gelassen hatte, in Venedig, war sie zu der »American-Express«-Agentur gegangen und hatte die dunkelhaarige Angestellte gefragt, ob auf Monsieur und Madame Mata etwas hinterlegt worden sei. »Wissen Sie, ich bin nämlich seine Frau...«, hatte sie als Entschuldigung gemurmelt. Es war das einzige Mal, dass sie dieses Wort in den Mund genommen hatte. »Nein, ich habe bereits Ihrem Mann alles gegeben«, hatte die junge Frau geantwortet, wobei sie eine braune Haarsträhne zurückschob und den Ohrring abnahm, um sich das Ohrläppchen zu massieren. »Alles?«, hatte Clara mit klopfendem Herzen gefragt.

»Ja, den Brief und das Geld...« Dann wandte sie sich einem amerikanischen Touristen zu, der sich nach den Abfahrtszeiten der Boote nach Murano erkundigt hatte, legte den Ohrring wieder an, nahm ein Faltblatt in die Hand und las die Abfahrtszeiten vor, wobei sie diese mit einem gelben Marker unterstrich. Ein Brief. Lucien Mata wusste, dass es stets Clara war, die das Geld abholte. Er hatte ihr geschrieben. Und Rapha hatte es mitbekommen.

In Paris dann, auf der Fußmatte, war es für eine Erklärung zu spät. Wozu sich den Mund fusselig reden, wenn er eh nicht mehr zuhörte. Er beachtete sie nicht einmal mehr. Gelangweilt wischte er einen Pinsel an einem Lappen ab, während er lässig mit der Hüfte an der Innenseite der Tür lehnte. Sie hatte ihn verloren. Er gab sich kühl, distanziert, vor allem distanziert, und unbeirrbar, in seinem geliebten Karohemd und seinen von der Farbe steifen Jeans. Er hatte sie zum Verstummen gebracht. Mit seinem kalten, gleichgültigen Ton. Am Klang seiner Stimme hatte sie erkannt, dass es aus war. Jedoch hatte sie es vorgezogen, die Geschichte mit der anderen zu glauben.

Nun traf sie keine Schuld mehr. Jetzt war sie nicht mehr der Sündenbock.

Aber damals war ich der Sündenbock. Ich hätte von dieser geschmacklosen Sache mit Lucien Mata die Finger lassen sollen. Ich habe es zugelassen, dass er um mich herumschwänzelt.

Lucien Mata, Raphaël Matas Vater... Mit Lucien Mata hatte sie lange Zeit geschäftlich zu tun. Nachdem sie ihr Studium abgebrochen hatte, hatte sie als Vermessungstechnikerin auf diversen Baustellen angefangen, um dann in einem Architekturbüro zu landen. Es handelte sich dabei um einen glatten Karrieresprung, und der Typ, der sie eingestellt hatte, hatte ihr das deutlich zu verstehen gegeben. Blindlings hatte sie sich in die Arbeit gestürzt, ohne dafür jemals Dank oder Anerkennung zu ernten. Alles schien so selbstverständlich: ihre Überstunden, die Wochenenden, an denen sie Mädchen für alles spielte, die einsamen Mahlzeiten mittags und abends in ihrem Büro, die aus faden Sandwiches in Zellophanpapier bestanden. An dem Tag, an dem sie mitbekam, dass ein absoluter Neuling sie ausbootete, der auf Anhieb zu einem höheren Gehalt als sie eingestellt wurde, ging sie zu ihrem Chef. »Was wollen Sie überhaupt, Sie haben ja nicht einmal ein Diplom.« Wenn es mit der Intelligenz hapert, versucht man es mit Gewalt. Es war sein Ton, der ihr nicht passte. Die geringste Drohung oder Arroganz in einer Stimme bringt sie in Rage. Sie kann die härteste und barschste Kritik ertragen, wenn sie höflich und respektvoll vorgetragen wird. Nicht, weil sie zu eingebildet ist, sondern im Gegenteil, weil sie sich wünscht, dass man ihr mit Respekt begegnet. Das ist für sie eine Frage der Ehre. Ihr widerstrebt es, sich der dummen Arroganz einiger Menschen, die sich für überlegen halten, zu beugen. Deshalb kann sie nicht anders, als den Fehdehandschuh jedes Mal aufzunehmen und Gerechtigkeit zu fordern. Gerechtigkeit für sich oder einen Schwächeren, der ungerecht behandelt wird. Ständig setzt sie sich für die Armen und Benachteiligten ein mit einer Vehemenz, die manchmal einer kindlichen Dickköpfigkeit ähnelt. An jenem Tag hat sie gekündigt. Dann, als ihr das Geld langsam ausging, musste sie die Stellenanzeigen durchforsten. Damals war sie fünfundzwanzig, voller Wünsche und Elan, wusste jedoch nicht mehr ein noch aus. Bei einem Spaziergang durch Paris kam ihr dann die Idee, verfallene Wohnungen zu restaurieren. Nachdem sie sich mit einigen Concierges unterhalten hatte, entdeckte sie eine Dachgeschosswohnung in einem alten Gebäude im 10. Bezirk, die billig zum Verkauf stand. Sie sprach darüber mit Lucien Mata. Schon immer hatte er Clara gemocht. Er war von ihr beeindruckt. Sie war die Tochter, die er sich gewünscht hätte. Einmal hatte er ihr vorgeschlagen, mit ihm in der Filmproduktion zusammenzuarbeiten, wo er ihr auch alles beigebracht hätte, aber sie hatte sein Angebot ausgeschlagen. Männern würde sie nicht mehr trauen, hatte sie zur Antwort gegeben. Ihre Offenheit hatte ihm gefallen, sodass er ihr versprochen hatte, sie zu unterstützen, falls sie sich ein Projekt vornähme.

Kurz darauf unterbreitete sie ihm ihre Idee. Nur befürchtete sie, dass sie zu jung war, um bei den Banken Vertrauen zu erwecken. Lucien Mata fand die Idee verlockend und riet ihr, eine Immobilien-GmbH zu gründen. Er gab ihr einen Vorschuss, kümmerte sich um die rechtlichen Angelegenheiten und um die Beziehungen zu den Pariser Behörden; es lief alles reibungslos: Er verschaffte sich Zutritt zu dem kleinen politischen Kreis, der sich in der Immobilienbranche gerne etwas nebenbei verdiente. Dann machte er sie mit seinem Bankier bekannt und gab ihr den Rat, ihren Finanzierungsplan großzügig zu bemessen, um den Kreditrahmen für die Arbeitskosten uneingeschränkt auszuschöpfen. »Da die Bank dir nur zirka 80 Prozent finanziert, stockst du deinen Finanzierungsplan einfach auf 123 Prozent auf... Das ist so üblich! Ein Versuch lohnt sich allemal, und falls es klappt, springt für mich sogar eine kleine Provision heraus«, hatte er hinzugefügt, während er mit seinen braunen, wulstigen Lippen näher kam, die an einer dicken Zigarre nuckelten. Er ähnelt Charles Laughton, dachte Clara stets, wenn er ihr zu dicht auf die Pelle rückte. Mit seinen abgesplitterten Fingernägeln hinterließ er jedes Mal, wenn er nach ihrem Arm griff, lange Kratzspuren. Ein Bankier, der sich von Claras Schneid beeindruckt zeigte (und den Lucien Matas Bankbürgschaft beruhigte), gab ihr den notwendigen Kredit. Dann machte sie sich an die Arbeit. Sie entwarf Pläne, riss Wände ein, legte Gipsplatten, PVC-Böden, mischte Beton mit Hilfe von Schwarzarbeitern, die sie je nach Bedarf ohne Gewissensbisse anheuerte. Bereits ihr erstes Projekt war ein Erfolg. Sie tilgte ihren Kredit und investierte den restlichen Gewinn in den Kauf einer Immobilie im Marais. Der Bankier zog auch dieses Mal mit. In den achtziger Jahren wimmelte es in einigen Pariser Stadtteilen von restaurierungswürdigen Häusern. Gebäude, die im Laufe der Zeit schwarz geworden waren und deren Besitzer jungen Paaren weichen mussten, die die antiken normannischen Schränke durch Computer ersetzten. Überdies setzten die Banken auf die Immobilienbranche, Claras Jugend tat ihr Übriges, und ihr Enthusiasmus war ansteckend. Ihre Pläne wurden immer kühner. Ihr Ziel war nicht, zu einem großen Unternehmen zu expandieren, sondern lediglich das zu tun, was ihr Spaß machte, nämlich »mit den Händen« arbeiten. Und genügend Geld verdienen, um sich regelmäßig einen Urlaub leisten zu können.

Für Clara waren es damals gute Jahre, sodass sie den Eindruck hatte, die Welt gehöre ihr. Sie war ihr eigener Chef. Wenn das Geld dann wieder knapp wurde, nahm sie ein neues Projekt in Angriff und ging zurück zu ihrem Bauschutt und den Dreckhaufen. Im gipsverschmierten Overall, den Kopf voller Ideen, was Licht, Glasdächer, Gärten betraf. Sie fühlte sich wie ein Bildhauer. Grobe Werkstoffe, unbearbeitetes Holz, kühler Rohputz, der ruhige und beruhigende Glanz von Zwischendecken, der Geruch der Farben, der Lasuren und des Leims waren ihre bevorzugte Materie. Das Abschleifen von Platten, das Abbürsten von Balken, das Verputzen mit Gips, das Legen von Parkettböden, um danach zu hören, wie sie knarren, wenn man das erste Mal den Fuß darauf setzt, das Aussuchen von Bodenfliesen und Zierleisten, das Experimentieren mit Badkacheln oder einer Wand aus Glasbausteinen erfüllten sie mit wilder Freude. Sie ging in ihrem Beruf auf, sie kannte alle Tricks und Kniffe und hatte dabei den Eindruck, die Bande zwischen sich und der Welt enger zu ziehen.

Nachdem ein Objekt fertig war, verkaufte sie es wieder. Meistens präsentierte Lucien Mata ihr Kunden. Gelegentlich auch Lucille. Zwar schwor sie sich seufzend, dass dies nicht ewig so weitergehen könne, aber für den Augenblick nahm sie es gerne an, ohne sich groß das Gehirn zu zermartern. Schließlich war sie nicht auf den Kopf gefallen und wusste, dass ihr Erfolg zu einem großen Teil auf Lucien Matas Beziehungen und dem Vertrauen beruhte, das er ihr entgegenbrachte. Von Zeit zu Zeit musste sie tief in die Trickkiste greifen, um seine Annäherungsversuche abzuwehren. Er ließ keine Gelegenheit aus, um sie mit seinen dicken Händen zu betatschen. Geschickt wich sie ihm aus. Obwohl sie sich für diese Zugeständnisse hasste, konnte sie es sich nicht erlauben, ihn zu kränken. Eines Tages würde sie für diese Kompromissbereitschaft bezahlen müssen, jedoch schob sie es weit von sich. Oder sie tröstete sich damit, dass sie sich später etwas einfallen lassen würde.

Dann war der Markt eingebrochen. Die Kunden wurden immer weniger und immer wählerischer. Das Ausland zog sein Kapital ab, und die Immobilienbranche sackte völlig zusammen. Zwar hatte sie davor viel Geld verdient, aber das meiste bereits wieder ausgegeben. Die Zeiten hatten sich geändert, sodass ihre Tante Armelle ihr in den Ohren lag, sie solle doch heiraten, ihre Karriere an den Nagel hängen und sich einen Millionär angeln, der für alles sorgen würde, insbesondere für sie, woraufhin sie ihr direkt in die Augen sah und entgegnete: »Aber Tante Armelle, ich bin doch selbst Millionärin!«

Sie war keine Millionärin mehr.

Mehr und mehr war sie nun auf die Beziehungen und den guten Willen von Lucien Mata angewiesen.

Eines Tages, ich erinnere mich wieder, ja, jetzt erinnere ich mich wieder... oh, diese plötzlichen Erinnerungen, Erinnerungen, die man vergräbt, weil man sich ihrer schämt... eines Tages hat er mich geküsst. Ich hatte es verdrängt. Wie paralysiert saß ich auf meinem Stuhl in dem kleinen Büro, das er mir eingerichtet hatte, direkt neben seinem. Ich habe nichts gesagt, ich habe es zugelassen, dass er mir seine dicke Zunge in den Mund steckte. Ich habe zugelassen, dass seine große Zunge in mir herumwühlte, auf meine stieß, sie zwang, sich mit seiner zu vereinen. Und dann seine Hände... Hände, die mich begrapschten, Finger, die in den Ausschnitt meiner Bluse glitten und versuchten, an meine Brustwarzen zu gelangen... Der kleine Käfer krabbelt hoch, krabbelt höher und krabbelt höher und hopp!... diese Finger überall, die mich befummeln und mich wie eine Ware betatschen. Ich war fasziniert. Erregt wie beim Liebesspiel. Machtlos. Und außerdem war es so bequem. So einfach. Es hatte mir geschmeichelt, dass ein solch mächtiger Mann wegen mir vor Geilheit sabberte. Das machte mich wichtig, begehrenswert, gefährlich. Diese blöde Eitelkeit! Als Primaballerina bildete ich mir ein, mich mit Pirouetten aus der Schlinge ziehen zu können.

Und sie war so richtig auf die Fresse gefallen.

Die Mikrowelle piept. Unter der Abdeckhaube dampft das Huhn. Clara nimmt den Teller heraus, den Deckel ab, stellt das Huhn auf den Küchentisch, gießt sich erneut ein Glas Wein ein, zündet eine Kerze an, hält das Glas gegen die Flamme und nimmt einen kräftigen Schluck Wein, stellt das Glas sachte wieder auf den Tisch und stürzt sich mit bloßen Fingern auf das Huhn in Erdnusssoße, zerfleischt die Keule mit den Zähnen, atmet den Geruch des knusp-

rigen Hühnerfleischs ein. Noch ist das Leben nicht vorbei, es beginnt von neuem, wir werden kämpfen, wir werden gemeinsam kämpfen, endlich haben wir wieder diesen magischen Zauber erreicht. Wir werden den Test zusammen machen. Er darf nicht kneifen. Ich werde ihn begleiten. Ich habe keine Angst, ich nicht.
Doch, ich habe Angst... Ich sterbe vor Angst.
Ich habe den Test noch nie gemacht. Marc Brosset hat immer Kondome benutzt. Die anderen auch. Nur mit Rapha habe ich nicht aufgepasst. Ich war der Meinung, dass unsere Liebe stärker als alles andere sei, stärker als die Seuche und der Tod.
Clara steht auf und legt sich neben Rapha. Mit ihren Lippen berührt sie Raphas Lippen. Im Schlaf atmet er friedlich. Er hat vergessen. Er schläft.

Zweiter Teil

Yves sind diese Frauenabende ein Dorn im Auge. Er schleicht um Agnès herum. In der Nähe des Bettes steht Agnès in Slip und Büstenhalter vor dem Kleiderschrank. Sie überlegt, ob sie die schwarze Lederhose anziehen soll oder nicht. Es gibt da nur ein Problem: Zwar steht sie ihr vorzüglich, schmeichelt sogar ihrer Figur und verbirgt die zwei Kilo, die sie zugelegt hat, aber sie ist nun einmal nicht aus echtem Leder. Lucille wird es sofort bemerken und unweigerlich denken, dass die arme Agnès sich keine 2500-Francs-Hose aus echtem Leder von Mac Douglas leisten kann. Und davon kann schließlich überhaupt keine Rede sein!, denkt Agnès, während sie die Kunstlederhose aufs Bett wirft. Die Bettwäsche ist nicht mehr ganz frisch. Sie müsste sie wechseln. Aber wozu? Noch nie hat Lucille sie besucht. Weder in Clichy noch in Montrouge. Damals hatte Agnès sich auch für den abgenutzten Teppichboden, die Küche, wo sie ihre Mahlzeiten einnahmen, die Resopalmöbel ihrer Mutter und die Plastikblumen in den Vasen geschämt.

»Was habt ihr euch schon zu erzählen? Und warum dürfen wir nicht dabei sein, wir Männer, hm? Warum?«

»Weil es ein Frauenabend ist und weil es nicht dasselbe ist, wenn auch nur ein einziger Mann dabei ist, dann können wir uns nicht so richtig unterhalten...«

Schließlich zieht sie ihre ausgewaschene 501 an. Eine echte 501. Eine 450-Francs-Jeans. In New York, behauptet Lucille, bekommt man so eine für die Hälfte. Dann geht sie ins Bad, um sich zu schminken. Yves folgt ihr auf dem Fuß und setzt sich auf das Bidet. Sie zieht den Eyeliner doppelt unter jedes Auge und schneidet dabei furchtbare Grimassen, tuscht die Wimpern mit einer alten Zahnbürste, trägt Puder auf und hebt ihren roséfarbenen Angorapulli hoch, um ihr Lieblingsparfüm aufzusprühen, Shalimar von Guerlain, das Yves ihr jedes Mal zum Geburtstag, an Weihnachten und zu allen anderen besonderen Gelegenheiten schenkt.

»Und warum donnerst du dich so auf?«

»Um meine Freundinnen zu beeindrucken, um ihnen zu beweisen, dass ich kein verwelktes Hausmütterchen bin, obwohl ich schon seit dreizehn Jahren mit ein und demselben Mann verheiratet bin, den ich liebe und der vor Eifersucht noch irgendwann platzen wird.«

»Für mich machst du dich nie so schön!«

»Lügner!«

Sie beugt sich zu ihm und gibt ihm einen Kuss. Er presst seinen Mund gegen ihren, umschlingt sie und klammert sich mit einer Heftigkeit an ihr fest, die eher Verzweiflung als Begehren ausdrückt. Sanft befreit Agnès sich wieder und bemerkt ungezwungen und mit ruhiger Stimme, einer Stimme, die um jeden Preis bemüht ist, jegliches Zittern oder Wut zu unterdrücken: »Noch so ein Ding, über das wir reden müssen, mein Schatz! Das kannst du heute Abend in dein Heft schreiben!«

Mit einem Schulterzucken senkt er den Blick. Er kommt nicht dagegen an. Er streckt den Arm nach ihr aus, um sie zurückzuhalten, einen letzten Kuss noch, bitte, aber in diesem Augenblick kommt Éric, ihr Sohn, ins Bad und beschwert sich:

»Wir haben Hunger! Komm endlich essen, Papa! Ich habe weiß Gott noch was anderes zu tun heute Abend!«
Er zieht an den zu langen Ärmeln seines roten Chicago-Bulls-Sweatshirts und wirft seiner Mutter einen vorwurfsvollen Blick zu. Auch ihm sind diese Abende nicht ganz geheuer; aus den Augenwinkeln verfolgt er sie, mustert kritisch ihre Kleidung und ihr Make-up, als wolle er sagen: »Ist das denn unbedingt nötig?« Nur Céline versteht, was mit »Frauenabend« gemeint ist. Nachdem der Tisch gedeckt und das Essen, Spaghetti mit Salat, bereits fertig ist, vertreibt sie sich die Zeit vor dem Fernseher.
»Ich komme, bin schon unterwegs«, erwidert Yves und erhebt sich widerwillig.
Er wirft einen letzten Blick auf Agnès, die gerade Rouge aufträgt, sich nochmals die Nase pudert und sich ihre Haare mit Lack einsprüht, um ihnen mehr Volumen zu verleihen; der Kuss von vorhin hat alles wieder zunichte gemacht. Er nimmt seinen Sohn an die Hand, und beide schlendern langsamen Schrittes in die Küche, um darauf zu warten, von Céline bedient zu werden.
»Und hört endlich auf, solche Gesichter zu ziehen! Ihr tut gerade so, als würde sie in eine Oben-ohne-Bar gehen. Allerdings wäre mir neu, dass sie ihr Geld mit Strippen verdient!«, schimpft Céline wütend. »Fuck! Ihr Männer seid eine Plage!«
»Man sagt nicht fuck... Und schon gar nicht in Gegenwart seines Vaters!«, sagt Yves nachdrücklich und versucht, etwas Autorität zu beweisen.
In Yves' Teller fällt ein dickes Bündel dampfende Spaghetti, woraufhin er seine Gabel in die Hand nimmt und sie zwischen die Nudeln schiebt.

»Du bist noch zu jung, du hast zu wenig Erfahrung mit anderen Menschen«, rechtfertigt er sich.
Er dagegen hat Erfahrung. Weil an jenem Abend... jenem Abend, vor fast genau einem Jahr... kurz bevor sie mit der Eheberatung anfingen und die Hefte austauschten... Beruflich war er in Chalon-sur-Saône, von wo aus er Agnès angerufen hatte, um ihr zu sagen, dass sie nicht mehr auf ihn warten solle. Er übernachtete in einem Novotel auf der Strecke. Am nächsten Tag hatte er einen Kundentermin. Ein Auftrag von großer Wichtigkeit auf den allerletzten Drücker: Vor morgen Nachmittag würde er nicht zurück sein. »Worauf wartest du, wünsch mir viel Glück!«, hatte er sie am Telefon gebeten. »Sag mir schon die fünf Buchstaben... du weißt schon welche...« Sie hatte ihm »Merde« geantwortet. Und sie hatte auch gemeint: »Mach dir keine Gedanken, die Kinder sind alt genug, um auf sich selbst aufzupassen... Ich bleib nicht lange weg.« Dann hatte sie hinzugefügt: »Ich liebe dich«, woraufhin er erwidert hatte: »Ich dich auch.« Er hatte wieder aufgelegt, nicht gerade stolz auf seinen Schachzug. Er wusste, dass sie an diesem Abend bei Clara zum Essen eingeladen war. Er hatte sich ein Zimmer im Novotel genommen. Hatte seine Kreditkarte durch das Lesegerät ziehen lassen, um das Hotel nachts verlassen zu dürfen. Im Hotel hatte er auf das Abendessen auf Spesenkosten verzichtet. Er brachte nichts herunter. Stattdessen war er auf seinem Zimmer geblieben. Nicht von sich überzeugt, keineswegs von sich überzeugt. Bis zum letzten Moment hatte er gezögert. Es ist nicht gut, was ich da mache. Nicht gut. Man sollte nicht in ein Wespennest greifen... Er war im Zimmer herumgewandert, vom Bett zur Tür, von der Tür zum Fernseher, der auf einer langen

Anrichte aus weißem Holz stand, vom Fernseher wieder zum Bett. Ungeduldig zappte er mit der Fernbedienung herum. Zwar lief der Porno auf Canal Plus verschlüsselt, aber er konnte aus den Punkten eine Vagina und einen flimmernden Penis erkennen. Dabei ertönte ein Geräusch wie das einer Kreissäge, es war seltsam, eine richtige Schweinerei. Nach einem kurzen Augenblick war es ihm gelungen, den Faden der Handlung zu finden. Jedoch war da bereits der Nachspann abgelaufen... Dann hatte er die Fläschchen aus der Minibar geleert und die Käseecken, Erdnüsse, Mandeln, die grünen und schwarzen Oliven verdrückt. Auf seinem kleinen Reisewecker vergingen leuchtend die Minuten und Stunden. Er zwang sich zur Vernunft, sagte sich: Nein, ich werde nicht gehen. *Nein.* Ich werde mich einschließen und den Schlüssel zum Fenster hinauswerfen. Dann werde ich eine Schlaftablette nehmen und mich ins Bett verziehen. Und dann... Ich muss mir diese Idee einfach aus dem Kopf schlagen.

Er liebte Agnès, und sie liebte ihn, er würde alles verderben. Und alles nur wegen dieser kleinen, dreckigen Neugier. Ein dreckiger Impuls. Zwölf fast ungebrochen glückliche Ehejahre, da dürfte doch ein wenig Respekt nicht zu viel verlangt sein. Agnès hatte er am Empfang in der Firma kennen gelernt, in der er beschäftigt ist, bei »Water Corp«. Sie machte den Telefondienst, versorgte die wartenden Kunden mit Kaffee, notierte sich die Telefonanrufe und kümmerte sich um Tischreservierungen in Restaurants, wenn die Chefsekretärinnen überlastet waren. Immer mit einem Lächeln auf den Lippen, immer elegant. Eines Abends, bei einer Neujahrsfeier, eine übliche Tradition der Firma, nach dem Motto: Wir sind ja eine Familie, und wir haben uns alle gern, hatte er sich ein Herz gefasst und sie zum Abendessen eingeladen. Ohne zu zögern, hatte sie Ja gesagt, mit vollem Mund. Später dann, im Restaurant, hatte sie ihm gestanden, dass sie auf diese Gelegenheit gewartet hätte, dass seine verstohlenen Blicke und sein leichtes Verlegenheitsstottern ihr nicht entgangen wären. Und sie machte ihn doch verlegen, oder? Mit übertriebenem Stottern hatte er Ja geantwortet. Daraufhin war sie in Lachen ausgebrochen, sodass er sie noch über den Entenbraten hinweg geküsst hatte. Eine ganz einfache Geschichte. Die Kinder reagierten jedes Mal enttäuscht, wenn sie davon erzählten. Nicht für zwei Groschen Romantik, der große Tölpel und ehemalige Rugbyspieler aus der Mannschaft von Dax, der sich in die hübsche Telefonistin aus Paris verliebt. Auch was danach kam, war nicht gerade romantisch. Sie hatten geheiratet. Auf dem Standesamt, in kleinem Kreis, als drittes Paar in der Reihe. Als Trauzeugin hatte Agnès Clara bestimmt, während er einen Typen aus der Firma gefragt hatte, einen gewissen Levasseur, mit dem er nicht einmal richtig befreundet war. Danach hatte Agnès eine Fortbildung gemacht. Sie wollte Steuerberaterin werden. »Es wird immer Bedarf an Leuten geben, die für andere die Groschen zählen und deren Steuererklärungen machen.« Während ihres Studiums hatte sie die Zeit genutzt, um ihre beiden Kinder zu bekommen, zuerst Céline, danach Éric. Sobald sie alt genug waren, um in die Schule zu gehen, in der Kantine zu essen, sobald sie ihren vollen Namen schreiben konnten und sich im Pausenhof zu verteidigen wussten, hatte sie wieder eine Beschäftigung gefunden.

Yves dagegen war bei »Water Corp« geblieben, in seiner alten Stellung: Techniker im Außendienst. »Kein Funken

Abenteuergeist!«, bemängelte Céline. »Der gute, alte Märchenprinz ist wohl out!«

»Du glaubst wohl noch an den Märchenprinzen!«, hatte Agnès entgegnet. »Einen Märchenprinzen muss man sich nach und nach zusammenbasteln, wie Éric mit seinem Lego.« Der Märchenprinz ist out. Célines Worte waren ihm nicht mehr aus dem Kopf gegangen, an jenem Abend im Novotel. Er konnte es sich nicht erklären. Manche Sätze brennen sich ins Gedächtnis ein wie mit einem glühenden Eisen. Noch Jahre später sind sie da. Scheinbar harmlose Sätze. In jenem Jahr war dies Célines Lieblingsausdruck, *out*. Sie benutzte ihn zu jeder Gelegenheit. Danach war der kleine Teufel in ihm wieder erwacht und forderte seinen Tribut. »Los, geh schon, los jetzt... Nur noch dieses eine Mal. Um dich zu beruhigen. Danach hast du Ruhe, und es wird dich nicht weiter quälen...« Er hatte sich seine Jacke geschnappt, seine Tasche wieder zugeklappt, war in seinen Wagen gesprungen und wie ein Verrückter nach Paris gerast. Von all dem Durcheinander in seinem Kopf hatte er sich etwas betäubt gefühlt. Zweimal hatte er auf einem Parkplatz angehalten, um im Laufschritt um das Auto zu rennen und sich wachzuhalten. Das hatte ihn an das Training damals mit seinen Kameraden und dem ovalen Ball in aller Herrgottsfrühe erinnert, im kalten Morgennebel auf den Feldern von Dax. Gegen drei Uhr morgens war er dann in der Wohnung angekommen, wo alles schlief. Vorsichtig hatte er den Schlüssel in die Tür gesteckt, um die Kinder nicht aufzuwecken, war durch die Diele bis zum Schlafzimmer geschlichen, hatte leise den Türknauf gedreht. Hatte auf das Ehebett gestarrt. Leer. Sie war nicht da. Der kleine Teufel hatte Recht: Sie betrog ihn. Die Abendessen bei

Clara waren lediglich ein Vorwand. Stattdessen traf sie sich mit ihrem Liebhaber. Sie setzte ihm Hörner auf.
Er hatte sich nicht getraut, bei Clara anzurufen.
Also hatte er auf sie gewartet. Morgens um halb sieben war sie dann nach Hause gekommen. Gerade noch rechtzeitig, bevor die Kinder wach wurden. Gerade noch rechtzeitig, um ins Bett zu schlüpfen, ohne sich abzuschminken oder die Zähne zu putzen. Wenn sie zu müde war, schminkte sie sich nie ab. Dann regte er sich immer über die verschmierten Kopfkissen auf. Er hatte sich hinter der angelehnten Schlafzimmertür versteckt. Dann hatte er sie dabei beobachtet, wie sie ihre Schuhe in die Ecke warf, dann die Jeans, den Pullover, den BH und den Slip. Er hatte gewartet, bis sie im Bett lag und er hörte, wie sie einen tiefen Seufzer ausstieß, nachdem sie sich unter der Decke ausgestreckt hatte. Dann hatte er die Tür geschlossen, worauf ihr ein Schrei entfahren war. Ein leiser Schrei des Entsetzens.
»Aber ich dachte, du wolltest dort übernachten!«
Ein halbes Geständnis, war es ihm durch den Kopf gegangen. Dieses Mal habe ich sie erwischt.
»Ich wollte sichergehen. Und nun bin ich mir sicher...«
»Wessen bist du dir sicher?«
»Dass du heute Nacht nicht hier geschlafen hast. Also, wo warst du?«
Er fühlte sich beinahe erleichtert. Mittlerweile hatte er sich auf den Rand des Bettes gesetzt, ihres gemeinsamen Bettes. Sie hatte sich aufgerichtet und dabei die Decke vor die Brust gehalten, als dürfte er sie nicht nackt sehen. Er hatte ihr die Decke weggerissen.
»Wo warst du?«
»Bei Clara, wo denn sonst?«

»Bis sechs Uhr in der Früh? Willst du mich verarschen?«
»Also schön ... Ruf sie an. Frag sie, um wie viel Uhr ich von ihr weggefahren bin.«
Nun war sie wütend. Sie zog sich wieder die Decke über die Brust und legte sich hin, als ob sein Gerede sie nicht im Geringsten interessiere. Dann hatte sie sich wieder aufgesetzt und gefragt: »Worauf wartest du noch?«
Er hatte den Kopf geschüttelt. Trotz seiner Eifersucht hatte er noch einen Rest von Selbstachtung. Vor allem ihren Freundinnen gegenüber, die ihn für einen Versager halten mussten. Ein kleiner, unbedeutender Angestellter. Der für die Instandsetzung von Maschinen zuständig war, falls Störungen auftraten. Lächerliche Störungen in Form von Wasserpumpen, deren Getriebe sich verkeilten oder die nicht mehr abzuschalten waren oder zu wenig Wasserdruck hatten. Ein kleiner Angestellter, der sich verzweifelt an seinen Arbeitsplatz klammert und nicht den Mumm hat, eine Gehaltserhöhung zu verlangen, aus Angst vor der Kündigung. Wenn sie ihn nach seinem Gehalt fragten, musste er die Spesen dazurechnen, um sich nicht völlig zu blamieren. Er konnte weder mit dem genialen Raphaël Mata noch mit dem großen Chirurgen Ambroise de Chaulieu, geschweige denn mit David Thyme, dem Brauereierben, mithalten! An seinem Hochzeitstag fühlte er sich nicht wohl in seiner Haut. Ihre Freundinnen scharten sich alle um ihn. Er wurde von Kopf bis Fuß gemustert, und sie stellten ihm eine ganze Reihe Fragen, eine spöttischer als die andere. »Aber doch bloß, weil ich als Erste in den sauren Apfel gebissen habe!«, hatte Agnès erklärt, während sie ihn in Richtung Ambroise de Chaulieu und Joséphine zog. Nur bei Joséphine verlor er seine Nervosität. Bei jeder Gelegenheit

betonte sie ihre Herkunft als Bäckerstochter, was dem noblen Ambroise peinlich war, sodass er ständig an seiner Krawatte zog, wenn sie ausführlich erklärte, dass man ein gutes Brot an der weichen und teigigen Kruste erkenne, oder wenn sie die unterschiedlichen Gärungszeiten von industriellem und selbst gemachtem Teig erläuterte: »Das eine braucht eine Viertelstunde, das andere bis zu fünf Stunden! Na? Fällt der Groschen?«
»Soll ich für dich wählen?«
Sie hatte bereits die Hand auf dem Telefonhörer liegen. Sanft hatte er sie wieder weggezogen. Dann hatte er sich die Schuhe ausgezogen, sich in voller Montur zu ihr ins Bett gelegt und sich an sie gedrückt.
»Ich hasse es... hasse es, dass ich so bin... Küss mich!«
Am nächsten Tag hatten sie beschlossen, wie einige ihrer Freunde eine Eheberatung aufzusuchen. Zwei Wochen später hatten sie sich dann auf einem großen Landsitz getroffen, der für diesen Zweck gemietet worden war. Tausend Francs pro Paar für das Wochenende. Wer mehr bezahlen konnte, tat das auch. Wer weniger hatte, gab soviel, wie er konnte. Man brachte ihnen bei, ihre Gefühle zu beschreiben, indem man »ich« sagte. Jeder musste erklären, was er fühlte, und zwar immer mit positiven Worten. In erster Linie ging es darum, dem anderen seine Gefühle so zu erläutern, dass er sie verstand. Sie mussten sich ein kleines Heft besorgen, in das sie Punkt für Punkt aufschreiben sollten, wann sie schlecht gelaunt, blockiert oder wütend waren. Jeden vierten Monat trafen sie sich dann mit den anderen Paaren im Seminar; dort erzählte jeder von seinen Problemen und wie man sie gelöst hatte. Mittlerweile stritten sie sich seltener. Dafür redeten sie öfter miteinander.

Obwohl Yves Fortschritte machte, schlummerte der kleine Teufel immer noch in ihm. Zwar jagte Agnès ihn nicht mehr fort, wenn er wieder einmal seinen Anfall bekam, aber dafür hatte sie es sich vorbehalten, weiterhin zu den Frauenabenden zu gehen. »Ich brauche einen Ort, der nur mir gehört«, erklärte sie in ihrem Heft. »Und das sind meine Kindheit, meine Freundinnen, Montrouge, meine Wurzeln. Dafür hast du ja dein Rugby und deine Kameraden aus Dax! Ich mime ja auch nicht die Beleidigte, wenn du zu den Spielen gehst und danach noch bis spät in die Nacht mit ihnen trainierst!«

»Gute Nacht, meine Lieben!«, ruft Agnès von der Küchentür aus und winkt ihnen kurz zum Abschied zu. »Schmeckt es wenigstens, was Céline euch da gekocht hat?«

»Immer nur Nud...«, mosert Éric.

»Sei bloß still, du halbe Portion, du brauchst nichts weiter zu tun, als deine Füße unter den Tisch zu schieben!«, entgegnet Céline.

»Du kannst mich mal, du blöde Kuh!«

»Du hörst ja, wie sie miteinander reden!«, seufzt Yves, der Energie seiner beiden Sprösslinge nicht gewachsen. »Wenn ich mich nur ansatzweise so zu Hause aufgeführt hätte, hätte mir einiges geblüht!«

Céline zuckt die Achseln und wirft ihrer Mutter einen langen, verschwörerischen Blick zu.

»Du siehst schön aus, Mami! Amüsier dich gut!«, fügt sie hinzu, um keine Zweifel daran zu lassen, auf wessen Seite sie steht.

»Gute Nacht, mein Schatz«, wünscht Agnès Yves, während sie sich hinunterbeugt und ihm einen Kuss auf seine schwarzen, vollen Haare gibt.

Sie mag den Geruch seiner Haare, ein Geruch wie der eines saubergeschrubbten Kindes, der in ihr das Bedürfnis weckt, ihn zu beschützen, ihn zu liebkosen.

Er antwortet ihr mit einem blassen Lächeln, das zu sagen scheint: Es geht schon, ich komme klar; eine gewaltige Woge der Zärtlichkeit ergreift sie, sodass sie ihm beinahe vorgeschlagen hätte, sie zu Clara zu begleiten. Nur bis zu Claras Tür, um seine Angst zu mildern. Dann fällt ihr ein, dass sie sich unter keinen Umständen in sein Problem einmischen darf. Er muss von sich aus in der Lage sein, damit klarzukommen. Das hat ihnen der Eheberater eingeimpft. Nachdem sie eine letzte Kusshand in die Runde gehaucht hat, zieht sie die Wohnungstür hinter sich zu.

Im Wagen holt sie unter dem Sitz eine Champagnerflasche hervor, die in Seidenpapier eingewickelt ist. Eine Flasche für vier Personen, wird das auch reichen?, fragt sie sich plötzlich, mit klopfendem Herzen. Vielleicht hätte sie besser zwei nehmen sollen... Das wäre exklusiver gewesen. Behutsam legt sie sie auf den Beifahrersitz. Die Flasche ist noch ganz kühl. Sie hat sie bei Nicolas in der Nähe ihres Büros gekauft. Obwohl es ihr unangenehm ist, dass sie sie verstecken musste, sagt sie seufzend laut zu sich selbst: »Man muss auch Geheimnisse haben...« Sie liebt Yves. Auch wenn... Das einfachste Leben kann manchmal ungemein kompliziert sein. Sie ist nicht eifersüchtig. Sie war noch nie eifersüchtig. Die Vorstellung, dass Yves in den Armen einer anderen weilt, liegt ihr fern. Ich glaube, dazu wäre er gar nicht in der Lage, denkt sie, während sie ihren weißen R5 startet und ausparkt, nicht ohne sich zu vergewissern, dass von hinten keiner kommt. Vielleicht habe ich mich deswegen für ihn entschieden. Mir war klar, dass ich die Stärkere bin, dass ich die Situation im Griff haben werde... Ihr behagt dieser Gedanke nicht, weil er ihre Liebe zu Yves schmälert. Seit sie ihr Seelenleben in ihrem Heft detailliert aufführt, kommen ihr seltsame Gedanken. Immer häufiger hört sie eine leise innere Stimme, die Kommentare abgibt. Nachdenken ist gefährlich. Davor war sie gelassener.

Sie wirft noch einen letzten prüfenden Blick in den Rückspiegel. Ist o.k., mein Mädchen, ist o.k. Als die Ampel rot wird, fragt sie sich, weshalb die Frauen sich so schön machen, wenn sie sich untereinander treffen. Konkurrenzdenken? Verführung? Rivalität? Noch vor einem Jahr hätte sie sich diese Frage nicht gestellt. Sie hat sich zurechtgemacht wie für ein Rendezvous. Yves hat Recht. Hinter ihr wird ein Autofahrer ungeduldig und hupt. Sie sieht auf die Ampel: Es ist wieder grün. Sie zuckt die Schultern, als wolle sie sagen »immer langsam mit den jungen Pferden«, als der andere sie schon überholt und sie dabei als blöde Kuh und dumme Nutte beschimpft. Sie richtet den Rückspiegel auf sich. Heute Abend hat er nicht einmal bemerkt, wie schön ich bin. Natürlich nicht so schön wie Lucille. Oder wie Clara. Oder wie Joséphine, die sich sämtlichen Männern an den Hals zu werfen scheint, die sich ihr nähern. Armer Ambroise! Sie bedauert ihn, obwohl er sie provoziert. Stets gibt er sich von oben herab. Mit seinem Anzug, seiner Krawatte und den guten Manieren, seinem ewig langen Familiennamen. Ambroise de Chaulieu de Hautecour. Joséphine war die Erste, die ihn verkürzt hat. Sonst passt er nicht auf die Krankenscheine, war ihre Erklärung. Und dann noch ein weiteres Stück, indem sie ihn Paré nannte. Und dennoch, sie ist sich ziemlich sicher, waren es dieser Name, dieser beeindruckende Pomp, die Joséphine Brisard, Bäckerstochter aus Montrouge, vor den Traualtar geführt haben. Obwohl sie es nie wagen würde, es ihrer Freundin ins Gesicht zu sagen, hegt sie doch den Verdacht, dass die Ahnengalerie, das Familiensilber und der gesellschaftliche Rang der Chaulieus für sie ausschlaggebend waren.

Auch wenn die Männer glauben, eine Frau zu verführen, erwischen sie doch nur das kleine Mädchen. Sie erinnert sich an die Bäckerei von Joséphines Familie. Joséphines Mutter hinter der Kasse, der Vater in der Backstube und Joséphine, die in der Hauptgeschäftszeit die Kunden bediente. »Zieh deine Bluse glatt, lächeln, den Rücken gerade...«, trichterte Madame Brisard ihrer Tochter ein, während sie den Kunden schlurfenden Schrittes die Baguettes reichte. Jean-Charles, ihr älterer Bruder, musste nie mit anpacken. Im Hinterzimmer machte er immer seine Hausaufgaben beziehungsweise blätterte heimlich in »Lui« oder »Playboy« und sah sich die nackten Mädchen an. Das Hinterzimmer diente als Wohnraum, Esszimmer, Küche. Zum Essen setzten sie sich kaum richtig hin, immer bereit, sofort aufzuspringen, falls ein Kunde den Laden betrat. »Man kommt nicht mal zum Pinkeln!«, brüstete sich Madame Brisard. Joséphine hatte immer ein Buch dabei, das sie versteckte. Nach dem Abitur wollte sie eigentlich Literaturwissenschaft studieren, aber Literatur war kein Beruf, wie Madame Brisard meinte, sondern ein Zeitvertreib für Nichtstuer. Sie war natürlich keine Nichtstuerin, diese Madame Brisard. Zugegeben, das Brot schmeckte wirklich lecker. Ganz Montrouge drängelte sich bei ihnen im Laden. Nach der Schule, wenn sie nicht gerade die Crêpes von Großmutter Mata verdrückten, trafen sie sich immer im Hinterzimmer der Bäckerei, an dem Tisch mit dem Wachstuch, das mit roten Rosen bedruckt war. Orangensaft, Croissants, Schokocroissants für alle! Nachdem sie alles vertilgt hatten, verlangten sie nach Baguettes, brachen sie in zwei Hälften, tauchten die Nase hinein und bestrichen die noch warme Kruste mit Butter vom Feinsten, frisch aus der Normandie, wo die Eltern von Madame Brisard einen Bauernhof hatten. »Und in dieser Butter sind bestimmt keine Hormone«, posaunte Madame Brisard, »schließlich wird sie mit den bloßen Händen im Butterfass gerührt! Aus der Milch von Kühen, die nur auf den besten und saftigsten Wiesen weiden!« Dabei vergaß Lucille sogar ihre Diät, während Rapha Fragen über das Brotbacken stellte, Clara selbst gemachte Marmelade mitbrachte und Jean-Charles auf die Beine der Mädchen unter dem Tisch schielte.

Agnès schließt die Augen. Als ob es erst gestern gewesen wäre! Und sie, die kleine Agnès, »brav wie ein Lamm ist die, immer folgsam, nie auf Streit aus«, wie Madame Brisard meinte. Ich hatte nicht die Möglichkeit, anders zu sein, entgegnet Agnès Jahre später darauf. Sie reißt das Lenkrad herum, um einem Mofafahrer auszuweichen, der im letzten Moment links abgebogen ist. Sie dreht sich um, wirft dem Typen auf dem Mofa einen finsteren Blick zu und zeigt ihm den Vogel. Sofort war mir klar, dass ich mit den anderen nicht mithalten kann. Trotzdem habe ich mich für sie entschieden! Ich hätte mir auch Freundinnen nach meinem Maß suchen können! Zwar habe ich mich damit abgefunden, aber so unglücklich war ich dabei auch wieder nicht... Ich kann mich nicht entsinnen, jemals eifersüchtig oder neidisch gewesen zu sein. Im Gegenteil, ich war sogar stolz darauf, mit ihnen befreundet zu sein!

Und dennoch hattest du Komplexe, antwortet die leise Stimme aus dem Heft. Gehörtest irgendwie nicht richtig dazu. Du warst die, die man immer als Letzte eingeweiht hat! Und auch die, die immer zu allem Ja und Amen sagte. Ein Mädchen, das sich so verstellte, das so erpicht darauf war, bei den anderen anzukommen, dem Bild zu entsprechen, das die anderen sich von ihr machten. Scheiße!, entgegnet Agnès der leisen Stimme, die sie nicht mehr zum Schweigen bringen kann.

Manchmal fragt sie sich, ob es tatsächlich eine so gute Idee war, zur Eheberatung zu gehen. Anfangs war es ja noch wegen Yves und seiner krankhaften Eifersucht, inzwischen ist sie jedoch mehr und mehr diejenige, die in Frage gestellt wird, ohne dass sie es wahrnimmt. Seit sie dieses »ich« verwendet, tauchen gegen ihren Willen immer mehr Probleme auf. Sie stößt an ihre Vergangenheit. Nie hat man ihr beigebracht, »ich« zu sagen. Oder »aber ich«. Darin war ihre Mutter unnachgiebig. Sie bleute ihr ein, dass man einen Brief niemals mit dem Personalpronomen in der ersten Person beginnen dürfe. Folglich hatte Agnès ihr ganzes Leben als »sie« geführt, diese vollkommene Frau, die Erfolg hatte, alles beherrschte, es ablehnte, sich selbst zu bemitleiden oder an sich zu zweifeln. Sie hatte zwei hübsche Kinder, einen Mann, der sie liebte, einen Job, in dem es gut lief. Dank ihres Gehalts konnten sie sich all die kleinen Annehmlichkeiten des Lebens leisten, wie Clubreisen oder Skiferien, einen Zweitwagen, den Theaterkurs von Céline, die Tennisstunden für Éric, ihre Gesprächswochenenden…

Du hättest dir auch etwas Beachtung und Lob gewünscht, aber du warst immer wie Luft und so anständig, du wolltest es allen recht machen und hast dabei vergessen, wer du eigentlich bist. Daher nimmst du deine Sicherheit, was Yves betrifft: Er kritisiert dich nicht, für ihn bist du immer noch die Schönste, Klügste und Tüchtigste. Mit seiner Bewunderung sprüht er dich ein, er dient dir als Sockel. Ist es das, was du wahre Liebe nennst? »Halt's Maul!«, brüllt Agnès, als sie unten vor Claras Wohnung hält. Ich lasse ihm seine Freiheiten, und ich hege keinesfalls sofort Verdacht, dass er mich betrügt, wenn ich ihm den Rücken kehre. Ich respektiere ihn…

Kein Wunder, dass du nicht eifersüchtig bist. Schließlich beachtest du ihn nicht, du weißt nicht einmal, wer er ist, du verlangst von ihm lediglich, dass er dich bis zum Wahnsinn liebt… du nimmst nur, ohne zu geben. Im Grunde führst du das perfekte Single-Leben! Es ist ja so einfach, ihm schöne Reden über seine Eifersucht zu halten, über sein mangelndes Vertrauen dir gegenüber, so einfach, den Besserwisser zu spielen. Fragst du dich eigentlich nie, weshalb er leidet? Vielleicht trägst du ja deinen Teil dazu bei. Vielleicht hat er ja Recht, wenn er denkt, dass du ihn nicht liebst. »Genug!«, schreit Agnès, während sie in der kleinen, dunklen Straße, in der Clara wohnt, einen Parkplatz sucht. Auf die Windschutzscheibe fällt Nieselregen, sodass sie die Scheibenwischer anstellt. Daraufhin sieht sie überhaupt nichts mehr und beugt sich vor, um nicht noch einen Fußgänger zu streifen. Verdammt, die könnten aber auch wirklich ein paar Straßenlaternen hier aufstellen! So schaffe ich es nie einzuparken! Bis ich von hier bis zu Claras Wohnung gelaufen bin, wird meine Frisur ruiniert sein! Als sie eine Parklücke sieht, tritt sie voll in die Eisen, legt den Rückwärtsgang ein, wobei das Getriebe laut knirscht, bricht sich bei dem Versuch, rückwärts einzuparken, einen Fingernagel ab, bekommt einen Weinkrampf und würgt den Motor ab.

Oben in der Küche haben Clara und Joséphine gerade eine Salami aufgeschnitten und Salzstangen zum Knabbern auf den Tisch gestellt. Joséphine beobachtet ihre Freundin. Es sieht ihr gar nicht ähnlich, gewöhnliche Knabberkost aufzutischen. Normalerweise werden sie von Clara mit einer wahren Vorspeisenorgie verwöhnt: graue, noch zappelnde Babykrabben, die in der Pfanne mit grobem Salz geröstet werden, alter, würziger Holländer, den sie extra am anderen Ende von Paris kauft, Lachs- oder Tunfischpasteten, gebratener Tofu in Sojasoße und mit Sesamkörnern. Sonst beschweren sie sich immer, keinen Hunger mehr zu haben, wenn das Hauptgericht auf den Tisch kommt. »Liebe geht durch den Magen und macht gesprächig«, lautet für gewöhnlich Claras Kommentar, wenn sie mit einem großen dunkelblauen Küchentablett ankommt. Normalerweise hätten sie ihr Fax kommentiert und sich dabei vor Lachen ausgeschüttet. Clara hätte bestimmt nachgehakt, wie lang der Schwanz von dem Typen im Zug war, wie er von rechts aussah, wie von links, ob eher wie ein Haken oder wie ein Prügel. Oder auf die ausführliche Beschreibung der Schweinereien beharrt, die sich in dem Zugabteil abgespielt haben. Normalerweise hätte Clara die Kerzen auf dem Tisch angezündet und fröhlich gerufen: »Die Party kann losgehen!«, und dabei einen Champagnerkorken knallen lassen. Normalerweise hätten sie getanzt und dabei »*Que je t'aime!*« gebrüllt, wobei sie Johnny imitiert hätten. Normalerweise wären sie schon mindestens dreimal in irres Gelächter ausgebrochen auf Kosten von Ambroise, Yves oder David

Thyme, Lucilles Ehemann. Normalerweise hätten sie sich, noch vor dem Eintreffen der anderen, mit dem Gras, das Kassy Clara immer zusteckt, einen Joint gedreht, normalerweise...
Sie hat nicht einmal nach Julie gefragt.
Dieser Abend wird mit Sicherheit kein normaler Abend werden.

—

Die Stimmung wird nicht besser. Agnès kommt in Tränen aufgelöst an: Nach dem, was Joséphine und Clara herausgehört zu haben meinten, hatte sie im Auto einen inneren Disput mit sich selbst ausgefochten und sich einen Fingernagel abgebrochen.
»Vierhundert Francs für die *french manicure*! Ganz zu schweigen von dem obligatorischen Trinkgeld und meinem beschissenen Leben«, fügte sie hinzu, wobei sie mit einem Schluckauf kämpfte. »Ich schäme mich, ich schäme mich so sehr, alles erstunken und erlogen, von Anfang an.«
Sie wischt sich die Nase an ihrem roséfarbenen Angorapulli ab. Die Wollhärchen werden platt, wobei sie einen klebrigen Teppich bilden, die Wimperntusche läuft in langen schwarzen Bächen herunter, und auch der Puder verdeckt nicht die roten hektischen Flecken, die sie wie ein Feuermelder aussehen lassen. Joséphine holt ein Kleenex, setzt sie auf das Sofa und schlingt die Arme um sie.
»Wein dich aus, meine Süße, das wird dir gut tun... Lass deinen Tränen freien Lauf, wie früher, als du noch klein warst und deine Mama dich immer zärtlich getröstet hat...«
Sie greift nach den Worten, die sie auch bei ihren Mäus-

chen gebraucht, tröstende Worte, die einen wieder zum Kind werden lassen, und Agnès vergießt dicke Tränen.
»Aber sie war nie zärtlich zu mir! Dafür hatte sie nie Zeit! Das weißt du genau!«
Sie machte bei allen den Haushalt, Madame Lepetit. Als Mutter von drei Kindern, nachdem sie von ihrem feinen Herrn Beamten verlassen worden war, der zu der Nachbarin unten gezogen war. Der Typ Mann, der seine Familie zum Weinen bringt. Und das ohne Schläge, ohne zu brüllen wie andere. Sondern einfach, indem er die Etage wechselte. Und nichts mehr von ihnen wissen wollte. Er hatte sich übrigens nicht einmal die Mühe gemacht, sein Glück – ihr Unglück – zu verbergen. Direkt unter ihnen stellte er es zur Schau. Sein Verlangen nach einer anderen, nach einem anderen Leben richtete er unter ihren Füßen ein. Unter ihren Füßen, die sie sich kaum auf den Boden aufzusetzen trauten, so unwirklich erschien es ihnen, dass er seine Kreuzworträtsel unter ihnen lösen konnte, unter ihnen lachen konnte, unter ihnen eine Frau ausziehen und sich auf sie legen konnte. Er hatte sie zum Schweigen verdammt. Das Schweigen der Tränen, die sie sich nicht zu vergießen trauten, aus Angst, er könnte sie hören. Verdammt dazu, sich ihres Leids zu schämen. Agnès wäre lieber gestorben, als dem Glück ihres Vaters zu begegnen. Jedes Mal, wenn sie die Treppe hinunterging oder den Fahrstuhl benutzte, zitterte sie am ganzen Körper bei der Vorstellung, ihm oder seiner Geliebten über den Weg zu laufen. Stets schickte sie ihre Brüder vor, die sich auf die Lauer legen mussten. Einmal, ein einziges Mal, hatte sie sich ein Herz gefasst und sich auf ihn gestürzt, wobei sie ihn als Schwein beschimpft hatte. Daraufhin hatte er ihr eine Ohrfeige verpasst, so-

dass sie rückwärts die Treppe hinunterfiel. Alle im Haus hatten es mitbekommen. Als ihre Mutter davon erfahren hatte, hatte Agnès sich zwei weitere Ohrfeigen eingehandelt. »Ich reiße mir für euch den Arsch auf, damit es euch an nichts fehlt, wie früher, und du machst dich zum Tagesgespräch im ganzen Haus! Mach es doch so wie ich: Ignorier sie! Dein Kummer ist mir scheißegal, oder glaubst du etwa, dass ich nicht auch gelitten habe! Und wenn ich mich totschufte, dann nur, um die Miete bezahlen zu können, um nicht umziehen zu müssen und das Gesicht zu verlieren, damit du und deine Brüder eine Chance im Leben haben! Du würdest also lieber in Bagneux wohnen? Aber guter Gott, Mädchen, ich sehe es nicht ein, dem Feind aus dem Weg zu gehen!« Wenn Agnès oder ihre Brüder bei Tisch nicht die richtige Haltung einnahmen, korrigierte Madame Lepetit hängende Ellbogen oder Finger im Teller, indem sie mit der Gabel zuschlug. In ihrer Gegenwart beugten sich ihre Kinder. Ihre beiden älteren Brüder hatten so bald wie möglich die Fliege gemacht; einer davon hatte sich als Elektriker in Montpellier niedergelassen. Von dem andern hat man praktisch nichts mehr gehört, sodass Madame Lepetit in ständiger Angst lebte, aus der Zeitung erfahren zu müssen, dass er in irgendwelche dubiosen Geschichten verwickelt war.

Als Agnès' Schluchzen wieder lauter wird, drückt Joséphine sie noch fester an sich. Hält sie wiegend im Arm, bis sie sich wieder etwas beruhigt und erneut anfängt, an ihrem Pullover herumzuzupfen. Bis sie ein kleines, roséfarbenes Wollknäuel zwischen den Fingern hin- und herrollt, während sie weiterredet.

»Verstehst du, das hat angefangen, seit ich in mein Heft

schreibe... Seit Yves und ich beschlossen haben, bei der Eheberatung mitzumachen, weißt du?«
Joséphine nickt.
»Du ahnst ja gar nicht, wie oft wir darüber Witze gerissen haben, Clara und ich!«
»Wie kannst du nur so grausam sein, wo ich mich eh nicht wehren kann... Auch ich war der Meinung, ich hätte es nicht nötig. Aber es ist schwer, verdammt schwer... Und dann, heute Abend im Auto, ich weiß auch nicht, warum, es war, als hätte ich eine leise Stimme gehört, die zu mir gesprochen hat... und die mir furchtbare Sachen erzählt hat. Nein, furchtbar ist eigentlich nicht der richtige Ausdruck, Wahrheit trifft es eher. Dinge, die ich zwar auf mich zukommen sehen habe, aber ohne genau zu wissen, worum es dabei geht... Und ich habe es nicht ertragen...«
Mittlerweile hat Clara sich auf die Armlehne des Sofas gesetzt, um Agnès zuzuhören. Heute Morgen, als Rapha gegangen ist, hat er ihre Wange gestreichelt und mit den Fingern über ihre Augen, Stirn, Haare gestrichen. Als wolle er sie sich zum Abschied einprägen, bevor er sich auf eine lange Reise begibt. Ihr ist es kalt über den Rücken gelaufen, und sie hat sich an ihn gepresst. Nach einem langen Kuss haben sie sich widerwillig voneinander gelöst. Als sie ihn gefragt hat, ob er immer noch Angst hätte, ist er ihr die Antwort schuldig geblieben.
Sie lässt sich neben Agnès fallen und breitet die Arme aus, um sie zu umschlingen. Zu dritt halten sie sich fest, wie früher auf dem roten Sofa von Großmutter Mata, wenn sie sich drückten und sich ins Ohr flüsternd ewige Freundschaft schworen. Wenn sie wie alle Heranwachsenden, gelähmt vor Angst vor dem Erwachsenwerden, sich zitternd anein-

ander schmiegten, sich an den Händen hielten, sich umarmten und in ihrer Verwirrung Tränen vergossen. Ohne den genauen Grund dafür zu kennen, waren sie zu Tode betrübt. Oder himmelhoch jauchzend. Das schwankte von Tag zu Tag. Grundlos wechselten sie vom irrsten und kreischendsten Gelächter zu Tränen. Sie hatten Angst vor allem, Lust auf alles, sie wussten nicht wirklich, wie sie das Leben anpacken sollten, und klammerten sich aneinander.
»Ich habe mich immer für so perfekt, so ausgeglichen gehalten. Ich war der Meinung, er wäre der Kranke, er müsste behandelt werden. Aber die leise Stimme hat etwas anderes behauptet... Sie meint, ich würde ihn nicht lieben... Jedenfalls nicht aufrichtig... Dass ich ihn nur ausnützen würde, ihn nicht beachten würde. Sie sagt, ich würde niemanden lieben... Und dann noch diese Sache mit euch, aber wenn ich es euch erzähle, dürft ihr es mir nicht übel nehmen. Versprochen?«
Ängstlich sieht sie sie an, mit verklebten Wimpern wie kleine schwarze Bündel. Clara und Joséphine verneinen stumm und werfen ihr aufmunternde Blicke zu.
»Schließlich habe ich mir sogar eingeredet, dass ich euch einiges voraus habe... Ich war der Meinung, dass mein Leben in geregelten, ordentlichen Bahnen verläuft, verglichen mit eurem. Dass alles einen Sinn hätte und richtig laufen würde, während du, Clara...«
Sie zögert und wirft Clara einen verhaltenen Blick zu wie ein geschlagener Hund, der erneut eine Tracht Prügel erwartet.
»... du, die immer damit angegeben hat, etwas Besonderes zu sein... Du hast keine Kinder, keinen Mann, keinen Job, und mit Rapha hast du es dir gründlich verdorben... Dabei

gehst du auf die vierzig zu! Und dann wird es zu spät sein!«

»Vielen Dank auch«, entgegnet Clara beleidigt, »ich bin erst sechsunddreißig, und es ist nie zu spät!«

Und außerdem ist mir mein Bohèmeleben immer noch lieber als dein großartiger Ehemann, der dir wie ein treues Hündchen ständig hinterherläuft, denkt sie für sich. Aber es ist nicht der richtige Moment, um es Agnès zu sagen.

Agnès schnieft, während sie weiterhin mit ihrer roséfarbenen Wollkugel herumspielt.

»...Oh! Wie soll ich euch nur alles sagen... Du, Joséphine, langweilst dich mit deinem Mann zu Tode und springst mit jedem in die Kiste, um es zu verdrängen. Du kannst dich noch so freizügig geben und dich damit brüsten, ich für meinen Teil finde das ziemlich feige und denke, dass du es dir etwas leicht machst. Du willst alles: einen guten Ehemann, ein schönes Haus, Geld, Luxus und Liebhaber. Ein scheinheiliges Leben...«

»Wenn mein Mann mich mehr beachten würde, müsste ich vielleicht auch nicht fremdgehen!«, erwidert Joséphine prompt zur Selbstverteidigung.

»Siehst du, solche Dinge gehen mir durch den Kopf, und dann sage ich mir, dass ich euch durchschaue... Dann beneide ich euch nicht mehr... Außer Lucille, die... Aber Lucille stand schon immer etwas abseits... Sie war nicht wie wir...«

Agnès schneuzt in das frische Kleenex, das Joséphine ihr reicht. Um die Situation zu entspannen, wischt Joséphine ihr die Nase wie einem Kleinkind ab und versucht, das verschmierte Make-up wieder einigermaßen herzustellen, indem sie ihr das Gesicht abtupft, und nimmt sie dann erneut in die Arme. Obwohl Agnès' Beschreibung von ihr sie verletzt hat, beschließt sie, ihr Trost zu spenden, anstatt ihr die Meinung zu geigen.

»Aber sag mal... Nur wegen der Aufschreiberei in deinem kleinen Heft ist das alles passiert? Schreiben scheint ja gefährlich zu sein! Jetzt verstehe ich, warum Schriftsteller saufen oder sich mit Drogen voll pumpen... Vielleicht solltest du damit aufhören!«

»Nein«, sagt Clara, die die Gelegenheit ergreift, um sich auszusprechen. »Im Gegenteil, das ist genau das Richtige. So lernst du dich selbst kennen, was für dich gar nicht besser sein kann. Du hast dich gerade selbst auf frischer Tat ertappt.«

Agnès richtet den Blick auf ihre Freundin. Sie hat sich wieder gefangen. Sie versucht zu begreifen. Sie weiß, dass Clara ihr einiges voraus hat. Sie verspürt das Bedürfnis, sich ihr anzuvertrauen.

»Wobei auf frischer Tat ertappt?«

»Dabei, dass du dich selbst belügst! Du machst dir doch ständig was vor, Mensch! Ist natürlich nicht angenehm, vor allem beim ersten Mal...«

»Vielleicht sollte sie in Zukunft trotzdem besser die Finger davon lassen, gerade weil es sie jedes Mal so aufregt!«, wendet Joséphine ein, wobei sie mit den Händen wie eine Verrückte herumfuchtelt.

»Aber genau so lernt man, den richtigen Weg zu finden und dadurch zu einem interessanten, ehrlichen Menschen zu werden, einem Menschen, mit dem man selbst zufrieden ist... Wozu ein Leben führen, wenn man auf der Stelle tritt und sich einredet, perfekt zu sein, und denkt, dass immer nur die anderen die Fehler machen? Und du wirst feststellen, dass es richtig spannend sein kann, wenn man ein wenig an sich selbst arbeitet! Wie ein Fortsetzungsroman! Jeden Tag erfährt man ein bisschen mehr...«

»Ach, du...«, brummt Agnès, »du mit deinem ewigen Optimismus... du gehst mir auf die Nerven! Du hast ja keinen Schimmer, wie sehr mir das auf den Geist geht! Du siehst alles ein bisschen zu einfach! Für dich ist alles schon immer ein bisschen einfach gewesen!«

»Nein! Es ist gerade nicht einfach... Man muss nämlich schonungslos mit sich selbst ins Gericht gehen. Nur wer feige ist, kann mutig werden, wer böse ist, kann freundlicher werden, wer ein Geizkragen ist, kann großzügig werden... unter der Voraussetzung, dass man sich auf frischer Tat ertappt! Sich bei seinen schlechten Gedanken und Taten ertappt! Aber dabei darf man natürlich keine Angst haben, bis in sein Innerstes zu horchen! Nie wirst du etwas kennen lernen, ohne das Gegenteil von dir zu kennen! Oder du pfuschst nämlich... Dann machst du dir selbst was vor, und das ist witzlos!«

»Aber es tut so weh!«, seufzt Agnès. »Unerträglich weh. Und außerdem weiß ich nicht einmal, ob ich dazu überhaupt fähig bin...«

Mit einem kläglichen Lächeln, das von Tränen getrübt ist, schnieft sie und zieht an ihrem Angorapulli.

»Auch wenn es wehtut, es ist das Richtige«, meint Clara lächelnd. »Du wirst merken, wie gut es ist, in sein kleines, hässliches Inneres vorzustoßen und dort aufzuräumen... Natürlich wirst du dich nicht auf einen Schlag ändern, aber du wirst Stück für Stück in Ordnung bringen und dann eines Tages stolz auf dich sein. Dann hast du erreicht, dass alles stimmt, du wirst einzigartig sein, und die Welt wird

dir offen stehen. Dann gibt alles einen Sinn, alles wird sonnenklar. Aber dafür braucht man Zeit und Geduld.«
»Na prima, jetzt hab ich erst recht Angst... Am liebsten würde ich alles hinschmeißen.«
»Klar, dass es nicht immer angenehm ist, da brauchen wir uns nichts vorzumachen... und natürlich ist es beängstigend«, beharrt Clara, »aber ich bin davon überzeugt, dass es sich lohnt.«
»Verdammt noch mal!«, ruft Joséphine. »Und ich dachte, dass wir einen gemütlichen und witzigen Abend verbringen wollten! War wohl nichts! Müssen wir uns jetzt wirklich gegenseitig Moralpredigten halten? Niemand ist perfekt! Übrigens, kennt ihr schon die neueste Geschichte von Jerry Hall? Man hat sie nach ihrem Geheimrezept gefragt, wie sie Mick Jagger an sich bindet...«
Clara unterbricht sie in ihrem Elan: »Vielleicht ist es ja auch interessanter, als immer nur über Klamotten zu quasseln oder sich ständig dieselben anzüglichen Geschichten zu erzählen!«
Darauf verschlägt es Joséphine die Sprache. Es ist das erste Mal, dass sie von Clara eine solche Aggressivität zu spüren bekommt. In ihrer Bemerkung schwang sogar leise Verachtung mit. Sie ist getroffen und stößt einen verärgerten Seufzer aus. Warum nur bekommt sie all diese Vorwürfe ausgerechnet von ihren besten Freundinnen zu hören? Ist ihr Leben wirklich so erbärmlich?
»Gut, bin ja schon still... Aber wenn das so weitergeht, schlage ich vor, direkt ins Bett zu gehen!«
»Nicht doch... Hör mal... Findest du es nicht auch aufschlussreich, was mit Agnès passiert?«
»Auch Jerry Halls Antwort ist aufschlussreich. Daraus

kann jeder lernen! Und es ist wenigstens nicht so schmerzhaft...«

»Nur zu Beginn ist es schmerzhaft, wenn man es noch nicht gewohnt ist«, sagt Clara entschlossen. »Danach ist es sogar richtig berauschend... Weil du nämlich die Realität anpackst, deine Realität. Du lernst dich selbst und die anderen kennen und lässt dich nicht mehr vom Schein blenden.«

»Aber der Schein hat auch sein Gutes!«, protestiert Joséphine. »Ohne ihn könnten wir nicht leben!«

»Genau das hat man mir immer gepredigt«, murmelt Agnès. »Unablässig!«

Clara hat keine Zeit, zu antworten. Es hat geklingelt. Alle drei fahren hoch wie Schulmädchen, die von ihrem Lehrer gerade beim Abschreiben erwischt worden sind, wobei ein einziger Gedanke sie durchzuckt: Lucille!

»Es ist besser, wenn sie sie nicht in diesem Zustand sieht!«, meint Joséphine.

Sie wendet sich Agnès zu:

»Komm, wir gehen ins Bad, und ich mache aus dir wieder eine Schönheit...«

Währenddessen bringt Clara das Sofa wieder in Ordnung, hebt die Kleenextücher auf, wirft einen letzten Blick in den aufgeräumten Raum. Sie hat zu viel Wasser in die Vase mit den weißen Blumen gegeben, die Joséphine mitgebracht hat und die einen stechenden Geruch verbreiten.

»Clara!«, ruft Joséphine aus dem Badezimmer. »Hast du vielleicht einen Pulli, den du ihr leihen kannst, der aus Angora ist hinüber!«

»Im Schrank«, erwidert Clara und zeigt auf ihre Schlafecke.

Erneut klingelt es. Dieses Mal ist es ein langes und herrisches Klingeln. Lucille wird ungeduldig. Clara geht zur Tür und antwortet durch die Sprechanlage. Ein letzter, prüfender Blick zum Wohnzimmer, in die Essecke, wo der Tisch gedeckt ist. Sie hat vergessen, die Kerzen anzuzünden und den Champagner kalt zu stellen! Noch ein kurzer Blick in den Spiegel in der Diele: Sie macht nicht gerade einen verheerenden Eindruck, und doch, seit gestern Abend kommt es ihr so vor, als wäre sie dreimal um Kap Hoorn geschwommen, ohne Schwimmweste.

Jeder Auftritt von Lucille ist ein Knaller. Auch wenn Clara sich jedes Mal darauf einstellt, ist sie stets aufs Neue verblüfft. In das Alltägliche brechen dann Luxus, Ideal und Schönheit ein. Eine große, schlanke, beinahe unwirkliche Erscheinung. Endlos lange Beine, eine Wespentaille, feste Brüste, die keinen BH brauchen, wie man unschwer erahnen kann, große, graugrüne und eindrucksvolle Augen, hohe Wangenknochen, perfekte Haut. Und über all dem noch der Ausdruck einer eleganten Leichtigkeit. An diesem Abend trägt sie einen langen weißen Wollmantel über einer schwarzen Lederhose und einem dicken Kaschmirpullover. Ich frage mich, ob Lucille weiß, dass es auch Pullis gibt, die nicht aus Kaschmir sind, denkt Clara. Unter dem Pullover ragen die Zipfel einer langen weißen Seidenbluse hervor, deren Kragen über dem Ausschnitt liegt und deren Ärmelenden hochgeschoben sind. Dazu klirrende Armreifen und eine große Armbanduhr am rechten Handgelenk. Die langen blonden Haare trägt sie offen über der Schulter. Sie zieht den Mantel aus und reicht ihn Clara, die, bevor sie ihn an die Garderobe hängt, einen Blick auf das Etikett wirft: Cerruti. Irgendwann hat Lucille einmal

abends ihren schwarzen Regenmantel von Yves Saint Laurent vergessen, ihn aber nie zurückverlangt. Kleider kauft Lucille nicht zum Tragen, sondern um sie vom Markt zu nehmen...
Als Lucille den Kopf mit einer vertrauten Geste senkt, fallen ihre Haare nach vorne, worauf sie sie mit geübter Hand zurückstreift und auf ihrer linken Schulter platziert. Jede einzelne Geste, jede einzelne Note der aneinander klirrenden Armreifen aus Gold ist Clara vertraut, und sogar das Parfüm, das, das sie alle benutzt haben, weil Lucille es entdeckt hatte, sie und keine andere. Shalimar... Für einige Sekunden geht sie wieder Jahre zurück. Sie ist wieder die kleine Clara Millet, die nach ihrer schönen Freundin schielt. Mit einem Mal kommt sie sich hässlich vor. Hässlich, zwergenhaft, mit drei Haaren auf dem Kopf, Pickeln unter dem Puder, gelben Zähnen und zu viel Lippenstift. Hässlich und armselig. Drittklassig, einer anderen Schicht zugehörend. Sonst hat sie nie so stark das Gefühl der Verschiedenheit und Ungerechtigkeit, wie wenn sie Lucille gegenübersteht. Es stimmt nicht, dass wir alle gleich auf die Welt kommen. Es stimmt nicht, dass Geld unglücklich macht. Geld ermöglicht die Verwirklichung von Träumen. Es erlöst von dem Alltäglichen. Aber gleichzeitig fällt ihr das prägnante Detail auf, dass die Zipfel der langen Bluse unter dem dicken Pullover hervorhängen, was ihr später noch nützlich sein könnte. Und dann die schwarzen, schmalen und hohen Stiefel aus Hirschleder. Allein mit dem, was die Stiefel gekostet haben, könnte Kassy drei Monate leben, ohne auf den Schwarzmarkt gehen zu müssen, denkt Clara.
»Sind die anderen noch nicht da?«, fragt Lucille verwundert.

»Doch, sie sind im Bad... Sie probieren Pflegeprodukte aus.«
»Ich freue mich, dich zu sehen. Wie geht es?«
»Sehr gut. Und David?«
»Er ist heute Morgen zur Jagd nach Schottland gefahren... Danach will er noch einen Zwischenstopp in London einlegen, bevor er morgen Abend wieder zurückkommt.«
»Haben die für morgen nicht einen Streik bei Air France angekündigt?«
»Er ist mit seinem Privatjet unterwegs.«
»Ach Gott, stimmt ja! Was bin ich dumm! Immer wieder vergesse ich, dass ich es hier mit Außerirdischen zu tun habe!«
Sie spielt die zerknirschte dumme Gans. Lucille gibt ihr einen Klaps auf die Schulter und lässt sich auf das Sofa fallen.
»Uff! Das tut gut, hier zu sein! Auch mir gehen die Außerirdischen langsam auf den Geist!«
Ihre Tasche hat sie neben sich fallen lassen. Eine Tasche von Hermès, ein Lederbeutel; keine gewöhnliche Marke, von der man Fälschungen bei sämtlichen Schwarzmarkthändlern kaufen kann. Es muss sich um ein Einzelstück handeln, das speziell für Madame Thyme hergestellt worden ist. Madame David Thyme. Während Claras Blick auf der Tasche haftet, spürt sie, wie erneut Mutlosigkeit von ihr Besitz ergreift. Stets braucht sie einen Moment, um sich von dem Schock zu erholen, den Lucille auslöst.
»Ach übrigens, auf dem Rückflug habe ich einen potenziellen Kunden für dich kennen gelernt... Ein Amerikaner, der einen großen Raum in Paris sucht. Ein echtes Original... Ich habe ihm deine Nummer gegeben.«

Seit Clara zu Lucien Mata auf Distanz geht, macht Lucille sie mit neuen Kunden bekannt oder verschafft ihr Geschäfte.
»Ich werde mir was ausdenken. Momentan könnte ich Arbeit ganz gut gebrauchen...«
»Gehen die Geschäfte schlecht?«
»Mehr als schlecht... Ich frage mich, ob ich nicht vielleicht den Beruf wechseln sollte, aber es ist überall dasselbe! In der Immobilienbranche sieht es ziemlich düster aus. Jeder versucht sich über Wasser zu halten. Sogar in den großen Architekturbüros werden massenhaft Leute entlassen. Da trauen sie sich schon gar nicht mehr aufs Klo aus Angst, dass ihnen der Platz weggenommen wird! Die sind an ihren Stühlen festgeschraubt und machen Überstunden bis abends um neun! Du kannst dir ja vorstellen, wie es dann bei mir aussieht... nämlich noch viel schlimmer.«
Sie seufzt, und Lucille kann ihr Erstaunen nicht unterdrücken. Dieser plötzliche Pessimismus sieht Clara überhaupt nicht ähnlich. Schließlich hat Clara immer vor Vitalität, Originalität und Unbeschwertheit nur so gestrotzt. Sie beneidet sie. Auch kommt es ihr gelegen, wenn sie bei ihrer Freundin dieses leichte Gefühl der körperlichen Unterlegenheit bemerkt, das durch ihre bloße Anwesenheit ausgelöst wird, diesen unmerklichen Ekel vor sich selbst, der sie überfällt, sobald sie sich mit ihr, Lucille, vergleicht. So wie Clara Lucilles Art, sich zu kleiden, registriert, so achtet Lucille auf Claras Art, das Leben anzupacken. Hätte ich nur ihre Seele und meinen Körper... ist ein häufiger Gedanke von Lucille.
Agnès und Joséphine kommen aus dem Badezimmer. Joséphine hat ganze Arbeit geleistet. Jetzt sieht Agnès nicht

mehr wie eine abgewrackte Heulboje aus. Sie hat sich ein langes Holzfällerhemd übergestreift, das einmal Rapha gehörte. In seinem Atelier trägt er ständig solche Hemden. Er hat eine ganze Sammlung davon. Sie stammen von »Stock Chemises« in Montrouge. Auf die Etiketten malt er immer ein kleines, geheimnisvolles Zeichen, damit die Haushälterin sie extra wäscht: Waschprogramm für Wolle. Mit seinen Sachen ist er richtig pingelig. Clara hat es ihm gemopst. Obwohl er nichts gesagt hat, war es ihm nicht recht, dass sie, ohne zu fragen, das Hemd genommen hat. Normalerweise sieht Clara es nicht gern, wenn jemand anders als sie das Hemd trägt. Jedes Mal, wenn die Sehnsucht nach Rapha zu stark wird, zieht sie das Hemd zum Schlafen an. Sie muss aufpassen, dass Agnès es nicht aus Versehen mitgehen lässt. Ich darf es auf keinen Fall vergessen... Dann fasst sie sich wieder und vertreibt diesen kleinlichen Gedanken aus ihrem Kopf.

»Oh! Wie komisch! Ich habe auch so ein Hemd!«, ruft Lucille, während sie auf Agnès und Joséphine zugeht, um sie zu umarmen.

Dann stockt sie einen Augenblick, als hätte sie eine Dummheit begangen.

»Na ja, fast dasselbe...«

»Gut, sollen wir den Champagner aufmachen?«, drängelt Joséphine, da sie mehr als alles fürchtet, dass wieder Schweigen einkehrt und Agnès erneut zu heulen beginnt.

Im Bad hatte sie ihre liebe Not, die düsteren Gedanken zu vertreiben, die unablässig in Agnès' Schädel kreisen. Ihre Geschichte mit Jerry Hall ist sie dabei immer noch nicht losgeworden. Agnès hörte ihr einfach nicht zu. Sie fing immer wieder von neuem an:

»Du bist doch nicht sauer über das, was ich vorhin über dich und Ambroise gesagt habe, oder, du bist doch nicht etwa böse? Es stimmt zwar, dass mir so etwas durch den Kopf gegangen ist, aber ich habe dich trotzdem unheimlich gern, weißt du, unheimlich gern… Und dann noch Clara. Glaubst du, dass ich sie beleidigt habe? Oh, ich habe euch alle beide so gern, aber gleichzeitig ärgere ich mich manchmal über euch. Ihr geht mir auf den Keks. Glaubst du, ich bin eifersüchtig?«

»Aber nein«, hat Joséphine geantwortet, während sie ihr Puder auf das Gesicht auftrug, »aber nein, meine Süße, wir alle denken manchmal Schlechtes. Wenn man traurig und verzweifelt ist, plagen einen halt solche Gedanken. Wenn du zurückblickst, in deine Kindheit, mit deiner Mama und deinem Papa, übermannt dich plötzlich eine große Traurigkeit, und du denkst, dass das Leben ungerecht ist. Außerdem weiß ich, dass du mich im Grunde magst. Na komm, schenk mir ein Lächeln!«

Darauf hatte Agnès sie kläglich angelächelt und die Nase hochgezogen, sodass sie sich erneut um die Nase kümmern musste, die wieder glänzte. Man kann sehen, dass sie geweint hat, denkt Joséphine, während sie verstohlen Agnès betrachtet, die sich Mühe gibt, vor Lucille nicht die Beherrschung zu verlieren. Warum strengen sie sich bloß alle so an, sobald Lucille da ist?

»Machen wir ihn jetzt auf oder nicht?«, wirft Joséphine erneut in die Runde, um das aufkommende Schweigen zu brechen.

»Ich habe meine Flasche im Auto vergessen«, seufzt Agnès. »Ein echter Dom Pérignon, den ich extra für euch gekauft habe…«

»Ist nicht weiter schlimm! Dann trinkst du ihn eben mit Yves! Wir nehmen von mir eine Flasche!«, ruft Clara mit gespielt heiterer Stimme dazwischen. Auch sie ahnt, dass die Stimmung jeden Moment wieder umschlagen kann.
»Allerdings müssen wir Eiswürfel nehmen, weil ich vergessen habe, ihn kalt zu stellen!«
»Aber ich habe ihn nur wegen euch gekauft!«, meint Agnès verzweifelt. »Er weiß nicht mal was davon!«
Aufmerksam hört Lucille zu, stutzig geworden.
»Kein Grund zur Aufregung, Süße«, beruhigt Joséphine sie. »Ich werde sie holen, deine Flasche. Gib mir den Wagenschlüssel... Wo hast du geparkt?«
»Weiß nicht mehr«, stammelt Agnès und bricht erneut in Tränen aus.
»Kann mir mal jemand erklären, was hier vor sich geht?«, will Lucille wissen. »Ihr zieht ja wirklich komische Gesichter...«
»Erklär du es ihr, Clara. Ich mache mich derweil mit Agnès auf die Suche nach dem Dom Pérignon. Na los, komm!«, fordert sie Agnès auf, die wie ein begossener Pudel auf dem Sofa hockt.
Kaum haben sie die Wohnung verlassen, dreht Lucille sich zu Clara und wartet auf eine Erklärung. Zunächst zögert Clara, entschließt sich dann aber doch, ihr alles zu erzählen. Lucille lauscht und sucht dann mit gesenktem Kopf in ihrer Tasche nach einer Zigarette, die sie mit zitternden Händen anzündet, wobei sie mehrmals versucht, sich wieder in die Gewalt zu bekommen. Hinter Lucilles schöner Fassade nimmt Clara sowohl eine fürchterliche Anspannung als auch eine immense Verwirrung wahr.
»Auch ich sollte Tagebuch führen. Das habe ich früher auch

lange gemacht, und es hat mir geholfen... Bei all den Fragen, die mich zur Zeit quälen!«
»Genau das denke ich auch«, entgegnet Clara, verblüfft über Lucilles Offenheit. »Aber ohne zu schummeln.«
Sie wagt es nicht, weiter vorzudringen. So leicht es ihr fällt, Agnès oder Joséphine vor den Kopf zu stoßen, so schwer fallen ihr die Worte gegenüber Lucille. Die wenigen Male, wo die Freundin sich ihr gegenüber hat gehen lassen, geschah dies stets unbeabsichtigt. Ohne dass Clara überhaupt gefragt hatte. Bruchstückweise Bekenntnisse, die sie fallen ließ und die Clara aufhob und aufbewahrte, kleine Indizien, die Stück für Stück eines Tages vielleicht die Tür zu echter Vertrautheit aufstoßen würden. Auch wenn Clara die physische Erscheinung ihrer Freundin immer noch einschüchtert, sie beneidet sie nicht. Für nichts in der Welt würde sie in David Thymes Universum leben wollen. Und schon gar nicht mit David Thyme. Einem Mann, der ein so sorgloses, unnützes Leben führt, dass sie sich vermutlich zu Tode langweilen würde. David Thyme ist ein Narziss, wie er im Buche steht, der nie gezwungen war zu arbeiten, der bei seiner Geburt bereits Milliardär war, der sich Fleisch von seinem Besitz in Argentinien liefern lässt, »weil man es allein mit der Gabel essen kann«, der ein Flugzeug chartert, um Kuchen, den die Köchin in seinem Schloss im Südwesten backt, zu einer Kinderparty nach Paris bringen zu lassen, der an jedem Wohnsitz einen eigenen Butler hat, mit einem Porträt seiner Mutter, das von Balthus stammt, auf der Toilette seines Pariser Privathotels und mit einer Skulptur von Rodin über dem Canapé in einem seiner Salons, ohne die Gainsboroughs, Holbeins, Renoirs, Matisses und Corots mitzuzählen, die die Wände schmücken,

während die Bilder von Warhol in seiner Garage verschimmeln. Er ist Besitzer eines Schlosses in Frankreich, eines Palazzo in Venedig und des Familienguts in Argentinien, das er regelmäßig aufsucht. Dort beschäftigt er sich mit Polospielen, überfliegt seine Ländereien, begibt sich mit seinem Verwalter auf lange Ausritte und veranstaltet Picknicktreffen in großem Rahmen, zu denen die Gäste in zweimotorigen Maschinen geflogen werden. Sein Vater, Lord Edward Thyme, ist Engländer, seine Mutter, Anna Maria, war aus Argentinien und Erbin der berühmten »Bareno-Brauerei«, die auf dem amerikanischen Kontinent das Biermonopol hält. Jedoch zieht er es vor, sich in Frankreich aufzuhalten, weil das Leben dort lustvoller ist und weil England, Italien und Spanien nur eine Flugstunde entfernt sind. Er wohnt in einem prächtigen Privathotel in der Rue de Varenne. Wenigstens einige Monate im Jahr. David kann nur in der Sonne leben. Im Sommer ist er auf seinem Segelschiff unterwegs, im Winter fährt er Ski in Cortina oder Zermatt. Gstaad ist ihm zu »neureich«. Gewöhnlich trägt er verschlissene Anzüge oder alte Shetland-Pullover (je mehr Flicken, desto schicker), hat niemals Geld bei sich (er benachrichtigt immer sein Büro, wo eine Vertrauensperson die Schecks ausstellt), scheut Premieren und Galaabende und zieht es stattdessen vor, immer dieselben Freunde bei sich zu empfangen, mit denen er unendliche und kostspielige Bridgepartien spielt. Von Zeit zu Zeit lädt er »drollige Leute« ein, wie er sie nennt: wie zum Beispiel Clara, deren Freimütigkeit ihn amüsiert, oder Rapha, weil dieser ein bekannter Maler ist, oder eine japanische Hure, die er im Flugzeug getroffen hat. Wie ein kurioses Tier, über das sich alle amüsieren, wird der ungebetene Gast zur Schau gestellt, bevor er dann wieder hinausgeworfen wird, wenn die kleine, erlesene Runde seiner überdrüssig wird. Schließlich wollen solche Leute unter sich bleiben. Als er Lucille kennen gelernt hat, fand er es wahnsinnig originell, dass sie in einem Wohnhaus aus Backstein in Montrouge wohnte. Mit dem Entzücken eines Bengels aus besserem Hause, den man durch die Armenviertel spazieren führt, hat er bei ihrem Vater um ihre Hand angehalten. Er fand die Rue Victor Hugo »romantisch«. Über Liebe oder Gefühle verliert er nie ein Wort, schneidet aber immer wieder genüsslich das Thema Krampf an. Liebend gern gibt er die Anekdote von Rivarol zum besten, der sich damit brüstete, ein geometrisches Problem allein durch den Beischlaf zu lösen. In seiner Bibliothek verbringt David Thyme lange Stunden mit Lesen und wird der französischen Denkweise nie müde, die er angenehm dekadent findet. »Während die Franzosen denken, machen die anderen Geschäfte!« Nie geht er ins Kino, außer es handelt sich um einen Film, den ein Bekannter von ihm realisiert hat, dafür besucht er eifrig Theater-, Ballett- und Opernaufführungen, die seiner Ansicht nach zu den edlen Künsten zählen und die er mit großzügigen Spenden unterstützt. Für eine Ausstellung in New York setzt er sich eigens in den Flieger, die er dann zusammen mit dem Galeristen unter Ausschluss der Öffentlichkeit besichtigt, da er schließlich zahlreiche Werke zur Verfügung gestellt hat, deren Herkunft allerdings nie erwähnt wird. Auch geht er nicht zum Wählen: Immerhin ist er kein französischer Staatsbürger, das würde zu viel kosten. Über Geld spricht er nie: Er hat es. Lucille hat freien Zugang zu seinem Vermögen, sodass sie dank Davids Reichtum in der Lage war, ihre Stiftung zu finanzieren, wo sie junge Maler und Bildhauer fördert, bekannte Autoren, Wissenschaftler, die mit oder beinahe mit dem Nobelpreis ausgezeichnet worden sind, Musiker und Tänzer empfängt. David Thyme belächelt diese Stiftung, auch wenn er seiner Frau dankbar dafür ist, dass sie den Namen Thyme berühmt macht. Er ist ein kaltherziger Mensch, den nichts berührt, geschweige denn aus der Fassung bringt. Es ist praktisch unmöglich, eine ernsthafte Unterhaltung mit ihm zu führen, da er entweder ständig ausweicht oder einem mit Sarkasmus begegnet. Manchmal fragt Clara sich, was ihn wohl so sehr verletzt haben mag, dass er alles ins Lächerliche zieht. Bei Lucilles letzter Party in ihrem Palast in Venedig hat er sich bereits um zehn Uhr abends mit seinem Hund zum Schlafen zurückgezogen, nachdem er sich nur kurz hatte blicken lassen, bekleidet mit einer Jeans und einem marineblauen Blazer, wobei er mit einem Glas Champagner auf das Wohl der Gäste anstieß, als hätte er von der Feier nichts gewusst. »Meine Frau gibt ein Fest! Was für eine entzückende Idee! Schließlich kann man sich nie genug amüsieren!« Lucille hatte weder mit Verwunderung noch mit Missbilligung reagiert. Schon oft hat Clara sich gefragt, was sie wohl für diesen exzentrischen und kindischen Ehemann empfinden mochte.

»Clara, wir müssen uns unbedingt mal treffen, und zwar unter vier Augen«, bemerkt Lucille mit einem so schweren Seufzer, dass Clara nicht ganz sicher ist, ob sie richtig verstanden hat.

Lucille spielt mit ihrem Feuerzeug und weicht Claras offenem und erstauntem Blick aus.

»Ich weiß... Ich habe mich immer etwas abgeseilt... aber ich habe die Schnauze voll davon. Ich kann die Welt, in der

ich lebe, nicht mehr ertragen. Ich brauche jemand Vernünftigen zum Reden, jemand, der normal ist.«
»Natürlich, wann du willst. Ich kann mir denken, dass es nicht immer so einfach ist, auch wenn es scheint, dass...«
»Kann ich dich morgen früh anrufen? Dann können wir uns zum Essen verabreden...«
Clara nickt. Mit wenigen Worten ist Lucille richtig menschlich geworden. Lucille hat also auch Probleme! Beinahe fühlt Clara sich glücklich. Nicht, dass sie sich über die Niedergeschlagenheit ihrer Freundin freuen würde, sondern plötzlich ergibt ihr ganzes Leben wieder einen Sinn, sind sämtliche Fragen über das menschliche Dasein, die sie sich unablässig stellt, nicht umsonst. Sie hat sich schon immer darüber gewundert, dass Lucille an den Frauenabenden teilnahm. Natürlich hat sie sie schon ein paar Mal vergessen, aber insgesamt war sie meistens dabei. Und großzügig mit ihren Freundinnen. Auch wenn sie vorgibt, dass es sie nichts kostet. Sie verabscheut es, wenn man sich bei ihr bedankt. So hat sie zum Beispiel Agnès' Mutter einen Job als Sekretärin in der Verwaltung ihrer Stiftung verschafft wie auch Joséphines Vater Geld geliehen, als ihm die Steuerfahndung im Nacken saß. Sie war es auch, die die erste Ausstellung für Raphas Bilder in ihrer Stiftung organisiert hat, die Philippe mit finanzstarken Kunden aus England, Freunden von David, bekannt gemacht hat. Nie hat sie sie fallen lassen. Mit einer Selbstverständlichkeit, ohne groß Gefühle zu zeigen, hält sie die Hand schützend über sie. Eine diskrete und wirkungsvolle Art, für die anderen da zu sein. Ohne es uns einzugestehen, ist uns allen klar, dass das Geld von Lucille da ist, falls es hart auf hart kommt. Sie ist der Garant für diese sorglose und kindliche Unbe-

kümmertheit, für dieses Gefühl, dass uns nichts wirklich Schlimmes zustoßen kann. Zum ersten Mal, seit sie sich kennen, fühlt Clara sich auf gleicher Ebene mit Lucille. Gerne würde sie sie in die Arme nehmen, sie drücken, aber sie hält sich zurück.

»Trotzdem hätte ich jetzt Lust auf ein Gläschen Champagner!«, sagt Clara, erfüllt von einer unerklärlichen Freude. »Oder sollen wir noch auf die anderen warten?«

»Einen Teufel werden wir tun... Zu viert werden wir wohl noch beide Flaschen schaffen, oder?«

Sie drückt die Zigarette aus und zündet sich direkt die nächste an.

»Weißt du, ich bin auf dem besten Weg, eine Alkoholikerin zu werden...«

Den ganzen Abend haben sie gebechert. Das bestellte Essen haben sie dabei kaum angerührt. Fettes Gulasch mit klebrigem Reis. Clara war nicht nach Kochen zu Mute gewesen. Agnès vergießt keine Tränen mehr. Der Champagner scheint sie wieder einigermaßen aufgemuntert zu haben, jedoch bleibt in ihrem Blick ein düsterer Glanz haften. Sie bemüht sich. Sie ärgert sich, dass sie auf eine solch bemitleidenswerte Art auf sich aufmerksam gemacht hat. Clara entgeht es nicht, dass Lucille im Mittelpunkt steht. Auf ihre Art versucht jede, ihr zu gefallen, sie zum Lachen zu bringen, ihre Aufmerksamkeit auf sich zu lenken. In ihrer Gegenwart gibt sich keine von uns natürlich, denkt Clara. Wir sind alle bemüht, uns von unserer besten Seite zu zeigen. Sie schüchtert uns ein, aber wir versuchen, es zu verbergen. Wir verstellen uns. Joséphine ist ganz aufgedreht und lacht etwas gezwungen, als müsste sie sich selbst dazu ermuntern, lustig zu sein.

»Also... Jerry Hall ist gefragt worden, wie sie es geschafft hat, sich Mick Jagger zu angeln, und ihn dazu gebracht hat, sie zu heiraten...«

»Das war doch eine Scheinehe«, wendet Lucille ein. »Ich bezweifle sogar, dass sie legal ist...«

»Egal: Jedenfalls hat sie drei Kinder von ihm, und er ist immer noch mit ihr zusammen. Genau darum geht es in der Geschichte... Und ihre Antwort war: ›Ganz einfach, sobald er irgendwie verstört oder abwesend ist oder ihn irgendwas beschäftigt, lasse ich alles stehen und liegen und kümmere mich nur noch um ihn... Aber Vorsicht, man darf sich nicht zu schade sein, sich die Knie schmutzig zu machen!‹«

Daraufhin bricht Joséphine in schallendes Gelächter aus und legt die Hand auf den Brustkorb, als müsste sie sich vor Lachen übergeben, während Agnès laut kichert und Clara lächelt. Ohne mit der Wimper zu zucken, pflichtet Lucille ihr bei:

»Jede Frau, die mit einem reichen Mann verheiratet ist, weiß ganz genau, dass sie ihn nur halten kann, wenn sie eine perfekte Liebesdienerin ist... Das ist eine richtige Kunst. Man muss sie ständig perfektionieren!«

»Aber Lucille!«, ruft Agnès verlegen aus. »Ausgerechnet du sagst so was?«

Dabei wird sie rot und vermeidet Lucilles Blick.

»Klar, schließlich weiß ich, wovon ich rede... Sie heiraten uns wegen unserer Eleganz und unserem feinen Benehmen, zu Hause aber wollen sie Reizwäsche und wilde Sexspiele.«

»An wilden Sexspielen ist doch nichts auszusetzen«, meint Joséphine süffisant. »Bei Paré könnte ich mich noch so sehr in Reizwäsche werfen, er schläft grundsätzlich vor Erschöpfung ein und gibt vor, am nächsten Morgen einen anstrengenden Tag vor sich zu haben!«

»Mir war das schon immer zuwider«, gesteht Lucille. »Erinnert ihr euch noch, wie ihr immer ganz aufgeregt wart, wenn ihr von einem Jungen geküsst worden seid? Mir war das immer unbegreiflich.«

»Das heißt, bei dir läuft nichts?«, fragt Joséphine neugierig.

»Oh doch! Mir bleibt nichts anderes übrig. Ich bin schon ein richtiger Profi... aber fühlen tue ich nichts. Ich spiele die Partitur rauf und runter, gebe die Tonlage und die Töne vor, aber alles nur automatisch...«

»Und er kriegt es nicht mit?«, ruft Joséphine aus.

»Anscheinend nicht, sonst hätte er sich schon längst getrennt.«

»Und wenn du es mal mit einem anderen probierst? Wenn du dir einfach einen Liebhaber nimmst? Um endlich mal Spaß zu haben?«

»Da gibt es nur ein winziges Problem: Aids. Meinst du das mit Spaß haben?«, erwidert Lucille spitz.

Die Brutalität des Wortes trifft Clara wie ein Schock, und sie erstarrt. Auch Agnès und Joséphine verstummen, verblüfft über Lucilles Bekenntnisse. Noch nie hat sie so mit ihnen geredet. Verlegen, verwirrt sehen sie sie an, bis ihre Blicke wieder abschweifen. Stumm drehen sie die Weingläser in ihren Händen und starren an die Decke. Schweigen. Langes Schweigen. Ein Schweigen, das für Clara unerträglich ist. Gestern Abend, als sie das Huhn mit Erdnusssoße aß, hatte sie sich geschworen, diese schwere Situation allein durchzustehen. Noch heute Morgen hat sie Philippe angerufen, aber es lief nur der Anrufbeantworter. Danach wollte sie mit Joséphine darüber reden, aber die war gerade beim Einkaufen. Clara zögerte und brachte es nicht über sich, sich ihr anzuvertrauen: Es hätte nur eines Momentes der Stille bedurft, um sich zu offenbaren, jedoch hörte Joséphine nicht auf zu quasseln, verlangte nach einem Glas Wein und Salami, brach dann wieder ohne Grund in Gelächter aus. Sie fragte mit einer Grimasse: »Und, wie war der Typ? Zum Anbeißen oder nicht?« Clara gab sich zurückhaltend, da sie die Respektlosigkeit ihrer Freundin verabscheute und es ihr übel nahm, dass sie ihre Verzweiflung nicht spürte, überwand sich dann aber und antwortete: »Seine Jeans hingen zu weit herunter, sodass man seine Unterhose sehen konnte!« Darauf warf Joséphine den Kopf in den Nacken und lachte hellauf. Das gehässige Lachen einer Frau, die die gesamte Männerwelt verhöhnt, die ihr die Würde nimmt, das Lachen einer Frau, die von ihrem Mann vernachlässigt wird und deshalb Rache fordert. Und Clara wurde immer wütender. Wut und Scham darüber, eine Facette von sich zu enthüllen, die sie nicht leiden konnte. »Du hast also auf seine Jeans geschaut, stimmt's? Du hast darauf geachtet, und auch auf die Marke dieses Slips, der aus den Jeans herausragte, dieser blaue Baumwollslip, du hast gedacht, es ist ein Liebestöter, ein Liebestöter, den vermutlich seine Frau gekauft hat, um ihren Einkaufswagen voll zu bekommen. Für eine Sekunde hast du diesen braven Mann wegen dieses winzig kleinen Details verachtet. Er gehörte mit Sicherheit nicht zu den Männern, von denen du träumst...« Dann die Wut auf Joséphine, die ihr keine Möglichkeit ließ, Luft zu holen und ihren Kummer zu beichten. Es hatte die tröstende Stille gefehlt, die es ermöglicht, den Ton zu wechseln und mit ganz einfachen Worten eine sehr schlimme Sache zu beschreiben.

Ihr gelingt es nicht, ihren zitternden Körper wieder zu beruhigen. Sie schlingt die Arme um sich und schaukelt hin und her, aber die Angst ist übermächtig. Die Angst vor der Katastrophe. Die Angst, dass ihre Liebe, ihre gemeinsame Liebe ein tragisches Ende nehmen wird. Und wenn er sie belogen hatte? Wenn er bereits gewusst hatte, dass er sich angesteckt hat, ohne sich zu trauen, es ihr zu gestehen? Aus diesem Grund hat sie heute Morgen Philippe angerufen. Wenn er sie bloß hatte schonen wollen? Ihr nicht die ganze Wahrheit hatte sagen wollen? Sie legt den Kopf zwischen die Hände und stößt einen tiefen Seufzer aus.

»Clara!«, ruft Joséphine bestürzt. »Alles in Ordnung?«

Da kommt Clara wieder zu sich und sieht ihre Freundin mit weit aufgerissenen Augen an. Die Lüge stiftet nur Verwirrung. Das weiß sie, dazu bekennt sie sich. Am liebsten würde sie sich anvertrauen, um nicht mehr alleine zu sein. Um ihre Gedanken zu ordnen. Trotzdem zögert sie. Sie überlegt, ob sie es ertragen können, was sie ihnen gerne sagen würde.

Mittlerweile haben sich alle drei ihr zugewandt. Jetzt kann sie keinen Rückzieher mehr machen oder sich etwas anderes ausdenken. Ihr zitternder Körper, der nicht aufhört zu zittern, verrät sie.

»Ich glaube, ich muss... Jetzt... Ich muss euch was gestehen...«

»Hoffentlich was Erfreuliches«, sagt Joséphine, »weil meine Nerven mich so langsam im Stich lassen... Haben wir noch Champagner?«

»Erfreulich wäre das falsche Wort...«

Sie überlegt, wie sie sich ausdrücken soll. Ihr kommt es vor, als würde sie dem Teufel die Hand reichen. Sie betrachtet ihre Freundinnen eine nach der anderen und denkt, dass es wohl das letzte Mal sein wird, dass sie sie so voller Ahnungslosigkeit ansehen.

»Gestern Abend war Rapha bei mir zum Abendessen und...«

»... ist es aus zwischen euch?«, unterbricht Joséphine, die unruhig hin- und herrutscht.

»Heiratet er eine andere?«, murmelt Agnès.

»Nein«, entgegnet Clara, während sie sich erhebt und ihnen den Rücken zukehrt.

Vielleicht macht es die Sache einfacher, wenn sie nicht allen dreien ins Gesicht sehen muss. Ihr Blick schweift über die Straße, und sie bemerkt die Weihnachtsdekoration in der Wohnung gegenüber. Wahrscheinlich eine ganz normale Familie. Mit Kindern, die den Weihnachtsbaum und die Krippe geschmückt, ihr Zimmer dekoriert und die kleinen Kerzen angezündet haben, die sie auf den Fensterbänken entdeckt.

»Erinnert ihr euch an Chérie Colère?«

»Sylvie Blondelle? Die Sexbombe, die ihre Reize zu Geld gemacht hat?«, fragt Joséphine, wobei sie den Mund vorschiebt, als wolle sie von einem Stück Kuchen abbeißen.

Clara nickt.

»Ich war richtig fasziniert von ihr«, fährt Joséphine fort und dreht sich dabei zu Agnès und Lucille. »Absolut fasziniert. Sie hatte so eine Art, beim Gehen ihren Körper zu bewegen... Wie ein Tanz, bei dem sie mit dem Busen, dem Hintern und den Hüften wackelte.«

»Auch ich war fasziniert«, erwidert Clara mit leiser Stimme.

»...und dann diese Vitalität, diese Kraft, mit der sie das

Leben meisterte«, schwärmt Joséphine weiter. »Und das mit vierzehn! Als wir noch kindische Gören waren, die vor dem ersten Kuss einen Heidenbammel hatten, während sie die Typen bereits fest an der Kandare hatte! Das war schon so eine, diese Sylvie Blondelle! Ich meine sogar, dass sie irgendwann mal mein Vorbild war... Sie hatte sie gut im Griff, alle Achtung!«
»Ja, aber damit ist jetzt Schluss...«
»Mein Gott! Was willst du damit sagen?«, fragt Agnès ängstlich, für die Sylvie Blondelle immer die Verkörperung des gefallenen Mädchens war, eine Maria Magdalena, die man mit Steinen bewirft.
»Sie hat Aids und ist nur deshalb nach Hêtres zurückgekommen, um sich zu rächen und es all denen anzuhängen, die sie damals bestiegen haben... Rapha hat es mir erzählt... Und er hat es von Kassy... Sie hat sich eine Liste mit sämtlichen Namen gemacht und schläft jetzt mit den Typen in der Absicht...«
»Aber das ist ja abartig!«, empört sich Joséphine. »Einfach abartig!«
»Man könnte es auch als kriminell bezeichnen«, bemerkt Lucille, wobei sie sich zurücklehnt und ihre dicken Haare zur Seite streift.
Sie hat sich nie in Hêtres herumgetrieben. Auch kann sie sich überhaupt nicht an Sylvie Blondelle erinnern.
»Und Rapha hat mit ihr geschlafen. Mehrmals. Seit sie wieder zurück ist... Und das ist noch gar nicht so lange her... Und ich habe mit Rapha geschlafen!«
Unvermittelt liegt Gefahr in der Luft, als würde Chérie Colère bei ihnen sitzen. Die Siedlung mit ihren Betonwegen, den langen Korridoren mit den Mülleimern an jeder

Ecke, den Graffitis, den trainierenden Jugendlichen, dem Gebrüll der genervten Mütter, das von Fernsehgeräuschen übertönt wird, den sich aufbauschenden und auf dem gelblichen Rasen herumfliegenden Plastiktüten wird in ihrer Erinnerung wach.

»Rapha soll mit Chérie Colère geschlafen haben?«, wiederholt Joséphine verständnislos, »aber warum? Warum um alles in der Welt?«

»Warum wohl gehen die Typen mit einer verführerischen Frau ins Bett? Das müsstest doch gerade du wissen!«, entgegnet Clara spitz.

»Hat er den Test gemacht?«, fragt Lucille, die blass geworden ist.

»Hat er?«, wiederholt Agnès.

»Ihm fehlt der Mut... Er macht sich vor Angst in die Hosen... Er vermutet das Schlimmste, und das Schlimmste nimmt Gestalt an... nimmt den ganzen Platz in seinem Kopf ein. Er kann an nichts anderes mehr denken.«

»Mit Denken allein ist es auch nicht getan«, meint Joséphine und verzieht das Gesicht. »Er muss ihn machen. Und du auch, Clara!«

Clara versteht nicht. Clara versteht nichts mehr. Sie hat den Eindruck, dass sie die schlechte Neuigkeit nur noch bestätigt hat, indem sie Raphas Bekenntnisse wiederholte. Gestern war es noch ein Traum, ein Albtraum. Heute Abend ist es offiziell. Es ist kein Geheimnis mehr. Die Worte sind gefallen. Festgesetzt in drei weiteren Köpfen. Raphas Arme, Raphas Mund, Raphas Haut an der ihren hatten die Realität erstickt, hatten sie beinahe ausgelöscht. Ineinander verschlungen waren sie stark. Da hatte sie nur an die Wiedersehensfreude gedacht. Er kam zu ihr zurück.

Er liebte sie. Als er ging, hat er ihr seine Angst hinterlassen. Düster, kalt und schwer. Heute Abend, vor Lucille, Agnès und Joséphine wird die klinische, medizinische Seite der Neuigkeit deutlich. Raphas Liebe ist nicht mehr da, um den Schock zu lindern. Oh! Ich nehme alles auf mich, aber nur mit ihm gemeinsam! Nicht allein. Er darf mich nie mehr allein lassen.

»Schon seltsam!«, murmelt Joséphine plötzlich ruhig und besonnen. »Ich habe mir schon oft gesagt, dass ich diesen verdammten Test machen müsste. Immer wieder muss ich daran denken. Es kommt mir regelmäßig in den Sinn… Wenn ich mit den Kindern spiele, wenn sie mich vertrauensvoll Mama nennen, als würde eine Mama ewig leben, als würde sie nie krank oder sterben. Kürzlich hat mein Frauenarzt mich gefragt, wann ich ihn das letzte Mal gemacht hätte. Ich habe gelogen. Ich bin rot angelaufen und habe gelogen. Ich habe ihm gesagt, dass ich ihn in Paris gemacht hätte… Aber ich habe Schiss… Ich traue mich nicht. Ich rede mir ein, dass es besser ist, es nicht zu wissen… dass, falls ich mich angesteckt habe, ich mein restliches Leben besser genießen sollte!«

»Du machst es dir einfach«, sagt Clara. »Also bist du auch nicht besser als Rapha: Du hast Angst…«

»Ich bin nicht besser als irgendwer. Und du, hast du ihn etwa gemacht?«

»Nein. Ich passe auf… außer mit ihm…«

»Seit wann ist Sylvie Blondelle wieder in Hêtres?«, fragt Agnès mit starrem Blick.

»Seit zwei Jahren«, antwortet Clara.

»Mein Gott«, stöhnt Agnès, leichenblass.

»Und er hat nie ein Kondom benutzt?«, murmelt Lucille,

die langen Hände vor das Gesicht geschlagen, das genauso aschgrau wie das von Agnès ist.

»Nein... Jedenfalls nicht immer... Weil er sie schon so lange kannte, weil er was weiß ich dachte... Wahrscheinlich war er im Glauben, dass nichts aus seiner Kindheit ihm Schaden zufügen könnte... Er konnte sich wohl nicht vorstellen, dass...«

»In der Tat, unvorstellbar«, seufzt Joséphine. »Da redet man sich ständig ein, dass es nur die anderen erwischt... Oft ertappe ich mich bei dem Gedanken, dass es doch belanglos ist, verglichen mit den Verkehrsunfällen oder mit Krebs. Ich rede die Gefahr klein... Aber ich bin es leid, mit der Angst leben zu müssen! Heutzutage hat man doch vor allem Angst! Irgendwann leben wir nur noch mit einem Kondom im Kopf!«

Das habe ich doch vor kurzem schon einmal gehört, denkt Clara, bei der plötzlich alle Alarmglocken schrillen, weil sie Gefahr wittert. Oder vielleicht hat sie es auch irgendwo gelesen... Diese paar Worte ziehen ihr die Haut ab, ohne dass sie sich wehren kann. Welche Rolle spielt Joséphine bei diesem Überfall? Ist sie unschuldig oder Komplizin? Jedoch scheint Joséphine überhaupt nicht betreten zu sein und plappert munter weiter, ohne sich des blinden und plötzlichen Schmerzes von Clara bewusst zu sein.

»Und ihr zwei, passt ihr auf?«

Joséphine erwartet eine stumme Verneinung, ein Zugeständnis als Antwort auf ihre eigene Unfähigkeit, um diese abzuschwächen, jedoch angesichts des allgemeinen Schweigens verstummt sie ebenfalls. Jede von ihnen hängt ihren eigenen Gedanken über das Leben nach und durchgeht sämtliche Möglichkeiten im Kopf, bei denen sie sich mit dem Übel hätte anstecken können.

»Wir werden den Test machen, soviel ist sicher«, seufzt Clara, wobei sie die düsteren Gedanken verdrängt, »aber ich habe Angst, solche Angst...«

»Im Grunde müssten wir ihn alle machen«, meint Joséphine, »und aufhören, feige zu sein oder es zu verdrängen...«

»Ja, du hast Recht«, murmelt Agnès. »Man kann vor nichts und niemandem mehr sicher sein...«

»Das ist nicht neu«, meint Lucille, den Blick ins Leere gerichtet und mit einer Falte der Bitterkeit um die Mundwinkel, »das ist nichts Neues... Aber ausgerechnet er! Was hatte er mit Chérie Colère zu schaffen? Warum? Er konnte doch jede Frau haben, die er wollte...«

Zwischen den vier Frauen ist eine seltsame Stille eingekehrt. Eine Stille, in der jede in sich geht und sich selbst befragt. In diesem gemeinsamen Schweigen entdeckt Clara etwas, was ihr nicht gefällt. Es ist nicht nur die Angst, die auch die anderen quält, da ist noch etwas anderes. Sie kann nicht genau sagen, was. Ein besonderer Ton in Lucilles Stimme, die ein Geheimnis verbirgt... Die Art, wie Agnès sich nach vorne versteift, wie sie den Hals verrenkt, ein deutliches Zeichen der Beklommenheit... Joséphines Unbehagen... Am liebsten würde sie die Zeit zum Stehen bringen, um diese falschen Töne herauszufiltern, sie sich noch einmal anzuhören, sie zu analysieren. Jedoch die Zeit verrinnt und lässt die verdächtigen Indizien verschwinden, die Clara aufgespürt hat, während sie ihre Freundinnen beobachtet und sich fragt, wie gut sie sie eigentlich kennt. Lucille drückt ihre Zigarette aus und steht auf. Dabei ist das wasserfallartige Klirren ihrer Armreifen und das trockene Klacken ihrer Tasche zu vernehmen, die sie mit einer schroffen Bewegung schließt. Sie zieht ihren Pullover herunter, glättet die Zipfel ihrer Bluse, streift das Haar über die Schultern zurück und...

»Ich glaube, wir könnten alle etwas Schlaf und Zeit zum Nachdenken gebrauchen... Es ist schon spät. Ich rufe dich morgen an, Clara.«

Clara nickt. Erneut kriechen in ihr Zweifel hoch. Warum dieser plötzliche Aufbruch? Gerade jetzt wäre es nötig, dass sie füreinander da sind, dass sie sich wieder die Illusion verschaffen, eine Familie, eine Gemeinschaft zu sein. Wie damals, als sie zu viert auf Großmutter Matas Sofa saßen, während der Teig für die Crêpes ruhte, versteckte Küsse austauschend, die Hände ineinander verschlungen, mit Sorgen über die Brüste, die unter der Bluse zu wachsen begannen, über die erste Periode, »Hast du sie schon? Hast du? Und, wie ist das?«, und das Kribbeln im Bauch, wenn sie einem Jungen über den Weg liefen... Sie sieht auf ihre Uhr, die halb zwei anzeigt, und unvermittelt fühlt sie sich ebenfalls erschöpft. Automatisch erhebt sie sich, um die üblichen Umarmungen zum Abschied hinter sich zu bringen. Auch Agnès hat bemerkt, dass es spät geworden ist, und sie streckt sich. Clara überfällt ein plötzliches Gefühl der Verlassenheit. Des Verrats. Sie hauen ab, denkt sie, und überlassen mich meinem Schicksal. Aber warum?

»Vielen Dank noch mal für vorhin!«, sagt Agnès, während sie Joséphine umarmt.

»Hör auf, dir Sorgen zu machen, meine Süße... Lasst uns alle damit aufhören, uns Sorgen zu machen!«

Joséphine zerzaust Agnès die Haare und drückt sie an sich. Für einen kurzen Augenblick lässt Agnès sich gehen, fängt sich dann aber wieder. Umarmt Clara und versichert ihr:

»Mach dir keine Sorgen... Das wird schon wieder, du wirst sehen...«

Lucille und Agnès gehen zu der Garderobe in der Diele. Nehmen ihre Mäntel vom Haken, schlüpfen hinein, schlagen die Kragen hoch wegen der Kälte, die sie draußen erwartet. Agnès wickelt sich einen Schal um den Hals und zieht ein Paar Wollhandschuhe aus ihrer Manteltasche. Langsam, mit gesenktem Blick knöpft sie sich den Mantel zu.

»Und zu niemandem ein Sterbenswörtchen!«, sagt Clara, die ihnen in die Diele gefolgt ist, zum Abschied.

Aber warum nur dieser plötzliche Aufbruch? Der Gedanke geht ihr nicht mehr aus dem Kopf. Fangen sie etwa jetzt schon damit an, mich zu meiden? Schämen sie sich für mich? Haben sie es eilig, nach Hause zu kommen, um ihre Ehemänner zu befragen? Sie zu fragen, ob sie fremdgegangen sind?

»Keine Bange, so intim bin ich mit David nun auch wieder nicht, um mit ihm über solche Dinge zu reden«, entgegnet Lucille. »Er wäre fähig, so etwas als göttliche Vorsehung zu bezeichnen!«

Agnès nickt zustimmend und folgt Lucille, die bereits im Hausflur steht. Zum Abschied hebt Lucille ein letztes Mal die Hand. Agnès hat bereits den Knopf für den Fahrstuhl gedrückt, ohne sich nochmals umzudrehen. Nachdem Clara die Tür geschlossen hat, fällt ihr Blick auf Joséphine, die sich auf dem Sofa ausgestreckt hat und gerade ihre Schuhe in die Ecke wirft.

»Was für ein Abend!«, meint sie und verzieht das Gesicht.

Gähnend streckt sie sich, verrenkt sich, um ihren Büstenhalter aufzuhaken, und massiert sich kräftig an den Seiten.

»Gehen wir schlafen?«, schlägt Clara vor, »ich bin ziemlich erledigt.«

»Sollen wir das alles so stehen- und liegen lassen?«

Joséphines Blick schweift über den überfüllten Tisch, die leeren Flaschen, die überquellenden Aschenbecher, die zerkrümelten Brotreste. Die Kerzen schmelzen in ihren Haltern, die Tulpen verbreiten ihren stechenden Geruch, und Zigarettenqualm hängt in großen Schwaden im gesamten Raum.

»Ich bin zu müde«, murmelt Clara.

»Willst du, dass ich bei dir im Bett schlafe? Damit dich keine bösen Albträume plagen?«

»Einverstanden, Schnecke!«

Sie hat das Bedürfnis, von Joséphine in den Arm genommen und gehätschelt zu werden. Sie weiß es zu schätzen, dass sie ihr Verlangen nach Zärtlichkeit erahnt hat. An solchen Kleinigkeiten erkennt man eine wahre Freundin. Ohne etwas sagen oder erklären zu müssen.

»Mir gefällt es, wenn du mich so nennst. Außer dir nennt mich keiner so«, sagt Joséphine, wobei sie sich mit beiden Händen ein Sofakissen schnappt und sich an den Nähten die Nase reibt. »Das wird heute Nacht mit Sicherheit noch ein paar scharfe Verhöre geben! Du hast ja gesehen, wie eilig sie es plötzlich hatten! David und Yves sollten sich gute Alibis ausdenken, falls sie Dreck am Stecken haben...«

»David ist in London«, sagt Clara gähnend.

»Dann ist eben Yves fällig. Den beiden stand die Panik ja richtig ins Gesicht geschrieben! Andererseits, ich kann sie auch verstehen...«

»Glaubst du, dass Ambroise dich betrügt oder dich jemals betrogen hat?«

»Meiner Meinung nach, falls er sich wirklich was zu Schulden hat kommen lassen, dann höchstens mit einem Gummibaum! So wie ich ihn kenne... Nein! Seinetwegen mache ich mir keine Sorgen... Dann schon eher wegen mir und meinem liederlichen Lebenswandel... Aber ich könnte es ihm nie gestehen! So wie ich ihn nie bitten konnte, ein Kondom zu benutzen! Dann hätte er sofort gewusst, dass ich ihn betrüge... Daher passt es mir ganz gut, dass er nicht mehr mit mir schläft! Auch wenn es mich in den Wahnsinn treibt! Kannst du das verstehen? Ich jedenfalls nicht!«

»Letztlich geht es uns alle etwas an...«

»Uns allen geht der Arsch auf Grundeis! Glaubst du, dass Lucille oder Agnès fremdgehen?«

Einen Moment lang überlegt Clara.

»Prinzipiell würde ich Nein sagen. Aber... wie gut kennt man schon die Menschen, die einem nahe stehen? Oder meinst du, ich wüsste alles über dich, Joséphine?«

Joséphine macht einen verlegenen Eindruck. Mit einer solch direkten Frage hat sie nicht gerechnet.

»Erzählst du mir etwa immer alles?«, fragt Clara, wobei die Unruhe ihrer Freundin ihr nicht verborgen bleibt.

»Fast alles!«, verteidigt sich Joséphine, während sie Claras Blick ausweicht.

Und da Clara unruhig herumrutscht, ihr Glas abstellt, sich erneut eine Zigarette nimmt, murmelt Joséphine im Flüsterton:

»Man kann sich nicht alles sagen, Clarinette, auch wenn man sich sehr, sehr gern hat... Absolute Offenheit, wenn es so etwas überhaupt gibt, würde einen verrückt machen.«

»Aha, was verheimlichst du mir?«, fragt Clara, indem sie näher rückt.

Zögernd ringt Joséphine mit sich selbst und wirft ihrer Freundin einen ängstlichen Blick zu. Jetzt schaut diese nicht mehr so freundschaftlich drein. Sie macht ihr Angst.

»Da gibt es tatsächlich was... Aber ich musste versprechen, den Mund zu halten...«

»Was Wichtiges?«

Obwohl ihre Stimme kühl klingt, ist Claras Gesicht angstverzerrt. Die Gefahr lauert, sie ist greifbar. Joséphine wird ihr vermutlich das Genick brechen, wird ihrer Angst das Genick brechen, ihrer Furcht, die sie ahnen lässt, dass ihr heute Nacht irgendetwas entgeht, eine Bedrohung, die um sie herumschleicht, aber sich sofort auflöst, sobald sie versucht, sie zu greifen.

»Hast du was mit Rapha gehabt?«, fragt sie, wobei sie sich zu Joséphine vorbeugt und wie anklagend den Zeigefinger auf sie richtet.

»Spinnst du!«, schreit Joséphine empört.

»Natürlich... du hast was mit Rapha gehabt... Ich spüre doch schon den ganzen Abend, dass so was wie Verrat in der Luft liegt, ich spüre es... du also! Hast mal wieder nicht widerstehen können! Du kriegst den Hals wohl nie voll!«

»Jetzt drehst du aber durch! Ich doch nicht!«

»Dir traue ich zu, dass du mich wegen einem Schäferstündchen hintergehst und mich belügst! Ich kenne dich, Joséphine, du kannst der Versuchung nicht widerstehen. Das hast du mir übrigens selbst geschrieben, gestern, in deinem Fax...«

»Jetzt bist du völlig übergeschnappt, Clara! So was könnte ich dir nie antun! Niemals!«

»Ich glaube dir nicht! Und die anderen wissen Bescheid... Hast du es ihnen gesagt? Deshalb war ihnen gerade nicht besonders wohl in ihrer Haut. Deswegen...«

»Clara! Beim Leben meiner drei Kinder schwöre ich dir, dass zwischen Rapha und mir nie was war! Nie!«

Clara beobachtet Joséphine scharf. Sie starrt sie an wie einen Feind, der sich gerade ergeben hat, den man aber verdächtigt, noch einen Dolch in der Hand versteckt zu halten.

»Beim Leben meiner Kinder...«, wiederholt Joséphine, wobei sie die rechte Hand zum Schwur hebt.

Dann, nach einem Moment des Zögerns: »Sonst mögen sie auf der Stelle tot umfallen!«

Mit einem Nicken zeigt Clara sich zufrieden.

»Wiederhole es!«

Joséphine befolgt den Befehl.

»Gut, ich glaube dir«, sagt Clara schließlich.

»So was könnte ich dir nie antun, Clara!«

»Ich würde es dir auch nie verzeihen! Niemals! Unter keinen Umständen!«

»Ich könnte es mir selbst nie verzeihen!«

»Es tut mir Leid«, meint Clara versöhnlich. »Ich habe den Kopf verloren... Ich weiß schon gar nicht mehr, wo mir der Kopf steht... Es tut mir wirklich Leid... Ich weiß nicht, was ich noch glauben kann und was nicht...«

Dann, mit leiser Stimme, den Mund ganz dicht an Joséphines Ohr: »Was ist es dann, was du vor mir verbirgst? Was ist dein kleines Geheimnis?«

»Es hat nichts mit dir zu tun...«

»Wirklich nicht?«

»Nicht direkt...«

»Und ich dachte, ich würde dich gut kennen...«
»Ziemlich gut... Niemandem außer dir würde ich so ein Fax schicken wie gestern. Übrigens, hast du es vernichtet?«
»Ja. In tausend Stücke gerissen.«
»Und kein Wort zu jemandem, versprochen? Auch nicht zu Rapha oder Philippe.«
Clara schwört und schließt die Augen.
Mit einem Schlag kommt ihr das Leben schrecklich kompliziert vor. Bei ihr ist es immer dasselbe, entweder findet sie das Leben zu schön oder zu kompliziert, schwankend von zu Tode betrübt bis himmelhoch jauchzend. Wenn ich meine Stärken und meine Schwächen auflisten müsste, geht es ihr durch den Kopf, hätte ich zu jeder Stärke die passende Schwäche: mutig und ängstlich, großzügig und geizig, bescheiden und hochmütig, boshaft und liebenswürdig. Die genaue Mitte kennt sie nicht. Sie ist die Königin der russischen Gebirge. Sie beneidet Agnès' Besonnenheit, ihr ruhiges Dasein. Agnès spielt nur eine Note. Eine Note, die rein klingt: ein Ehemann, Kinder, eine feste Arbeit, ein geregelter Tagesablauf. Ein gut geordneter Plan, ein Bild, das von einem Glück fixiert wird, das sie sich nach und nach aufbaut. Das ist es, was Clara an ihr schätzt: ihre ruhige Art, ihre alltäglichen Gewohnheiten, die Liebe zu ihrem Mann und zu den Kindern, ihre überschaubare Liebe. Agnès hat sich der Ewigkeit, dem Fleiß, ihren Fähigkeiten verschrieben. Zwar kennen Lucille, Joséphine oder ich unzählige Gefühlszustände, aber verglichen mit Liebe sind Gefühlszustände kaum etwas wert. Ich befinde mich ständig in Bewegung, denkt Clara. Manchmal komme ich mir richtig alt vor, als ob ich schon tausend

Leben gelebt hätte. Freude, Entsetzen, Mut, Verzweiflung, Genuss, Leid kommen und gehen, ohne mir eine Ruhepause zu gönnen. Schon immer war mein Körper quicklebendig und mein Geist unruhig. Was aber ist mir eigentlich lieber? An diesem Abend weiß sie es selbst nicht mehr. Sie ist sich absolut unschlüssig. Sie möchte nur zur Ruhe kommen. Und sorglos einschlafen können.

—

Die Unterhaltung wird fortgesetzt, als beide schon in Claras großem Bett liegen:
»Schläfst du?«, fragt Joséphine, wobei sie nah an Clara heranrückt und ihrem Atem lauscht.
»Nein, ich habe das Einschlafen verpasst. Hoffentlich gelingt es mir noch vor sechs Uhr früh!«
Joséphine vergräbt die Nase in Claras Hals.
»Das ist das erste Mal, dass ich mit einer Frau im Bett liege...«
»Hast du noch nie mit einer Frau geschlafen? Das erstaunt mich aber«, sagt Clara.
»Nein, noch nie. Obwohl ich schon mal mit dem Gedanken gespielt habe, aber mehr auch nicht. Und du?«
»Zweimal... Um es auszuprobieren. Um nicht dumm sterben zu müssen.«
»War einmal nicht genug?«
»Ich wollte mir sicher sein...«
»Und?«
»Männer sind mir lieber...«
»Ich vermute, dass dabei was fehlt, oder?«
Unter der Decke erstickt sie ein albernes Kichern.
»Natürlich ist es nicht so einfach«, hebt sie erneut an, ver-

sonnen. »Oft fehlen mir die richtigen Worte. Dann bin ich eine andere und fange an zu schwafeln. Eine, die ich nicht leiden kann. Eine alberne Gans mit wenig Grips.«
Clara dreht sich zu ihr und pflichtet ihr bei.
»Du hast mich vorhin in der Küche bestimmt verabscheut, oder?«
Clara nickt und empfindet im selben Augenblick eine gewaltige Zuneigung für Joséphine.
»Ja. Es gibt Menschen, die ziehen dich nach oben, und andere, die ziehen dich nach unten... Vorhin hast du mich zu all dem gezogen, was ich an mir hasse...«
»Ich kann nichts dafür... Vielleicht überspiele ich damit ja nur meine eigene Verlegenheit, meine Befangenheit. Um anders zu wirken... Ich mag mich nur in meinem tiefsten Inneren... Aber da ich mein Innerstes oft verleugnen muss, kommt die alberne Gans wieder zum Vorschein.«
Sie macht eine Pause. Sie räumt der anderen Platz ein, der Joséphine, die sie mag.
»Clara, mir gefällt es nicht, wie ich mich verändere...«
Joséphine knabbert am oberen Lakensaum, indem sie die weiße Litze zwischen den Zähnen durchzieht. Clara vernimmt das Geräusch des knisternden Stoffes in der Dunkelheit.
»Und ich weiß, dass es dir ebenfalls nicht gefällt«, fügt sie hinzu.
»Stimmt... ich finde dich oberflächlich, billig, so wie ich manchmal auch bin.«
»Als du mich gerade eben wegen Rapha gefragt hast... Mir kam es vor, als ob du mich hasst...«
Clara gibt keine Antwort.
»Als ob du die ganze Welt hasst, als ob du sie zusammen-

schlagen wolltest, weil sie dich verraten hat, dich niedergetrampelt hat.«

»Ich glaube, Hass ist es nicht«, entgegnet Clara nach einer Weile, »sondern unendliche Verachtung, Ekel. Ich neige dazu, im Menschen immer das Schlimmste, Erbärmlichste zu sehen, nur die Lügen...«

»Glaubst du nicht, dass du etwas übertreibst?«

»Überall sehe ich nur das Böse... Sowohl bei mir als auch bei anderen... das fing an, als ich noch ganz klein war... mit meinem Onkel und meiner Tante...«

»Wegen dem Priester?«

»Ja... aber nicht nur deshalb...«

»Willst du damit andeuten, dass sie es noch toller trieben?«

Clara stößt einen tiefen, bekümmerten Seufzer aus.

»So würde ich es nicht nennen...«

Joséphine ist die Verzweiflung in Claras Stimme nicht entgangen.

»Tut mir Leid... Das war schon wieder die andere, die gesprochen hat. Willst du darüber reden, Clarinette?«

»Tja... schwierig... Ich habe noch nie mit jemandem darüber gesprochen.«

»Auch nicht mit Rapha?«

»Nein. Ich hatte es vergessen... jahrelang... tief in meinem Gedächtnis vergraben...«

»Warte, ich hol die Zigaretten...«

Joséphine steht auf und kommt mit den Zigaretten, einem Rest Rotwein und zwei Gläsern zurück.

»Hier, Clarinette, das wird dir Mut machen!«

Sie verteilt den Rest aus der Flasche in den beiden Gläsern und zündet eine Zigarette an, die sie Clara hinhält. Mit der einen Hand nimmt Clara die Zigarette, mit der anderen das Glas.

»Hast du an den Aschenbecher gedacht, Joséphine?«

»Scheiße! Nein!«

Erneut steht sie auf und geht auf Zehenspitzen zum Tisch. Dann hastet sie zurück und schmiegt sich unter die Decke, nachdem sie den Aschenbecher auf Claras Knien deponiert hat.

»Brrr! Ist ja saukalt hier! Ist die Heizung nicht an?«

»Doch. Aber es ist eine Fernheizung... Nachts wird sie heruntergedreht, um Strom zu sparen...«

»Willst du auch wirklich darüber reden? Du musst nicht...«

»Es gibt Dinge, die man laut aussprechen muss, um sie sich wieder in Erinnerung zu rufen. Sonst vergisst man sie.«

Clara schnappt sich ein Kissen, legt es sich in den Rücken, macht einen langen Zug an der Zigarette und fängt an zu erzählen.

»Also... Ich warne dich, es ist nicht einfach... richtig starker Tobak... Es ist schon ziemlich lange her... Damals muss ich wohl neun oder zehn gewesen sein, und Onkel Antoine...«

»Den konnte ich noch nie ausstehen!«, ereifert sich Joséphine. »Und da war ich nicht die Einzige! Erinnerst du dich noch an die finsteren Blicke, die Großmutter Mata ihm immer zugeworfen hat?«

»... irgendwann hat Onkel Antoine mich gefragt, ob wir nicht zusammen zum Krämer gehen sollen...«

»Monsieur Brieux?«

»Ja. Monsieur Brieux. Alle Welt hat bei ihm Schulden gehabt, weißt du noch? Anstatt zu bezahlen, ließ man anschreiben.«

»Mama hat immer bar bezahlt, weil sie es hasste, Schulden zu machen... Und ich war sauer, weil ich die Einzige war, die nicht auf seiner Liste stand!«
»Hör mal, wenn du mich ständig unterbrichst, komme ich nie zum Ende!«
»Entschuldige...«
»Du musst den Mund halten... sonst verliere ich den Mut.«
Der ernste Ton in ihrer Stimme bringt Joséphine zum Schweigen. Ihr Magen schmerzt, eine Angst, vergleichbar mit der von Kindern, wenn sie aus Angst vor Albträumen die Dunkelheit fürchten. Sie weiß, dass die gesamte Schwermut dieser Welt erneut über sie hereinbrechen, ihr den Kopf füllen und dort drücken wird, wo es schmerzt. Ein alter Schmerz, den sie mit sich herumträgt und der so stark in ihrem Gedächtnis haftet, dass er ein Teil von ihm ist, ein Schmerz aus vergangenen Tagen, der an ihr nagt und ihr die Lebenslust nimmt. Manchmal geschieht es, dass sie sich plötzlich, im freien Flug, mitten im Lachen fragt, warum sie vor lauter Traurigkeit entzweibricht, warum sie sich fühlt, als ob alle Kräfte sie verlassen hätten, warum in ihr keine Freude mehr ist und sie am liebsten sterben würde. Sie hat viel Zeit investiert, um der Ursache des Übels auf den Grund zu gehen. Sie hat ihr Gedächtnis durchforstet und gegen einen schwarzen Schleier angekämpft. Dann, eines Tages, ist der Schleier zerrissen, und es wäre ihr lieber gewesen, sie hätte sich nicht erinnert. Die Tatsache, dass sie heute Abend darüber spricht, ist kein Zufall. Das Böse ist wieder hochgekrochen. Sie hat die Witterung eines verwundeten Tieres, sie ahnt den Henker, das Messer, den Schlächter im Hinterhalt. Heute Abend hat man sie verraten. Zwar weiß sie nicht, wie, und auch nicht, wer. Jedoch

kroch die alte Angst wieder in ihr hoch. Sie empfindet dasselbe Unbehagen, denselben Schmerz der gehetzten Beute wie damals, vor langer Zeit. Es geschah nach dem Abendessen, als sie sich offenbart hat. Dabei ist ihr wieder Monsieur Brieux eingefallen... und Onkel Antoine. Wie ein Faustschlag kam die Erinnerung hoch, sobald sie sich im Bett ausgestreckt hatte, in der Dunkelheit der Nacht. Ein Bild in Farben, das Bild eines jungen Mädchens, eines sehr jungen Mädchens, das zu ihrem Onkel emporsah und ihm auf der Straße die Hand gab... in Montrouge.

»Wir sind also zusammen zu Monsieur Brieux gegangen. Auf dem Weg erklärt mir Onkel Antoine, dass ich sehr nett zu Monsieur Brieux sein soll, weil sie eine große Rechnung zu begleichen hätten, die sie aber nicht bezahlen könnten. Wir marschieren also los. Er hält mich an der Hand und redet ganz freundlich mit mir. Wir kommen an Häuserblocks vorbei, dann noch ein Block und noch einer, während er mir ständig erklärt, wenn ich sehr nett zu Monsieur Brieux bin, dass er dann vielleicht, aber auch nur vielleicht, den Schuldschein ausradiert und dass wir dann schuldenfrei wären. Schließlich würden Philippe und ich so viel wegfuttern. Ständig hätten wir Hunger, aber das sei normal, schließlich seien wir gerade mitten im Wachstum, aber was das kosten würde, das könnten wir uns nicht vorstellen, und außerdem hätten sie das Geld nicht gehortet. Deshalb müsste ich meinen Teil dazu beitragen... Ich habe nicht so recht verstanden, ich bin doch immer freundlich zu Monsieur Brieux gewesen... du weißt ja, ich sagte Guten Tag, Monsieur, Auf Wiedersehen, Monsieur, Danke, Monsieur, und die Tür habe ich immer sachte zugezogen. Philippe übrigens auch. Wir haben genau gewusst, dass

wir uns benehmen mussten. Kurz, wir kommen also bei dem Laden an. Ich erinnere mich, es war Mittag, und der Laden hatte zu. Wir sind dann nach hinten gegangen, zum Lieferanteneingang, wo Monsieur Brieux schon auf uns gewartet hat. Er trug immer so einen grauen Kittel...«
»Einen grauen Kittel über einem dicken Bierbauch... und außerdem hatte er einen Schnurrbart, oder? Er trug doch einen Schnurrbart, oder etwa nicht?«
»Ja, er trug einen Schnurrbart, aber bitte, sei endlich still!«
»Schon gut, ich halte die Klappe.«
»Mit dem Kopf hat er Onkel Antoine ein Zeichen gegeben, woraufhin der uns allein gelassen hat, Brieux und mich, in diesem komischen Raum, wo Brieux seine Waren gelagert hat. Dabei hat er gesagt, dass er mal kurz rausgeht, um eine zu rauchen. In Wahrheit, denke ich, musste er Schmiere stehen, falls die Alte von Brieux aufgetaucht wäre. Drinnen hat Brieux mich auf einen Stuhl gesetzt, ganz gerade, hat dann ein Mars aus der Tasche gezogen, die Papierhülle aufgerissen und es mir mit den Worten gegeben: »Nimm, ist für dich«, und dann meinte er noch, dass wir beide was spielen würden. Ein neues Spiel, das ich noch nicht kennen würde, das aber sehr schön wäre. Ein Spiel ähnlich dem mit dem kleinen Käfer, der krabbelt und höher krabbelt und höher krabbelt und hopp! ›Kennst du das Spiel?‹, hat er mich gefragt. Ich habe genickt. Dann fing er an, seine Wurstfinger über meine Schenkel bis unter meinen Rock wandern zu lassen. Und das gleich mehrmals. Ich habe zugesehen, wie seine Hand höher geklettert ist, dann wieder herunter, und dann wieder hoch... Danach hat er meinen Rock hochgeschoben, mir die Beine gespreizt, mein Höschen zur Seite geschoben und angefangen, mich ganz sanft

zu streicheln, ganz sanft... Mit seinen dicken Fingern hat er mich zwischen den Beinen betatscht und dabei immer wieder gesagt: ›Wunderbar, so ist es wunderbar, mach die Beine noch ein bisschen weiter auseinander, Clara, damit ich alles sehen kann.‹ Und ich tat, was er wollte. Ohne zu protestieren. Er hatte ja gesagt, dass es nur ein Spiel sei... Dann hat er mich gefragt, ob ich mein Höschen ganz ausziehen könnte, und ich habe es ausgezogen. Nebenher habe ich mein Mars gefuttert, während ich alles mit mir machen ließ. Irgendwann hat er seine Finger befeuchtet und mich weiter gestreichelt, und, du wirst es nicht glauben, aber es tat unheimlich gut. Er hat mir überhaupt nicht wehgetan. Er hat mir sogar Lust bereitet. Damals war das neu für mich, es war wie ein Brennen, aber ein lustvolles Brennen. Ich bin auf dem Stuhl hin- und hergerutscht und habe mein Mars vertilgt, während er mich angesehen und zu mir gesagt hat: ›Es gefällt dir, hm? Du magst das. Du bist ein kleines Luder, stimmt's? Ein kleines Luder...‹ Obwohl ich nichts begriffen habe, habe ich ihn weiter machen lassen. Irgendwann habe ich meinen Kopf zurückgelehnt, woraufhin er mir seine Zunge zwischen die Beine gesteckt und mich geleckt hat. Ich weiß noch, er hat mich mit langer Zunge geleckt, sodass es mich an einen Hund erinnert hat, und danach hat er wieder mit kleinem Zungenschlag geleckt, sodass ich an ein Kätzchen denken musste... Immer noch saß ich auf dem Stuhl und hatte Angst, nach hinten zu kippen, weshalb ich mich wieder aufgesetzt habe. Da habe ich seinen großen Schädel zwischen meinen Beinen gesehen, seinen großen Schädel, der sich zwischen meinen Beinen auf- und abbewegte, und da habe ich mir gedacht, dass irgendwas faul ist, dass es irgendwie nicht normal ist.

Aber er hörte nicht auf. Er drückte meine Beine weit auseinander. Also habe ich ihn an den Haaren gepackt und ihn weggestoßen. Dann hat er mich angesehen, und ich habe Angst bekommen. Ganz schnell habe ich die Beine zusammengedrückt. Er hatte diesen komischen Blick, den Blick eines Irren, der voll auf mich gerichtet war. Er zog die Zunge wieder ein, hatte überall Speichel um den Mund, wodurch er aussah wie ein Vollidiot. Ich hatte Schiss... Dann habe ich schnell meinen Rock wieder heruntergezogen. Er hat mich angelächelt. Hat mir gesagt, dass ich keine Angst zu haben brauche, dass es doch nur ein Spiel sei. Dass ich mich über und über mit dem Mars beschmiert hätte und dass er mich sauber machen müsse, sonst würde meine Tante mich zu Hause ausschimpfen. Und dann hat er meine Knöchel befingert und wieder angefangen... der kleine Käfer krabbelt hoch und krabbelt höher und krabbelt höher und hopp! Irgendwann lag seine Hand wieder zwischen meinen Beinen und hat mich gestreichelt... Aber ich hatte immer noch Angst, sodass es nicht mehr so schön war wie vorher. Dann hat er gemeint: ›Du darfst dich nicht bewegen, du darfst nicht schreien, du musst einfach nur schön stillhalten, dann werde ich deinem Onkel die Schulden erlassen, und zwar den ganzen Betrag, hast du verstanden, Schatz? Na los, spreiz die Beine.‹ Mit seinen Wurstfingern hat er sie auseinander gedrückt, und als ich gespürt habe, wie sie über meine Schenkel glitten, habe ich die Augen geschlossen und stillgehalten. Danach hat er meine Bluse aufgeknöpft und mit meinen Brüsten dasselbe gemacht. Er hat sie geleckt und sie seine süßen Kleinen genannt, dann war der Bauch dran, bis er wieder zwischen meinen Beinen hing, während ich die ganze Zeit über die

Augen geschlossen hielt, obwohl ich verdammten Schiss hatte. Dabei konnte ich nur immer an Onkel Antoine und an die Rechnung denken, bis ich irgendwann überhaupt nichts mehr dachte, weil es plötzlich wieder schön war... und ich war völlig ratlos. Seine Hände und Finger waren überall. Ich kam mir vor wie ein aufgespießter, ausgebreiteter Schmetterling. Ach ja, und irgendwann hat er meine Hand genommen und mir gesagt, ich solle mich hinlegen, weil es auf dem Boden bequemer wäre. Ich habe gehorcht. Auf dem Boden hat er dann die restlichen Knöpfe aufgemacht, sich über mich gebeugt und mich am ganzen Körper geküsst, überall, wobei er mit sich selber redete. Er war stolz auf sich und brabbelte, dass er einen Schatz entdeckt hätte, einen echten Schatz. Dann hat er mich vorsichtig in die Brustwarzen gekniffen und daran genuckelt, hat sie seine Knöpfchen genannt, bis er zwischen meine Beine geglitten ist. Ich habe es über mich ergehen lassen. Obwohl es mir nicht gefallen hat, wie er redete, habe ich mich nicht gewehrt... Das Ganze hat eine gute Weile gedauert, bis Onkel Antoine vor dem Lieferanteneingang ein auffälliges Räuspern von sich gab, aber Brieux hat sich nicht beirren lassen... Schließlich ist er aufgestanden und hat sich in einer Ecke selbst befriedigt, bis ich einen unterdrückten Schrei gehört habe, danach ist er wieder zu mir gekommen, hat mir die Haare zerzaust und mir gesagt, ich sei ein braves Mädchen... dass ich damit der ganzen Familie geholfen hätte, dass es aber ein Geheimnis zwischen Onkel Antoine, ihm und mir bleiben müsste und dass niemand davon erfahren dürfe. Und wenn ich brav den Mund halten würde, dürfte ich mir in seinem Laden jederzeit so viele Süßigkeiten aussuchen, wie ich wollte. Dann habe ich mich wieder angezogen und bin mit Onkel Antoine nach Hause gegangen. Und weißt du was? Der hat sich nicht mal mehr getraut, mich anzusehen, er ist in einem Affenzahn vor mir hergelaufen, sodass ich fast schon rennen musste, um mit ihm Schritt zu halten. Keinen Ton hat er zu mir gesagt. Nicht einen einzigen Pieps. Ich habe gar nichts mehr verstanden. Als wir losgegangen sind, war er doch noch so freundlich gewesen... Also habe ich mir zusammengereimt, dass ich irgendwas Schlimmes angestellt haben musste. Zu Hause bin ich dann unter die Dusche gesprungen. Mir war nach Weinen zu Mute, obwohl ich nicht wusste, warum. Ich habe gar nichts mehr begriffen. Das war das Schlimmste daran. Was hatte ich bloß falsch gemacht? Ich erinnere mich, dass ich die Stirn an die Duschwand gelehnt und mit dem Kopf dagegen geschlagen habe, immer und immer wieder, bis es so wehtat, dass ich wirklich einen Grund zum Heulen hatte... Der Druck in meinem Körper war so groß, dass ich gemeint habe, platzen zu müssen. Immer und immer wieder habe ich den Kopf an die Wand gehämmert, und ich wollte am liebsten sterben, ich wollte, dass dies alles aufhört, aber ich bin nicht gestorben... Danach hat Onkel Antoine mich immer wieder zu Brieux gebracht. Und jedes Mal hat sich dasselbe abgespielt. Und ich bin beinahe durchgedreht, weißt du... Dabei hat Brieux mich nie vergewaltigt. Er hat mir auch nie wehgetan. Jedes Mal, wenn er damit fertig war, an mir herumzufummeln, hat er sich in der Ecke einen runtergeholt, und danach war er ganz freundlich und lieb zu mir. Dafür war der Nachhauseweg mit Onkel Antoine um so ätzender. Mit Riesenschritten ist er davonmarschiert, während ich ihm hinterhergerannt bin, wie um mich zu entschuldigen, aber er hat mich keines Blickes gewürdigt... Er hat mir die Wohnungstür aufgeschlossen und sich dann wortlos in die Kneipe verzogen!«

»Deshalb hast du damals mit zwölf versucht, dich umzubringen!«

»Ich habe nicht mehr ein noch aus gewusst... Ich hing da mitten in einer verrückten Geschichte. Und außerdem habe ich mit niemandem darüber reden können, weil es mir ja auch Lust bereitet hat, verstehst du! Das meinte ich vorhin, als ich gesagt habe, dass ich mich mit den Menschen auskenne... Wer war denn nun der größere Schweinehund, Onkel Antoine oder der Kaufmann? Oder sogar ich, weil ich stillgehalten habe und mir dafür jede Menge Schokoladenriegel und Kokosbällchen geleistet habe? Jedenfalls habe ich von seinem Angebot regen Gebrauch gemacht. Ich habe auf großem Fuß gelebt. Musste mir mein Taschengeld nicht mehr einteilen. Irgendwann kam ich mir genauso schäbig wie sie vor, keinen Deut besser in meiner Kleinmädchen-Gedankenwelt... Im Wörterbuch hatte ich nachgelesen, was Luder bedeutet... Überall habe ich Monster gesehen, und auch heute noch sehe ich in jedem zuerst das Böse. Ich kann nichts dafür...«

Sie gibt ein abgehacktes, frostiges Lachen von sich, ein böses Lachen, und lässt die Asche in den Aschenbecher fallen, den Joséphine ihr hinhält. Aus dem ganzen Elend, das sie durchlitten hat, ist ein kleiner Dreckklumpen geworden. Ein kleiner schwarzer Dreckklumpen, den sie aus ihrer Vergangenheit hervorkramt und unbewegt betrachtet, mit trockenen Augen.

»Aber warum hast du es nicht Philippe erzählt?«

»Später habe ich es Philippe gesagt... Nachdem ich das Aspirin genommen hatte... Weil Onkel Antoine, nachdem er gesehen hat, dass es mit Brieux klappte, sich gedacht hat, aus mir Kapital zu schlagen und mich auch anderen anzubieten wie Wechselgeld. So hat er mich einmal zum Automechaniker geschleppt und ein anderes Mal zum Fernsehtechniker... Allerdings waren die anderen nicht so nett zu mir wie Brieux. Wenn ich mich bei bestimmten Sachen geweigert habe, haben sie mich geschlagen... Und Onkel Antoine hat mich dann den ganzen Nachhauseweg zusammengeschissen und gesagt, dass er mich schon noch kleinkriegen würde. Dann habe ich das Aspirin genommen, und als ich wieder zu mir gekommen bin, habe ich Philippe alles gebeichtet. Daraufhin wollte er Onkel Antoine die Fresse polieren, aber leider war er noch zu klein dafür, sodass er sich selbst eine eingefangen hat. Dann ist er zu Tante Armelle gegangen, aber die hat nur mit den Schultern gezuckt und gemeint, dass das gelogen wäre, dass ich mir alles einbilden würde, nichts als Fantasien eines pubertierenden Teenagers! Von da an ist nie wieder ein Wort darüber verloren worden, aber seit jenem Tag ist Philippe mir keinen Zentimeter mehr von der Seite gewichen. Ständig musste ich ihm sagen, wo ich hinging und mit wem und was ich vorhatte. Er hat mich keine Sekunde mehr aus den Augen gelassen. Vor der Schule hat er auf mich gewartet, hat mich zu meinen Freundinnen gebracht und mich auch wieder abgeholt. Er hat überall nur noch lauter Brieuxs gesehen...«

»So ein Schwein! Dieses Schwein! Wenn ich mir vorstelle, dass das einer mit Julie machen würde! Den würde ich sofort abknallen, den Sack! Die Eier würde ich ihm abschneiden und...«

»Und was würdest du sagen, wenn du erfährst, dass es ihr gefällt?«, unterbricht Clara sie.

Joséphine bleibt eine Antwort schuldig. Oft, wenn sie Julie badet und den langen, geraden, so reinen Körper ihrer Tochter betrachtet, stellt sie sich vor, wie dieser, gereift, unter dem Körper eines Mannes liegt, mit dem sie gerade schläft. Wobei dieses Bild einfach nicht zur Wirklichkeit werden will. Nicht ihre Kleine! Ihre Kleine windet sich bestimmt nicht unter dem Körper eines Fremden in einem Zugabteil!

»Siehst du... allein die Vorstellung ekelt dich an...«

»Nein. Ich würde denken, dass sie irregeleitet worden ist, dass es nicht ihre Schuld wäre! Und das ist die Wahrheit, Clara! Glaub mir!«

»Nicht, wenn es dir Lust bereitet. Soll ich dir was Furchtbares gestehen? Durch Brieux habe ich meine Lust entdeckt, Brieux hat mir als Erster gezeigt, wie schön es sein kann... auch wenn er mich missbraucht hat.«

»Ich weiß doch auch nicht weiter, Clarinette. Das ist alles viel zu hoch für mich... Aber eins ist sicher, dein Onkel ist das größte Schwein auf Erden!«

»Keine Frage... Ich muss dir auch sagen, dass, obwohl wir bestimmt nicht arm waren, aber auch nicht gerade mit dem Geld um uns werfen konnten, er es genossen hat, durch mich Geld zu sparen... Durch Zufall habe ich irgendwann ein kleines Notizheft gefunden, in dem er alle Beträge, die er durch mich gespart hat, fein säuberlich notiert hat.«

Für einen langen Augenblick schweigen sie. Dann dreht Clara sich auf dem Bett zur Seite. Sie hat das Bedürfnis, allein zu sein, und vergräbt das Gesicht im Kissen, wobei sie vorgibt, müde zu sein.

Joséphine geht Brieux nicht mehr aus dem Kopf. Ich muss Julie warnen, muss mit ihr über Männer reden, die auf kleine Mädchen, wie sie eins ist, scharf sind, über Männer, die es sich gewaltsam holen, die sie beschmutzen. Sie hasst Männer. Sie hasst ihre Kraft, ihre Überlegenheit, ihre Allmacht. Auch wenn sie selbst nie ihr Opfer war. Aber ist sie sich dessen auch wirklich sicher? Schließlich begnügt sie sich mit der Rolle als Ehefrau und Mutter, obwohl gerade sie so viele Bedürfnisse hegt. Wie zum Beispiel Schreiben. Früher hat mein Vater es mir verboten, jetzt mein Mann. Reduziert auf den bürgerlichen Status einer Madame Ambroise de Chaulieu, mit Vermögen, einer schönen Wohnung, Schwiegereltern, einer sicheren Existenz und einer quälenden Langeweile, die sie verrückt macht.

Dennoch, heute Nachmittag, mit ihm, mit diesem Mann, ihrem Pariser Liebhaber, war sie fest im Glauben, dass sie es über sich bringen und die zwei oder drei Worte der Zärtlichkeit, ja, der Liebe aussprechen könnte... Worte, die aufrichtig klingen... Natürlich nicht übertrieben, keine überschwänglichen Liebesschwüre... sondern wenige Worte, die dafür aber sitzen, die im Kopf hängen bleiben, die den sonst so bissigen Mund entwaffnen und eine Geste der Freundschaft heraufbeschwören, ohne Kränkung... Aber sie hat sich sofort wieder beherrscht. Als er sie gefragt hat, warum sie es sich verwehrt zu lieben, hat sie geantwortet, dass sie sich bereits einmal hat gehen lassen und seitdem nicht mehr daran glaubt. Ihre Mäuschen, ihre Freundinnen und ihre Eltern zu lieben sei in Ordnung, aber nie wieder würde sie einem Mann ihr Herz schenken! Mit ganz einfachen Worten hatte er sie an sich gezogen: »Ich liebe dich, ich respektiere dich, ich will, dass du glücklich bist, glücklich mit dir selbst und glücklich mit mir.« Daraufhin hatte sie geweint. Immer noch an ihn gelehnt. »Vertrau mir«, wiederholte er, »ich werde dich lieben, ich werde dir deine Einzigartigkeit, deine Kraft und deinen Stolz wiedergeben, ich verstehe es, mich für andere einzusetzen.« Sie wusste nicht mehr, ob sie ihm glauben sollte, bis sie schließlich Angst bekam. Angst davor, alles für ihn aufzugeben. Natürlich nicht ihre Kinder, die würde sie auf jeden Fall mitnehmen, aber alles andere ... Sie braucht die Sicherheit, die ihr Mann ihr bietet, auch wenn diese Sicherheit sie bedrückt. Ohne Ambroises Stärke, die sie im Gleichgewicht hält, wäre sie nicht mehr so unbeschwert und ungezwungen. Ambroise beschert ihr ein sorgenfreies Leben. Das mag vielleicht nicht ausreichen, aber es ist schon sehr viel. Sich von Fremden ficken zu lassen, die man nimmt und dann wieder fallen lässt, ist das eine Heldentat? Nicht, wenn man nichts dabei aufs Spiel setzt. Häufig fragt sie sich, ob das Leben ihr nicht irgendwann einmal die Quittung präsentieren wird. Auch sie müsste den Test machen, gerade sie. Bisher war das Leben immer so großzügig zu ihr, und was war ihre Gegenleistung? Agnès hat den Nagel auf den Kopf getroffen. Ein scheinheiliges Leben. Ich muss wieder bei Null anfangen, um alles zu ändern, denkt sie, aber kann man die Vergangenheit einfach so auslöschen? Am liebsten würde Joséphine Clara ihr Herz ausschütten, aber sie kann es nicht. Dann müsste sie den Namen des Mannes erwähnen, und das würde Clara nicht ertragen. Dessen ist sie sich absolut sicher. Dadurch würde sie ihre Freundin verlieren.

—

Im Aufzug ist zwischen Agnès und Lucille noch kein Wort gefallen. Agnès hat verlegen gehüstelt, um das Schweigen zu überbrücken. Lucille dagegen ist unbeweglich und nachdenklich verharrt, ohne sich einen Augenblick die Frage zu stellen, was Agnès wohl von ihrem Schweigen halten mag.
Auf dem Gehweg haben sie sich rasch verabschiedet. Zwar war der Sturm inzwischen vorüber, aber es regnete immer noch, und der Wind blies den wenigen Passanten, die im Laufschritt die Straße überquerten, um Schutz in einem Auto oder einem Hauseingang zu suchen, Regenböen ins Gesicht.
Lucille zieht den Kragen ihres Mantels an ihr Gesicht und wird ungeduldig. Sie will nur noch eins, und zwar sich schnellstens aus dem Staub machen, und sie sucht nur noch nach den passenden Worten, bevor sie sich verdünnisieren kann.
»Alles in Ordnung? Du bist leichenblass«, sagt sie zu Agnès, die neben ihr auf der Stelle tritt.
Auf Agnès' Gesicht erscheint ein schwaches Lächeln.
»Soll ich dich nach Hause bringen?«, fragt Lucille.
Zwar ist ihr jetzt kaum danach, mitten in der Nacht bis nach Clichy zu fahren, aber ihr ist nicht verborgen geblieben, wie verwirrt Agnès ist. Agnès durchwühlt ihre Tasche nach dem Autoschlüssel, findet ihn jedoch nicht; Haarsträhnen, die ihr im Gesicht kleben, behindern sie in ihrer Sicht.
»Nein...Danke...Ich bin selber mit dem Wagen hier...Außerdem muss ich morgen arbeiten...Es geht schon, mach dir keine Sorgen...Ach, da ist er ja...Es ist nur wegen meiner Handschuhe...Weil sie nass sind und...Entschuldige, ich halte dich nur auf, normalerweise stecke ich ihn vorher

in meine Manteltasche, um nicht mitten auf der Straße herumsuchen zu müssen.«

Stammelnd entschuldigt Agnès sich. Sie streicht eine Haarsträhne an ihren Platz zurück, doch sie fällt sogleich wieder nach vorn und hängt ihr ins Gesicht. Sie dankt Lucille für das Angebot, dann fällt ihr nichts mehr ein, um ihre Langsamkeit und Ungeschicklichkeit zu entschuldigen.

»Wo hast du geparkt?«, erkundigt sich Lucille, irritiert von Agnès' unterwürfiger Haltung.

Selbst als Bettlerin würde ich meinen Stolz bewahren, denkt sie dabei. Wenn man seinem Nächsten nicht immer auf dieselbe Art begegnet, verschafft man sich keinen Respekt im Leben.

Agnès zeigt auf eine Straßenecke weiter hinten, links.

»Ich begleite dich zum Auto«, schlägt Lucille vor, »meins steht ein Stück dahinter...«

Gemeinsam gehen sie ein paar Schritte und versuchen, ein Gespräch über das Wetter und das bevorstehende Weihnachtsfest zu beginnen, doch sogleich herrscht wieder Schweigen.

Auf der Windschutzscheibe von Agnès' Wagen klebt ein vom Regen durchnässter Strafzettel unter dem Scheibenwischer. Mit einem Seufzer nimmt Agnès ihn vorsichtig weg, wobei sie Acht gibt, dass er nicht zerreißt. Lucilles Blick bleibt auf Agnès' Wagen haften; an der Seite ist er zerkratzt, und am Innenspiegel hängt ein pink-violetter Teddy an einer Schnur. Ein Teddy, wie man ihn an Tankstellen erhält, wenn man voll getankt hat.

»Diese Saubande! Schon wieder!«, schimpft Agnès.

Ich bin mir sicher, dass man ihr keinen verpasst hat, denkt sie, während sie in die Richtung blinzelt, wo Lucilles

Wagen parkt. Sie muss sich überzeugen. Sie will es wissen. Ihr würde es genügen, wenn Lucille ebenfalls einen Strafzettel hat, damit die Ordnung wiederhergestellt ist, damit das Leben wieder gerecht ist. Zwar nicht schön, aber dafür gerecht.

Lucille geht zu ihrem Wagen, der wenige Meter weiter auf dem Fußgängerüberweg steht. Sie macht sich nicht einmal die Mühe, auf ihrer Windschutzscheibe nachzusehen, und Agnès, die ihr gefolgt ist, muss feststellen, dass dort nicht der kleinste Fetzen Papier hängt. Dann fegt ein Windstoß über sie hinweg, Lucille greift in ihre Tasche, holt die Schlüssel heraus und öffnet die Türen mit der Fernbedienung. Im Wagen geht das Licht an, und sie schlüpft schnell hinein. Bevor sie die Wagentür zuzieht, schenkt sie ihrer Freundin, die tapfer um Fassung ringt, als ein Regenschauer auf sie niedergeht, einen letzten, mitfühlenden Blick. Lucille lässt den Motor an und winkt ein letztes Mal mit ihrer behandschuhten Hand. Agnès sieht dem davonbrausenden Cabriolet nach und stößt einen Seufzer aus. Warum sind es immer dieselben, denen das Glück lacht? Agnès verbraucht ihre gesamte Energie damit, gegen Details wie dieses anzukämpfen, Nichtigkeiten, die ihr Wesen und ihr Denken geprägt haben, die für ihre Stärken und Schwächen verantwortlich sind. Sie geht wieder zu ihrem Auto und versucht zu starten. Vorhin hat sie vergessen, den Choke zu ziehen, wie der Kfz-Mechaniker ihr geraten hat. Während sie ihre Unbesonnenheit verflucht, drückt sie mehrmals auf das Gaspedal. »Beim R5 ist die Zündung das ewige Übel«, hat er ihr damals erklärt, wobei er seine Tabakdose schüttelte. »Das ist der Schwachpunkt bei diesem Modell, also vergessen Sie nicht, wenn Sie den Motor

abwürgen, den Choke zu ziehen, damit er nicht absäuft.«
Und seitdem funktioniert es. Mit dem Starten hat sie keine Probleme mehr. Außer an diesem Abend natürlich ...
An diesem Abend geht aber auch alles schief.
Endlich, nach unzähligen Versuchen, springt der Motor stotternd und knatternd an. Agnès zieht an dem Sicherheitsgurt, lässt ihn einrasten und legt den ersten Gang ein. Ihre Hände rutschen über das Lenkrad; einige Male rutscht es ihr aus der Hand, sodass sie beinahe einen Unfall verursacht. Sie weiß nicht, ob die Wollhandschuhe daran schuld sind, dass sie die Kontrolle über das Lenkrad verliert, oder ob ihr Kopf ihr nicht mehr gehorcht, weil sie zu sehr über Claras Worte grübelt. Auf halbem Weg übersieht sie eine rote Ampel und bemerkt ihren Fehler erst, als sie das ohrenbetäubende Quietschen von den Bremsen eines Wagens hört, mit dem sie beinahe zusammengestoßen wäre. Im Rückspiegel vergewissert sie sich, dass der Wagen unbeschädigt ist und die Insassen unverletzt. Nervös wartet sie ab, bis sie sieht, dass die Lichter des Wagens sich wieder entfernen, dann stößt sie einen Seufzer der Erleichterung aus, fährt an die Seite und stellt den Motor ab. So wird sie nicht weit kommen. Sie wirft den Kopf in den Nacken und atmet tief durch.
Es war vor einem Jahr, fast auf den Tag genau. Auf den Straßen hing bereits die Weihnachtsbeleuchtung, und sie war mit den Kindern unterwegs gewesen, um sich die Schaufenster der großen Kaufhäuser anzusehen. Im Gedränge hatten sie sich langsam vorwärts bewegt und dabei versucht, einen Blick auf die Marionetten, Spielautomaten, Roboter, Rollschuhe, Raketen, die nachgemachten Gebirge aus Krepppapier, die mit Schneepulver verziert waren, und

die beleuchteten Märchenlandschaften zu erhaschen und den Weihnachtsliedern zu lauschen, die aus den in den Bäumen versteckten Lautsprechern kamen. Mit leuchtenden Kinderaugen betrachtete Agnès das Schauspiel, wobei sie angesichts der Puppen, Plüschbären, Meccano-Bausätze, den überquellenden Säcken des Weihnachtsmanns, den Puppenhäusern mit ihrem aufwendig gestalteten Inneren und dem glänzenden Tuchdekor, in dem sich die Spielzeuge stapelten, ganz aus dem Häuschen geriet. Da Éric noch nicht genau wusste, was er sich wünschte, wollte er sich Kataloge ansehen, um eine Wahl treffen zu können, während Céline schmollend behauptete, sie sei mittlerweile über das Alter hinaus, in dem man voller Verzückung vor Schaufenstern steht, die den Mythos des Weihnachtsmannes zelebrieren.

»Mich hat meine Mutter nie an Weihnachten zum Bummeln mitgenommen«, hatte Agnès ihrer Tochter unfreundlich entgegnet. »Also, lass die Motzerei, und sieh dir lieber diese Pracht an!«

»Nur, weil wir dir eine Freude machen wollten, hängen wir jetzt hier zwischen all diesen Idioten herum!«

Céline hatte Recht: Mit ihren beiden Kindern holte sie sich ihre Kindheit zurück. Darauf war ihr keine Antwort eingefallen, und etwas später hatte Céline die Hand in ihre geschoben, als Zeichen der Reue.

An diesem Abend hatte Agnès sich in das Alter von Céline zurückversetzt: ein Mädchen aus der Vorstadt, wie es sie zu Dutzenden gibt, ohne das Geld für schicke Klamotten, ohne das Geld für eine Zahnspange, ohne das Geld für löffelweise Vitamine, für Abendkurse, für das eigene Selbstvertrauen; die Art von Mädchen, die alles daran setzt, um diesen Verhältnissen zu entfliehen, mit einer Mutter, die mit harter Hand regiert, einem Vater, der eine Etage unter ihnen wohnt und eine Geliebte hat mit knallrotem Lippenstift, Minirock, Netzstrümpfen und Stöckelschuhen, mit einem Wagen, den er jeden Sonntag auf der Straße mit unzähligen Eimern Wasser auf Hochglanz poliert, um die Geliebte mit dem wiegenden Hüftschwung spazieren zu fahren, mit einer Kippe zwischen den Lippen, ein Teenager, der sich an die anderen Mädchen in der Klasse hängt, die aus besserem Hause stammen oder selbstbewusster sind, in der Hoffnung, sich mit deren Hilfe befreien zu können. Keine Streberin, das nicht. In ihrem Fall wäre das übertrieben. Aber eine Überlebenskünstlerin, nicht mehr und nicht weniger. Wenn da nicht Clara, Joséphine oder Lucille gewesen wären, hätte sie die Schläge mit der Gabel von ihrer Mutter oder den Weggang ihres Vaters nicht überstanden. Dann hätte sie es ihren Brüdern gleichgetan: nämlich ebenfalls die Flucht ergriffen und dabei inständig gehofft, dass das Leben an ihr vorüberzieht, ohne von ihr Notiz zu nehmen.

Eines Abends, als sie allein war, hatte sie sich Agnès Vardas Film »Vogelfrei« mit Sandrine Bonnaire angesehen. Im Dunkeln waren ihr die Tränen heruntergelaufen. Vor Schluchzen war sie völlig aufgelöst, obwohl sie erfolglos versuchte, es in ihrem Jackenärmel zu ersticken. Mindestens drei weitere Male war sie hineingegangen, jedes Mal allein, mit einer Kleenexbox auf den Knien, während die Tränen kullerten und kullerten, ohne dass sie es verhindern konnte. Es war ein gutes und warmes Gefühl, all diese warme Tränenflüssigkeit, die in der Dunkelheit ihre Wangen benetzte, die sie mit einer feuchten und salzigen Sanftheit umgab. Sie sagte sich, dass es niemals genügend Kinovorstellungen geben könnte, um all diese Tränen loszuwerden, die sie früher nie vergossen hatte. Dann hatte sie sich die Videokassette gekauft. Sandrine Bonnaire, das war sie selbst.

Und dann ihre Brüder. Christophe lebt mehr schlecht als recht von seinem kleinen Geschäft, ohne einen Angestellten, wobei er nicht einmal den Mindestlohn verdient. Zwei- oder dreimal im Jahr fährt sie nach Montpellier hinab, um seine Konten auf Vordermann zu bringen oder die Steuererklärung für ihn zu machen. Stets steht er kurz vor dem Konkurs. Dann hat man ihm auch noch sein Mofa geklaut, und er hatte nicht einmal eine Diebstahlversicherung. Oder er verschlampt seine Werkzeugtasche und hat kein Geld, um sich eine neue zu leisten... Er wohnt in einer Art Nebenraum in seiner Werkstatt. Das Frühstücksgeschirr wird auch für das Abendessen verwendet, die Plastiktischdecke bleibt an den Fingern kleben und ist mit roten Ringen übersät, Abdrücke von all den Flaschenböden im Laufe der Jahre, die von einsamen Saufabenden zeugen; wenn man den Herd anmacht, der noch nie geputzt wurde, kommt lediglich eine flackernde Flamme zum Vorschein, und in der Küche breitet sich ein starker Gasgeruch aus; die Bettlaken sind vergilbt, und das Zimmer riecht stets muffig. Der Wohnraum eines Junggesellen, der vom Leben bereits verbraucht ist. Bei ihm hält es keine Frau lange aus, früher oder später hauen sie alle wieder ab, er ist zu nachgiebig, zu ungeschickt mit ihnen. Und außerdem verdient er nicht genug. Jedes Mal, wenn sie ihn besucht, räumt sie auf, putzt, poliert, scheuert, nimmt die Vorhänge ab, zieht das Bett ab, wäscht alles gründlich, bereitet ihm Gerichte zu, die sie hinterher einfriert, sie stellt kleine Blumensträuße in

Gläser, kauft ihm Hemden, Pullover, Socken, bringt den Staubsauger zur Reparatur und verabschiedet sich wieder, nicht ohne ihm vorher Geld auf den Tisch zu legen. Gérard, ihr anderer Bruder, ist völlig abgestürzt. Sozialhilfe, zwei Kinder, die er nie anerkannt hat, gelegentliche Schwarzarbeit, und wenn er das Geld dafür ausbezahlt bekommt, versäuft er es gleich in der nächsten Bar. Immer nur Gelegenheitsjobs. Aus ihm dringt die Armut, er trägt nur ausgewaschene Kleider, hat das Gesicht voller Akne, Schuppen auf den Schultern, und außerdem wurde bei ihm eine Wirbelsäulenverkrümmung festgestellt. Dafür hat er die große Schnauze von seinem Vater geerbt. Auch ohne Dienstuniform und die dazugehörige Autorität. Mit einer Dose Bier in der Hand ist er der Größte. Dann gibt er an wie zehn nackte Neger, beschimpft seine Freundin von einer Sekunde zur anderen als Nutte und malt sich eine rosige Zukunft aus. Jedoch nur so lange, bis das Bier wieder alle ist. Er lebt alleine, in Marseille. Jedes Mal, wenn er Geld braucht, ruft er bei ihr an. Dann ist er plötzlich ganz klein mit Hut. Mit einer weinerlichen, gebrochenen Stimme, die ihr das Herz bricht. Sie schickt ihm Geld. Jedes Mal beteuert er, es ist das letzte Mal, ich werde mich bessern, du wirst sehen, ich habe da eine große Sache am Laufen, ich werde dir alles zurückzahlen, du brauchst es nur zu sagen...

Mit ihrer Mutter isst sie einmal in der Woche zu Mittag. Dabei unterhalten sie sich kaum. Oder doch, über Christophe, über Gérard, über das Bildungswesen, das verkümmert, über Familien, die auseinander brechen, über die Menschen, die bei der allgemeinen Gleichgültigkeit träge werden, über Fernsehsendungen, in denen es nur noch um Sex und Geld geht. Immer dieselben Reden, dieselben Klagen, derselbe Groll, ohne einen Funken Hoffnung, ohne ein Lächeln oder eine Gelegenheit für eine zärtliche Berührung oder einen Kuss. Wie auch, nach all den Jahren ohne Zuneigung oder Zärtlichkeit. Dabei hat man verlernt, sich Liebe entgegenzubringen. Agnès wüsste überhaupt nicht, wie sie ihre Mutter umarmen oder ihr den Arm, den Mund entgegenhalten sollte, wie sie den Kopf drehen müsste, um sie zu umschlingen, ohne sie dabei zu stoßen. Oft hat sie das Bedürfnis, sie mit Geschenken zu überhäufen, sie in Paläste auszuführen, ihr Parfüm, Schmuck, eine Krokotasche zu kaufen. Aber dann kommt jedes Mal die Ernüchterung. Die große Enttäuschung. Ein leicht verkniffener Mund, ein böses Schimmern im Blick, die sie auf Distanz halten, ein unschönes Wort, das fällt und den Traum zerstört. Ihrer Mutter wäre es lieber gewesen, wenn ihre beiden Brüder es geschafft hätten. Der alte Reflex einer Frau, die es gewohnt ist, den Mann zu verehren und ihresgleichen herabzuwürdigen. Nie bekommt sie von ihrer Mutter zu hören, schön, dass du da bist, ich freue mich, nie zeigt sie ein Lächeln. Sie kann es nicht, dazu hat sie zu viel durchgemacht. Nach diesen Treffen ist Agnès immer völlig am Ende. Fertig mit sich und der Welt. Das Pech und die Verzweiflung wird sie nicht mehr los. Weder arm noch reich, weder hässlich noch schön, weder intelligent noch dumm. Agnès, die liebe Agnès, sich opfernd, tatkräftig, ein Mensch, auf den Verlass ist.

Deswegen, an jenem Abend... dem Abend nach dem Schaufensterbummel... jenem Abend, an dem sie eigentlich bei Clara eingeladen war... Das Abendessen war in letzter Minute abgesagt worden... Clara lag mit hohem Fieber im Bett. An jenem Abend, nachdem sie von ihrem Bummel zurückgekehrt waren, hatte Yves angerufen, um Bescheid zu geben, dass er vor morgen Nachmittag nicht in Paris zurück sein würde. Sie hatte keine große Lust, zu Hause bei den Kindern zu bleiben. Schließlich hatte sie sich gerade einen Wonderbra gekauft, den sie eigentlich einweihen und ihren Freundinnen hatte vorführen wollen. Dabei war sie unsicher, ob es sich in ihrem Alter überhaupt noch ziemte, die Brüste auf diese Weise hervorzuheben. Bis sie ihn sich endlich gekauft hatte, hatte sie mehrere Wochen mit sich gerungen, hatte aufmerksam die Werbung in den Zeitschriften verfolgt, die sie beim Friseur oder beim Zahnarzt durchblätterte, auf der eine schöne, junge, selbstbewusste Frau mit Brüsten wie Vanilleeiskugeln prangte. Und dann eines Tages, als sie sich den Kauf schon beinahe aus dem Kopf geschlagen hatte, hatte sie ein Dessousgeschäft in der Nähe ihres Büros aufgesucht und sich einen in Weiß gekauft. Schwarz hätte von schlechtem Geschmack gezeugt. Als sie den Vanilleeiskugel-Büstenhalter ausprobierte, war ihr eine Idee gekommen. Nur ein einziges Mal, um dir eine Freude zu bereiten, um dich selbst zu beschenken. Obwohl sie alleine in der Kabine war, hatte sie sich ein Lachen nicht verkneifen können. Warum auch nicht?, hatte sie gedacht, was spricht dagegen? Niemand wird davon erfahren, und du wirst dein kleines Geheimnis für dich behalten, das dir wieder Mut gibt an den Tagen, an denen du dein Leben zu monoton findest.

Zum Abschied hatte sie ihre Kinder umarmt, die ganz erfreut darüber gewesen waren, die Wohnung für sich zu haben und wie Erwachsene behandelt zu werden, und war dann in den Wagen gestiegen. Ohne konkretes Ziel war sie losgefahren. Eine ungebundene Frau, die das Abenteuer sucht. Eine Frau ohne Mann, ohne Kinder, ohne die Verpflichtung, das Abendessen kochen oder Wäsche bügeln zu müssen. Bei Schwierigkeiten ist sie stets die Ansprechperson für andere. An diesem Abend fährt sie nach Paris. Ihr ist nicht kalt. Unter der halb offenen Jacke spürt sie ihre nach oben gestützten und runden Brüste. Immer wieder berührt sie sie, entzückt und unsicher zugleich. Sie fährt dem Abenteuer entgegen. Sie dreht die Fensterscheibe des R5 herunter und lässt einen Arm heraushängen. Bei der Porte de Clignancourt biegt sie rechts ab und findet sich auf dem Boulevard Périphérique wieder. Zu dieser Stunde ist niemand unterwegs, sodass sie aufs Gas treten kann, obwohl Yves sie immer vor Radargeräten warnt. Die Radaranlagen sind ihr momentan schnuppe. Sie fährt über gelbe Streifen, drückt aufs Gas, legt eine Kassette ein und dreht auf volle Lautstärke auf. Singt lauthals mit. Wenn Yves sie jetzt hören könnte, würde er staunen! Manchmal stinkt es ihr, dass er sie so vergöttert. Wenn er sie dann mit diesem unterwürfigen Blick ansieht, hat sie Lust, seine Hingabe mit Füßen zu treten. Natürlich passiert ihr das nicht oft, aber... Ihr wäre es recht, wenn er auch einmal mit der Faust auf den Tisch hauen würde. Sie fährt in Richtung Montrouge. Erst einmal werde ich zur Siedlung fahren, hat sie sich überlegt, zu dem Wohnhaus, in dem ich meine Kindheit verbracht habe, dabei überkommt sie eine gewisse Sentimentalität, und außerdem weiß sie mit dieser neuartigen Freiheit nicht so recht etwas anzufangen, für sie ist es ungewohnt, alleine auszugehen, sie fühlt sich unwohl dabei, allein eine Kneipe zu betreten, dort Platz zu nehmen und etwas zu bestellen. Was bestellt man überhaupt in einer Kneipe, allein als Frau? Seit ihre Mutter umgezogen ist, ist sie nie wieder in Montrouge gewesen, dort war sie so glücklich gewesen, bis zu ihrem zehnten Lebensjahr, hat ein normales Leben geführt, mit einem Papa und einer Mama, mit Croissants zum Sonntagsfrühstück, mit Hähnchen und Bratkartoffeln zum Mittagessen, bei dem sie und ihre kleinen Brüder sich brav verhielten, den Erwachsenen am Tisch nicht ins Wort fielen und auf den gemeinsamen Familienspaziergang warteten, sonntags nach dem Mittagessen. Dabei probierten ihre kleinen Brüder die neuen Rollschuhe aus und sie ihre schwarzen Lackschuhe, die zwar drückten, aber in denen sie sich wie eine Prinzessin fühlte. Während sie die Straße entlanghüpft, hört sie Papa und Mama zu, die sich über die Bäckerei, den Krämer, den Mechaniker und die Straße, die immer dieselbe bleiben wird, unterhalten. Es war eine gute Entscheidung, sich hier niederzulassen. In diesem Vorort lebt es sich gut. Nicht wie in Bagneux, das immer mehr von Arabern bevölkert wird. Hier sind wir zu Hause, unter uns. Ein Leben ohne Risiko. Außerhalb der Gefahrenzone in den riesigen Wohnkomplexen, die überall wie Unkraut in die Höhe schießen und in denen all die Habenichtse, Faulenzer und Ausländer landen. Papa ist Polizeibeamter, während Mama den Haushalt führt und sich gewissenhaft um die Erziehung der Kinder kümmert: kein Herumgammeln, kein Fernsehen, kein Taschengeld und Geschenke nur zu Weihnachten und zum Geburtstag. Dies predigt sie ihnen ständig mit Nachdruck. Darin bleibt sie eisern. Und dann kommt der Zwischenstopp beim Konditor, der sonntags geöffnet hat, wo sich jeder ein Stück Kuchen aussuchen und dieses sofort essen darf. Vorsichtig balanciert jeder seinen Kuchen mit vorgestreckten Armen. Auf dem Rückweg sieht Papa sich die Autos an und fachsimpelt über Karosserien, Aufhängungen, Straßenlage und steigende Kfz-Steuern. Mama nickt zustimmend. Da sie auf ihre Linie achtet, hat sie auf den Kuchen verzichtet. Papa zieht sie damit auf. Mama entgegnet, dass man gerade nach drei Kindern besonders aufpassen muss. Und plötzlich taucht das Bild von ihrem Vater mit seiner Geliebten auf und versperrt ihr die Straße. Zu ihrer Hochzeit ist er nicht gekommen. Jedoch weiß sie, dass er immer noch dort wohnt. Mittlerweile ist er in Rente. In der Gegend von Bordeaux hat er sich ein Häuschen gekauft, wo er den Sommer verbringt. Als sie zehn Jahre alt war, ist er zu der Nachbarin nach unten gezogen. Sie war zehn Jahre alt, und sie betete ihn an. »Außer Gott betet man keinen an«, lautete der Kommentar ihrer Mutter. »Egal, ich jedenfalls bete meinen Papa an«, murmelte sie so leise, dass ihre Mutter es nicht hören konnte.

Vor dem Wohnhaus aus roten Backsteinmauern stellt sie den Wagen ab und sieht, dass die Farbe mittlerweile verblasst ist. Die nächtlichen Bürgersteige sind vollgestellt mit Mülltonnen, auf dem Balkon tratschen die schwarzen Nutten miteinander, eine der Laternen, die den Vorplatz erhellen, ist zu Bruch gegangen, die roten Ziegelsteine sind jetzt braun. Zu meiner Zeit, denkt Agnès, war das Gebäude ordentlich beleuchtet, und Mama hat sich abgerackert, um die Wohnung nicht aufgeben zu müssen. Als Kinder haben wir immer im Hof gespielt, und damals gab es noch Rosenbüsche. Zu meiner Zeit waren wir eine richtige Clique... Mit Ausnahme von Rapha sind alle weggezogen. Mit Rapha war es wie mit einem Cousin, in den man verliebt war, ohne dass jemand davon wusste. Eines Tages, als sie krank war und das Bett hüten musste, hatte er ihr die Hefte aus der Schule mitgebracht und dazwischen eine Tafel Nussschokolade versteckt. Sie hatte gewartet, bis alle eingeschlafen waren, um sie heimlich unter der Decke aufzuessen. Es war das erste Geschenk gewesen, das sie von einem Jungen erhalten hatte, von keinem x-beliebigen Jungen.

Sie schlägt die Richtung zu Raphas Atelier ein. Sie weiß, dass er nachts arbeitet. Gewöhnlich fängt er gegen sieben Uhr abends an und geht um acht Uhr früh ins Bett. Sie fährt unter dem hohen Atelierfenster vorbei, wo Licht brennt. Er ist da. Ich muss mir eine gute Entschuldigung einfallen lassen, weshalb ich ihn störe, denkt sie, während sie den Wagen abstellt.

»Ich habe Licht gesehen, also dachte ich, ich schau mal vorbei«, begrüßt sie Rapha, als dieser die Tür öffnet.

Er scheint nicht gerade begeistert zu sein. Er rückt kaum zur Seite, als sie hineingeht. Ihr war ganz entfallen, dass er so groß ist. Verlegen und flehend zugleich sieht sie ihn an.

»Eigentlich wollte ich mich heute Abend mit den Mädels treffen... aber die können nicht... Und da ich trotzdem Lust hatte auszugehen, habe ich mir gedacht... Ich war gerade hier in der Gegend...«

Ihr ist sehr wohl klar, dass sie unzusammenhängendes Zeug von sich gibt. Sie macht einen so verschüchterten und linkischen Eindruck, dass er sich entspannt und lächelt.

»Zieh den Mantel aus. Möchtest du einen Kaffee? Ich wollte mir gerade einen machen...«

Sie sehen sich kaum noch. Manchmal läuft Agnès ihm bei Clara über den Weg, aber immer seltener. Entweder bricht er gerade auf, wenn sie kommt, oder umgekehrt. Dann bleibt nur Zeit für eine kurze Umarmung und ein paar höfliche Floskeln. Er vergisst ständig die Namen ihrer Kinder, was sie sehr kränkt. Gelegentlich kommt es sogar vor, dass er meint, sie hätte zwei Mädchen beziehungsweise zwei Jungen; dann korrigiert sie ihn immer mit leiser Stimme und erzählt ihm, wie alt Céline und Éric sind. Es ist das erste Mal, dass sie ihn besucht. Auch wenn sie ihn nicht mehr trifft, im Grunde hat er sie eh niemals richtig bemerkt. Er sah nur Clara, nicht aber sie. Wenn er mich BEMERKT hätte, wenn sein Blick nur einmal auf mich gefallen wäre, wäre aus mir vielleicht etwas Bemerkenswertes geworden... Wenn ein Riese einen an die Hand nimmt, wird man nämlich genauso groß wie er.

»Wird bei euch unten nie abgeschlossen?«

»Nein, obwohl es eigentlich ratsam wäre...«

Er setzt den Kaffee auf. Und zwar mit einem altmodischen Stofffilter, bei dem das Pulver einige Zeit ziehen muss. Mit seinen einsneunzig gießt er das kochende Wasser von oben darüber und sieht zu, wie es über das schwarze Pulver läuft. Auch seine Jeans sind schwarz, sein T-Shirt ist schwarz, seine dicken Haare sind schwarz, die er mit den Fingern kräuselt, bis daraus richtige Korkenzieherlocken entstehen. Nur sein Karohemd ist nicht schwarz. Von Kopf bis Fuß ist er mit Farbe vollgekleckst, sogar am Hintern. Er scheint ganz versunken in die kleinen Blasen zu sein, die sich bilden und größer werden. Sie stellt sich neben ihn und sieht ebenfalls zu. Einige zerplatzen sofort, andere werden langsam immer größer und schimmern in allen Regenbogenfarben. Wunderschöne kleine, runde, bunt schillernde Blasen in dieser schwarzen Gruft. Und dann, plopp!, zerplatzen sie, worauf sich sofort neue bilden, rund und glatt und farbig. Mit scheinbar unendlicher Sorgfalt brüht er den Kaffee auf, als hätte er völlig vergessen, dass sie da ist.

Sie wendet sich ab und sieht sich im Atelier um. Überall stehen Leinwände herum, große, mittlere, kleine, blütenweiße, angefangene und nicht vollendete, allesamt aufrecht nebeneinander gestapelt. Die Türverkleidungen und Fensterrahmen sind mit gelben, orangefarbenen, grünen und roten geometrischen Motiven bemalt, die fortlaufende Bänder bilden. Von der Decke hängen Rollen und Ketten, und an den Wänden lehnen Holzgerüste, in denen die Leinwände lagern; in der Mitte des Raums befindet sich eine Art Werkbank aus Holz mit Pinseln, unzähligen Farbpaletten, Stofffetzen, Farbwalzen, Skizzen, Zeichenblöcken. An den Wänden hängen Reproduktionen berühmter Gemälde, afrikanische Stoffmuster, Fotos, Porträts, neben der Minianlage liegen Schallplatten und Kassetten auf dem Boden verstreut, auf einem niedrigen Tisch stapeln sich Zeichnungen, überall stehen Kaffeetassen herum, und die Aschenbecher quellen über. Auf dem Boden liegen alte Teppiche und vollgekleckste, aufgeschlagene Kunstbücher. Es riecht nach Terpentin. Als sie sich bei dem Gedanken ertappt, hier sauber machen zu wollen, muss sie lachen. Obwohl sie versucht, es zu unterdrücken, hört er es und dreht sich um.

»Ich dachte gerade, dass man hier mal sauber machen müsste!«

»Untersteh dich! Hier kommt mir keine Putzfrau rein…«

Mit einem Tablett, zwei großen Tassen, Würfelzucker und zwei Kaffeelöffeln kommt er auf sie zu. Sie nimmt auf einer Matratze am Boden Platz, auf der große Kissen liegen. Er hockt sich vor ihre Füße und dreht einen Joint. Zunächst nimmt sie ihre Kaffeetasse entgegen, danach den Joint. Noch nie hat sie einen geraucht. Aber sie will sich keine

Blöße geben. Sie zieht ganz kurz daran, um den Rauch sogleich wieder auszuhusten, dann nimmt sie einen längeren Zug und noch einen... Alsbald dreht sich ihr der Kopf, und sie lässt sich gegen die Wand sinken. Sie hat Hunger. Und Durst. Jedoch hat sie keine Lust, sich zu bewegen. Erneut kreist ihr der Gedanke von vorhin im Kopf herum. Nur ein einziges Mal, um es auszuprobieren, um mit ausgebreiteten Armen die weite Welt zu erforschen, als wären meine Augen verbunden, als wäre ich vogelfrei. Er steht auf, um eine Platte aufzulegen, die sie nicht kennt, eine Stimme erklingt, ihr gefällt die Stimme, eine gebrochene Stimme, die voller Melancholie singt, die Stimme eines verletzten Mannes. Dabei muss sie an den Film mit Sandrine Bonnaire denken. Als sie fragt, wer da singt, antwortet er: »Bonga«, sodass sie zunächst an das Getränk denken muss, dass sie immer für die Kinder kauft. »Das schmeckt fein, das ist Bonga«, singt die Werbemelodie in ihrem Kopf. Ihr Blick irrt durch den Raum und bleibt schließlich auf Rapha haften.

»Du bist wie Lucilles Vater«, meint sie schwermütig... »du hast es auch vorgezogen, hier zu bleiben.«

Er antwortet nicht. Er schließt die Augen, und vor ihm erscheint das Bild, mit dem er gerade beginnen wollte, bevor sie kam. Nachdem er die Grundierung bereits vorbereitet hatte, schickte er sich an, diese mit Schwarz und Gelb zu bedecken, mit Flammen, die hochzüngeln und wieder kleiner werden. Er nahm einen ersten Anlauf, stand vor der Leinwand und überlegte hin und her, wobei die Ideen sich in seinem Kopf überschlugen und der Kaffee nur ein Mittel war, den Augenblick hinauszuzögern, in dem der erste Pinselstrich erfolgen würde. Und plötzlich hatte sie geklingelt. Sie redete. Sie redete wie ein Wasserfall. Warum war sie gekommen? Wahrscheinlich brauchte sie Geld. Alle seine alten Freunde kamen, um ihn anzupumpen.

»Du hättest dir auch anderswo ein Atelier nehmen können...«

»Ich brauche aber meine Wurzeln. Hier gefällt es mir... Hier kenne ich jeden.«

Sie lächelt ihn an. Trotz ihrer unübersehbaren Traurigkeit macht sie einen ordentlichen Eindruck. Auf den Klassenfotos sah sie meistens so aus. Damals trug sie immer eine kurze weiße Bluse mit einem Samtband um den Kragen, die Haare waren nach hinten gebunden und mit zwei Spangen festgesteckt. Vor dem Fotografen nahm sie stets eine gerade Haltung ein, während alle anderen nur Unfug trieben. Mit entschlossenem und ernstem Gesichtsausdruck. Man spürte, dass ihr die Schule sehr wichtig war. Sie nahm alles wichtig. Sie strahlte eine permanente Ernsthaftigkeit aus, sodass er das Bedürfnis verspürte, ihr ins Gesicht zu pusten, um sie zum Lächeln zu bringen.

»Hast du Kummer?«, fragt Rapha, während er an dem angekohlten Joint zieht. »Stimmt was nicht?«

»Mir ist ein wenig schwindlig... Es war keine so gute Idee, hierher zurückzukommen... Ich weiß auch nicht, welcher Teufel mich da geritten hat. Erlaubst du?«, fragt sie, wobei sie auf die Matratze am Boden deutet.

Langsam streckt sie sich darauf aus, schiebt ein Kissen unter den Kopf und stößt einen Seufzer aus.

Das Bild ist verpufft. Der Zauber ist gebrochen. Es ist wie mit der Lust, die so schnell verfliegt. Sein Atelier steht jedem offen. Am Eingang gibt es weder eine Zahlenkombination noch eine Sprechanlage, außerdem schließt die Tür schlecht, es sei denn, er schiebt die Riegel vor, woran er aber nie denkt. Wie die Tür eines verwaisten Saloons, die im Wind hin- und herschlägt. Zu häufig wird er bei seiner Arbeit unterbrochen. Er hat sich schon überlegt, ob er ein Schild an die Tür hängen soll: »Ich arbeite, Eintritt verboten« oder eine brennende Glühbirne, in Grün oder Rot, je nach seiner Stimmung. Er sollte sich besser schützen. Schließlich braucht er absolute Ruhe, damit die Zeit stehen bleibt und Leere einkehrt. Das Leben muss quasi stillstehen, ohne das Bedürfnis zu essen, ohne das Bedürfnis zu trinken, ohne das Bedürfnis nach Schlaf, nur, um zu arbeiten.

Agnès weiß nicht mehr so recht, wo ihr der Kopf steht. Hier ist sie nun, zusammen mit ihm, wie Clara. Clara hat hier geschlafen, ihren Kopf auf dieses Kissen gebettet, neben seinem warmen Körper die Augen geschlossen. In der Dunkelheit erklingt Bongas melancholische Stimme.

»Kopf hoch... Das geht vorbei. Jeder von uns hat schon mal so seine Momente, in denen er verzweifelt... Momente, in denen man nur noch schwarz sieht... Wo ist denn dein Mann heute Abend?«

»Auf einer Baustelle in Chalon-sur-Saône...«

»Behandelt er dich anständig?«

»Weißt du, mit der Liebe ist es nicht mehr dasselbe, wenn man sie zu spät bekommt... Oder man bekommt nicht genug, sodass man misstrauisch wird... oder... Ich weiß auch nicht.«

Während sie sich reden hört, wundert sie sich: Es ist das erste Mal, dass sie ihre Einsamkeit laut ausspricht. Sie legt die Hand auf den Mund, um sich zum Schweigen zu bringen. Wenn er weiterhin solche Fragen stellt, wird sie ihm noch die ganze Nacht ihr Herz ausschütten.

»Vorschlag: Du bleibst einfach hier, während ich mit dem weitermache, was ich gerade begonnen habe«, meint er zu ihr mit sanfter Stimme. »Wenn du willst, kannst du ruhig schlafen, du störst mich nicht...«

»Nein. Ich werde wieder gehen... Ich muss nach Hause... Die Kinder...«

Sie versucht aufzustehen, jedoch dreht sich alles um sie herum. Sie streckt die Arme aus, um das Gleichgewicht zu finden, und plumpst wieder auf die Matratze.

»Mein Gott... Mein Gott...«, stammelt sie betäubt. »Was geschieht mit mir? Normalerweise bin ich nicht so, weißt du. Sonst lasse ich mich nicht so gehen...«

Wie zur Entschuldigung lächelt sie ihn verkrampft an, sodass Rapha erneut die Klassenfotos von damals vor Augen hat. »Arme Agnès«, meinte seine Großmutter immer bedauernd. »Von euch allen ist sie die Tapferste, es nimmt alles auf sich, das Mädchen!« Jetzt sieht er wieder das kleine Mädchen, das er am liebsten mit Farben, zärtlichen Worten und luxuriösen Versprechungen überhäufen möchte. Er setzt sich auf die Matratze, drückt sie an sich, streichelt ihren Kopf und redet ihr beruhigend zu.

»Das wird schon wieder, du wirst sehen, das wird schon... du willst nämlich immer alles perfekt machen und verlangst dir dabei zu viel ab. Entspann dich... Genieße die Zeit. Denk auch mal an dich, und zwar nur an dich... Für dich selbst nimmst du dir nie Zeit.«

»Eigentlich wollte ich ja nur das Haus in der Rue Victor Hugo und das Viertel sehen, aber dann...«

»...ist alles wieder hochgekommen, und du bist ganz traurig geworden... Ist es das?«

Sie nickt. Bongas Stimme ist mittlerweile verstummt. Mit

Ausnahme von ihnen beiden herrscht jetzt Stille im Atelier. Sie blinzelt in Richtung Lampe, die in der Nähe der Matratze steht, sodass er sie ausknipst.
»Besser so? Soll ich eine andere Platte auflegen?«
»Können wir nicht die eine noch mal hören?«
Er stemmt sich hoch und rutscht auf dem Hintern zu der Anlage, woraufhin die Musik aufs Neue erklingt. Dann setzt er sich ans Kopfende. Nimmt den Joint wieder mit den Fingerspitzen in die Hand, um sich nicht zu verbrennen.
»Nimm sie mit, wenn du willst... Ich kann mir wieder eine neue besorgen...«
Sie schüttelt den Kopf.
»Es wäre nicht dasselbe, wenn ich sie zu Hause höre... Zu Hause ist es... Ich fühle mich alt, steinalt... und hässlich... Aber daran bin ich ja gewöhnt.«
»Du siehst gut aus, Agnès, du weißt es nur nicht.«
»Mama sah gut aus... zumindest auf den alten Fotos, die ich gesehen habe, aber er hat es ja vorgezogen, sich mit einer Nutte in Hotpants, Stöckelschuhen und mit lackierten Zehennägeln zu verziehen.«
»Vielleicht hat er ja schon immer von einer Nutte mit lackierten Zehennägeln geträumt? Vielleicht war das sein größter Traum, sodass er ihm nicht mehr widerstehen konnte? Vielleicht hat deine Mutter sich geweigert, sich die Zehennägel zu lackieren?«
»Aber können Männer einfach so gehen?«
»Manche schon... Wenn das Verlangen zu groß ist...«
»Und dabei einfach ihre Kinder im Stich lassen?«
Verwundert sieht er sie an.
»Hast du schon mal erfahren, was Leidenschaft ist, was

wildes Verlangen ist, das man plötzlich für einen anderen empfindet, Agnès?«

Belustigt und zärtlich zugleich betrachtet er sie. Sie kauert sich auf der Matratze zusammen, legt den Kopf in die Hände und hört ihm mit ernstem Blick zu.

»Weißt du, deine Mutter hat sich wahrscheinlich dagegen gesträubt, Reizwäsche, Hotpants und Nagellack zu tragen. Irgendwann war es ihm dann zu viel... Auch wenn es blöd klingt, aber so läuft das... Und seither, wie du siehst, ist er seiner Nutte treu geblieben...«

»Verteidigst du ihn etwa?«

»Nein. Aber ich versuche zu verstehen, was sich im Kopf eines solchen Kerls abspielt. Immerhin war deine Mutter keine dumme Gans!«

»Auch ich bin keine dumme Gans...«

»Dann paß auf... Weil im Leben sich alles gerne wiederholt, bis man endlich begreift... du nimmst das Leben viel zu ernst. Dabei verpasst du die Leidenschaft, die wichtigen Dinge, die spontanen Dinge, die den Spaß am Leben ausmachen...«

»Vielleicht bin ich ja für so was gar nicht geschaffen?«

»Glaub ich nicht... In Bezug auf Leidenschaft habe ich vor allem eins gelernt, und zwar, dass man sie nicht vergehen lassen darf, koste es, was es wolle... und das ist richtig harte Arbeit!«

»Ja, aber trotzdem, man kann doch nicht einfach seine Kinder so im Stich lassen... Und ihnen dann noch mitten im Treppenhaus ein paar scheuern!«

Rapha wirft den Kopf zurück und fängt an, schallend zu lachen.

»Das war an dem Tag, als du ihm eine Szene gemacht hast!

Du hast ihn als Schwein beschimpft, als Knallkopf und Lustmolch...«
»Ich?«, ruft Agnès ungläubig. »Unmöglich! Du lügst, so was würde ich nie sagen, so was hätte ich mich nie getraut! Solche Schimpfwörter habe ich nicht mal gekannt!«
»An diesem Tag hast du dich getraut, glaub mir... du hast so laut gebrüllt, dass es im ganzen Treppenhaus zu hören war. Sogar die Nachbarn sind auf den Flur gekommen, um sich an dem Spektakel zu ergötzen! Wie eine Furie hast du geschrien und getobt, vor Wut hattest du einen hochroten Kopf! Es hätte nicht viel gefehlt, dann wärst du ihm an die Gurgel gesprungen und hättest ihm die Augen ausgekratzt!«
»Das ist nicht wahr, das ist einfach nicht wahr«, wiederholt Agnès verstört. »Du lügst!«
»Ich schwöre dir, dass ich die Wahrheit sage... Ich persönlich finde das eher komisch! Wenigstens einmal hast du dich gehen lassen...«
Aus einer Laune heraus und um sie in ihrer Wut zu zerstreuen, hat er ihr einen Finger in den Pullover gesteckt, wobei er ihre runden, weißen Brüste wahrnimmt. Abwesend streichelt er sie und meint dann:
»Heute Abend, zum Beispiel, bist du wunderschön...«
Sie schüttelt den Kopf, als wäre dies überhaupt nicht möglich.
»Du bist schön wie ein Kuss im Regen...«
»Du machst dich über mich lustig! Das ist nicht gerade nett, Rapha!«
Sie hält sich die Ohren zu, um ihm nicht mehr zuhören zu müssen. Er faltet seine langen Beine auseinander und legt sich neben sie. Wie ein Bruder, wie ihre Brüder es vermut-

lich nie getan haben, streift er ihr kastanienbraunes Haar zurück, Strähne für Strähne, streicht ihr mit dem Finger übers Gesicht, kneift sie in die Wangen, die daraufhin rot werden. Sie wird zu einem Bild, ein Frauengesicht wie bei Modigliani. Ihre Augen verlieren sich in einem Grün, das wunderbar mit den rotbraunen Reflexen der Haare harmoniert. Sie ist schön und sanft, verschlossen und missgestimmt, während er sie betrachtet, sie in Pose setzt, ihr Gesicht mit seinen Händen festhält und es zärtlich zu sich beugt. Sie lässt es mit sich geschehen, sie ist nur noch ein Klumpen Lehm, den er formt und auf dem Kissen arrangiert. Für einen Augenblick durchzuckt sie der Gedanke, dass sie mit ihrem halb geöffneten, erwartungsvollen Mund bescheuert aussehen muss, worauf sie ihn schließt, es dann aber wieder vergisst. Er lacht sie nicht aus, sie kann es in seinen Augen lesen. Auch vergleicht er sie nicht mit einer anderen. Sie schließt die Augen und hält ihm das Gesicht entgegen, das er streichelt. Raphas Arme umschlingen sie und schaukeln sie sanft hin und her. Sie öffnet die Lippen, und er küsst sie. Seine Lippen berühren die ihren, ganz leicht, ohne zu drängen. Die Musik und die Dunkelheit hüllen sie ein. Sie fühlt, wie er sich, an sie gelehnt, entspannt. Seine Finger gleiten über ihren Rücken, über die heiße Haut auf ihrem Rücken, bis hin zu den Brüsten.
»Du hast so weiche Haut…«
Zitternd drückt sie die Nase in Raphas T-Shirt, atmet seinen Geruch ein, einen unbekannten Geruch… nicht wie Yves' Geruch. Einen Moment lang sträubt sie sich, worauf Rapha sie loslässt, zieht ihn aber sofort wieder an sich und flüstert an seinem Hals:
»Liebe mich, Rapha… Ich bitte dich… Liebe mich, bitte,

ich fühle mich so einsam, Rapha, so verlassen... ich habe keine Kraft mehr.«

Er legt seine Hand auf ihren Mund, damit sie schweigt. Sie greift nach seiner Hand und küsst sie.

»Mach weiter, bitte... Es ist so schön. Nur ein einziges Mal, und wir werden nie wieder ein Wort darüber verlieren...«

»Bist du auch sicher, dass du es hinterher nicht bereuen wirst?«

Stumm schüttelt sie den Kopf, den sie an seinem schwarzen T-Shirt reibt, das so gut und so männlich riecht.

»Heute Abend will ich es... heute Abend muss es sein...«

Noch immer schüttelt sie den Kopf, ohne weiter etwas zu sagen. Sie drückt ihn fest an sich. Dann legt er sich vorsichtig auf sie. Als sie seine Jeansknöpfe auf ihrem Bauch spürt, umschlingt sie ihn und spreizt die Beine. Er knöpft ihre Weste auf und streichelt ihre runden Brüste. Volle und feste Brüste, eine schmale Taille, runde Hüften, eine goldene, glatte Haut. Der Körper eines jungen Mädchens. Ganz zärtlich liebt er sie, ohne ein Grad Wärme zwischen ihren beiden Körpern zu verschenken, sie fühlt sich gut, sie ist eine andere, sie betritt eine neue Welt, eine Welt, die sie sich so oft vorgestellt hat und die ihr jetzt so klar erscheint. Er flüstert ihr ins Ohr, dass sie nicht allein ist, dass sie nicht hässlich ist, dass sie ein kleiner Soldat ist, der zu sehr daran gewöhnt ist strammzustehen, das ist alles, entspanne dich, genieße dein Leben...

Sie hört, was er sagt. Er gibt ihr wieder Kraft. Sie bewegt sich im Takt zu Bongas Stimme. Mit jeder Faser ihres Körpers verlangt sie danach, zu tanzen, sich ein afrikanisches Gewand überzustreifen und sich der Musik hinzugeben. In ihrem Kopf tanzen lauter kleine Sonnen, eine stechende und brennende Hitze bringt sie zum Schreien, sie stemmt sich gegen Rapha, schreit, schreit, er hält ihren Kopf, zieht sie an den Haaren, reißt sie nach hinten und fordert sie laut auf, zu schreien, ihre Ekstase laut herauszuschreien, weil sie schön sei, wenn sie schreit... weil er sie glücklich machen will...

Die ganze Nacht hindurch. Die ganze Nacht hindurch.

Als sie wieder die Augen öffnet, fällt ihr Blick auf den Wecker, der sechs Uhr anzeigt. Plötzlich fallen ihr die Kinder ein, sie steht auf, zieht sich wieder an. Noch immer singt Bonga, aber Rapha bekommt es nicht mehr mit. Rapha bewegt sich nicht. Er schläft auf dem Rücken, mit verschränkten Armen. Zärtlich betrachtet sie ihn und bricht auf. Geräuschlos zieht sie die Ateliertür zu und läuft hastig die Treppe hinunter. Als sie zu Hause ankommt, stellt sie den Wagen einfach irgendwo ab, genau an einer Straßenecke, stellt danach fest, dass die Kinder noch schlafen, und schleicht sich in ihr Bett. Dort wird sie bereits von Yves erwartet, der sich hinter der Zimmertür versteckt hat.

Sie hat keine Schuldgefühle. Diese Nacht gehörte ihr. Nur ein einziges Mal, nur dieses Mal. Morgen wird sie wieder die perfekte Ehefrau sein.

Aber nach dem, was Clara ihr heute Abend verkündet hat, zittert sie vor Angst. An Schutz haben sie nicht gedacht, Rapha und sie. Jetzt wird ihnen die Rechnung präsentiert. Sonst glaubt man immer, dass man sich heimlich vom rechten Weg schleichen kann, ohne dass die Ordnung durcheinander gebracht wird. Dabei zieht jede Handlung eine ganze Reihe von Schwierigkeiten nach sich. Sie muss mit ihm darüber reden. Zwar ist sie sich noch unschlüssig, was genau sie ihm sagen soll, aber sie kann mit niemand anderem als

mit ihm reden. Dieses Geheimnis wiegt zu schwer, als dass sie es für sich behalten könnte.
Als sie den Zündschlüssel wieder herumdreht, macht der Wagen einen Satz nach vorne, sodass sie plötzlich wieder zu sich kommt. Der Boulevard Périphérique ist verwaist. Ohne die erlaubte Höchstgeschwindigkeit zu überschreiten, fährt sie weiter. Es war falsch von ihr, zu denken, dass sie sich belustigt über Radargeräte und gelbe Streifen hinwegsetzen könnte. Wenn sie die Verkehrsbestimmungen einhält, wird sich alles andere vielleicht ebenfalls wieder einrenken. Vielleicht wird ihr dann endlich das Glück in ihrem glücklosen Leben lachen...
In Raphas Atelier brennt Licht. Nachdem sie den Wagen geparkt hat, verharrt sie einen Augenblick in der Dunkelheit des Wageninneren. Was kann er ihr schon erzählen, was sie nicht bereits weiß? Dann begreift sie, dass sie nur gekommen ist, um eine Bestätigung zu bekommen. Schließlich ist es ihr gutes Recht, aufgeklärt zu werden. Immerhin hat er eine Nacht mit ihr verbracht, also hat er ihr auch Rechenschaft abzulegen. Wie immer hat er nur an Clara gedacht. Für ihn zähle ich nicht! Mich hätte er ebenfalls in Kenntnis setzen können, wiederholt sie voller Bitterkeit. Dann fängt sie sich wieder und bricht in Lachen aus: Meine arme Alte! Was bildest du dir eigentlich ein! Dabei wird er von so vielen Frauen belagert, und dir hat er gerade mal eine Nacht geopfert, eine *einzige* Nacht! Und dazu noch völlig unverhofft! Du solltest dich einfach damit zufrieden geben und mehr auch nicht!
Sie wirft die Autotür zu und betritt das Gebäude. An der Fahrstuhltür hängt ein Schild mit der Aufschrift »Außer Betrieb«. Fluchend hängt Agnès sich ihre Schultertasche um

und setzt den Fuß auf die unterste Treppenstufe. Mit klopfendem Herzen umklammert sie das Geländer. Die Stufen sind in tiefe Finsternis gehüllt, weil das Licht im Treppenhaus nicht funktioniert. Im Dunkeln bewegt Agnès sich nach oben. Dabei hört sie eine Wasserspülung rauschen, das Geräusch eines Fernsehers, ein plärrendes Kind, das Angst vor der Dunkelheit hat und nach Licht schreit. Sie hält inne, um Luft zu holen, lehnt sich gegen die Wand, rückt den Riemen ihrer Tasche wieder zurecht und marschiert weiter. Warum hat er ihr nichts gesagt? Hat er etwa bereits vergessen, dass sein Körper vor einem Jahr auf ihrem lag und sie liebte? Sie dagegen denkt häufig daran. Nachts... Dann erzählt sie sich eine schöne Geschichte: Rapha gesteht ihr seine Liebe, dass er außer ihr nie eine andere geliebt hätte, dass er geglaubt hätte, sie würde ihn nicht lieben, sie würde einen anderen ihm vorziehen. Er nimmt sie in die Arme, er redet mit ihr über die Tafel Schokolade. Bis jetzt hat sie die Nachricht noch nicht beantwortet, die zwischen dem Silberpapier und der Verpackung steckte... Sie nimmt seinen Kopf zwischen die Hände und erzählt ihm unter Tränen, dass sie die Nachricht übersehen hätte, dass sie immer geglaubt hätte, er würde Clara lieben, und dass sie sich deshalb zurückgehalten hätte. Aber noch ist es nicht zu spät, sagt Rapha, noch nicht. Atemlos bleibt sie ein weiteres Mal auf dem Treppenabsatz stehen, direkt vor dem Atelier. Oh Rapha!, seufzt sie, Rapha... Er nimmt sie in die Arme, beugt sie nach hinten, umschlingt sie fest und presst seine Lippen auf ihren Mund. Das ist ihre Gutenachtgeschichte. Auch wenn sie billig und kitschig ist, schläft sie danach dennoch jedes Mal glücklich ein.

Von Stimmen, die aus dem Atelier dringen, wird sie aus

ihrem Traum gerissen. Sie geht näher heran, wobei sie mit einer Hand ihre Tasche gegen die Hüfte balanciert, tastet sich mit der anderen an der Wand entlang, hin zu dem Lichtstrahl, der durch die Tür fällt, die nicht richtig geschlossen ist. Sie erkennt Raphas Stimme, Raphas weiche und tiefe Stimme. Er wirkt lustlos, als würde er gegen seine Überzeugung für sich selbst plädieren. Er verteidigt sich, er sagt: »Natürlich... durchaus nicht«, während ihn die andere Stimme unterbricht: »Und was ist mit mir? Warum nicht ich? Warum immer nur sie?« Sie meint, die andere Stimme ebenfalls erkannt zu haben...
Die zweite Stimme, die Raphas Worten etwas erwidert... Eine Stimme, die sich überschlägt, die Anschuldigungen erhebt, die Rechenschaft verlangt... Eine Stimme, die vor Wut metallen und schneidend klingt.
Völlig außer Atem verharrt Agnès auf dem Treppenabsatz, bestürzt wegen dieser Stimme, die Stimme, die aus dem Atelier dringt. Sie gehört nicht hierher. Was hat sie hier zu suchen?
Langsam nähert sie sich der Tür, stößt sie vorsichtig auf, nur einen winzigen Spalt, nur um zu sehen, um sich zu vergewissern... Angsterfüllt starrt sie auf die sich öffnende Tür... Sie werden sie noch bemerken! Flüchtet sich schnell in eine Mauernische, wartet, zählt die Sekunden, um sich dann ein Herz zu fassen und die Tür erneut aufzustoßen, schiebt den Kopf näher in das Licht, wobei sie sorgfältig Acht gibt, unbemerkt zu bleiben, rückt näher, noch näher... und wirft einen Blick hinein. Zunächst ist sie völlig verdutzt von der Gewissheit, die sich aufdrängt, die sich festsetzt, obwohl sie es nicht wahrhaben möchte, dann erkennt sie den weiten weißen Mantel auf der Matratze am

Boden, die schmalen Stiefeletten, die schwarze Lederhose, den weißen Pullover und die beiden Blusenzipfel, die heraushängen...
Lucille steht an die Heizung gelehnt, unter dem Fenster, während Rapha, mit der Stirn auf den Knien, die er mit beiden Armen umschlingt, ihr gegenüber auf dem Boden sitzt. Da begreift Agnès, es fällt ihr wie Schuppen von den Augen, sodass sie zurück in den Flur taumelt, schwankt und auf den Absätzen in die Hocke geht. Natürlich, sie muss ja immer und überall die Erste sein... Ich begreife nicht, warum ich überhaupt versuche, mich mit ihr zu messen, mich mit den anderen zu messen, weil ich sowieso verliere. Sogar diesen Platz, diesen zweiten Platz, den ich mir für mich bewahrte, für meine kleinen Träume, sogar den musste sie mir nehmen... Diesen so bescheidenen Platz, diesen nichtigen Platz schnappt sie mir weg. Ich hätte es wissen müssen, ich hätte es wissen müssen...

—

Schon als Kind war Lucille Dudevant schön, intelligent und reich. »Sie ist eins der Mädchen, denen das Alter nie was anhaben kann«, verkündete Mademoiselle Marie, ihre Gouvernante, »solche Sorgen wird sie nie kennen.« Mademoiselle Marie behielt Recht. Während andere Mädchen mit Beginn der Pubertät sich die Haut mit Pickelcremes und Gesichtswasser ruinieren, bestach Lucille mit ihrer glatten, rosigen Haut, den blonden dicken Haaren, die keinerlei Pflege bedurften. Da sie zudem bereits von klein auf Ballettstunden nahm, hatte sie eine gerade und stolze Haltung, eine Art, ohne jegliche Selbstzweifel oder Befangenheit durchs Leben zu schreiten. Niemand hatte eine Ahnung davon, dass sie ihre Bewegungen unbeobachtet in ihrem Zimmer vor dem Spiegel ihres Kleiderschranks übte, wo ihre Kleidung säuberlich, nach Anlässen sortiert hing: Konzert, Theater (als sie alt genug war, um abends in Begleitung von Mademoiselle Marie ausgehen zu dürfen), Feten, Schule, Tennis oder Sportunterricht.

Lucilles Klasse zog die kleine Clara Millet magisch an. Ein Mädchen mit Stil fällt sofort auf. Nie wirkt sie fehl am Platz. Vor nichts hat sie Angst. Oder zumindest scheint es so, als hätte sie vor nichts Angst. Clara war diese Anziehungskraft unbehaglich. Obwohl sie sich darüber ärgerte, dass sie sich einer solchen Faszination hingab, die sie in eine minderwertige Rolle drängte, kam sie nicht umhin, ständig um Lucille herumzuschleichen. Sie ging sogar so weit, sie auszuspionieren. Genau zu beobachten, was sie aß, was sie trug, ihr Verhalten, ihre Art zu reden, ihre Lieblingswörter nachzuahmen, um sich eine Scheibe von diesem starken Selbstvertrauen abzuschneiden, das sie beherrschte. Als Lucille Dudevant die Mode einführte, zwei Herrenhemden übereinander zu tragen, klaute Clara die Hemden von ihrem Bruder. Als Lucille damit anfing, sich raffinierte Gelfrisuren zu verpassen, stürzte sich Clara auch auf die Tube. Allerdings konnte sie damit nicht so geschickt umgehen wie Lucille, was zu dem Ergebnis führte, dass ihre Haare strähnig aussahen. Aber egal! Nun besaß sie dieses kleine, gewisse Etwas, das sie in die Nähe der vollkommenen Schönheit rückte. Ihrer Freundin gegenüber empfand sie ein Gefühl bescheidener Dankbarkeit. Nachdem sie ihren Wortschatz geändert hatte und mit neuem Selbstbewusstsein glänzte, fand sie sich beinahe schön. Für einige Zeit bildete sie sich in ihrer Verzückung sogar ein, das Leben in den Griff bekommen zu haben. Jetzt war sie nicht mehr irgendwer. Clara Millet war sehr selbstständig, doch entging es ihr nicht, dass Lucille dem Bild der Idealfrau eher entsprach als sie. Und obwohl sie sich bereits damals wünschte, mit ihrer Keckheit und Originalität zu beeindrucken, kam sie nicht dagegen an, ihr Vorbild zu kopieren. Jedoch führte das zu einem heillosen Durcheinander in ihrem armen, verwirrten Kopf, sodass sie nicht mehr wusste, wie sie sich verhalten sollte. Wie Lucille Dudevant oder wie Clara Millet? Zwar hatte sie das Leben im Griff, aber es war nicht ihr eigenes. Schließlich gab sie auf, mit der Erkenntnis, dass sie durch ihre Beobachtungen viel gelernt hatte.

Auch Agnès Lepetit war von Lucille stark beeindruckt, jedoch war ihr klar, dass jeder Versuch, mit dieser zu konkurrieren, müßig wäre. Daher begnügte sie sich damit, sie zu vergöttern und ihr jeden Wunsch von den Augen abzulesen. Wenn Mademoiselle Marie gerade nicht zur Verfügung stand, schleppte sie für sie die schwere Schulmappe oder überbrachte ihr Liebesbriefchen. Ich bin ihr Briefbote, dachte sie beglückt, sie vertraut mir. Sie konnte gar nicht genug davon bekommen, sie anzusehen. Zu Hause warf sie sich dann auf ihr Bett und träumte von Lucille. Jedes noch so winzige Detail, das ihr Idol betraf, erfüllte sie mit Freude: Eines Tages fand sie den Namen und die Adresse ihres Zahnarztes heraus. Es war, als hätte sie einen Schatz entdeckt! Lucille beachtete sie, Lucille redete mit ihr, Lucille ließ sie in der Schule neben sich sitzen...

Dagegen versetzte Joséphine der ganze Zirkus um Lucille in Wut. Eine arrogante Ziege! Weiter nichts! Clara würde ihr schon noch den Rücken kehren, und Agnès würde irgendwann begreifen, dass die andere nur Verachtung für sie übrig hatte, orakelte sie, um sich darüber hinwegzutrösten, dass ihre beiden Freundinnen ihre Energie für Lucille vergeudeten und sie dabei zu kurz kam. An dem Tag, als Lucille sie nach ihrer Meinung zu einem Film fragte, ertappte Joséphine sich dabei, dass sie rot wurde und anfing zu stottern, sich aber dennoch sehr geschmeichelt fühlte. Beinahe hätte sie an jenem Tag die Waffen niedergelegt und sich ergeben, wenn sie in Lucilles Augen nicht diesen leuchtenden Triumph bemerkt hätte.

Mit ihrem Vater bewohnte Lucille Dudevant die beiden obersten Etagen des Gebäudes in der Rue Victor Hugo 24. Eine wunderschöne Maisonette-Wohnung mit einem fantastischen Ausblick auf Paris. An den Wänden hingen überall Gemälde in schweren vergoldeten Holzrahmen, die kunstvoll verziert waren. Dazwischen war nicht einmal Platz für einen zusammengefalteten Fächer. Meistens stellten sie Landschaften oder Szenen aus dem ländlichen Leben dar. Kinder, die Viehherden auf die Weiden führten, Mädchen, die in einem Fluss badeten, Pferde, die über die Wiesen galoppierten, Bauern, die die Ernte einfuhren, während im Hintergrund die Frauen im Waschhaus arbeiteten. Wie ein Museum. Die Tische, Stühle und Sessel schienen aus einem Antiquitätenkatalog zu stammen, sodass man sich kaum getraute, darauf Platz zu nehmen, weil man damit rechnete, dass einen jeden Augenblick ein mürrischer Wächter in Uniform vertreiben würde. Über dem dicken, mit seltenen Motiven verzierten Teppichboden lagen lange Läufer. »Kelims«, erläuterte Lucille, die sich sicher war, dass ihre Freundinnen es nicht wussten. Die Vorstellung, dass sie etwas besaß, wonach andere begehrten, gefiel Lucille. Das machte ihre Besitztümer noch

wertvoller. Niemand sonst im Haus besaß Kelims, sodass Lucille dadurch an Ansehen gewann. Allein der Klang dieses Wortes machte es geheimnisvoller und luxuriöser. »Kelim, Kelim, Kelim«, wiederholten die Kinder entzückt, wenn sie von einer Einladung bei Lucille wiederkamen.
Zu behaupten, dass Lucille Dudevant zu der kleinen Clique gehörte, wäre übertrieben. Lucille gesellte sich nur dann dazu, wenn es sich ihrer Meinung nach lohnte. Oder wenn sie die Einsamkeit in der großen Wohnung nicht mehr ertragen konnte, in der ihr Vater und ihre Gouvernante sich aufhielten. Aber im Laufe der Jahre verbrachte sie immer mehr Zeit in Begleitung ihrer Freunde, die sie »Kameraden« nannte.
Da ihre Mutter bei ihrer Geburt gestorben war, hatte Lucille nie mütterliche Zärtlichkeit, Liebkosungen oder Fürsorge gekannt. Von der verstorbenen Madame Dudevant, geborene Comtesse de La Borde, existierten lediglich ein Fotoalbum und ein Porträt in einem Mahagoniholzrahmen. Darauf nahm sie eine gerade und vornehme Haltung ein, in einem eng anliegenden grauen Wollkleid mit einer Kamee und einem schwachen, höflich-distanzierten Lächeln auf den Lippen. Über ihrer Schulter war ein mit Gold besetzter Fuchspelz drapiert. Ihre blonde Haarpracht war zu einem Knoten gebunden. Ihre Ohren schmückten zwei kleine, filigrane Perlen, ein dreiteiliges Perlen-Collier betonte ihren Schwanenhals. Vergeblich verbrachte Lucille Stunden vor diesem Porträt, sie würde doch nie einen Zugang zu ihr finden. Manchmal kam es vor, dass sie ganz leise »Mama? Mama?« murmelte, wenn sie sicher war, dass niemand sie hören konnte, jedoch entstand keinerlei Bindung zwischen der Frau auf dem Porträt und ihr. Zwar waren die Fotos

in dem Album anders, aber es war die angeborene Eleganz ihrer Mutter, die sie einschüchterte. Beunruhigt fragte sie sich, ob es ihr jemals gelingen würde, so wie sie zu sein. Das abgetragenste Kleidungsstück in ihrer Garderobe schien eine schwarze Kaschmirjacke zu sein, die sie zu einem Abendkleid trug, lässig über die Schultern gehängt, oder offen zu einer Bundfaltenhose oder zu einem langen champagnerfarbenen Taftrock. Ihre Mutter ging nie mit der Mode: Ihre Mutter hatte Stil. Auf dem vordersten Foto im Album strahlte sie. Oder vielmehr zeigte sie ein breites Lächeln voller Lebensfreude und Frohsinn. Ihre Finger- und Zehennägel waren rot lackiert, sie saß auf einem cremefarbenen Sofa und trug ein glänzendes kastanienfarbenes Kleid von Schiaparelli, wobei ein Träger von der nackten Schulter gerutscht war. Die rechte Hand hielt eine schwarze Perlenkette an ihrem Hals fest, die linke lag locker auf dem rechten Knie. Man konnte ihre Kehle sehen, und ihre ganze Haut schien eine unbekümmerte und sanfte Lebensfreude auszustrahlen. Wahrscheinlich lagen die Schuhe auf der Seite, weil man sie nicht sehen konnte. Unter dem Foto stand: »Erster Ball bei den Rothschilds«. Auf dem nächsten Foto, das bei dem Verlobungsessen aufgenommen worden war, war ihr Erscheinungsbild zurückhaltender, wobei die Augen jemanden in der Ferne zu suchen schienen. Sie trug einen langen schwarzen Rock und eine ärmellose weiße Bluse mit hochgestelltem Kragen, der von einer kleinen Diamantspange zusammengehalten wurde. Der große, ein wenig steif und düster wirkende Mann an ihrer Seite war ihr Verlobter.

Lucille fiel es schwer, sich ihre Mutter in Bewegung vorzustellen: ihre Mutter beim Einkaufen, wie sie den Rock hochraffte, um in einen Wagen zu steigen, sich bückte, um mit einem Kind zu schmusen, Lucilles Vater die Lippen zum Kuss hinhielt. Bei dieser Vorstellung erstarrte Lucilles Körper, und sie musste den Blick von den Fotos abwenden. Wie war es diesem alten, nostalgischen und stocksteifen Herrn nur gelungen, sich auf den Körper dieser attraktiven Frau zu legen? Unmöglich, befand Lucille und schloss daraus, sie sei adoptiert worden. Was ihren Träumen und Hirngespinsten noch mehr Nahrung gab und ihre Eigentümlichkeit nur noch verstärkte. Da sie niemals mütterliche Liebe kennen gelernt hatte, war Lucille selber nicht zu Liebe fähig und suchte stattdessen nach der vollen Bewunderung ihrer Mitmenschen.

Früher hatten ihre Eltern ein großes Appartement am Trocadéro bewohnt. Ihr Vater war Ingenieur. Er hatte für die Automobil- oder Flugzeugindustrie, Lucille war sich da nicht mehr ganz sicher, technische Patente entwickelt und dabei ein Vermögen gemacht. Ein immenses Vermögen, das er an der Börse investierte mit einem Gewinn, der seine kühnsten Träume übertraf. »Das Finanzamt vergisst Geld, das schlummert… Also schlummert das Geld mit einem geschlossenen und einem wachen Auge, um sich heimlich, still und leise zu vermehren.«

Zu jener Zeit hatte er Mademoiselle Amélie de La Borde geehelicht, die einem alten, aber verarmten Adelsgeschlecht entstammte. Ihre Beziehung war nur von kurzer Dauer. Eineinhalb Jahre nach der Hochzeit starb Amélie, nachdem sie ein kleines Mädchen zur Welt gebracht hatte, das sie in ihrem letzten Atemzug Lucille nannte.

Nach dem Tod seiner Frau war Monsieur Dudevant wieder nach Montrouge gezogen, wo er als Kind aufgewachsen war, der einzige Ort, an dem er sich jemals wohlgefühlt hatte. Aus seinen Kindheitstagen kannte er noch den Metzger, die Bonbonverkäuferin, den Kohlenhändler, den Friseursalon von Monsieur Hervé, den Tabakladen auf der Ecke; all diese Bezugspunkte gaben ihm Stärke und Sicherheit. Da er weitaus älter als seine Frau war, fühlte er sich zu alt, um ein neues Leben zu beginnen, und hegte stattdessen den Wunsch, sein Leben in Frieden mit sich selbst zu Ende zu leben. Er sah zu, wie seine Tochter groß wurde, ohne die Energie aufzubringen, sich um ihre Erziehung zu kümmern. Diese überließ er Mademoiselle Marie. Er wünschte sich nichts mehr, als sich in die Vergangenheit zu flüchten, sie in sich wieder aufleben zu lassen. Häufig überraschte Lucille ihn dabei, wie er auf dem Sofa in seiner Bibliothek lag, mit einem gedankenverlorenen Lächeln auf den Lippen. Er las keine Bücher, hörte keine Musik, ging nie ans Telefon. Er dachte nach. Er überließ sich seinen Gedanken, wie er einmal dem kleinen Mädchen erklärte, das nicht verstehen konnte, dass man einfach so Stunden um Stunden tatenlos verbringen konnte. »Eines Tages wirst du verstehen, dass man sein gesamtes Leben an den Gefühlen und Erlebnissen der ersten zwanzig Jahre ausrichtet. Nur diese zählen. Sie allein sind wichtig, weil sie dich formen. Mit zwanzig kannst du praktisch einen Schlussstrich ziehen und auf ein erfülltes Leben zurückblicken. Später wirst du immer wieder auf diese Jahre zurückkommen. Weil du nämlich die Freuden, Leiden und Enttäuschungen aus deinen Jugendjahren wiederfinden willst. Dann versöhnst du dich wieder mit Menschen, die dich enttäuscht, die dich hintergangen haben. Und jene, die dich schon früher geliebt haben, wirst du noch mehr lieben. Du möchtest die-

sen alten Schmerz wiederfinden und ihn in Freude umwandeln, weil das einfacher ist, als immer nach vorne zu schreiten, als sich ständig durchkämpfen zu müssen. Je älter man wird, um so geringer der Tatendrang. Das Denkvermögen wird langsamer und dreht sich immer um dieselben Dinge, bis zur Besessenheit, die entweder Trost spendet oder in den Wahnsinn treibt. Ich finde dabei Trost.« Danach versank er wieder in einen dieser Dämmerzustände, in denen er seine Tochter nicht mehr wahrnahm.
In den Ferien besuchte Lucille meistens ihre Cousinen (mütterlicherseits) in dem Familienschloss im Périgord, unweit von Sarlat. Einmal wollte ihr Vater wissen, ob sie nicht vielleicht auch andere Pläne hätte. Lucille fiel keine Antwort ein: Wohin konnte man alleine schon gehen? Einmal war sie bereit, wie Philippe und Clara die Sommerferien bei Gastfamilien in England zu verbringen, aber das Experiment schlug fehl. Die ganze Zeit über regnete es, ihre Gastfamilie entpuppte sich als große Enttäuschung, und überdies landete sie in einem Kaff, das sechzig Kilometer von London entfernt lag und in dem es nichts gab als ein Woolworth, ein Schwimmbad und einen Eisverkäufer. Im folgenden Jahr verbrachte sie den Sommer wieder auf dem Familienschloss.
Aufgewachsen zwischen einem unbeteiligten, apathischen Vater und einer Gouvernante, die sich zwar um sämtliche praktischen Angelegenheiten in der Erziehung kümmerte, aber eine puritanische Zurückhaltung an den Tag legte, wenn es um Gefühle ging, verlief Lucilles Kindheit ohne Liebe. Zwar fehlte es ihr an nichts, aber das Wesentliche wurde ihr vorenthalten. Später, als sie anfing, mit Jungs auszugehen, merkte sie, dass sie für diese nichts empfand.

Sie glaubte, dass diese Gefühlskälte nicht in ihrer Person begründet lag, sondern in der Mittelmäßigkeit ihrer Umgebung. Um zu lieben, brauchte sie Bewunderung, und im Moment war kein Mann es wert, dass sie sich mit ihm abgab. Laut Lucille konnte die Liebe nur zwischen zwei gleichwertigen und wertvollen Menschen existieren. Die romantischen Flausen ihrer Freundinnen, die von Liebe auf den ersten Blick, Herzklopfen und feuchten Händen erzählten, waren ihr zuwider.

In jeder Hinsicht machte Lucille, was sie wollte. Da sie vernünftig war und ihre Gefühle perfekt beherrschte, ließen ihr Vater und Mademoiselle Marie ihr freie Hand. In der Tat hatte Lucille begriffen, dass sie sich folgsam zeigen musste und nichts von ihren inneren Gefühlsausbrüchen offenbaren durfte, damit man ihr keine Beschränkungen auferlegte. Stets das Gesicht wahren und gute Manieren zeigen, um seine Mitmenschen zu täuschen und sich mit einem geheimnisvollen Schleier zu umgeben. Dies war der Angelpunkt ihrer Erziehung: Sie lernte, ein doppeltes Spiel zu spielen, ihre Gefühle, Tränen oder Freudenschreie zu unterdrücken und sie mit einem lieblichen und ungezwungenen Lächeln, einem geneigten Kopf oder einem ironischen Gesichtsausdruck zu übertünchen. Ihr perfektes Gesicht, der Blick aus ihren graugrünen Augen, die dicke blonde Haarmähne trugen dazu bei, ein echtes Kunstwerk aus ihr zu machen. Wäre sie nicht so schlau und ambitioniert gewesen, wäre aus ihr mit Sicherheit ein verführerisches Mannequin geworden, oder sie hätte eine Familie gegründet.

Lucille Dudevant war der Star im Haus, und jeder brachte ihr Respekt, Bewunderung und Neugier entgegen. Von Zuneigung kann man in diesem Fall nicht sprechen, da Lucille stets eine gewisse Distanz an den Tag legte, die zur Folge hatte, dass man sich ihr gegenüber jegliche Vertraulichkeit oder Herzenswärme verkniff. Lucille ließ die anderen ihre Einzigartigkeit spüren. Dies tat sie jedoch auf eine höfliche und taktvolle Art. In der Schule war es dasselbe. Sie brauchte lediglich mit ihren pastellfarbenen Kaschmir-Twinsets, ihren schottischen Kilts, ihrer langen blonden Mähne im Klassenzimmer zu erscheinen, schon vollzog sich eine unmerkliche Veränderung im Verhalten der Jungen und Mädchen. Niemals passte sie sich den jeweiligen Modetrends an, und ihr klassischer Stil hob sie von den anderen ab. In ihrer Gegenwart verblassten die anderen Mädchen, die Jungs waren einen Moment lang beeindruckt. Dann setzte der übliche Lärm in der Klasse wieder ein. Lucille hatte jedoch ihre Wirkung nicht verfehlt.

Sie verstand es, ihre Überlegenheit zu wahren. Wenn eine Neue kam, und war sie auch noch so hässlich oder dumm, betrachtete Lucille diese sofort als Rivalin, die ausgeschaltet werden musste. Dann verließ sie für einige Tage ihren Elfenbeinturm, wurde richtig freundlich, bat um Schulhefte, um sich die Aufzeichnungen abzuschreiben, machte irgendeiner Klassenkameradin Komplimente über ihre Kleidung oder Frisur, lieh ihren Montblanc-Füllfederhalter aus, suchte sich die eine oder andere aus, der sie einige Dinge anvertraute, die sie sich vorher sorgfältig zurechtgelegt hatte. So stellte sie sich wieder in den Mittelpunkt des allgemeinen Interesses und stach mit konzentrischen Kreisen den Störenfried aus, der sich plötzlich als »potenzielle Angeberin« unter den »Außenseitern« und Vasallen wieder fand. Wenn die Gefahr beseitigt war, stieg Lucille wieder

in ihren gläsernen Turm, wo sie sich akribisch diejenigen aussuchte, die die Ehre hatten, ihr ihre Aufwartung machen zu dürfen.
Niemand schaffte es, sich Lucille zu widersetzen. Fast niemand...

—

Die Hände in den Taschen zu Fäusten geballt, sitzt Agnès im Schneidersitz da. Sie lauscht. Von Zeit zu Zeit beugt sie sich mit gesenktem Kopf ein paar Zentimeter zu dem Türspalt vor, wobei sie lediglich Lucilles Füße sieht, die auf dem Atelierboden hin- und herwandern, sowie Rapha, der immer noch am Boden sitzt, sich dreht und windet je nach Lucilles Tonart, Raphas Finger, die in den Haaren spielen, und sie hört Raphas Feuerzeug klicken.
Lucilles Absätze wandern unruhig über den Boden. Das Einzige, was Agnès sieht, sind ihre schmalen Füße, die energisch hin- und herstolzieren, sich um die eigene Achse drehen und dann wieder weitermarschieren.
»Und da sitze ich nun, bei Clara«, sagt Lucille mit Nachdruck, »mit dieser Heulsuse Agnès, die schon Gespenster sieht und Stimmen hört, bloß weil sie in ihr kleines Heft schreibt...«
»Sag bloß nichts über Agnès! Von uns allen ist sie die Unverdorbenste! Die Sanfteste, die Großzügigste... Wenn ich mir eine kleine Schwester aussuchen könnte, wäre sie es... du kannst ihr nicht das Wasser reichen... Und ich übrigens ebenso wenig!«
»Und mir geht durch den Kopf, dass ich mit Clara reden muss... ihr sagen muss, was sich zwischen uns abspielt... Ich habe diese Heimlichtuerei satt! Ich kann es nicht mehr

ertragen, dass es mir jedes Mal einen Stich versetzt, wenn ich *dein* Hemd an *ihrem* Körper sehe!«

»Lass Clara aus dem Spiel!«, brüllt Rapha, wobei er abrupt die Beine ausstreckt.

Scheinbar außer sich trommelt er mit den Absätzen auf dem Boden.

»Ich will aber endlich reinen Tisch! Sie soll erfahren, wie lange du mich schon fickst!«

Er verzieht das Gesicht und hebt den Kopf zu ihr hoch.

»Lucille, in deinem Mund klingt ein solch vulgäres Wort unecht!«

Aus seiner Hemdtasche zieht er eine Zigarette und zündet sie an. Agnès hat den Eindruck, dass Rapha es leid ist, sich ständig zu wiederholen, dass Lucille jedoch halsstarrig kämpft wie ein Tier, das versucht, sich aus einer Falle zu befreien.

»Aus meinem Mund klingt doch immer alles unecht! Nie glaubst du mir! Nie willst du...«

»Ich möchte nicht, dass du Clara da hineinziehst«, unterbricht er sie. »Ist doch nicht so schwer, oder?«

»Du machst es dir leicht! Erklär ihr doch mal, warum du es ausgerechnet mit mir treibst, wo sie doch diejenige ist, die du liebst...«

»Sie wird es verstehen. Sie versteht alles...«

»Da wäre ich mir nicht so sicher...«

Sie hat Recht, denkt Rapha. Sie wird es nicht ertragen. Er hat Clara nicht die ganze Wahrheit gesagt. Hatte nicht den Mut, auf einen Schlag ganz auszupacken. Das ist egoistisch von ihm gewesen, zuerst hat er nur an seine Angst gedacht. Den Rest, all die anderen Kleinigkeiten, hat er unter den Tisch fallen lassen... Nur, dass es sich nicht um eine Kleinigkeit handelt! Ihr sind jene, die sie nicht kennt, wie Chérie Colère, völlig egal, aber Lucille... Sie wird es ihm nicht verzeihen. Aber außer Lucille war da keine. Doch, Agnès... aber die wird den Mund halten. Zum Glück weiß Lucille nichts davon.

»Sie hat dich weiß Gott schlecht behandelt...«

»Stimmt, sie hat mich betrogen, aber das ändert meine Meinung auch nicht...«

Wie zur Entschuldigung lächelt er. Als Lucille es bemerkt, fängt sie wieder an, wild ihre Runden zu drehen.

»Das ist schon keine Liebe mehr, das ist Besessenheit...«

»Ich persönlich sehe da keinen Unterschied...«

Er kratzt an den trockenen Farben auf seiner Jeans, wobei er versucht, die blauen, gelben, schwarzen und roten Farbspritzer abzulösen. Die Farbe sammelt sich unter seinem Fingernagel zu einem kleinen Dreckkrümel, den er mit dem Zeigefinger herauspult und wegschnippt.

»Also, warum bist du damals gekommen? Warum?«, schreit Lucille. »Schließlich hast du an jenem Abend den Anfang gemacht, wenn ich dich erinnern darf.«

»Du hast nicht Nein gesagt...«

Erstaunt hört Agnès zu. Noch nie hat sie erlebt, dass Lucille die Fassung verliert. Obwohl sie darauf brennt, ins Licht zu treten, um die Wut in ihrem Gesicht zu beobachten, hat sie nicht den Mut dazu. Sie beschließt, weiter zuzuhören.

»Du hast nämlich den ersten Schritt gemacht! Deshalb trägst auch du die Verantwortung!«

»Lucille!«, ruft Rapha und bricht dabei in spöttisches Gelächter aus. »Dazu gehören ja wohl zwei! Ich war scharf auf dich. Ich fand dich schön, stolz, kalt... Jeder ist scharf auf dich... Und außerdem... habe ich mich schließlich nur dafür erkenntlich gezeigt, dass du mich berühmt gemacht hast, ich habe lediglich meine Schulden beglichen... Während du es ja schick gefunden hast, dir den zur Zeit angesagtesten Künstler zu schnappen! Wir sind quitt.«

»Du bist widerlich...«

»Nein! Nur klar bei Verstand... du bist diejenige, die hier alles durcheinander bringt!«

»Du hast gewusst, mit wem du dich einlässt...«

»Und trotzdem war mir danach... Ich habe mir gesagt, je mehr Dummheiten ich anstelle, je mehr ich die Angelegenheit verkompliziere, um so schneller bin ich ganz unten im Loch und werde wieder hochkommen... Außerdem war es Balsam für meine Seele. Damals war meine Selbstachtung praktisch gleich null, sodass ich mit meinem Erfolg nicht klarkam, dass ich vor Angst, das alles könnte wieder aufhören, fast einging, dass ich dummerweise dachte, ich wäre nichts ohne dich... Siehst du, ich sage die ganze Wahrheit, aber wenn ich es heute Abend nicht mache, dann nie mehr! Ich gehöre nämlich nicht gerade zu der mutigen Sorte Mann...«

»Ich hasse dich! Ich hasse dich!«

Lucille scharrt mit den Füßen. Dann senkt sie die Stimme und murmelt:

»Aber das ist nicht einmal wahr! Wenn ich dich doch nur hassen könnte, Rapha, dann wäre ich überglücklich! Wenn du wüsstest...«

»Nein, weil bei Hass immer Liebe mitschwingt. Nur wenn man nicht mehr hasst, verschwindet die Liebe allmählich, nicht sofort, aber nach und nach, wie eine Zwiebel, die man schält... Dann wacht man eines Morgens auf und liebt nicht mehr. Wenn man diesen Morgen herbeigesehnt hat, wie Kinder die Bescherung herbeisehnen, dann ist man der glücklichste Mensch auf Erden...«

»Offensichtlich ist dir das mit Clara nie gelungen!«, spottet Lucille.

»Nie. Obwohl ich es mir so gewünscht habe!«

Seufzend fährt er sich mit der Hand durchs Haar bei der Erinnerung an all jene unruhigen Nächte, in denen er versuchte, sich einzureden: Morgen werde ich sie nicht mehr lieben, morgen ist es mit der Liebe vorbei. Sie ist eine Schlampe, eine billige Schlampe. Dann wachte er am nächsten Morgen auf, hörte ein bestimmtes Lied im Radio, oder sein Blick fiel auf eins ihrer Lieblingsbücher, auf ein altes T-Shirt von ihr, das er als Lumpen benutzte, und wieder setzte sie sich in seinem Kopf fest. Nur beim Malen fand er Ruhe. Und dann... Es endete immer damit, dass sie sich aus dem Staub machte. Wie lange brauchte man, um zu vergessen? Gab es dafür überhaupt eine festgelegte Zeit? fragte er sich, erschöpft vom Kampf gegen ein Phantom.

»Wenn ich es ihr morgen sage, wird sie dich nicht mehr lieben...«

»So einfach ist das nicht... Sie wird mich hassen... Aber mich nicht mehr lieben? Noch lange nicht...«

Er zuckt die Achseln, als ob dies unmöglich wäre.

»Die Bindung zwischen uns beiden ist zu stark... du hast ja keine Vorstellung, was zwischen uns beiden läuft, zwischen ihr und mir!«

Die Füße sind stehen geblieben. Jetzt kniet sie sich vor Rapha. Sie lehnt den Kopf an seine Knie. Sie gibt auf. Sie reibt die Stirn an Raphas Beinen und hält den Kopf gesenkt. Dadurch hat Agnès Schwierigkeiten, sie zu verstehen, sodass sie sich an die Tür lehnen muss.

»Wie hat sie das geschafft? Sag es mir, Rapha! Ich kann nicht mehr... Manchmal liebe ich sie sogar so sehr, wie ich dich liebe... Ihr gegenüber bin ich du... Und dann wiederum hasse ich sie, wünsche mir, dass sie verschwindet...«

Einen Augenblick lang verharrt Raphas Hand in der Luft, über Lucilles Kopf, als zögere er, sie zu berühren, dann senkt sich seine Hand und streichelt ihr langes Haar, das er über seiner schwarzen Jeans ausbreitet, während er redet.

»Sie stellt keine Ansprüche, sie fordert keine Gegenleistung. Nicht ein einziges Mal hat sie mich fallen lassen. Zwar war sie sauer, hat gelitten, so wie ich in Venedig gelitten habe, aber niemals ist sie davon ausgegangen, dass Schluss ist. Wirklich Schluss. All die Zeit, die ich mich bemüht habe, sie zu vergessen, um es ihr dann heimzuzahlen... Vergeudete Zeit... Siehst du, das Schwerste dabei ist nicht, zu lieben, sondern zu verzeihen. Es geht nicht darum, sich zu bekriegen oder sich aus dem Weg zu gehen, sondern den anderen mehr zu lieben als sich selbst... und zu verzeihen.«

»Man könnte meinen, deine Großmutter spricht!«, flüstert Lucille, den Kopf auf Raphas Knien, während sie sich von seinen liebkosenden Händen und seiner Stimme trösten lässt.

»Mir hat dieser Mut gefehlt. Ich wollte, dass sie leidet, dass sie für alles bezahlt. Sie dagegen nicht! Sie hat eine hohe Meinung von der Liebe. Gestern Abend hat sie mir Mut gegeben... Wie du siehst, lande ich letztlich immer wieder bei ihr und werde auch in Zukunft immer wieder bei ihr landen.«

»Auch ich war bereit, dir alles zu geben... Das weißt du,

Rapha. Ich hätte dir das gesamte Geld von David gegeben, damit du mich so liebst wie sie...«
»Das bezweifle ich. Das Geld hat dich verdorben. Schon von klein auf... Und wenn ich morgen ohne einen Pfennig dastehe, wenn meine Kunst nicht mehr gefragt ist, wenn ich zu einem bekannten Unbekannten werde, wird Clara für mich da sein und nicht du, Lucille, du gewiss nicht! Denk mal nach, du bist nicht die Einzige... Sogar ich habe manchmal...«
»Das ist nur wegen deinem Vater, dass...«
»Hör auf! Sei still!«
Laut brüllend ist er aufgesprungen und hat sie dabei so brutal weggestoßen, dass sie das Gleichgewicht verliert. Jetzt läuft er unruhig hin und her. Wutentbrannt.
»Kein Wort über meinen Vater! Er hat mir meine Kindheit versaut mit seinem fetten Wanst, seiner dicken Zigarre und seiner Großkotzigkeit... Und dann hat er auch noch das einzige Mädchen versaut, an dem mir was lag. Die Einzigen, die er mit seinem verdammten Geld in Ruhe gelassen hat, sind seine Eltern, an denen hat er sich die Zähne ausgebissen!«
»Du wirst mir nie vertrauen!«
»Ich kenne dich, Lucille, du vergisst, dass ich dich von klein auf kenne! Du bist scharf auf alles, was du nicht haben kannst! Alles andere verachtest du!«
»Wenn du willst, werde ich David noch morgen verlassen...«
»Ich weiß. Und es berührt mich sehr... Nein, nein, ich scherze nicht. Aber warum, Lucille? Warum würdest du für mich alles aufgeben? Kannst du mir das beantworten?«
»Weil ich dich liebe...«

»Du liebst mich nicht.«

Er spricht es aus, als würde er mit einer Verrückten reden, die nicht verstehen will.

»Du liebst das Bild, das du dir von mir machst... Meinen Namen, meinen Ruhm... Aber nicht meine Lippen auf den deinen, meinen Schwanz in deiner Muschi... Siehst du, du wendest den Kopf bei solchen Worten ab, wahre Worte... Als ich fiebernd mit Schüttelfrost in Mama Kassys Hütte lag, hättest du mich nicht geliebt... du liebst mich bei Vernissagen, wenn mein Foto in der Zeitung ist, du liebst nur den berühmten Künstler... Eigentlich weißt du überhaupt nicht, was Liebe ist... du hast eine vage Vorstellung davon, schließlich bist du nicht doof... Aber mehr auch nicht. Deswegen küsst du auch nicht gern. Siehst du, schon wieder verziehst du das Gesicht! Um zu lieben, muss man geben, und du gibst nicht, weil du Angst davor hast... dein blaublütiger Ehemann merkt den Unterschied nicht, weil er ebenfalls nicht weiß, was Liebe ist. Er behandelt dich im Bett wie eine Hure, er behandelt alle Frauen wie Huren!«

»Woher willst du das wissen?« Verdattert sieht sie ihn an.

»Er hat mit Chérie Colère geschlafen... Beziehungsweise Chérie Colère mit ihm... Aus einer Laune heraus! Sie hat ihm im Ritz die Nägel gefeilt. Dort geht er anscheinend öfters essen, so wie ich gehört habe... Er ist ein Sadist, der bei Friseusen, die ihm einen blasen, oder Manikürren, die ihre Bluse aufknöpfen, dicke Trinkgelder springen lässt. Sie hatte einfach Lust, sich von einem solchen Unikum bespringen zu lassen!«

»Er also auch!«

»Die Welt ist klein, meine Liebe..., irgendwas in der Art

würde er dir darauf antworten! Und er sollte schleunigst den Test machen... Wegen Chérie Colère werden wir uns noch alle Blut abzapfen lassen müssen! Aber weißt du was? Seit gestern Abend habe ich keine Angst mehr... Weil ich nicht mehr alleine bin. Wie ich bereits gesagt habe, ich lande immer wieder bei Clara. Ohne sie geht nichts in meinem Leben. Jedes Mal taucht sie wie eine gute Fee auf... du kannst nichts dafür, und ich ebenfalls nicht. Auch wenn ich dich in dem Glauben gelassen habe, was mir Leid tut, aber gegen diese Liebe hast du nie was ausrichten können...«

»Ich hasse dich, ich hasse dich«, schreit Lucille und wendet sich ab.

»Ich wünsche mir, dass es irgendwann einmal aufhört... Bleib bei deinem Mann, Lucille, ihr passt hervorragend zusammen.«

»Das könnte dir so passen! Jeder leidet im Stillen vor sich hin, damit Rapha Mata glücklich und beruhigt sein kann wie der Große Manitu!«

»Würdest du mich lieben, wie du immer behauptest, und würdest du Clara lieben, deine Freundin Clara, würdest du nicht so reden. Dann hättest du die Größe und Güte zu verzichten!«

»Aber ich bin doch gar nicht fähig zur Liebe, Rapha, hast du doch selbst gesagt. Warum sollte ich also auf einmal heroisch werden?«

»Weil deine Gehässigkeit deinen Kummer nicht lindern wird... Weil, wenn du tatsächlich ein einziges Mal statt an dich an andere denken würdest, du den Hauch eines neuen Glücks entdecken könntest, und weil du letztlich alles verlieren wirst, wenn du den Mund aufmachst: meine Freundschaft, die von Clara und vermutlich auch die von Agnès und Joséphine. Dann würdest du Beziehungen beenden, die schon seit Jahren halten...«

»Die auf Lügen basieren, auf Verrat...«

»Und die, auch wenn du es nicht zugeben willst, dir etwas bedeuten. Schließlich ist es kein Zufall, dass du dich weiterhin mit ihnen triffst...«

»Reine Gewohnheit, weiter nichts...«

»Das glaube ich dir nicht. Da steckt mehr als Gewohnheit dahinter, aber du willst es nicht zugeben...«

»Ich brauche sie nicht! Sie waren lediglich Mittel zum Zweck, um in deiner Nähe zu sein... Von Anfang an hast nur du mich interessiert. Du bist mir ebenbürtig... du und ich, wir könnten aus meiner Stiftung etwas Besonderes machen, etwas, wovon jeder nur träumen würde, wo jeder gerne ausstellen, arbeiten, modellieren würde... Welchen Stellenwert haben schon Clara, Agnès oder Joséphine? Sie fallen nicht ins Gewicht. Meine Ziele sind höher gesteckt, Rapha, weitaus höher als ein Treffen unter Freundinnen, um über alte Zeiten zu quatschen!«

»Irgendwann wirst du wieder allein sein, von allen verlassen. Ich bin mir nicht einmal sicher, ob nicht auch dein edler Ehemann sich vor diesem intimen Geständnis ekeln würde... Wenn du den Mund aufmachst... Aber das wirst du nicht tun!«

»Wir werden sehen... Aber dafür liege ich wenigstens einmal in diesem Spiel vorn...«

»Was für ein Spiel?«

Verwundert mustert er sie. Dann drückt er die Zigarette aus und murmelt:

»Wenn es doch nur ein Spiel wäre! Dann wäre es schon längst beendet!«

»Ich habe es satt zu warten. Gründlich satt! Ich bin es leid, ständig das fünfte Rad am Wagen zu sein!«
Plötzlich wird ihr Ton scharf:
»Ich werde auf dich warten, Rapha, morgen werde ich auf dich warten, und zwar den ganzen Tag, bei mir zu Hause. Überleg es dir gut... Ich werde alleine sein... David ist in London. Falls du nicht erscheinst, werde ich es Clara sagen. Dann werde ich ihr schonungslos alles beichten...«
»Ich komme nicht. Es ist aus, Lucille, vorbei... Basta!«
Mit einer wedelnden Geste schickt er Lucille fort.
Sie ist aufgestanden. Sie schnappt sich ihren Mantel, streift ihn sich zornig über einen Arm und stößt die Tür auf. Agnès hat ihre liebe Not, sich rechtzeitig in die Nische im Flur zu drücken. Sie spürt, wie ihr ein großes Stück Mantel über das Gesicht fährt und eine Parfümwolke sie einhüllt. In der Dunkelheit macht sie sich so klein, bis sie nur noch ein winziges, unförmiges Bündel Stoff ist. Sie lässt Lucille an sich vorbeirauschen, hört, wie ihre Schritte sich entfernen, wie ihre Absätze auf den obersten Treppenstufen klappern, dann weiter hinab und weiter hinab. Bald darauf verstummt das Geräusch... Die Außentür fällt ins Schloss... Sie ist weg.
Auf allen vieren kriecht sie durch den Flur, riskiert einen vorsichtigen Blick in das Atelier und sucht nach Raphas langen Beinen. Er steht da. Vor dem Fenster. Starrt in die Nacht hinaus. Mit verschränkten Armen. Dann vernimmt sie das Geräusch von Leinwänden, die zur Seite geschoben werden, das Klicken eines Zippo, einen pfeifenden Wasserkessel. Sie steht wieder auf, streicht sich die Kleider glatt, ordnet ihre Frisur, hängt die Tasche wieder über die Schulter. Auch sie wird jetzt nach Hause gehen. Hier hat sie

nichts mehr verloren. Yves wartet auf sie. Zusammengekauert in seiner Angst, verlassen zu werden. Wir alle sind wie Kinder, die Angst vor dem Verlassenwerden haben.
Letztlich hatte sie lediglich eine winzige Rolle. Eine Rolle, die sie sich ganz alleine geschaffen hatte, die ihr Kummer oder Freude bereitete, die sie mitten in der Stoßzeit in der Metro zum Lächeln brachte oder zum Weinen, wenn sie sich das Video mit Sandrine Bonnaire ansah. Sie wird sich immer fragen, ob diese Minirolle für ein Leben reicht oder ob sie nichts weiter bedeutet, als hinter den Kulissen zu stehen. Diese Frage wird sie sich stellen, aber sie wird sich nie wieder darüber grämen. Jetzt schämt sie sich nicht mehr für das, was sie ist. Rapha hat gerade zwei oder drei Elemente genannt, die den Beginn einer Identität bilden, die den Weg für eine Wiedergeburt weisen. Er hat den Anstoß dazu gegeben. Es war kein Fehler, dass sie sich ihm an jenem Abend angeboten hat. Er hat sie nicht verraten. Mit wenigen Worten hat er sie auf ein anderes Niveau gehoben. Nun kann sie ihren Traum aufgeben, ihren kindischen Nachttraum; er hat ihr nämlich ein weitaus schöneres Geschenk beschert. »Von uns allen ist sie die Unverdorbenste! Die Sanfteste, die Großzügigste... Wenn ich mir eine kleine Schwester aussuchen könnte, wäre sie es...«
Morgen wird sie ins Beaujon-Krankenhaus gehen. Unter dem Vorwand, Blut spenden zu wollen. Man muss auch Geheimnisse haben, man kann nicht alles in das Heft schreiben. Er würde es nicht verkraften. Noch ist er dazu nicht stark genug. Aber das wird schon, das wird schon noch. Sie und er müssen sich jetzt in Geduld üben.
Beschwingt läuft sie die Treppen hinab, wobei sie die letz-

ten Stufen im Sprung nimmt, und auf dem Gehweg spielt sie Himmel und Hölle. So sanft, so großzügig, so unverdorben, kleine Schwester... Aus ihrer Tasche holt sie die Schlüssel und rennt bis zur Wagentür. Als sie den Blick nach oben richtet, sieht sie zahlreiche Sterne über dem Himmel von Montrouge. Tausende funkelnder, glänzender Sterne. Morgen wird ein schöner Tag.

Auf der Windschutzscheibe klemmt ein kleiner weißer Zettel unter dem Scheibenwischer. Sie runzelt die Stirn. Gleich zwei Strafzettel an einem Abend! Am liebsten würde sie laut auflachen, den weißen Zettel nehmen und ihn zerreißen. Sie streckt die Hand danach aus. Es ist kein Strafzettel, sondern eine Seite, die aus einem Notizbuch herausgerissen wurde, mit dem heutigen Datum, und auf die Lucille geschrieben hat: »Du also auch! Bravo!«

———

Als das Telefon klingelt, nimmt Clara den Hörer ab, ohne die Augen zu öffnen. Wie spät es wohl sein mag? Mit schläfriger Stimme murmelt sie: »Hallo?« Es ist Marc Brosset. Er steht unten. Er fragt, ob er auf einen Kaffee hochkommen darf. »Ich bin nicht allein«, erwidert Clara mit einem Blick auf die zerzausten Haare von Joséphine, die sich unter der Decke bewegt.

»Ach so«, entgegnet er beleidigt. Clara muss niesen, und ihr Blick sucht nach einem Taschentuch. »Das heißt also, es ist Schluss«, sagt er dann ungläubig. – »Es ist Schluss«, wiederholt sie betrübt, während sie sich in die Nase zwickt, um nicht noch einmal niesen zu müssen. Die Kleenexbox steht zu weit weg, am Bettende. Dafür müsste sie aufstehen. Ihr widerstrebt es, gehässig zu sein. Sie stellt lediglich fest: Es ist aus. Ich will nicht mehr. Es ist Samstagmorgen. Noch vor drei Tagen wollte sie. Sie sagte: »Ich liebe dich, ich liebe dich«, während er ein Bein zwischen ihre schob und ihr Lust bereitete. Es ist schwer zu begreifen. Sie muss sich eingestehen, dass es ihn, auch wenn er noch so klug und gebildet ist, hart trifft.

»Weißt du, ich verstehe es selbst nicht«, sagt sie dann, um seinen Schmerz zu lindern, während sie mit den Zehenspitzen versucht, die Box zu erwischen.

Dabei fällt diese auf den Boden, und Clara lässt einen Seufzer von sich. Der Tag fängt schlecht an.

»Wir könnten darüber reden...« Marc Brosset versucht es erneut.

»Keine Lust. Es würde nur wehtun...«

»Wem, mir?«

»Ja.«

»Und dir etwa nicht?«

»Nicht so sehr.«

»Kann ich dich wieder anrufen?«

»Wenn du willst...«

Warum erniedrigt er sich so? Etwas mehr Haltung, bitte. Etwas mehr Stolz. Ein verletztes Tier weckt keine Leidenschaft. Außer bei Florence Nightingale. Aber ich bin nicht Florence Nightingale. Ich liebe Stärke, die raue Stärke eines Mannes, die er mir brutal ins Gesicht schleudert. Falsch. Ich hasse die raue Stärke eines Mannes, die er mir brutal ins Gesicht schleudert. Außer, sie bereitet mir Lust. Schmerz ist lustvoll, aber Schwäche nicht. Außer für die Heiligen im Evangelium. Was nicht gerade mein Fall ist.

»Ciao!«

Und sie hängt auf.

Er wird sich wieder melden, so viel ist sicher. Er wird nicht lockerlassen. Noch wochenlang.

»Wer war dran?«, fragt Joséphine, während sie sich streckt und auf die Uhr sieht. »Erst neun! Aber das ist ja noch mitten in der Nacht!«

»Marc Brosset. Soll ich dir einen Kaffee machen?«

»Was wollte er?«

»Einen Kaffee...«

»Dazu hättest du ihn hochbitten müssen...«

»Keinen Bock.«

Clara steht auf, hebt die Kleenexbox auf, marschiert in die Küchenecke, schneuzt sich, nimmt einen Filter, schüttet Kaffeepulver hinein, füllt Wasser in die Kanne, öffnet einen Wandschrank, holt Brot, Butter, Marmelade, Joghurt und Käse heraus, stellt alles auf ein großes Tablett und wirft einen prüfenden Blick auf das Wasser, das röchelnd durch die Kaffeemaschine läuft.

»Und doch hast du ihn mal geliebt, diesen Typen«, beginnt Joséphine erneut, während sie sich wie eine Mumie in die weißen Laken hüllt.

Sie hat zu viel Kaffee genommen. Sie muss noch Wasser nachgießen. Wenn man danach noch Wasser hinzukippt, schmeckt er nicht mehr so gut.

»Ich habe ihn nicht geliebt, ich war lediglich verliebt, ein kleiner Unterschied...«

»Du machst es dir selbst schwer, sobald ein Typ dich liebt, verachtest du ihn«, analysiert Joséphine, in ihr weißes Leichentuch gewickelt.

»Wenn ein Typ mich liebt, zweifle ich an ihm. Dann sinkt er in meiner Achtung. Die Tatsache, dass er mich liebt, bedeutet, dass er keinen Verstand hat, dass er mich nicht so sieht, wie ich wirklich bin...«

»Außer, es handelt sich um Rapha... Weil alle Welt behauptet, dass er ein Genie ist«, sagt Joséphine gähnend.

»Ich weiß... Das schmeichelt mir auch...«

»Aber dann ist es keine Liebe...«

»Das habe ich mir auch schon gesagt. Aber egal.«

»Würdest du Rapha auch lieben, wenn er nicht berühmt wäre?«

»Willst du mich verscheißern? Schließlich habe ich ihn schon vorher geliebt! Nein, nein, das ist alles etwas komplizierter. Das hat nichts mit dieser doofen Berühmtheit zu tun... Sondern mit Lebenskraft, mit Schaffenskraft... Rapha hat den Drang zu leben. Ich mag Menschen, die sich alleine oben halten.«

»Aber wenn ich mich recht erinnere, hast du Marc Brosset ebenfalls geliebt. Du selbst hast mir erzählt, dass er ein toller Typ ist, genau das, was du bräuchtest... Das hast du sogar zu oft betont...«

Nach einer Weile entgegnet Clara nachdenklich: »Ich weiß nicht, ob man sie verlässt, weil man sich selbst nicht leiden kann, als Frau, oder ob man sie verlässt, weil man sie nicht leiden kann, die Männer...«

»Beides... Ich zum Beispiel weiß, dass ich sowohl ein schlechtes Bild von mir als auch von den Männern habe... Mit Ausnahme von meinen Kindern findet in meinen Augen niemand Gnade!«

Als Clara den Kaffee probiert, verzieht sie das Gesicht. Sie stellt die Kanne auf das Tablett und kriecht wieder zu Joséphine ins Bett.

»Und iss nicht die ganze Marmelade auf!«

»Keine Sorge!«, erwidert Joséphine. »Werde von mir aus in aller Ruhe dick und fett...«

»Siehst du«, meint Clara mit vollem Mund, »wenn meine Freundinnen mir sagen, dass ich schön, intelligent und geistreich bin, glaube ich ihnen und denke, sie haben einen guten Geschmack, dann liebe ich sie noch viel mehr und würde ihnen am liebsten um den Hals fallen... Warum möchte ich dann Männer, die mir dieselben Komplimente machen, am liebsten wegstoßen?«

»Weil du ihnen nicht vertraust... Das hat wahrscheinlich was mit deinem Vater zu tun.«

»Ich habe ihn nicht mal gekannt... Und ich habe ihn auch nie vermisst!«

»Ich meinen auch nicht. Bei uns hatte Mama die Hosen an...«

»Und so entstehen ganze Generationen von hysterischen Weibern...«

»Entweder man steht dazu, oder man unternimmt etwas dagegen...«

Joséphine verschluckt sich und spült mit Kaffee nach. Sie zieht eine Grimasse.

»Was für ein Gebräu...«

»Daran ist Marc Brosset schuld. Er hat uns verhext...«

»Aber warum behältst du ihn nicht wenigstens als Liebhaber?«, will Joséphine wissen, wobei sie den Marmeladenlöffel abschleckt.

»Weil, wenn im Kopf Schluss ist, auch ganz Schluss ist. Dann werde ich zu Eis und fühle überhaupt nichts mehr. Dann kann ich mich auch noch so sehr bemühen, mir einreden, dass alles nicht so schlimm ist, und mich konzentrieren, an diesem Packeis wird sich auch der beste

Liebhaber die Zähne ausbeißen. In puncto Sex kann ich Gefühl und Verstand nicht trennen. Bei mir muss alles stimmen. Nein, weißt du, der einzige Mann, den ich über alles liebe, abgesehen von Rapha, ist Philippe. Weil er asexuell ist.«

Joséphine spuckt den Kaffee wieder aus, da sie sich beinahe verschluckt hätte.

»Und Kassy, Kassy habe ich auch sehr gern...«, fügt Clara hinzu.

»Obwohl der...«

»Hast du es mit ihm probiert?«, fragt Clara erstaunt.

»Ja, und es war wunderschön.«

»Bei dir hätte man schneller die Männer aufgezählt, mit denen du noch nichts hattest, als die Liebhaber... Armer Ambroise!«

»Mich sollst du bedauern! Ich bin verloren...«

»Nicht für alle!«

»Sehr witzig! Kann ich meine Mäuschen anrufen?«

Clara nickt, mit vollem Mund. Mit Kassy also auch! Warum hat sie ihr nie davon erzählt? Und wann soll das gewesen sein? Kassy ist ihr Freund und der von Rapha, sie hat gefälligst die Finger von ihm zu lassen. Sie wirft Joséphine einen feindseligen Blick zu. Mittlerweile spricht diese in einem völlig anderen Ton, während sie es sich wieder in den Kissen bequem gemacht hat und sich darauf konzentriert, mit ihren Kindern zu reden. Sie hat den Lautsprecher angestellt, sodass Clara mithören kann. Sie sitzen in der Küche in Nancy. Auch sie sind gerade beim Frühstück. Sie hört Ambroises Lachen und die laute Stimme von Joséphines Mutter, Madame Brisard.

»Mama! Mama!«, will Arthur wissen, »warum heißt es eigentlich Spiegelei, wenn man sich doch gar nicht darin sehen kann?«

Sprachlos sitzt Joséphine da. Clara muss grinsen.

»Weißt du es nicht?«, fragt Arthur. »Und du, Papa, weißt du es?«

»Die Frage habe ich mir nie gestellt!«, meint Ambroise verzückt. »Obwohl ich schon mein ganzes Leben lang Spiegelei esse, ist mir dieser Gedanke noch nie gekommen!«

Joséphine hört die Bewunderung ihres Mannes aus seiner Antwort heraus. Die Kinder verblüffen ihn immer wieder. Alice, die Kinderärztin in seiner Klinik, predigt ihm ständig, dass er als Vater mehr Rückgrat zeigen müsste, dass ein Kind die Autorität eines Vaters und die Zärtlichkeit einer Mutter bräuchte. Während der Vater das Sagen hat, bestimmt, zurechtweist und bestraft, ist die Mutter für das Trösten, Lachen und Schnattern zuständig. »Du musst sie bremsen, wie ein Hindernis voller Größe, Wissen und Verbote, an dem das Kind sich den Kopf einrennt und abprallt... Arthur muss sich mit dir messen können, muss dich hassen, dich provozieren können, um seine Persönlichkeit als Mann zu entfalten. Stattdessen bist du wie ein Schwamm, der alles aufsaugt. Ambroise! Bleib auf dem Teppich! Du bist nicht der erste Mann, der wundervolle Kinder hat!« Normalerweise hört er auf Alice, er hat sehr viel Respekt vor ihr, wie er sagt. Dann geht er nach Hause und vergisst alles wieder. Kürzlich hat er Arthur einen Klaps auf den Hintern gegeben, weil dieser sich geweigert hat, ins Auto zu steigen, und mit dem Fahrrad bis Straßburg nachfahren wollte. Danach hat er Joséphine einen triumphierenden Blick zugeworfen, stolz auf sich selbst. Der erste Klaps auf den Hintern nach sieben Jahren! Julie schwieg,

Arthur schluchzte, und Joséphine sah ihren Mann verblüfft an. Nach zehn Kilometern Fahrt kam von hinten Arthurs leise Stimme, die sagte: »Ich warte, Papa, ich warte immer noch.«
»Worauf wartest du, Arthur?«
»Dass du dich entschuldigst.«
Er musste lachen.
»Und mit mir spricht keiner«, beklagt sich die kleine Julie, beleidigt darüber, dass sie ignoriert wird. Joséphine lächelt. Wahrscheinlich zerbricht Julie sich gerade ununterbrochen den Kopf, um auf eine ähnlich exzellente Frage wie ihr Bruder zu kommen. Joséphine hat sich nicht geirrt.
»Mama, kannst du mich verstehen? Erklär mir, warum Kinder immer den Namen vom Vater und nie von der Mutter bekommen! Dabei macht sie doch die ganze Arbeit!«
»Mein Gott!«, ruft Madame Brisard aus, »das ist typisch für meine Tochter!«
Die Unterhaltung läuft weiter. Joséphine stellt sich die Szene dort, in ihrer schönen Küche in Nancy, vor und stößt einen zufriedenen Seufzer aus. Ihre Kinder sind glücklich und ihr Mann ebenfalls. Er ahnt nichts. Er genießt das angenehme Familienglück. Dank Joséphine ist er ein glücklicher Mann.
Sie ist die Schmiedin dieses Glücks. Und dieser Gedanke nimmt ihr plötzlich jegliches Schuldgefühl. Gerade sie weiß, was sich hinter der schönen Fassade von Ambroise de Chaulieu verbirgt. Nämlich ein vom Leben verwöhnter, von seinen Eltern verhätschelter Wichtigtuer. Ein klangvoller Name, vermögende Eltern, eine sorglose Zukunft, ein Haufen Versprechungen und Geld, eine gute Erziehung, ein Hauch von Kultur an den familiären Tafelrun-

den, all das dient als Schutz, damit der wahre Ambroise nicht demaskiert wird. Dazu tragen sein gutes Benehmen, sein fröhlicher und umgänglicher Charakter und sein augenscheinlich gutes Wesen bei, sodass sich Joséphine Hals über Kopf in ihn verliebte. Erst nach der Verlobung ist ihr ein Licht aufgegangen, sind ihr Zweifel gekommen, aber sie hatte sie wieder verworfen. Wie Donnerschläge in einem Himmel, der immer blau sein sollte. Dadurch wurde ihr Traum zerstört. Sie hatte weiter in ihrem Leben Walzer tanzen wollen, hatte aber bald ihre Illusionen verloren.

Seit der Hochzeitsnacht. Er hatte sich im Bett zusammengerollt und noch ein »Gute Nacht, mein Schatz« herausgebracht, bevor er in tiefen Schlaf versank. Im Bett ließ er sich stets gnädig bedienen, als ob sie seinem triumphierenden Körper die ultimative Huldigung darbringen müsste. Seine Manneskraft hielt nie lange an. Um den Funken an Leidenschaft in ihm länger am Leben zu erhalten, musste sie immer sämtliche Register einer Kurtisane ziehen. Aber leider reichte das nicht aus, außer, er hätte sich auch einmal von sich aus bemüht, hätte seine Kräfte in der Schlacht eingesetzt, was allerdings seine Fähigkeiten überstieg. Ohnehin gab es viele Dinge, denen Ambroise nicht gewachsen war: Sobald in seinem Leben Schwierigkeiten auftraten, verlor er den Mut und gab anderen die Schuld, wenn er versagte. Überall vermutete er eine Verschwörung. So war die Prüfungsaufgabe missverständlich gestellt, der Professor zu streng, die Assistenzärzte neidisch, die Arzthelferinnen verliebt und daher aufdringlich... All seine Schwierigkeiten waren zu Ende, als seine Eltern ihm eine nagelneue Klinik mitsamt Mitarbeiterstab schenkten, der zwar ausreichend fachlich kompetent war, um die Einrichtung berühmt zu machen, aber auch schlau genug, nicht den gesamten Ruhm einzustreichen. Seitdem hatte Ambroise wieder gelächelt und wieder mit Appetit gegessen. Joséphine hatte ihn zu spät durchschaut.

Außer seinen scheinbaren Qualitäten hatte Ambroise nichts vorzuweisen. Hinter seiner Fröhlichkeit verbarg sich eine plumpe Selbstgefälligkeit, die, wenn sie ihm auch Selbstsicherheit bis an den Rand der Eitelkeit verlieh, ihm jegliches Empfindungsvermögen raubte. Er hatte sich in seine Frau verliebt, so wie er sich in jede andere x-beliebige Frau hätte verlieben können, die ihn anhimmelte. Wenn er sich großzügig zeigte, dann eher aus Bewunderung für seine eigene wundervolle Geste als aus echter Sorge um seinen Nächsten. Gern gab er Geschichten zum Besten wie die, als er einem Freund in der Not geholfen hatte, als er ein offenes Ohr für die Sorgen eines verzweifelten Menschen hatte, aber nur, um sich in Szene zu setzen, um seine Verdienste zur Schau zu stellen und sich an den Komplimenten anderer zu laben, die dabei natürlich nicht ausblieben. Stets spielte er den Guten. Stets hatte er Recht. Für ihn waren die anderen lediglich Mittel zum Zweck.

Zwar hatte Joséphine rasch erkannt, dass sie einen Fehler begangen hatte, aber in ihrem Stolz wollte sie es sich nicht eingestehen. Da sie über eine erstaunliche Energie verfügte, hatte sie es verstanden, nach außen hin die zufriedene und glückliche Ehefrau zu mimen. Weil es ihr eigener Irrtum war, überwand sie sich und fuhr fort, den Status aufrechtzuerhalten, den sich ihr Mann errichtet hatte. Damit nur ja niemand dahinter kam, was für eine Flasche der schöne Ambroise de Chaulieu im Grunde war. War es nicht sogar ihre Pflicht, so zu handeln, schließlich war ihr Mann ihr

Broterwerb? Was konnte eine verheiratete Frau, Mutter von drei kleinen Kindern, die nie einen Beruf erlernt hatte und die an Luxus und Geld gewöhnt war, schon tun, als sich in den Dienst desjenigen zu stellen, der für ihr persönliches Unglück verantwortlich war?

Also hatte sie sich in die Mutterrolle geflüchtet. Kompensierte die mangelnde Aufmerksamkeit ihres Gatten mit der Affenliebe, die sie ihren Kindern entgegenbrachte. Ihm fiel es nicht auf. Nie machte er sich Gedanken wegen ihrer Niedergeschlagenheit, ihrer Verstimmungen, ihrer Zornausbrüche. Oder er sagte sich, dass alle Frauen gleich seien, alles hysterische Weiber, mein Lieber, hysterische Weiber, übrigens ist das eine typisch weibliche Krankheit, Hysterie... Eine nervöse Überspanntheit, wie sie häufig in der Ehe auftritt. Obwohl er sich manchmal darüber beklagte und sich gegenüber seinen Freunden oder seiner Familie als Opfer darstellte, war er letztlich immer voll des Lobes über die häuslichen Tugenden seiner Frau, einer vorbildlichen Mutter und ausgezeichneten Hausfrau. Er behandelte sie mit liebevoller Überlegenheit. Je mehr er draußen den starken Mann mimte, um so unterwürfiger und bescheidener gab er sich zu Hause, da sie ihn jedes Mal mit bissigen Bemerkungen über seine egoistische, gleichgültig-männliche Art auf den Boden der Tatsachen zurückholte.

Aus dem Opfer eines naiven Wunschtraums war eine starke Frau geworden. Joséphine hatte sich umgesehen und dabei festgestellt, dass sie nicht die Einzige war, die unter einer solchen Enttäuschung litt. Wie viele Ehemänner, gedeckt durch einen Titel, einen Stand, ein gutes Benehmen, entpuppen sich als Schwächlinge, Angeber und erbärmliche Wichte? So hatten sich ihr Frauen anvertraut, gedemütigt, vorzeitig gealtert und verbittert, die ohnmächtig dieser Schmierenkomödie zusahen und sich dafür heimlich rächten. Obwohl sie ihnen Szenen machten, weinten und schrien, änderten sie nichts an der Haltung der Männer. Und wenn dann der Mann vor Langeweile und Überdruss die Anschuldigungen mit einem flüchtigen Kuss oder falschen Versprechungen aus dem Weg räumte, war das immer noch ein geschickter Schachzug, um den eigenen Egoismus als Zuneigung darzustellen.

Folglich hatte sie beschlossen, das Beste daraus zu machen. Hatte die Macht ergriffen und ihn dabei im Glauben gelassen, er würde die Zügel in der Hand halten. Ein gefährliches Spiel. Sie musste Stärke beweisen, ohne dabei seine Eitelkeit zu verletzen. Denn sonst wäre er böse geworden wie ein verletztes Tier, das die Zähne bleckt, weil man es zu offenkundig demütigt. Mit verhüllter Florettspitze zog sie gegen ihn zu Felde. Sie führte ein anstrengendes Leben, in dem sie selbst die Orientierung verlor. Manchmal überkam sie der Wunsch, wieder bei Null anzufangen. Mit einem Mann, den sie für das liebte, was er war, einem Mann mit Fehlern, Selbstzweifeln, Rissen.

Erneut klingelt das Telefon, und Clara stößt einen Seufzer aus. Zähneknirschend hebt sie ab. Es ist Philippe. Er schlägt ihnen vor, auf den Flohmarkt zu gehen.

»Da können wir auch irgendwas essen... Es ist so schönes Wetter... Na komm schon, sag endlich ja...«

Clara befragt ihre Freundin, die einverstanden ist. Er kommt vorbei, um sie abzuholen.

»Hast du heute Abend schon was vor?«, fragt Clara.

»Ja, leider.«

Seufzend hängt sie wieder auf. Sie hat Angst davor, heute

Abend allein zu bleiben. Und wenn Rapha sich nicht meldet? Warum ruft er nicht an? Jetzt sind schon vierundzwanzig Stunden vergangen, seit sie sich an ihrer Wohnungstür verabschiedet haben...
»Und was ist mit dir, Joséphine?«
»Nein, tut mir Leid.«
»Na schön... Ich vermute, ein neuer Liebhaber?«
Ihre Stimme ist kühl, schneidend. Statt einer Antwort errötet Joséphine.
»Hoffentlich hat wenigstens Rapha Zeit«, murmelt Clara. »Sonst muss ich dich wieder verdächtigen... Ich kann nichts dafür, ich wittere immer das Schlimmste...«
»Hör auf damit, Clara... Beim Leben meiner Kinder habe ich dir geschw...«
»Ich weiß, ich weiß... Aber ich trau dir nicht. Du verbirgst was vor mir.«
Schon den ganzen Morgen über nagt der Zweifel an ihr, sie stellt sich tausend Fragen, von denen einige albern sind, andere wiederum gehässig. Jedoch führen sie alle zu der bevorstehenden Tragödie. Sie kann sich nicht dagegen wehren. Seit gestern Abend fühlt sie sich verraten und weiß nicht, an wem sie ihre Wut und ihren Frust auslassen soll. Die Unruhe macht sie ganz kribbelig, ein körperliches Empfinden, das ihr die Luft abschnürt, ihr die Kraft nimmt, zum Stehen zu kommen, um wieder Atem zu schöpfen. Raphas Schweigen ist nicht normal. Sie will nicht als Erste anrufen. Sie hat Angst. Joséphines Fröhlichkeit irritiert sie, und auch die von Philippe. Sie lässt sich nach hinten fallen, hält Abstand von der zur Schau gestellten Leichtigkeit der beiden, übersieht Joséphines ausgestreckte Hand und das aufmunternde Lächeln, das sie ihr schenkt.

Auf dem Flohmarkt schlendern sie zwischen den Ständen entlang. Es ist kalt, ihre Nasenspitzen sind gerötet. »Wir sehen aus wie Clowns«, meint Joséphine, als sie ihr Spiegelbild in einer normannischen Vitrine betrachtet. Philippe führt sie am Arm. Diskutierend marschieren sie einher. Dann schenkt er beiden einen Rahmen aus geschnitztem Holz. Zum Dank fällt Joséphine Philippe um den Hals, der sie umschlingt, während Clara ein wenig überzeugendes »Danke« hervorquetscht und den Rahmen in ihre Lederjacke steckt, ohne ihn weiter zu beachten. Dabei gibt sie sich hasserfüllten Gedanken hin, die jeden, der sich ihr nähert, in einen Feind verwandeln. Joséphines Anwesenheit behagt ihr nicht. Am liebsten würde sie mit ihrem Bruder allein sein, sich mit ihm unterhalten, den Kopf an ihn lehnen und sich trösten lassen. Seine Heiterkeit und Unbekümmertheit, seine Anekdoten, die Joséphine zum Lachen bringen, ärgern sie.
»Neulich hat mich ein Typ wegen einem Auftrag angerufen, und wisst ihr, was er als Erstes gefragt hat?«
Sie schütteln die Köpfe.
»Zuerst hat er noch eine Entschuldigung vorausgeschickt... Er hat gemeint, dass ich sicherlich überrascht sein werde...«
Er macht es spannend, damit sie, neugierig geworden, auf die Fortsetzung drängen. Joséphine klammert sich an seinen Arm und bittet ihn, den Rest zu erzählen, mit gierigen Lippen, die nach mehr als einer Antwort dürsten. Einem Kuss vielleicht?, denkt Clara unverfroren.
»Er wollte wissen, ob ich noch jung bin!«
»Nein!«, ruft Joséphine aus. »Nicht möglich!«
Sie drängt sich an ihn, und Clara könnte schwören, dass sie auf der Stelle bereit ist, ihn zu verschlingen. Sie strahlt ge-

radezu. Ihr Haar schimmert, ihre leuchtend blauen Augen erwärmen den kalten Wintervormittag. Sie trägt einen Rock mit Schlitz, hohe Absätze, einen Pullover mit tiefem Ausschnitt. Clara redet sich ein, große Brüste, geschlitzte Röcke und Stöckelschuhe zu hassen. Joséphine strahlt, und Clara weiß aus Erfahrung, dass, wenn eine Frau dermaßen strahlt, ein Mann in der Nähe ist, um diesen Glanz aufzufangen.

»Er hat sich an mich erinnert, beziehungsweise an eine Arbeit von mir, die ich in England gemacht habe, aber er wusste nicht mehr, wie alt ich war. Als ich es ihm gesagt habe, hat er gemeint: Zu teuer! Ein Vierzigjähriger verlangt doppelt so viel wie ein Anfänger! Er wollte einen Jungen haben! Unglaublich, nicht?«

Joséphine pflichtet ihm bei und meint scherzhaft, dass Arthur heute sämtliche Chancen haben würde. Mit sieben Jahren hätte er auf dem Arbeitsmarkt die besten Karten. Clara nörgelt, dass das nicht witzig sei, dass man das nicht auf die leichte Schulter nehmen sollte, dass da gerade ein ganzer Berufszweig zusammenbricht, eine komplette soziale Schicht, die einfach so verschwindet.

»Aber, aber!«, protestiert Philippe. »Habe ich etwa gejammert?«

»Nein, aber das wäre vielleicht angebrachter, als wie ein Schwachsinniger darüber zu lachen!«

Philippe und Joséphine wechseln einen Blick, der sagen will: Aber was hat sie denn heute nur? Clara bleibt dies nicht verborgen, und sie ereifert sich:

»Ihr braucht euch gar nicht hinter meinem Rücken gegen mich zu verschwören! Glaubt ihr vielleicht, ich bin blind?«

Philippe beendet die Diskussion kurzerhand, indem er vorschlägt, Würstchen mit Sauerkraut zu essen. Obwohl Clara entgegnet, dass sie Sauerkraut verabscheut, schiebt ihr Bruder sie in eine verräucherte Gaststätte. In Fensternähe entdecken sie einen runden Tisch, an dem sie alle drei Platz finden.

»Ganz schön eng, da werden sich unsere Knie berühren!«, witzelt Joséphine, während sie sich aus ihrem langen roten Schal wickelt und ihn Philippe wie ein Lasso um den Hals wirft. Er lässt den Angriff über sich ergehen, ohne mit der Wimper zu zucken.

Claude François singt »*Comme d'habitude*«, und am Nebentisch streiten sich zwei Typen: »Du glaubst mir also nicht, was, du glaubst mir nicht? Dann werde ich dir mal erklären, warum ich Recht habe!« Es riecht nach Fett und Zigarettenqualm, nach der gezwungenen Fröhlichkeit eines faulen Samstagmorgens. Fluchend kommt ein Kerl herein, der gerade in Hundescheiße getreten ist. Seine Frau meint, dass man den Hundebesitzern Bußgelder auferlegen müsste, worauf der Kerl erwidert, das würde die Scheißhaufen auch nicht zum Verschwinden bringen. »Doch«, beharrt die Frau, wobei sie die Haare schüttelt und nach einem freien Tisch Ausschau hält, »in New York zum Beispiel sind die Bürgersteige sauber, seit man Geldstrafen für Hundehaufen eingeführt hat.« Nachdem der Kellner eine Schale mit gesalzenen Erdnüssen auf den Tisch gestellt hat, taucht Joséphine die Finger hinein. Mit einer kleinen, zärtlichen Geste schlägt Philippe ihr auf die Hand.

»Man hat die Erdnüsse in Kneipen untersucht und dabei mehr als dreißig verschiedene Urinspuren entdeckt. Wenn die Leute aufs Klo gehen, greifen sie danach mit ungewaschenen Händen in die Erdnüsse…«

Die beiden Frauen verziehen das Gesicht und schieben angewidert die Schale mit Erdnüssen weg.
»Mit den Türklinken an den Scheißhäusern ist es dasselbe. Ein richtiges Bazillennest. Eigentlich müsste man alles desinfizieren...«
»Du wirst langsam alt!«, ruft Clara aus. »Das Alleinsein bekommt dir nicht, du entwickelst lauter Macken!«
»Und wenn du eine Frau küsst, wie viele Bazillen bekommst du dann ab?«, fragt Joséphine.
»Das ist was anderes«, erwidert Philippe, »dabei geht es um Sex, und Sex ist nichts Schmutziges.«
»Kommt drauf an«, entfährt es der wütenden Clara.
Joséphine, die das Unheil nahen sieht, nimmt sich ein Stück Brot, bestreicht es mit Butter und bietet es Clara an.
»Iss, Schnecke, du bist nur so gereizt, weil du Hunger hast. Sie ist wie die Kinder«, erklärt sie an Philippe gewandt, »wenn sie Hunger haben, sind sie überempfindlich...«
Clara stößt das Brot zurück und mummt sich in ihre schwarze Lederjacke ein. Eine nuttige Jacke, hatte er letzthin gesagt. Wer von uns beiden am Tisch ist hier eigentlich die größere Nutte? Hör auf, du bist unfair, versucht sie sich wieder zu beruhigen. Schließlich ist sie deine Freundin. Wenn sie so ausgelassen ist, dann nur, weil sie keine Angst hat. Offenbar hat sie wirklich nicht mit Rapha geschlafen. Das ist doch der beste Beweis. Danach hast du doch seit gestern Abend gesucht... Trotzdem liegt es nicht an ihr, dass er sich nicht gemeldet hat! Warum ruft er nicht an? Es wird doch nicht schon wieder sein wie früher. Warten und bangen, warten und nicht heulen, warten, bis einem die Lust auf alles vergeht, bis man sich zu einem kleinen Bündel auf dem Parkettboden zusammen-

rollt, mit einem ausgestreckten Finger die Maserung des Holzes auf den harten Dielenbrettern nachzeichnet, als ob sie auf einer Baustelle wäre...

»Kennst du schon die Geschichte mit Jerry Hall und Mick Jagger?«, fragt Joséphine Philippe.

»Nein«, entgegnet Philippe, neugierig geworden.

»Bitte nicht!«, ruft Clara aus. »Du wirst doch nicht schon wieder mit deinen hirnrissigen Geschichten anfangen!«

»Sie ist nicht hirnrissig!«, wendet Joséphine ein. »Sie ist witzig und zudem lehrreich...« Sie schiebt einen Arm unter Philippes Arm, lehnt sich an ihn, lehnt ihre schweren und offenherzigen Brüste an ihn.

»Vielleicht würdest du uns stattdessen mal erklären, warum du mit Kassy geschlafen hast? Na? Das ist doch viel interessanter. Das ist nämlich aus dem Leben. Und außerdem kennen wir beide die Hauptdarsteller!«

»Du hast mit Kassy geschlafen?«, fragt Philippe, der weiß wie eine Wand geworden ist.

»Du bist wirklich ein Biest«, seufzt Joséphine. »Ein verdammtes Biest...«

»Und wann war das?«, stößt Philippe hervor, wobei er Joséphine anstarrt, die am liebsten im Boden versinken würde. »Wann?«

Joséphine zieht ihren Arm weg, wendet den Blick ab und sieht auf die Straße, wo Paare, Familien, hüpfende Kinder, mit roten Nasen, vollbeladen mit Taschen, vorbeigehen. Mit einem Mal vermisst sie Nancy. Ihr Familienleben, ihre Mäuschen in der Küche, die Zuneigung ihrer Mutter, Ambroises pflegeleichten Frohsinn...

»Bevor wir uns näher gekommen sind, oder höchstens kurz danach...«

»Vor mir?«, fragt Philippe, wobei er sie am Arm packt und sie dazu zwingt, ihn anzusehen.

»Vor dir...«

»Und wann genau?«, insistiert er. »Wann?«

»An einem Abend, bei einer Ausstellung von Rapha, durch Zufall... Er war auch da. Wir hatten ein wenig getrunken und...«

»Warum hast du es mir nie gesagt? Ich war der Meinung, wir hätten keine Geheimnisse voreinander!«

»Na ja... Ich habe es vergessen... Es hatte keine Bedeutung...«

»Was hast du mir sonst noch verschwiegen? Sag es mir! Verdammte Scheiße! Mit Kassy... Hätte ich nur etwas geahnt! Aber, weißt du was, du bist ja eine Gefahr für die Öffentlichkeit! Dich kann man ja nicht alleine rausgehen lassen! Dich muss man an die Leine nehmen! Mit Kassy! Verdammt noch mal! Und Rapha? Hast du dir den auch gekrallt?«

»Nein!«, explodiert Joséphine, die genug davon hat, im Kreuzfeuer der Tugendliga zu stehen. »Mit Rapha habe ich nichts zu tun!«

Kräftig haut sie mit der Hand auf den Tisch und trifft die Schale mit Erdnüssen, die daraufhin umkippt.

»Seid ihr jetzt zufrieden, ihr zwei? Seit gestern liegt sie mir damit schon in den Ohren! Ich vermute, ihr habt euch abgesprochen! Von euren Anklägermienen habe ich mittlerweile die Schnauze gestrichen voll, Bruder und Schwester! Ich habe dir gesagt, dass ich kein Vorbild an Tugend bin! Ich hatte dich vorgewarnt! Trotzdem werde ich den Teufel tun und dir meine Abenteuer auflisten!«

»Da hättest du auch ziemlich lange zu tun, oder du würdest dabei die Hälfte vergessen!«

»Wenn's dir Spaß macht... Bitte sehr, knall mich doch ab! Ich kann dir auch Munition geben, falls du welche brauchst... Na los, nur zu!«
»Du widerst mich an!«
»Ich weiß, ich widere alle an. Das ist neuerdings in!«
»Los, hau ab!«, brüllt Philippe und zeigt auf die Tür. »Tu uns den Gefallen!«
»Genau das hatte ich auch vor! Dazu hättest du mich nicht extra auffordern müssen!«
Sie reißt Philippe den Schal vom Hals, schlüpft in ihren Mantel, sucht unter dem Tisch nach ihrer Tasche, schnappt sie sich und verlässt das Restaurant, ohne Clara, die völlig sprachlos ist, eines Blickes zu würdigen.
Philippe und Joséphine also, ein Paar, ein Liebespaar, gemeinsam in einem Bett, Philippe und Joséphine, nackt, sich liebend, sich zärtliche Worte zuflüsternd, aneinander geschmiegt, einander näher, als sie jemals dem einen, geschweige denn der anderen je sein wird, sich küssend, sich aneinander reibend. Am liebsten würde sie sich verkriechen, aber es gibt keinen Ort, an den sie flüchten könnte. Kein sonniger und unbeschwerter Ort, um zu vergessen, um den Kopf auf die Arme zu legen und ein trauriges Lied zu summen. Ach, Mama, du fehlst mir so sehr! Ausgeschlossen. Eine Last. Ein Paar und sie. Zwei Menschen, die sie innig liebt und die sich Worte zuflüstern, die sie ausschließen. Worte, die nur ihnen gehören, eigene Liebesworte, die zeigen, dass sie durch andere Worte, andere Bekenntnisse, andere Begebenheiten miteinander verbunden sind. Eine Beziehung, aus der sie ausgeschlossen ist. Eine verbotene Zone. Eine Zone, geschaffen aus ihrer gemeinsamen Leidenschaft, in der sie nichts zu suchen hat. Eine

Fremde. Der Verrat, den sie witterte, hat mit ihrer ursprünglichen Vorstellung nichts zu tun. Es handelt sich um einen anderen Verrat. Um ein anderes Paar, das eine Bedrohung für sie darstellt. Sie will ihn ganz. Auch sie will sie ganz, aber vor allem will sie, dass sie und er getrennt bleiben. Schließlich ist sie die Verbindung zwischen ihr und ihm. Ohne sie dürfen sie sich nicht treffen. Nicht ohne sie... Aber sie haben sich getroffen. Ohne es ihr zu sagen. Verrat. Zwei Liebende, die sich so heftig streiten, dass ihre Liebe daraus wieder gestärkt hervorgehen wird. Ohne sie. Ohne sie. Was haben sie sonst noch gemeinsam? Andere Worte? Andere Begebenheiten? Ohne sie. Dabei wollte sie doch der Mittelpunkt sein, der Mittelpunkt jeglicher Liebe. Die ganze Zeit. Zu sämtlichen Liebesgeschichten der Welt gehören. Manchmal, wenn sie auf der Straße einem Paar begegnet, wundert sie sich, dass sie nicht zwischen den beiden geht. Schließlich muss jede Liebesbeziehung über sie gehen, immer... Mama, warum bist du gegangen, ohne dass ich die Zeit hatte, mich deiner Liebe zu vergewissern? Mir davon Vorräte anzulegen... Mama. Mama... du bist gegangen, und ich bin ein Kind geblieben. Nicht erwachsen. Niemals erwachsen. In ständigem Wachstum. Die braunen Haare ihres Bruders... Nur sie hat das Recht, ihm durchs Haar zu fahren... oder irgendwelche Fremden, die ihr egal sind. Stets hat sie die anderen ignoriert, sogar Caroline. Sie hat sie lediglich geduldet. Weil sie nicht anders konnte. Weil er sie ins Vertrauen gezogen hatte, sie vorbereitet hatte, darauf gewartet hatte, dass Rapha die Leere ausfüllt. Er hat ihr die beste Freundin genommen. Sie hat ihr den Bruder genommen. Zusammen haben sie Geheimnisse, Losungsworte, Erkennungs-

zeichen. Hinter ihrem Rücken. Zwei Fremde. In einem Bett, nackt, sich küssend, sich aneinander reibend...
Philippe hat den Kopf aufgestützt und sagt nichts. Der Kellner kommt und fragt nach ihrer Bestellung. Philippe bestellt ein Bier. Clara bleibt stumm und starrt ihr Brot an, spielt damit. Ihr ist der Appetit vergangen. Angeekelt. Sie betrachtet den gesenkten Kopf ihres Bruders. Er leidet, geht es ihr durch den Kopf. Er liebt sie. Eine Seite an ihm, die mir völlig neu ist, zu der ich keinen Zugang habe... Unvorstellbar. Er hat keinen Sex, er nicht. Lachend redet man darüber, aber es ist nur so dahingesagt, einfach, um etwas zu sagen, es ist nicht ernst gemeint. Aber Véronique, die Puppe, das ist ernst gemeint.
»Haben Sie sonst noch einen Wunsch?«, fragt der Kellner, während er sein Tablett gegen die Schenkel klopft.
»Im Moment nicht«, antwortet Philippe und hebt den Kopf.
Dann wird der Kellner an einen anderen Tisch gerufen, und er entfernt sich murrend.
»Es tut mir Leid... Ich hatte keine Lust, es dir zu erzählen. Ich wollte es für mich behalten... Nicht, um dir wehzutun, das weißt du. Das weißt du doch, hm? Niemals würde ich dir wehtun wollen...«
Es funktioniert. Sie werden wieder zu einem Paar. Philippe und Clara Millet, Rue Victor Hugo 24, Montrouge. Die Puppe Véronique, Monsieur Brieux, die Prügel von Onkel Antoine, Tante Armelle, Rapha, »*Emmenez-moi*« von Charles Aznavour...
»Das weiß ich doch!«, seufzt Clara und drückt sich an ihren Bruder. »Ich war gemein, so gemein, aber nur, weil ich Angst habe.«

Er zieht die Augenbrauen hoch und fährt sich über die Lippen. Wieder bekommt sie diesen Blick, der sich im Ungewissen verliert.
»Weißt du, weil Rapha...«
Und sie legt los. Sie erzählt ihm alles. An ihren Bruder geschmiegt, in der warmen Mulde seines grauen Sweatshirts, auf dem in großen Buchstaben »Anchor's Man« gestickt ist. Dabei legt er ihr den Arm um die Schulter, legt das Kinn auf ihren Kopf, er ist da, er hört zu...

—

Als das Telefon läutet, ruft Agnès Éric zu, er möge bitte abheben. Mit dem Walkman auf den Ohren faulenzt er auf dem Teppichboden herum, wobei seine Füße im Takt schlagen. Er hat nichts gehört. Mit geschlossenen Augen und unbewegtem, blassem und glattem Gesicht. Folglich muss Agnès, die auf einer kleinen Leiter balanciert, in der einen Hand das Fensterleder, in der anderen den Fensterreiniger, brüllen, bis er den Kopf hebt und die Kopfhörer abnimmt.
»Geh ans Telefon!«
Schlurfend trottet er los und nimmt verdrossen den Hörer ab, als wäre er aus Gusseisen.
»Ja... Nein... Weiß nicht... Ich frag sie mal...«
Er legt die Hand auf die Sprechmuschel und erklärt mit düsterer Stimme:
»Es ist Großmutter... Sie will wissen, ob sie morgen zum Mittagessen kommen soll...«
Agnès nickt. Heute Morgen hat sie ihre Mutter angerufen, um ihr vorzuschlagen, zusammen mit der Familie zu essen. Sie hat beschlossen, die Treffen unter vier Augen zu beenden. Zu schmerzhaft. Sinnlos. Heute Morgen hat sie

im Beaujon-Krankenhaus einen Termin vereinbart. Heute Morgen hat sie beschlossen, ihre Fenster zu putzen. Hausarbeit wirkt beruhigend auf sie. Die kleinen, alltäglichen Aufgaben rücken die Dinge wieder an den richtigen Platz. Sie hat das Bedürfnis, sich bescheiden, klein und nützlich zu fühlen. Sich an Dingen festzuklammern, die ihr lange vertraut sind. Ihre Mutter hat die Fenster immer mit Zeitungspapier geputzt, auf einer Kurzleiter stehend. Währenddessen lag Agnès vor ihr auf dem Boden und las »Tim und Struppi«. Ihr Vater war derweil mit den Jungs unterwegs, um seine Wetten abzuschließen. Ein Bild der Intimität aus glücklichen Tagen der Vergangenheit taucht auf bei demselben Ritual, die kleine Leiter aufzuklappen, das Fensterleder auseinanderzufalten, die schmutzige Fläche einzusprühen und zu wischen und wischen. Bei diesen selbstverständlichen Gesten wird die Erinnerung geweckt, ein kleines Stück Sicherheit, ein winziges Stück beschaulichen Glücks.

Éric stellt das Telefon wieder an seinen Platz und beobachtet seine Mutter, die über ihm wie ein Scheibenwischer herumfuhrwerkt. Da sie die ganze Woche über arbeitet, macht sie die Hausarbeit am Wochenende. Morgen wollte sie auf den Markt gehen und Menüs vorkochen, um sie einzufrieren. Montag muss sie wieder ins Büro. Heute Abend wird sie ihr Notizheft durchblättern, ihre Arbeit begutachten, das Abendessen vorbereiten, ihre Lieben nach ihrem Tag fragen, eine Maschine Wäsche waschen, das Bügelbrett herausholen, sich über ihre Rückenschmerzen beklagen, wenn sie es hinterher wieder wegräumt, und sich seufzend ins Bett legen mit der Bemerkung, sie sei erledigt. Früher hätte sie noch ihre Gymnastik gemacht, um einen flachen

Bauch zu haben. Mit einem Tuch sind ihre Haare nach hinten gebunden, ihr Gesicht glänzt, und sie streckt oben, auf ihrer Leiter, die Zunge heraus.
»Wie wär's mit einer Pause?«, fragt er, während er sein Band zurückspult.
»Wenn ich jetzt Pause mache, habe ich danach keine Lust mehr, und dann müsstet ihr ran!«
»Du denkst immer nur an uns...«
»An wen soll ich denn sonst denken? Ihr seid mein Leben...«
Sie spricht mit sanfter und überlegter Stimme. Darin fehlt jegliche Spur von Gereiztheit. Die Mütter seiner Freunde sind ständig gereizt, in Eile, erschöpft. Jedoch seine Mutter ist fast immer ausgeglichen. Sie trägt ein Karohemd, das er nicht kennt, eine alte Jeans und dicke weiße Socken.
»Für dein Alter hast du dich ganz gut gehalten...«
Agnès hält inne und lächelt ihn an. Mit dem Oberarm streift sie eine Haarsträhne zurück, stützt sich auf der Leiter ab, wischt sich mit dem Handrücken über die Nase und überlegt.
»Danke, mein Schatz. Ich betrachte es als Kompliment...«
Jetzt lächelt er ebenfalls. Allerdings nicht so offen wie sie, den Blick zur Seite gewandt. Als ob es ihm peinlich wäre, ihr seine Zuneigung gezeigt zu haben. Verlegen zieht er an den Ärmeln seines Sweatshirts und versucht, sie miteinander zu verknoten. Er ist stolz auf seine Mutter. Er hat Achtung vor ihr. Gestern Abend ist ihm der Büstenhalter aufgefallen, den sie anhatte. Es hat ihm nicht gefallen. Überhaupt nicht gefallen. Als Hausfrau ist sie ihm lieber. Er hat das Bedürfnis, mit ihr zu reden. Aber er weiß nicht, wie er anfangen soll. Ständig sagt sie, dass Reden wichtig sei. Jedoch

kennt er nicht genügend Worte. Oder nicht die richtigen. Er redet, weil er in einer Gemeinschaft lebt. Heute Morgen hat sie den Büstenhalter nicht wieder angezogen. Heute Morgen hat sie sich weder schick gemacht noch sich gekämmt. Von ihrer Leiter herab betrachtet sie ihn.

»Hast du ein Problem, mein Schatz?«

Er schüttelt den Kopf. Nicht nur eins, sondern Tonnen von Problemen.

»Ist es die Schule?«

Seufzend verdreht er das Kabel seines Walkmans.

»Sind es vielleicht schlechte Noten, die du mir verheimlichst?«

Sie lächelt ihm verschwörerisch zu. Er weiß, dass er ihr vertrauen kann. Sie stellt ihm keine Fallen.

»Nein... eigentlich nicht...«

Agnès setzt sich auf die Leiter, wobei sie Acht gibt, nicht das Gleichgewicht zu verlieren. Bei Éric muss man sich Zeit nehmen. So leicht gibt er nichts preis. Um ihn zum Reden zu bringen, benötigt man Fingerspitzengefühl: Man muss ihn mit genügend Entschlossenheit befragen, allerdings ohne ihn zu sehr zu drängen, sonst macht er dicht und sucht das Weite. Er ist der absolute Meister darin, sich in sein Schneckenhaus zu verkriechen.

»Gibt es Stress mit einem Lehrer?«

»Nein, Mama... Viel schlimmer!«

Mit einer hilflosen Geste hebt er die Arme in die Luft und muss schwer schlucken, als wäre er kurz davor, in Tränen auszubrechen.

»Was ist es dann?«

»Mama... Muss ich unbedingt in die Schule? Wozu soll das gut sein?«

»Um zu lernen, mein Schatz.«
»Aber ich kann doch schon lesen, schreiben und rechnen!«
»Man lernt nie aus. Nur so bleibt man jung. Sonst schrumpft das Gehirn. Sonst schottet man sich von der Außenwelt ab... Und dann macht einem alles, was fremd und unbekannt ist, Angst...«
Mit beiden Händen hält er seine Turnschuhe fest, wobei er die Knie nach außen drückt. Er reibt das Kinn an seiner Jeans und verharrt einen Augenblick schweigend, als müsste er Agnès' Sätze erst einmal verdauen.
»Wie Großmutter...«
»Wie meinst du das?«, fragt Agnès verwundert.
»Auch Großmutter hat vor allem Angst... Sie hasst alle... Sie ist böse. Und sie ist gemein zu dir. Das ist mir nicht entgangen, weißt du...«
»Ah...«, sagt Agnès mit weicher Stimme.
Eigentlich müsste sie Einwände erheben, ihre Mutter verteidigen, sie in schillernden Farben darstellen, um aus ihr eine gute Großmutter zu machen, stattdessen senkt sie den Kopf und hört ihrem Sohn zu.
»Weißt du, Mama, das Gegenteil von Liebe ist nicht Hass, sondern Angst. Wenn man anfängt, voreinander Angst zu haben, dann ist was oberfaul...«
Mürrisch setzt er die Kopfhörer wieder auf, worauf sein Kopf im Takt der Musik wackelt. Der Walkman hat sich damals als einziges Mittel erwiesen, damit Agnès ihre Ruhe hat. Sie steigt von der Leiter, setzt sich neben ihren Sohn und legt den Arm um seine Schultern. Zwar sträubt er sich zunächst ein wenig und versucht, gegen das Bedürfnis anzukämpfen, sich an sie zu schmiegen, aber als sie ihm einen aufmunternden Schubs mit der Schulter versetzt, gibt er

nach. Sein langer Teenagerkörper presst sich an sie. Sie umschlingt ihn wie ein Baby, streckt sich ein bisschen, um ihm Platz zu machen, macht sich ganz rund, damit er sich an sie kuscheln kann, und nimmt ihm die Kopfhörer ab.
»Du wirst immer mein kleines Baby bleiben, weißt du…«
Er reibt den Kopf an ihrer Brust.
»Bist du da von alleine drauf gekommen?«
»Auf was?«
»Dass das Gegenteil von Liebe nicht Hass, sondern Angst ist…«
»Warum? Findest du das doof?«
»Ich finde es wunderbar und überhaupt nicht doof…«
»Woher weiß man, wenn man was sagt, dass es nicht doof ist?«
Agnès lehnt das Kinn auf den Kopf ihres Sohnes. Sie schließt die Augen und überlegt. Wenn man dumm ist, woher weiß man dann, dass man dumm ist? Oder beweist bereits der Umstand, dass man sich diese Frage stellt, dass man reflektiert und folglich nicht dumm sein kann? Lange Zeit war sie im Glauben, sie wäre dumm. Sie war nicht in der Lage, selbstständig zu denken. Oder vielmehr war es so, dass sie sich nicht traute, das auszusprechen, was sie dachte, weil sie unsicher war, ob es richtig sei. Ist Selbstsicherheit ein Beweis für Intelligenz? Oder empfiehlt es sich stattdessen, vorsichtig abzuwarten? So etwas hätten sie einem in der Schule beibringen sollen. Sich selbst Gedanken zu machen, auf sich selbst zu vertrauen, auch wenn man dabei ein paar Dummheiten vom Stapel lässt… Nur durch eigene Dummheit lernt man dazu…
»Damit beweist du gesunden Menschenverstand… Es macht mich stolz auf dich, wenn du so etwas sagst…«

»Ich mag Großmutter nicht. Ständig macht sie alles schlecht... du dagegen spornst mich an... Aber du bist auch die Einzige, die das macht.«

»Dazu ist eine Mutter da.«

»Ich weiß... aber es gibt welche, die das vergessen haben...«

»Läuft's in der Schule wirklich so schlecht?«

»Ich langweile mich. Was nützt es mir, über die Lichtgeschwindigkeit Bescheid zu wissen?«

»Damit du Bescheid weißt... Vielleicht willst du ja eines Tages Astronaut werden, neue Sterne erforschen, auf Entdeckungsfahrt in der Milchstraße gehen...«

»Um im Raumfahrtzentrum aufgenommen zu werden...«

»Siehst du, jetzt bist du derjenige, der Angst hat, der sich kleiner macht, als er ist...«

Er seufzt.

»Überall herrscht Arbeitslosigkeit, Mami. Wir bekommen nichts anderes mehr zu hören, auch wenn man mit uns nicht direkt darüber spricht...«

»Als du noch klein warst, hast du mich immer gefragt, wie viel ich verdiene. Jeden Monat...«

»Ich wollte sichergehen... Das war dann jedes Mal ein gewonnener Monat!«

»Hattest du damals solche Angst davor?«

»Und ob!«

Sie wiegt ihn in den Armen. Morgen früh, wenn sie auf den Markt geht, wird sie einen Abstecher zum Krankenhaus machen. Drei bis vier Tage, so lange brauchen die Ergebnisse. Drei bis vier Tage des Wartens. Sie drückt ihn enger an sich.

»Lässt du mich mal in deine Musik reinhören?«

Erneut hebt er den Kopf und macht dabei ein schiefes Gesicht.

»Sie wird dir bestimmt nicht gefallen...«

»Vielleicht kann ich ja was dazulernen?«

Er reicht ihr die Kopfhörer und dreht die Lautstärke auf. Sie hört nur Krach, Gebrüll und Sätze auf Englisch, hält sich aber mit ihrer Kritik zurück. Zwar zwingt sie sich, der Musik zu lauschen, aber ihre Gedanken schweifen ständig ab. Was hat Lucille jetzt vor? Wann hat ihre Mutter eigentlich damit begonnen, sich von der Außenwelt abzuschotten? Warum haben wir heutzutage alle Angst? Mit zehn Jahren Angst vor der Arbeitslosigkeit, mit sechsunddreißig Angst vor Aids, Angst vor der Liebe, Angst vor dem Leben, Angst davor, Ja zu sagen, Angst vor dem Neinsagen, davor anzuecken, Angst vor dem Partner, wenn er sich anders verhält, Angst davor, seinen Job zu verlieren, Angst in der Nacht, Angst, wenn man alleine ist. Woher nur nimmt sie diesen Elan, ihr Leben meistern zu wollen, daraus etwas Unbeschwertes zu machen, wenn sie sich dafür im Notfall opfern muss? »Die Gesellschaft kann nur durch das Opfer des Einzelnen bestehen, wie es das Gesetz vorsieht. Wenn man von einem System profitieren will, muss man dann nicht auch seinen Teil dazu beitragen, um es aufrechtzuerhalten? Kommentieren Sie diese These von Balzac.« Es war ihr Abiturthema in Philosophie. Heutzutage will keiner mehr Opfer bringen. Aber jeder will Glück und Wohlstand. Obwohl man Anspruch hat auf Freizeit, Urlaub, Zinsen, Rente, Sozialversicherung, Orgasmus, Farbfernseher, will keiner mehr eine Gegenleistung bringen. Dabei ist es gut zu geben. Geben muss ihre Bestimmung sein. Dabei findet sie auf jeden Fall ihr Glück. Das Glück, an ihren

Sohn geschmiegt auf dem Teppichboden zu sitzen, das Glück, ihm zuzuhören, das Glück, Worte wechseln zu können, die von Bedeutung sind... Kleine, unbedeutende Momente, die das wahre Glück ausmachen. Auch wenn sie nicht spektakulär sind, wenn man sie nicht Freunden an einem Diaabend zeigen kann. Und gegen dieses Glück kann Aids nichts ausrichten. Im Grunde macht sie sich keine Sorgen. Zumindest nicht ernsthaft... Natürlich schon ein wenig, wenn sie ehrlich ist. Sie hat Angst um Clara, Rapha, Lucille, Joséphine... Sie fühlt sich für das Glück ihrer Nächsten verantwortlich.

»Und, gefällt es dir?«, fragt Éric.

»Soll ich ehrlich sein?«, entgegnet sie mit breitem Grinsen.

»Nur zu...«

»Haut mich nicht gerade vom Hocker. Aber das ist normal... In meinem Alter! An so was sind meine Ohren nicht gewöhnt, weißt du...«

»Ich weiß, Mami, ist schon in Ordnung!«

Auch er grinst sie an, wobei er versucht, ihr Lächeln zu imitieren, ihr seine ganze Liebe zu geben, die er für sie empfindet. Er schaltet die Musik ab.

»Was hast du denn so gehört, als du jung warst?«

»Gar nichts... Wir besaßen genau drei Schallplatten, und die hat mein Vater mitgenommen, als er gegangen ist. Manchmal habe ich Radio gehört. RTL, Stop oder mehr, Samstagmorgen... Das Kofferspiel. Ich habe davon geträumt zu gewinnen... Aber ich habe mich nicht getraut mitzuspielen. Heute frage ich mich, ob ich den Mut gehabt hätte, ans Telefon zu gehen, falls sie angerufen hätten. Aber die Summe habe ich mir immer genau gemerkt! Dann habe ich mir ausgemalt, was ich mit dem ganzen Geld machen würde...«

»Du hättest es doch bestimmt Großmutter gegeben!«
»Vermutlich. Um sie zum Lächeln zu bringen, um sie einmal in ihrem Leben glücklich zu sehen...«
»Wahrscheinlich hätte das eh nicht funktioniert!«
»Ganz genau, mein Kleiner... Sie weiß nämlich nicht, dass man für Glück Zeit und Geduld aufwenden muss.«
»Sie bringt eher Zeit und Geduld für Unglück auf!«
Seufzend denkt sie an ihre Mutter, an ihre Kindheit. Sie sagt sich, dass Éric sich später vielleicht einmal an diesen Samstagmorgen erinnern wird, an dem sie die Fenster putzte, an dem er mit dem Walkman auf den Ohren vor ihr auf dem Boden lag. Vielleicht wird ihm einmal dieser besondere Augenblick wieder einfallen, ein Augenblick der Liebe, des Einvernehmens, und das wird ihm dabei helfen, eine Etappe, eine Hürde zu meistern. Ein winziger Augenblick friedvollen Glücks, der ihm wieder in den Sinn kommt, wenn er erwachsen ist. Es ist unerklärlich, es handelt sich um nichts Weltbewegendes, es ist zugleich leicht und schwer. Großmutter Mata sagte immer, dass schöne Bücher, berauschende Sinfonien und wundervolle Gemälde einem Kraft verleihen. Und Liebe. Man muss ihm die Zeit geben, sich im Alltag zurechtzufinden. Nie reagiert er auf Kommando, sondern stets unvorhergesehen, wenn man am wenigsten damit rechnet, wenn man so sehr darauf gewartet hat, dass man das Warten aufgibt. Dafür bin ich gemacht, ich muss es akzeptieren, statt von anderen Liebesbeziehungen zu träumen. Die komplizierten Beziehungen von Clara, Joséphine oder Lucille werden mir immer ein Rätsel bleiben. Was nützt es mir, dies zu bedauern, ich muss mir ein Glück nach meinem Maß zurechtbasteln. Lange Zeit habe ich mich für jemand anderen gehalten. Aber ich bin Agnès,

und das ist gut so. Aus der kleinen Agnès kann ich etwas Hervorragendes machen. Zum Beispiel schon einmal damit anfangen, mich selbst zu mögen. Mein persönliches Glück kommt von innen, nicht von außen. Dazu brauche ich nicht unzählige Männer, schicke Autos, perfektes Styling, starken Alkohol. Es besteht aus vielen kleinen Nichtigkeiten, aus winzigen weißen Bruchstücken. Gestern Abend hat Rapha mir dazu den Weg eröffnet, mit wenigen Worten. Ich hätte sie nie geglaubt, wenn ich sie mir nicht gestohlen hätte. Sonst hätte ich vermutet, dass er nur Freundlichkeit und Mitgefühl hatte zeigen wollen...
Entspannt lächelt sie. In ihr hat sich etwas verändert. Sie hat Distanz zu ihrer Kindheit gewonnen, zu der Scham, die von ihrer Kindheit herrührte, zu dem Bedürfnis, jemand anders sein zu wollen, dem Gefühl, nie den rechten Platz zu finden. Sie berührt das Karohemd, streichelt es wie einen Glücksbringer. Sie wird es Clara nicht zurückgeben.
»Was hast du heute Nachmittag vor?«
»Mit meinen Freunden Inline skaten.«
Yves hat Céline versprochen, mit ihr Mathe zu üben. Ihr Blick fällt auf die Leiter, auf das liegen gebliebene Tuch, auf den Fensterreiniger. Nur noch ein Fenster müsste geputzt werden, das kleine oben rechts. Das umständlichste. Dazu muss sie auf die Balkonbrüstung steigen und sich mit einer Hand an den Fensterläden abstützen. Die Fensterläden sind leicht verrostet, sie könnten einen neuen Anstrich vertragen. Sie stößt einen zufriedenen Seufzer aus. Heute Nachmittag wird sie zu Lucille gehen und mit ihr reden...

—

Nachdem Clara Philippe die Geschichte mit Chérie Colère und Rapha erzählt hat, meinte er, er würde sie zu dem Test begleiten. Mit einem Mal ist alles ganz einfach. Sie holen sich eine Überweisung, gehen in ein Labor, bei dem die Ergebnisse am nächsten Tag vorliegen. Philippe ist mit einem Arzt befreundet, der die Überweisung ausstellen könnte. Clara fragt Philippe, ob er Rapha ebenfalls eine besorgen könne.
»Falls...«
»Er wird sich wieder melden«, beruhigt er sie, »hab Vertrauen.«
»Aber warum lässt er mich so hängen... ohne sich zu melden...«
»Ich weiß es nicht. Ich weiß auch nicht immer alles, Schwesterherz. Gerade eben hat man es ja gesehen...«
Er setzt ein schiefes Lächeln auf.
»Hängst du sehr an Joséphine?«
»Zum ersten Mal habe ich das Bedürfnis, mit einer Frau zusammenzuleben. Zum ersten Mal habe ich mich für jemanden entschieden, statt umgekehrt, zum ersten Mal bin ich entschlossen zu kämpfen... Aber anscheinend habe ich mir die Falsche ausgesucht...«
Er gibt ein leises, ironisches Lachen von sich, zuckt mit den Schultern und fährt fort, mit dem Daumen über die Kante des Resopaltisches zu streichen.
»Je besser es läuft, um so eher denke ich, dass man es sich nicht aussuchen kann. Das Leben nimmt einfach seinen Lauf, das ist alles, und man muss sich eben arrangieren... Man muss versuchen, das Beste daraus zu machen...«
Clara legt ihm einen Arm um die Schultern, zieht ihn zu sich her, und zum ersten Mal, zum ersten Mal in all diesen

gemeinsamen Jahren, beugt sich die Schwester zum Bruder, umschlingt die Schwester den Bruder und spendet ihm Trost.

»Aber früher hast du nie was mit Jo gehabt, oder?«

»Doch... Sie war sogar die Erste, der ich einen Zungenkuss gegeben habe...«

Bei der Erinnerung muss er lächeln. Ein Zungenkuss, das war damals schon das Höchste! Hast du sie denn mit oder ohne Zunge geküsst?, war eine der gängigen Fragen unter den Jungs. In diesem Alter tauschten sie noch Geheimnisse aus. Aber das war einmal. Heute spult jeder nur noch seine Floskeln ab und klopft Sprüche. Ach! Diese unnütze und übertriebene Prahlerei bei diesen Männerabenden, wo jeder sich verstellt! Nur Frauen können sich noch stundenlang über das andere Geschlecht und über Gefühle unterhalten. Bei Männern sind die einzigen Gesprächsthemen die Arbeit oder Autos oder Fußball. Dabei ist das bei weitem nicht so interessant.

»Und hinterher hat sie dich nicht mehr gereizt?«

»Sie war diejenige, die nicht mehr wollte... Ich dagegen habe immer nur sie gewollt!«

»Und als sie Ambroise geheiratet hat, warst du da nicht furchtbar wütend?«

»Es war mir egal... Ich habe mich nicht einmal auf ihrer Hochzeit blicken lassen... Das Ganze hat erst vor kurzem wieder angefangen... An einem Abend, als ich bei dir war, ist sie wegen einem eurer Treffen gekommen. Sofort war ich wieder gefesselt von ihr, was sie mir wahrscheinlich von den Augen ablesen konnte, und du weißt ja, bei ihr dauert so was nie lange... Sie hat mich einfach vernascht. Aber ich habe sie festgenagelt... Heute bin ich mir sicher, dass sie zwischen dem schönen Ambroise und mir schwankt.«

Wie ein schüchterner Sieger lächelt er verkniffen.

»Bist du dir da wirklich so sicher?«

»Zumindest will ich daran glauben. Und ich bin bereit, mich darauf einzulassen. Wenn wir schon dabei sind, mit offenen Karten zu spielen: Mit Lucille hatte ich ebenfalls ein kurzes Techtelmechtel…«

»Mit Lucille!«, kreischt Clara.

»War nicht der Rede wert… Das war zu jener Zeit, als ich in London war… Eines Abends ist sie bei mir aufgekreuzt und hat sich mir an den Hals geworfen! Ich habe nie verstanden, warum… Das ging dann einige Nächte so, bis sie wieder genauso schnell verschwunden ist, wie sie gekommen war!«

»Und, wie ist sie im Bett?«

»Mit allen Wassern gewaschen, aber irgendwie nicht richtig bei der Sache…«

Er stößt einen Seufzer aus.

»Anders als Jo?«, fragt Clara.

Er grinst.

»Erzähl mir mehr über Joséphine und dich, damit ich mich daran gewöhne…«

»Ist es so schlimm für dich?«

»Nein, aber…«

»… Also doch! Gut… Wir sind essen gegangen, haben uns über Gott und die Welt unterhalten und sind irgendwie im Bett gelandet. Und davon habe ich mich bis heute nicht erholt…«

»Und was ist mit ihr?«

»Das würde ich auch zu gerne wissen. Ich weiß nichts über

ihr Leben, außer dem bisschen, was sie mir erzählt hat... Jedenfalls denke ich, dass sie nicht gerade ein Vorbild an Treue ist, so viel steht fest...«

Philippe wirft Clara einen langen, nachdenklichen Blick zu.

»Aber bloß, weil sie sich langweilt, weil sie unglücklich ist«, fährt er fort. »Sie hat zu viel Energie, mit der sie nichts anfängt... Andere spielen Bridge, gehen einkaufen, und wieder andere gehen eben fremd!«

»Ich werde sie bestimmt nicht verpetzen! Du vergisst, dass sie meine Freundin ist. Ich borge sie dir lediglich, mehr aber auch nicht!«

»Ich hatte Angst, dass du es nicht gut aufnehmen würdest, dass du dich verlassen fühlen würdest...«

»Volltreffer... Aber mittlerweile geht's wieder... Vielleicht bekomme ich ja morgen eine Krise...«

Beunruhigt sieht er sie an. Sie antwortet ihm mit einem Lächeln. Sie sagt sich, dass es Zeit ist, die Kindheit hinter sich zu lassen. Zwar ist es schön, es ist warm, es ist weich, aber man dreht sich dabei nur im Kreis.

»Erinnerst du dich, wie wir meinen achtundzwanzigsten Geburtstag gefeiert haben? Du hast mich in den Arm genommen, und ich hatte den Eindruck, du wolltest mich in die Luft werfen, mich weit von dir wegschleudern, wie eine unbequeme Last. Damit ist jetzt Schluss. Ich werde dir nie wieder zur Last fallen... Mach dir um mich keine Sorgen mehr. Jetzt bin ich erwachsen...«

Weiter sagt sie ihm, dass es sein gutes Recht sei, sich in Joséphine zu verlieben, dass sie sich dem nicht in den Weg stellen wird, dass sie ihn nach wie vor genauso lieben würde, dass er ihr geliebter großer Bruder ist, dass sie sich stark

genug fühlt, alleine weiterzumachen, und er sich keine Sorgen mehr machen soll. Zwar ist sie sich dessen selbst nicht ganz sicher, aber sie sagt es ihm trotzdem. Schließlich fleht er sie an, damit aufzuhören, bevor er vor aller Augen in Tränen ausbricht.
»Und es würde mich nerven, meine ersten Tränen vor all diesen Idioten zu vergießen, die sich über Hundescheiße unterhalten und Sauerkraut in sich hineinstopfen!«
Schließlich bestellen sie doch Würstchen mit Sauerkraut und zwei Bier. Mit dem Bierschaum macht Clara sich einen Schnurrbart, um Philippe, der immer noch Trübsal bläst, zum Lachen zu bringen. Er hat ihr nicht so viel anvertraut, wie er gerne gewollt hätte. Die Geschichte mit Chérie Colère schmeckt ihm überhaupt nicht, außerdem hat der plötzliche Aufbruch von Joséphine in ihm das dringende Bedürfnis geweckt, ihr nachzulaufen. Seine Wut ist verraucht, stattdessen ist er nun beunruhigt. Philippe ist nicht dazu fähig, nicht zu verstehen, nicht zu verzeihen. Er hält sich an den winzigen Krümeln fest, die sie ihm hinterlässt. Vielleicht besteht ja sein Leben nur daraus: aus winzigen Liebeskrümeln, die ihm andere hinterlassen. Ich bin eine Taube, wie es sie zu Tausenden auf den Straßen von Paris gibt. Das erinnert ihn an einen englischen Kunden, der nach mehreren Whiskeys in einer Bar ihn mit schwerfälliger Zunge fragte, warum die Tauben in Paris so fett seien; er sähe nie schwächliche Exemplare oder Jungtauben, und das quälte ihn. Wir verbringen unser Leben damit, uns zu fragen, ob das, was uns geschieht, von Bedeutung ist oder nicht. Und dann begreift man zu spät. Dieses Mal hatte er jedoch sehr schnell begriffen, dass er nicht wollte, dass sie geht. Vielleicht war er ja die einzig schüchterne Taube in Paris.

»Clara...«

Er kratzt sich an der Kehle und spielt mit dem Messer auf der Papiertischdecke herum.

»Unser Vater und unsere Mutter sind nicht bei einem Autounfall ums Leben gekommen...«

»Ah...«, murmelt Clara.

»Sie hat ihren Wagen gegen einen Baum gelenkt... Weil er eine andere hatte und uns mitnehmen wollte. Da er sich einen sehr guten und teuren Anwalt genommen hatte, standen ihre Chancen, uns zu behalten, mehr als schlecht...«

»Sie hätte doch kämpfen können...«

»Dazu hatte sie nicht die Kraft. Sie litt unter Depressionen. Ihr Verhalten war ziemlich seltsam. Überall hat sie uns vergessen... Einmal ging sie Milch kaufen und hat dabei deinen Tragekorb auf dem Boden vor der Kasse stehen lassen. Dann kam sie nach Hause, hat die Milch auf den Tisch gestellt und sich eine heiße Schokolade gekocht. An jenem Tag hat man dich auf der Polizeiwache holen müssen. Dort hatte der Händler den Tragekorb mitsamt Baby abgegeben. Jemand hatte die Polizei informiert...«

»Das kann doch jedem mal passieren«, sagt Clara.

Gerührt betrachtet Philippe sie.

»Nein, Clara. Das kann eben nicht jedem passieren...«

»Mir passiert es doch auch, dass ich ungemein wichtige Dinge einfach vergesse, Dinge, an denen mir sehr viel liegt... Es sind übrigens genau solche Dinge, die man vergisst!«

»Das ist noch nicht alles...«

Obwohl es ihm zuwider ist, was er gerade tut, kann er nicht anders. Schon zu lange schleppt er dieses Geheimnis mit sich herum...

»Sie hat sich dem Gasmann, dem Klempner oder irgendeinem Laufburschen an den Hals geworfen. Die Concierge hat sie dabei mehrere Male überrascht... Sie war geschockt und wollte es publik machen.«

»Man hätte ihr nicht geglaubt! Sie hat nur Unsinn erzählt! Concierges erzählen immer nur Unsinn, sobald jemand aus der Reihe tanzt! Ich hasse Concierges«, fügt sie trotzig hinzu, wobei sie das Kinn im Kragen ihrer schwarzen Lederjacke versinken lässt.

»Nie hätte sie das Sorgerecht bekommen, sie hätte alles verloren, deswegen hat sie es vorgezogen zu sterben...«

»Weshalb erzählst du mir das gerade jetzt?«

»Keine Ahnung. Weil ich es leid bin, es alleine mit mir herumzutragen... Schließlich geht es dich genauso viel an.«

Hoffnungsvoll wartet er auf eine Zustimmung. Auf ein Zugeständnis, denkt Clara.

»Und woher weißt du das alles?«

»Von Onkel Antoine... Als wir uns wegen Brieux und den anderen geprügelt haben... Das hat mich einfach umgehauen.«

»Vielleicht hat er alles nur erfunden...«

»Nein, Clara. In Vaters Nachlass habe ich Briefe gefunden... Sie haben alles bestätigt.«

Er seufzt.

»Jetzt sind wir auf dem gleichen Stand.«

»Mir kommt es vor, als ob ich mit einem Schlag zu schnell erwachsen geworden wäre.«

»Es ist meine Schuld. Ich habe dich zu sehr beschützt.«

»Es war schön, beschützt zu werden.«

Genau das wiederholte sie im Stillen, als sie zu Hause vor dem Anrufbeantworter stand, der blinkte. Zwar war eine

Nachricht darauf, allerdings nicht von Rapha. Lucille lud sie für den späten Nachmittag zum Tee bei sich nach Hause ein.

—

Was hat sie bloß, was ich nicht habe?, fragt Lucille ihr Spiegelbild.
Mit einem Schweißband hat sie die Haare nach hinten gestreift und massiert mit den Fingerspitzen eine Feuchtigkeitscreme in die Gesichtshaut ein. Gestern ist sie spät ins Bett, hat zu viel Champagner getrunken, sodass ihr der Kopf wegen einer leichten Migräne brummt und ihr Gesicht etwas geschwollen ist. Schon immer habe ich mir diese Frage gestellt... schon als wir klein waren und ich sah, wie die Augen der Jungs aufleuchteten, wenn sie vorbeiging... Wenn ich vorbeiging, schlugen sie die Augen nieder. Ich schüchterte sie ein. Zu ihr sahen sie auf. Lange Zeit habe ich geglaubt, dass ich ihn am Ende erobern würde, schließlich hatte ich sämtliche Waffen, um zu gewinnen. Aber er hatte nur Augen für sie. Wenn er mit mir zusammen war, wenn er an meiner Schulter auf dem Flug nach New York einschlief, war er im Glauben, es wäre ihre Schulter, und wachte dann verwundert auf, weil er bemerkte, dass es meine war. Oh! Dieser Blick im Flugzeug kurz vor der Landung... Die Enttäuschung, der Schmerz, sein gezwungen höflicher Ton, in dem er sagte: »Schon da? Ich muss den ganzen Flug verschlafen haben«, und sein Körper, der sich von mir löst, der mich wegstößt, um sich an das Fenster zu lehnen und New York von oben zu betrachten. Während ich ihn von der Seite beobachte. Ich weiß, dass er unglücklich darüber ist, dass sie nicht an meiner Stelle ist. Obwohl

er das Gesicht gegen das Fenster presst, damit ich nicht sehe, wie sehr er unter ihrem Verlust leidet, kann ich es an seinem Rücken lesen, an seinem gestreckten Rücken. Sie weiß nicht, ob sie Rapha wirklich liebt. Woher weiß man, ob man mit einer unverfälschten Liebe und ohne Lügen liebt? Woher? Sie weiß es nicht, jedoch weiß sie, dass er ihr Leben bereichert, um etwas bereichert, was sie nie mehr missen möchte. Ein Licht, eine Wärme, ein Feuer, an dem sie sich wärmt, an dem sie nach und nach auftaut. Wahrscheinlich fängt es schon in ganz jungen Jahren an, das Erlernen der Liebe. Man lernt es, wie man lernt zu gehen, zu reden, trocken zu werden, mit Messer und Gabel zu essen. Erstaunt entdeckt man ein Leuchten im Blick seines Vaters, seiner Mutter, und man streckt die Hand danach aus in der Hoffnung, dass es wieder erscheint. Man hält sich aufrecht auf beiden Beinen, der ganze Körper scheint zu sagen: sieh mich an, sieh mich an, man bringt Töne hervor, die einen Sinn ergeben, man zeigt voller Stolz das trockene Bettlaken, die sauberen Windeln. Man wäre bereit, alles zu tun. Nur, um noch einmal dieses Leuchten zu sehen, das Leuchten in den Augen eines anderen. Das Leuchten, das uns aufrecht hält, das uns wachsen lässt, uns mit einem inneren Honig nährt, das Leuchten, das unseren Körper mit Glück und Dankbarkeit durchdringt...
So etwas habe ich nie gekannt, murmelt Lucille ihrem Spiegelbild zu. Ich bin ohne dieses Leuchten aufgewachsen, und meine ganze Schönheit, meine ganze Vollkommenheit ist nie von innen erleuchtet worden. Ich habe lediglich das künstliche Leuchten gekannt, mit dem ich mich selbst beleuchtete. Ich war sowohl Beleuchterin als auch Beleuchtete. Ich bin nur eine schöne Hülle... eine perfekte Insze-

nierung. Ich fühle nichts. Liebe kenne ich nur als nicht vorhanden und als Schmerz. Als Leere, Lücke. Letztlich bin ich wie David, ein David, der besser keinem Rapha, Rue Victor Hugo in Montrouge, begegnet wäre.

Dabei fallen ihr plötzlich wieder Raphas Worte über David und Chérie Colère ein. Ihre Finger bohren sich in die Schläfen, und sie verzieht das Gesicht. Das ist unmöglich, er muss sich geirrt haben. Seine Worte erschüttern sie und beleben in ihr wieder Bilder, die sie nicht sehen will. Sie hat das Bedürfnis, zu lachen, in Lachen auszubrechen, mit einem schrecklichen Lachen zu brüllen, das die Bilder zerschlägt, die sich wie ein schlechter Film abspulen, das ihr das Trugbild ihres Ehemanns wiederherstellt, das seine Leichtigkeit, die sie braucht, bewahrt. David ist gar nicht fähig, sie zu betrügen. Das ist einfach unmöglich! Schließlich gibt sie sich alle erdenkliche Mühe, um seine Wünsche zu erfüllen, um ihm die elegante und eitle Leere zu geben, an der er sich ergötzt. Das ist ihre Rolle. Er ist nur ein Schatten, der durchs Leben irrt und sie an eine andere Gestalt erinnert, die sich in ihrer Bibliothek verschanzte. Dieser Mann, der, obwohl er ihr nichts gab, trotzdem da war, diese Anwesenheit, die keine war, außer, dass sie gelernt hatte, sich von dieser Leere zu nähren, auf ihn ihre sämtlichen Wünsche nach bedingungsloser Liebe zu projizieren, die aber nie erhört wurden. Dazu ist David nicht fähig. Dazu ist David nicht fähig... Rapha hat mich nur verletzen wollen, weil ich ihm damit gedroht habe, ihn ebenfalls zu verletzen.

Sie sieht auf ihre Armbanduhr. Vierzehn Uhr dreißig. Um diese Zeit wacht David immer auf. Nie legt er sich vor dem Sonnenaufgang schlafen. Gewöhnlich liest er dann, hört

Musik, nimmt ein heißes Bad, geht im Morgenmantel auf und ab, ruft seine Freunde am anderen Ende der Welt an. Im Haus seines Bruders in Chelsea bewohnt er das Gästeappartement. Die Nummer kennt sie, schließlich hat sie die Wohnung schon öfters benutzt, wenn sie sich in London aufhielt.

»Hallo«, sagt eine unhöfliche Stimme, die sie sofort erkennt.

»Ich bin's... Ich wollte dich überraschen.«

»Lucille! Wie reizend! Wie geht es Ihnen, meine Liebe?«

»Ach, David...«

Wie konnte sie nur glauben, dass sie eine Unterhaltung miteinander führen würden? David unterhält sich nicht, er plaudert, macht bissige Bemerkungen, verallgemeinert, schneidet einem das Wort ab und destilliert es.

»Yes, my dear...«

»Sie sind wohlauf? Ist alles gut verlaufen?«

»Die Jagd war vorzüglich. Wir haben mehr als tausend Fasane geschossen! Die Hunde haben sich einwandfrei verhalten, und Lady Balford hat sich als perfekte Gastgeberin erwiesen... Auf der Farm auf einer ihrer Ländereien hat sie ein Picknick veranstaltet, wo ich zu meiner großen Freude Lord Lowetts wiedergetroffen habe, den ich schon seit einer Ewigkeit nicht mehr gesehen habe! Er hat sich nach Ihnen erkundigt und uns zu einer Jagd im Februar eingeladen... P.C. war ebenfalls da, gut geschützt vor den Paparazzi... Camilla hat uns auf der Jagd begleitet. Eine robuste Frau! Dennoch hat sie Charme, wissen Sie, gewiss, einen ländlichen Charme, aber immerhin...«

Er gluckst. Mit P.C. ist Prinz Charles gemeint, wie mit P.M. Prinzessin Margaret oder mit P.A. Prinz Andrew. David ist ganz versessen auf Klatsch, seine Augen leuchten auf, sobald ihm ein neues Gerücht zugetragen wird, über das er sich auslassen kann.

»Eduardo ist außer sich vor Wut: Das Kind, das sie erwarten, ist ein Mädchen, meine Liebe. Der Ferrari wird wohl in der Garage verrosten müssen.«

»Ah...«

»Vater ist auch in London... Er ist zur selben Zeit wie ich angekommen, aus Buenos Aires. Er hat uns mit einer Neuigkeit überrascht: Er ist frisch vermählt! Stellen Sie sich vor! Mit fünfundsiebzig Jahren fängt er sein Leben von vorne an.«

»Wie alt ist sie?«

»Fünfundzwanzig.«

»Aber«, stammelt Lucille, »wie kann sie nur?«

»Er hat behauptet, dass er neunzig ist!«

Er bricht in Lachen aus, und sein Lachen hallt so laut im Hörer wider, dass Lucille ihn weghält und wartet, bis er sich wieder beruhigt hat. Es dauert ziemlich lange, bis er endlich aufhört, und das auch nur, weil er überrascht ist, dass Lucille die Situationskomik nicht erkennt und seine gute Laune nicht teilt.

»Verstehen Sie nicht? Sie denkt, dass er es nicht mehr lange macht und dass sie dann kurzerhand reich sein wird! Ist das nicht unheimlich komisch?«

»Ja«, stottert Lucille.

»Aber was haben Sie denn, meine Liebe? Ist Ihnen nicht wohl?«

»Doch... Doch... Es ist nur... Wann, glauben Sie, fliegen Sie zurück?«

»Ich werde meinen Aufenthalt noch bis morgen Abend ver-

längern. Die Lage hier ist zu köstlich. Wenn Sie das Gesicht der jungen Braut sehen könnten... Ständig sieht sie verstohlen auf sämtliche Stand- und Armbanduhren, als ob die Zeit nicht schnell genug verginge. Obwohl sie sich mit uns schrecklich langweilt, bemüht sie sich außerordentlich, ihr Desinteresse zu verbergen. Eduardo und ich können bald nicht mehr vor Lachen... Sie sollten ebenfalls kommen, Sie würden sich hier sehr amüsieren. Eine faszinierende Sittenstudie... heute Abend gibt Eduardo Papa zu Ehren ein großes Fest. Wir werden uns köstlich amüsieren... Mein Vater ist in verblüffender Höchstform.«
»Nein, besser nicht. Ich warte hier auf Sie.«
»Wie Sie wünschen, meine Liebe. Jedenfalls ist geplant, dass das junge Paar noch einen Abstecher nach Paris macht, um dort die Flitterwochen zu verbringen. Also werden Sie sie eh bald sehen. Bis morgen, Lucille, und ruhen Sie sich ein wenig aus... Ich habe nämlich etwas mit Ihnen zu besprechen, und dafür müssen Sie in Form sein, in Höchstform.«
Erneut bricht er in Lachen aus und legt auf, nachdem sie die üblichen Floskeln der Zuneigung zwischen Mann und Frau ausgetauscht haben.

Nachdem sie Clara und Philippe sitzen gelassen hatte, war Joséphine blindlings davongestapft. Ohne dabei die Auslagen in den Schaufenstern zu betrachten, die über die Bürgersteige quellen und ebenso viele Passanten anlocken wie unverschämte und traurige Dirnen, ohne den Duft des gebratenen Fleisches und der scharfen Würstchen wahrzunehmen, die den kleinen griechischen oder türkischen

Fast-Food-Buden entweichen, ohne auf all die zertrampelten Flugblätter zu achten, die sie am unteren Mantelsaum mitschleift, und sogar ohne an die banale Brutalität des Vorfalls mit Philippe zu denken. Das musste ja so kommen, das musste ja so kommen, hämmern ihre Schritte im Takt auf dem aufgerissenen Asphalt der Avenue de Clichy. Sie taucht die Nase in ihren großen roten Schal, um sich vor dem eisigen Wind zu schützen, der hier weht, und betritt eine Kneipe.

Drinnen bestellt sie einen Espresso, schnappt sich eine Zeitung, die auf dem Tresen liegt, und sucht sich einen Platz. Inmitten von Tüten und Päckchen thront eine Dame am Nebentisch. Ihr Auge zwinkert nervös wie das eines Huhns, wobei sie ihr Eigentum bewacht, als befürchte sie, beraubt zu werden. Sie rückt eine der Taschen wieder zurecht, streicht über den Verschluss einer anderen, zieht sie dichter an sich heran. Verstohlen betrachtet sie Joséphine, mustert diese kritisch von oben bis unten, wobei sie sich sofort wegdreht, sobald diese von ihrer Zeitung aufblickt. Plötzlich fasst sie sich ein Herz und fragt, ob sie vielleicht auf ihre Sachen aufpassen könnte, während sie zur Toilette geht.

»Eigentlich warte ich auf meinen Mann. Er wollte nur rasch etwas besorgen... und das ist jetzt schon über eine Dreiviertelstunde her!«

»Vielleicht hat er Sie ja verlassen«, meint Joséphine und deutet ein Lächeln an.

Die Frau wirft ihr einen halb beunruhigten, halb ängstlichen Blick zu.

»Ich scherze nur«, erklärt Joséphine. »Gehen Sie ruhig. Ich werde über Ihre Sachen wachen.«

Die Alte, misstrauisch geworden, weiß nicht mehr, was sie tun soll. Sie zögert. An ihrem ängstlichen Blick kann Joséphine ihren inneren Zwist ablesen. Soll sie nun pinkeln gehen und ihre Sachen einer Fremden anvertrauen, die sie für nicht ganz zurechnungsfähig hält, oder soll sie sich beherrschen und darauf warten, dass ihr Mann zurückkommt, oder soll sie etwa ihren ganzen Kram mitschleppen und den Gang auf die Toilette in eine Polarexpedition verwandeln. Und das alles nur, weil ich witzig sein wollte, denkt Joséphine. Nicht jeder kann Humor vertragen! Die Alte spielt mit dem Faden des Teebeutels herum, der auf der Untertasse schwimmt, während ihr Blick fieberhaft von den Päckchen zur Toilettentür und wieder zurück wandert.

»Es war nur ein Scherz«, wiederholt Joséphine. »Gehen Sie nur.«

»Nein, nein«, entgegnet die Alte schulterzuckend. »Ich warte auf meinen Mann. Er wird gleich kommen.«

Dann verschränkt sie die Arme vor der Brust und schweigt. Sie hat einen Kopf wie eine alte, gepuderte Eule. Die Nase reicht ihr bis zum Mund, der mit den Falten ihres zerknitterten Kinns zu verschmelzen scheint. Den Persianerkragen ihres Bouclémantels hält eine Brillantenbrosche zusammen. Auf ihren Knien liegt eine schwarze Lackledertasche. Vielleicht werde ich eines Tages auch so sein, denkt Joséphine, wenn ich nach Nancy zurückgehe... Jetzt oder nie. Sie faltet die Hände und schickt ein Stoßgebet zum Himmel. He, Ihr da oben, helft mir: Weist mir den Weg, schickt mir ein Zeichen, und ich werde ihm blind folgen. Auch wenn es schwierig ist. Ich werde mich nicht wegstehlen. Verlangt von mir das Unmögliche, und ich werde mein Bestes geben. Dann konzentriert sich ihr Blick wieder auf die Umgebung und sucht nach einem Anhaltspunkt für eine Lösung. Die Alte hat eine Illustrierte hervorgezogen und blättert darin herum, ohne zu lesen. Dann erweckt ein Bericht über Mikrowellen ihre Aufmerksamkeit, und sie geht mit ihren kleinen Augen näher an die bedruckte Seite heran. Dabei klappt sie die Zeitschrift auseinander, sodass eine Werbung zum Vorschein kommt, die verkündet: »Philips ist sicherer!« Joséphine fährt erschrocken hoch, wobei sich ihre Bauchmuskeln zusammenkrampfen, als hätte sie einen Fausthieb auf den Solarplexus erhalten. Das ist unmöglich. Das kann sie nicht. Ich werde nicht den Mut haben. Ein weiteres Zeichen, ich bitte Euch. Ich werde nicht mein ganzes Leben auf einen einzigen Würfelwurf setzen...

Mittlerweile ist der Ehemann zurück. Eine attraktive Erscheinung, marineblauer Blazer, gepunktetes Seidentuch um den Hals, er wirkt jünger als seine Frau. Er trägt ein kleines Einkaufsnetz und die »Équipe« zusammengerollt unter dem Arm.

»Und, hast du die Besorgungen erledigt«, meint die Alte unwirsch, wobei sie von ihrem Artikel hochsieht.

»Ja. Für heute Abend habe ich zwei Putenschnitzel gekauft.«

»Putenschnitzel! Wie konntest du nur... Was für eine Schnapsidee! Ich kaufe lieber Huhn oder Schweinebraten.«

»Du meinst wohl Schweinerippchen! Du weißt genau, dass ich ganz verrückt nach Schweinerippchen bin.«

»Nein, keine Schweinerippchen! Weil man von Schweinerippchen nur einmal was hat! Während man von Schweinebraten mehrmals essen kann! Das ist günstiger.«

»Dafür schmecken Schweinerippchen erstaunlich gut, wenn man sie wie du mit Tomatensoße macht.«

»Aber es lohnt sich nicht, sage ich dir! Wogegen man aus einem Huhn oder einem Braten mehrere Gerichte machen kann.«

Mit einer Geste wiegelt der Mann ab und winkt dem Kellner mit einer Hand, deren Fingernägel tadellos maniküri sind.

»Also, was sagen wir den Kindern wegen Weihnachten? Ich will nämlich auf die Toilette gehen, dabei kann ich direkt Jacques anrufen und ihm sagen, was wir Weihnachten vorhaben.«

»Was willst du denn Weihnachten machen?«, will der Mann wissen, wobei er seine Zeitung mit einer weitausladenden Geste auseinander faltet.

»Das will ich ja gerade von dir wissen... Ich bin nicht so fürs Feiern, das weißt du sehr wohl.«

»Entscheide du. Mir ist es egal... du musst es halt mit Jacques besprechen.«

»Ich werde mich um meine Mutter kümmern müssen, falls Jacques es nicht tut. Und wenn ich mich um meine Mutter kümmere, können wir nicht zu den Kindern fahren.«

Mein Gott!, geht es Joséphine durch den Kopf, die Alte hat noch ihre Mutter! Es gibt also noch welche, die älter sind! Wie alt müssen die Leute heutzutage bloß werden?

»Hast du die Medikamente für Mama besorgt?«, fragt die Alte, während sie unruhig auf dem Stuhl hin- und herrutscht, jedoch nicht von ihrem Mann loskommt.

»Ja, und zwar alle. Morgens und abends Fluctin und eine viertel Tablette Lexotanil zu jeder Mahlzeit... Ich habe genau aufgepasst.«

»Hast du auch das Fluctin für mich besorgt? Ich hoffe, du hast es doch nicht etwa vergessen?«

»Nein, nein, ich habe alles bekommen.«

»Was soll ich denn jetzt Jacques sagen?«

»Sag ihm, was du willst. Was erwartest du denn noch von mir? Einen gut geschüttelten Scotch«, sagt er zu dem Kellner gewandt, der inzwischen gekommen ist.

»Du bist mir keine große Hilfe... Genügt es nicht, dass du mich soeben eine Stunde hast warten lassen!« Sie senkt die Stimme: »Nebenan die junge Frau hat schon geglaubt, du hättest mich verlassen! Das war vielleicht erbaulich, das kann ich dir sagen, wirklich erbaulich!«

»In der Apotheke stand eine Riesenschlange. Ich musste mindestens dreißig Minuten warten.«

»Du glaubst doch wohl nicht, dass ich ihr meine Taschen anvertraut hätte, um auf die Toilette zu gehen... Zu den Putenschnitzeln kann ich übrigens den Rest Spinat von gestern Abend warm machen«, meint sie dann, wobei sie aufsteht und ihren Wollmantel glättet.

Der Kellner hat dem Mann ein Glas hingestellt. Dieser greift danach und schüttelt es, damit die Eiswürfel schneller schmelzen. Dann hebt er das Glas an den Mund und benetzt seine Lippen mit der Flüssigkeit. Jede seiner Gesten ist kalkuliert, rationell. Ein Zeichen, bittet Joséphine den Himmel. Nur ein winziges, unauffälliges Zeichen. Paris oder Nancy? Nancy oder Paris? Hätte ich Karten, würde ich eine Patience legen und die Karten befragen. Und zwar meine Lieblingspatience, die, die so gut wie nie aufgeht, die, die ich immer umständlich befrage. Soll ich bei Ambroise bleiben? Ich bin mir quasi sicher, dass die Antwort Nein lauten wird. Dreizehn Karten in einer Reihe, verdeckt, auf denen dreizehn Karten offen liegen, dann wieder eine Reihe verdeckt und eine letzte Reihe offen. Dann legt man die Karten der unteren Reihe einzeln auf die obere, wobei man immer darauf achtet, dass sich Rot mit Schwarz abwechselt und man vom König zum As hochzählt. Wenn keine Karten mehr zu verteilen sind, nimmt man erneut dreizehn und legt sie offen hin. Und so weiter, bis keine Karten mehr übrig sind. Jedes Mal, wenn ein Stapel verschwindet, legt man einen König mit Folge. Das Spiel ist zu Ende, wenn alle Karten aufgedeckt und eingeordnet sind, wobei die Könige auf den einzelnen Stapeln oben liegen müssen.

Stundenlang kann sie über dieser Patience sitzen. Auch Napoleon soll verrückt nach Patiencen gewesen sein. Durch das Verschieben von Karten entwarf er die Pläne für seine furchtbarsten Schlachten. Vermutlich hat er bei Waterloo verloren, weil er sich in dem Spiel nicht mehr zurechtfand. Ihr Blick streift über den kleinen runden Kneipentisch. Dabei fällt ihr der lange Holztisch in ihrem Esszimmer in Nancy ein, den sie zusammen gekauft hatten, Ambroise und sie, auf dem Flohmarkt von Saint-Ouen, für ihre erste gemeinsame Wohnung. Wie einfach das Leben doch damals war! Er zog sie an seinem Arm mit und zückte sein Scheckheft. Sie küsste ihn und schmiegte sich an ihn, glücklich darüber, dass er ihr jeglichen Wunsch erfüllte. Wie mit Philippe vorhin. »Ich werde es nie lernen, niemals«, seufzt sie mutlos.

Vorsichtig schiebt der Mann sein Whiskyglas zur Seite, bückt sich, bläst über die Tischplatte, um sämtliche Krümel zu entfernen, faltet sorgfältig seine Zeitung auseinander, nimmt aus einem braunen Hartschalenetui eine Brille, putzt die Gläser, glättet mit der flachen Hand das Zeitungspapier, befeuchtet den rechten Zeigefinger, und nachdem er seine Brille auf die Nase gesetzt hat, beginnt er seine Lektüre und lässt dabei die Zungenspitze zwischen den Lippen hervorblitzen. Joséphine, die über so viele sonderbare Vorsichtsmaßnahmen nur staunen kann, muss den Kopf senken, um einen beginnenden Lachanfall zu vertuschen. Dann fällt ihr Blick auf eine fett gedruckte, deutlich sichtbare und selbstsichere Überschrift, selbstsicher wie kleine Soldaten, die in die Schlacht ziehen, eine Überschrift, die ihr Herz stehen bleiben lässt: »PSG schlägt Nancy 3:0.« Paris-Saint-Germain... Nancy... Sie wendet den Kopf ab, um dieses verfluchte Paar nicht mehr sehen zu müssen, das seelenruhig zwischen zwei Putenschnitzeln und einem dringenden Bedürfnis ihr Leben aus der Bahn wirft. Im hinteren Bereich der Kneipe, unübersehbar wie ein buntes Fresko, fordert ein riesiges Werbeplakat in schreienden Farben auf: »Fliegen Sie mit Air Philippines!«

Dritter Teil

Der Butler öffnet Agnès. Ein Butler wie in Schwarz-Weiß-Filmen, in denen die Amerikaner versuchten, das alte Europa nachzuäffen. Hochmütig sieht er auf sie herab, aber sie lässt sich nicht davon einschüchtern und verlangt, Lucille zu sprechen.
»Ist Madame von Ihrem Besuch unterrichtet?«
»Ich denke, Madame wird mich empfangen«, entgegnet sie mit breitem Grinsen.
Sie nennt ihren Namen, aber er kommt gar nicht dazu, Lucille zu verständigen, da diese sich bereits über die weiße Marmortreppe beugt.
»Ach du!«, meint sie enttäuscht und lehnt sich wieder zurück. »Sie ist eine Freundin, Francis…«
Darauf tritt er einen Schritt zurück und weist mit einer steifen Armbewegung Agnès den Weg nach oben. Agnès folgt Lucille in ein kleines Boudoir in englischem Stil, wo ein Kaminfeuer brennt. Während sie sich umsieht, ergreift sie ein Gefühl der Vertrautheit, ein Gefühl des Déjà-vu. Dicker Teppichboden, Gemälde an den Wänden, ordentlich aufgereihte Bücher, breite Canapés mit Plaids aus Kaschmir darüber, ein niedriger Tisch, auf dem achtlos aufgeschlagene Kunstkataloge, Duftkerzen liegen, und über dem Kamin ein Porträt von Madame Dudevant mit ihrem goldbesetzten Fuchspelz über den Schultern. Lucille bietet ihr einen Platz auf einem Canapé an und lässt sich auf ein anderes fallen, das genau gegenüber steht. Sie trägt einen schwarzen Roll-

kragenpullover, eine kurze schwarze Hose und ein weites, blauschwarz kariertes Holzfällerhemd, das Agnès bekannt vorkommt, da es aus Raphas Sammlung stammt.

»Es gefällt mir sehr bei dir, auch wenn der Empfang zu wünschen übrig lässt, dafür entschädigt aber die Einrichtung.«

»Er hat nur seine Pflicht getan, verstehst du.«

»Ich nehme es ihm nicht krumm. Hätte er sich bei Rapha auch so angestellt?«

Überrascht sieht Lucille sie an, sitzt da, als sei sie bereit, aufzuspringen und zurückzuschlagen.

»Ich habe alles gehört gestern Abend. Ich war hinter der Tür versteckt. Ich weiß jetzt alles.«

»Und ich ebenfalls... Ich habe nämlich deinen Wagen gesehen. Mit dem violetten Teddybär von der Tankstelle.«

Sie gibt ein unangenehmes Lachen von sich und platziert ihr Haar über der Schulter, während sie sich vorbeugt, um eine Zigarette anzuzünden. Dann macht sie in aller Seelenruhe ein paar Züge, ohne dabei den Blick von Agnès zu wenden, auf der Hut vor der vermeintlichen Rivalin.

»Ich will ihn, Agnès, verstehst du? Ich will ihn. Schon seit ich noch ganz klein war und sie ihn mir weggeschnappt hat.«

»Sie hat dir überhaupt nichts weggeschnappt, Lucille, Rapha ist schließlich kein Stofftier von der Tankstelle.«

Agnès' Blick fällt auf ein Silbertablett, auf dem ein Teeservice, ebenfalls aus Silber, steht. Darauf eine englische Teekanne, umhüllt von einem Kannenwärmer, Teegebäck, saftiger Teekuchen mit glänzenden roten Fruchtstücken, kleine, mit Ornamenten verzierte Löffel, Servietten mit Stickerei und zwei Tassen. Lucille versteht etwas von stilvoller Gastfreundschaft.

»Immer hast du geglaubt, dass du alles haben kannst, und lange Zeit hast du Recht gehabt... Außer, was ihn betrifft... Clara war die Stärkere, ohne Absicht... Immerhin vergisst du, dass er sich für sie entschieden hat.«
»Mit fünfzehn entscheidet man sich doch noch nicht.«
»Offenbar doch.«
»Weshalb bist du gekommen, Agnès?«
»Um dich vor einer Dummheit zu bewahren.«
»Ach, spielst du jetzt die Sozialarbeiterin?«
Erneut gibt sie ihr unechtes und spöttisches Lachen von sich, aber Agnès überhört es. Ihr ist bewusst, dass ihre Aufgabe nicht leicht sein wird. Lucilles Verachtung trifft sie nun nicht mehr. Im Gegenteil: Nun, da sie sich streiten, ist alles viel einfacher. Sie werden jetzt zur Sache kommen. Dabei sind alle Mittel erlaubt.
»Lass sie doch einfach ihr gemeinsames Leben leben. Endlich haben sie die Möglichkeit, wieder zueinander zu finden.«
»Wenn er zu Clara zurückgeht, werde ich ihn für immer verlieren.«
»Auch wenn du Clara alles erzählst, wirst du ihn für immer verlieren.«
»Er wird es mir zwar übel nehmen, aber ich werde dafür sorgen, dass er über sie hinwegkommt.«
»Er wird es dir nie verzeihen! Versuch doch zu begreifen, Lucille. Versteh doch endlich... Wenn du den Mund hältst, hast du eher eine Chance... Oder du kannst wenigstens seine Zuneigung gewinnen, was ja momentan nicht der Fall zu sein scheint.«
»Ich will aber seine Zuneigung nicht! Ich will, dass er mich liebt! Ich will seine Frau sein!«

»Aber du bist doch schon verheiratet!«

»Ich lasse mich scheiden. David steht sowieso kurz vor der Scheidung.«

»Du redest über Männer, als wären sie Bauern in einem Schachspiel, die du beliebig opferst. Das ist doch keine Liebe, dabei geht es der einen Seite doch nur um Besitz ergreifen und der anderen um Manipulation... Lern erst mal die Liebe kennen, Lucille, und du wirst sehen, wie schön sie ist.«

Lucille lacht verächtlich.

»Du meinst eine Liebe wie mit deinem niedlichen Ehemann? Mir gefällt aber deine Vorstellung von Glück nicht. Sie ist mickrig, armselig, ohne jeden Ehrgeiz, zäh wie Kaugummi.«

»Auch wenn es dich überrascht, aber ich glaube, dass ich ihn liebe, meinen niedlichen Ehemann. Ich habe mich ihm langsam genähert... Es stimmt, dass ich ihn damals, als ich ihn geheiratet habe, nicht so geliebt habe wie heute. Ich habe lediglich einen Plan verfolgt, meinen Plan, so wie du wahrscheinlich deinen, indem du David geheiratet hast... du kannst von mir aus noch so über unsere Notizen lachen, aber sie haben uns einander näher gebracht. Jetzt sehe ich ihn, wie er ist, ich akzeptiere ihn, ohne zu resignieren, ohne mich einzuschränken, ganz im Gegenteil. Und auch mich akzeptiere ich inzwischen, wie ich bin. Ich erkenne meine Grenzen.«

»Ich verabscheue Grenzen!«

»Ich dagegen akzeptiere sie und spreche offen darüber. Darin besteht der wahre Sinn des Lebens: zu wissen, wer du bist, was heißt, niemanden zu imitieren, niemanden zu beneiden, du bist du, und du entfaltest dich auf jenem Gebiet, auf dem du dich sicher fühlst. Dabei kannst du es erweitern, es pflegen, es verschönern, ohne dass du in eine andere Identität schlüpfen musst.«

»Ich will nur Rapha.«

»Das kannst du dir abschminken! Da müsste er ja geradezu in extrem schlechter Verfassung sein, und dann würdest du ihn verachten! Du willst Rapha doch nur, weil er nicht dir gehört, weil er für dich unerreichbar ist... gestern Abend habe ich von ihm kein einziges liebevolles Wort dir gegenüber vernommen! Wie zwei angeschlagene Boxer, die noch nach offenen Schwachstellen suchen, um sich wehzutun. Zwischen euch gibt es keine Liebe, sondern nur Berechnung... Wahrscheinlich war er zu mir in einer einzigen Nacht zärtlicher als zu dir in all den Monaten.«

Zum ersten Mal ist Lucille getroffen. Kampflos sieht sie Agnès an. Ihren Blick durchzieht ein Schleier stummen Leidens. Dann beginnt sie zu sprechen, als wäre sie alleine, als wäre sie sich selbst überlassen.

»Wenn wir uns lieben, schließt er die Augen.«

»Er ist nicht bei der Sache, weil es nicht sein Platz ist.«

»Er nennt mich nur Lucille, nie gibt er mir Kosenamen... Nie ruft er an. Stets geht die Initiative von mir aus... Er kann so kalt sein, eiskalt... Manchmal muss ich weinen, aber ich mag diese Tränen. Noch nie habe ich wegen einem anderen Menschen geweint. Auch nicht, als mein Vater gestorben ist! Das ist doch bereits ein Anfang, oder? Das ist ein Anfang... Alle anderen sind mir scheißegal. Wirklich scheißegal... Meinetwegen kannst du morgen sterben, Clara kann sterben, Joséphine kann sterben, David kann sterben, es juckt mich nicht im Geringsten.«

»Du lügst!«

»Das kannst du nicht verstehen... du bist unschuldig wie

ein Lamm... Sagst du ›Ich liebe dich‹, Agnès, hm? Und wenn ja, zu wem sagst du ›Ich liebe dich‹?«

»Zu meinen Kindern... hauptsächlich zu meinen Kindern... Leider viel zu selten zu Yves.«

»Ich habe noch nie ›Ich liebe dich‹ gesagt, ich nicht! Noch nie! Und zu mir hat es auch noch keiner gesagt!«

»Du tust mir Leid.«

»Ich bin einsam auf die Welt gekommen... Einsamer als ihr alle zusammen! Einsamer, als ihr es euch vorstellen könnt. Du hast wenigstens so etwas wie eine Familie gehabt. Lieber die schlimmste Familie als überhaupt keine! Und Rapha ist meine Familie. Wenn ich ihn verliere, verliere ich alles!«

»Das heißt aber noch lange nicht, dass du ihn einfach einer anderen stehlen kannst!«

»Das sagst ausgerechnet du!«

»Einmal... Doch bloß ein einziges Mal! Um mich zu trösten... Hör mich an, Lucille, lerne zu lieben, wahrhaftig zu lieben, lerne zu geben, weil es viel, viel schöner ist, zu geben, als zu nehmen oder zu stehlen... Ich werde für dich da sein, ich werde dir helfen.«

»Du und mir helfen, Agnès!«

Immer noch klingt ihr Ton spöttisch, aber ihre Stimme bricht bei der letzten Silbe und verstummt.

»Ja, du könntest mich wie früher ausnutzen, als ich deine Schulmappe getragen habe oder dir als Briefbote gedient habe, mit dem Unterschied, dass du mich dieses Mal wirklich nötig hast... Diesmal werde ich dir meine Freundschaft anbieten, und du wirst mich um Hilfe bitten! Das hat nichts mit Arroganz zu tun. Sondern mit Freundschaft, mit wahrer Freundschaft.«

»Gib dir keine Mühe, Agnès. Wir beide sind zu verschieden... Es ist nur ein Zufall, dass wir uns kennen gelernt haben, bloßer Zufall, eigentlich hätten wir uns nie begegnen dürfen... Wir können keine Freundinnen sein... Wir haben uns nichts zu sagen.«
»Weil du nichts hören willst.«
Es klopft an der Tür. Es ist der Butler, der die Post auf einem Tablett bringt.
»Die Post von heute Morgen, Madame. Hélène hatte sie in der Küche vergessen.«
Lucille wirft einen flüchtigen Blick darauf und bemerkt inmitten der weißen Briefumschläge ein braunes Päckchen. Sie legt es neben sich auf das Canapé und öffnet zunächst die Briefe. Und da Francis sich nicht zurückzieht, sondern stumm neben ihr stehen bleibt, dreht sie sich um und sieht ihn fragend an.
»Ich wollte Madame noch darauf hinweisen, dass es während Ihres Aufenthalts in New York eine Reihe von Anrufen gab, bei denen sofort wieder eingehängt wurde... Und wenn ich mir die Bemerkung erlauben darf, hat heute Nachmittag erneut jemand anonym angerufen, um sich zu erkundigen, ob das Päckchen bei Monsieur angekommen sei... Dann hat diese Person wieder aufgehängt... Es ist schon das zweite Mal, dass wir eine Sendung dieser Art erhalten. Die erste hat Monsieur geöffnet.«
Lucille beugt sich über die Schrift auf dem Packpapier, kneift die Augen zusammen und grinst.
»Es war bestimmt die Stimme einer Frau, nicht wahr?«
»Ja, Madame.«
»Ich weiß, wer es ist, Francis... Ein schlechter Scherz, wie ich hoffe! Danke, Sie waren sehr aufmerksam, vielen Dank.«

Er verbeugt sich und zieht sich zurück, wobei er sachte die Tür hinter sich schließt.

»Ich würde keinen Wert darauf legen, ein Leben umgeben von Dienern zu führen«, sagt Agnès mit leiser Stimme.

»Man gewöhnt sich daran... Ich habe schon immer mit Fremden zusammengewohnt.«

Sie streckt sich, winkelt ihre langen Beine an, wickelt sich in ihr langes Karohemd, und nachdem sie das braune Päckchen auf ihren Knien geöffnet hat, packt sie dessen Inhalt aus.

»Erinnerst du dich an meine frühere Gouvernante, Mademoiselle Marie?«

Agnès nickt.

»Sie hat meine Tagebücher verschwinden lassen und schickt sie nun meinem Mann.«

»Und zu welchem Zweck, deiner Meinung nach?«

Leicht verzieht sich Lucilles Mund. Sie macht weder einen verletzten, geschweige denn einen verwunderten Eindruck.

»David hat es nicht einmal für nötig befunden, mit mir darüber zu sprechen. Welch Contenance! Manchmal bewundere ich ihn.«

»Dann fehlt nicht mehr viel zur Liebe...«

»Hör auf zu träumen, Dummerchen... David weiß nicht einmal, was das ist, Liebe. Als seine Eltern ihn fabriziert haben, hat man vergessen, ihm ein Herz einzusetzen. Das scheint bei den Thymes schon länger Mangelware zu sein! Ich kann tun und lassen, was ich will, ihm ist es völlig egal.«

Sie macht eine Pause, zupft an einem der Deckblätter in verblichenem Rot, schlägt das Tagebuch auf und liest aufs

Geratewohl, mit lauter Stimme, wobei sie an einer ihrer blonden Haarsträhnen herumspielt:

»›Ich ertrage das Glück der anderen nicht, ich will nicht, dass sie glücklich sind, während ich unglücklich bin...‹ Das war mit dreizehn, weißt du. Schon damals hatte ich einen schlechten Start erwischt. Wenn ich euch lachen hörte, wenn ich gesehen habe, wie ihr euch verbündet habt, habe ich Gänsehaut bekommen.«

Erneut vertieft sie sich in das kleine Heft und liest im Stillen weiter, hält dann inne und liest wieder laut vor.

»›Ich hasse das Glück, die Wärme der anderen um mich herum. Anstatt mich zu wärmen, lässt sie mich erstarren. Alles kommt mir klein und hässlich vor. Ständig habe ich das Bedürfnis, alles, was rein und glänzend scheint, in den Dreck zu ziehen. Ich brüte Intrigen, Demütigungen aus. Warum nur hat meine Mutter meinen Vater geheiratet? Auch sie hat vermutlich die Komödie der heilen Welt gespielt. Im Austausch wofür?‹«

Für einen Moment legt sie ihr Tagebuch auf den Knien ab und lächelt.

»Zwar habe ich keine Ahnung, was David in dem ersten Päckchen gelesen hat, aber er muss sich daran ergötzt haben... Ich habe mich schon immer gefragt, wo meine Hefte abgeblieben sind. Mademoiselle Marie also... Es ist ihre Rache für meine Gleichgültigkeit, für meine Arroganz als junges Mädchen. Nie habe ich ihr erlaubt, sich mir zu nähern. Stets habe ich mich gegen einen Mutterersatz gesträubt. Obwohl Papa ihr eine kleine Wohnung und eine monatliche Rente hinterlassen hat, war ihr das offenbar nicht genug. Auch sie will existieren, eine Rolle im Leben anderer spielen. Sie muss sich für sehr wichtig halten, wenn sie denkt, sie könnte meine Ehe zerstören... Wenn die wüsste! Er hat es mir gegenüber nicht einmal erwähnt!«

Wieder betont sie den Beweis für die Indifferenz ihres Mannes, als ob sie es selbst nicht glauben könnte.

»Das ist unglaublich, einfach unglaublich... und bemitleidenswert zugleich! Aber so ist mein Leben. Verstehst du nun, weshalb ich alles ändern will? Schließlich habe ich nicht viel zu verlieren.«

»Und dabei gehst du über Leichen.«

Es klingelt. Lucille erzittert, sieht auf die Uhr, verharrt reglos.

»Teestunde«, meint sie dann undurchdringlich, wobei ihr Blick auf das Tablett fällt.

»Rapha?«, fragt Agnès. »Das wird doch nicht Rapha sein! Gestern Abend, nachdem du gegangen bist, hat er einfach weitergemalt, als ob nichts gewesen wäre.«

»Und wenn es Clara ist? Ich habe sie zum Tee eingeladen. Damit hast du wohl nicht gerechnet, Agnès.«

Agnès beugt sich nach vorn und packt Lucilles Arm.

»Sag es ihr nicht. Sie darf es nicht wissen. Ich flehe dich an!«

»Hör auf, mich anzuflehen, Agnès. Hör auf, mir Moralpredigten zu halten! Behalte deine guten Ratschläge für dich, und lass mich gefälligst in Ruhe! Sag mir nie, niemals wieder, was ich zu tun oder zu lassen habe! Das halte ich nicht aus! Meine Geduld mit dir ist langsam erschöpft!«

Mit einer brüsken Bewegung reißt Lucille sich los und wirft Agnès einen feindseligen Blick zu, flammend und entschlossen. Dabei klirren die Armreifen, und alles wird metallen, kalt, schneidend. Agnès beschleicht das ungute

Gefühl, dass sie sich auf Krieg einstellt, dass sie nur darauf wartet, ihn sich herbeisehnt und dass alles zu spät ist.

»Aber ich bin deine Freundin!«

»Du bist nicht meine Freundin! Deine Freundschaft kann mir gestohlen bleiben! Und die von Clara ebenfalls! Er ist es, den ich will!«

Clara hat den Raum betreten. Mit einer breiten Geste, einer breiten Geste voller Fröhlichkeit, Wärme, Zuneigung, bereit, ihrer Freundin ihre Dienste anzubieten, dann bleibt sie plötzlich wie angewurzelt stehen. Im Kamin knistert weiterhin das Feuer. Tatsächlich ist es das einzig wahrnehmbare Geräusch, vertraut, beruhigend, das aber nach und nach den Ton verändert, lauter wird, sich feststampft durch die herrschende Stille, bedrohlich wird. Mit jeder Sekunde, die verstreicht, wird es noch bedrohlicher, die böse Fee ist den Kamin hinabgestiegen und schwenkt ihre leuchtend roten Arme in ihre Richtung, wobei sie sie verflucht und in unheilvolles Gelächter ausbricht. Wie betäubt lässt sich Clara auf das Canapé sinken. Aus ihren Augen sind zwei kleine, starre Punkte geworden, die an dem blauschwarz karierten Hemd haften.

»Du also...«

Lucille erwidert nichts und hält ihrem Blick stand. Schließlich schlägt Clara die Augen nieder.

»Aber ich habe dir nie was getan... Ich habe dir nie was Böses getan.«

In ihrem Kopf tanzen blaue und schwarze Karos. Karos, die sich vermischen und dann ganz schwarz werden.

»Warum? Warum?«, murmelt Clara.

Sie stößt einen tiefen Seufzer aus, dann hebt sie langsam wieder den Kopf.

»Weißt du, Lucille, im Grunde bist du hässlich... Genauso hässlich wie deine Seele, ich kann es in deinem Gesicht sehen.«

»Alle sind hässlich... Außer mir.«

Die Konfrontation ist da. Keine von beiden will sich geschlagen geben oder an den Pranger gestellt werden. Zwei Frauen, die sich um einen Mann schlagen. Die ihre Vergangenheit verwüsten, ihre Freundschaft, die Bruchstücke ihrer Vergangenheit und Freundschaft, und die sich um das Herz eines Mannes streiten.

»Ich weiß, ich weiß«, murmelt Clara. »Wegen Rapha habe ich genug geblutet... Aber das war eine Sache zwischen ihm und mir. Überflüssig von ihm, dich als Verbündete herbeizuziehen, um sich zu rächen.«

»Ich habe ihn nicht gezwungen... Er war es, der auf mich zugegangen ist.«

»Ich will es nicht wissen. Ich will nichts davon wissen.«

»Doch, du sollst es wissen... Von Anfang bis Ende... Schließlich geht das nicht erst seit gestern so! Seit jenem Abend in der Stiftung, dem Abend vor seiner zweiten Ausstellung... Wir waren gerade damit fertig geworden, seine Bilder aufzuhängen, alle anderen waren schon weg...«

»Sei still! Ich flehe dich an, sei still...«

Besser, nicht zu wissen, nicht die Schleier über dem Hässlichen, dem Unbegreiflichen zu lüften. Aber in ihrem Kopf läuft bereits ein kleiner Film ab. Mit genauen Daten. Das war noch, bevor ich ihn wiedertraf... Bevor ich ihn wieder aufstöberte, vor diesem gezwungenen und schweigsamen Marsch durch Paris, bevor er mich an der Hand bis zu seinem Atelier mitgezogen hat, bevor wir uns erschöpft zusammengerollt haben, auf derselben Matratze am Boden, bevor wir uns aneinander gerieben, uns umklammert, uns vereinigt, uns gepackt, uns mit Küssen, mit Seufzern, mit stummen und ewigen Schwüren gegenseitig die Lippen fast aufgefressen haben. Da war sie bereits da... In seinem Leben...

»Er hat mich geküsst. Oh! Was für ein Kuss... Ich habe darauf gewartet, Clara, ich habe so lange darauf gewartet. Ich habe geglaubt, ich falle in Ohnmacht. Er muss es gespürt haben, weil er mich hochgehoben und mich zu einem breiten Sofa getragen hat, wo er erneut angefangen hat, mich zu küssen... Es war, als wäre ich aus einem langen Schlaf erwacht... Ich hatte nicht mal die Kraft, auch nur ein einziges Wort zu sagen. Er hat mich geküsst, geküsst und geküsst... Ich werde es nie vergessen... Ich habe seinen Nacken berührt, sein T-Shirt, habe das Etikett seines T-Shirts befühlt, habe es zwischen den Fingern gerieben, um sicher zu sein, dass ich nicht träume. Wir haben uns geliebt, sein gesamtes Körpergewicht lag auf mir, und ich habe mir gesagt: Du musst dich an alles erinnern, an alles, weil hinterher, wenn er wieder weg ist, wirst du dir einreden, dass das alles nicht echt war... Dann ist er gegangen. Lange Zeit bin ich einfach so liegen geblieben, völlig schlaff, ich konnte nicht mehr aufstehen. Danach haben wir uns wiedergesehen... Wir haben zusammen gearbeitet. Ich habe ihn ins Ausland begleitet, habe zahlreiche Auslandstermine arrangiert, um ihn ganz für mich zu haben... Es machte ihn stolz, mit mir zusammen zu sein, das habe ich gemerkt... an der Art, wie er meinen Arm hielt, wie ein stolzer Besitzer. Er führte mich. Ich gehörte ihm, und das machte mich überglücklich. Ich habe aus ihm einen Star gemacht, Clara. Das ist mein Verdienst! Nicht deines! Ich habe ihn gefördert, habe ihm ein sorgloses Leben, all das Geld, all die nach ihm verrückten Weiber, all die Einladungen bei einflussreichen Leuten verschafft! Ich habe ihm dieses Leben ermöglicht, und nicht du!«

Sie wirft Agnès einen Blick zu, einen Blick, der sie in ihre kleine Wohnung nach Clichy verbannt, der ihr den Titel einer Rivalin abspricht.

»Die Zeiten, in denen wir draußen im Hof in Montrouge gespielt haben, sind endgültig vorbei. Jetzt spielen wir in einer anderen Liga, und weder du noch Agnès sind dazu fähig, auf diesem Gebiet mitzuhalten.«

Clara springt auf.

»Wieso Agnès? Sie hat nichts mit Rapha zu schaffen.«

Das ist noch nicht alles, denkt Clara. Erneut spürt sie Gefahr, Verschwörung. Neuer Schrecken erwartet sie. Sie dreht sich zu Agnès und sieht sie prüfend an.

Agnès ist ratlos, verzweifelt. Sie betrachtet Clara: Unter keinen Umständen will sie diese Frau verlieren, die Freundin, die sie liebt und die sie dennoch verraten hat. Bevor sie ansetzt, muss sie mehrmals schlucken, dabei versucht sie, Lucilles unbarmherzigen Blick zu vergessen, die darauf wartet, dass sie die Wahrheit sagt, die sich schon darauf einstellt, an ihrer Stelle mit der Wahrheit herauszuplatzen, falls sie einen Rückzieher macht. Gefangen in sämtlichen Fallen. Mitten hinein in die Tragödie, verschnürt wie ein Paket, das mit zwei Gewichten an den Beinen ins Meer geworfen wird. Sie ringt nach Luft, sucht nach Worten, um ihre Verzweiflung an jenem Abend, ihren Ekel vor sich selbst zu beschreiben, der sie so weit gebracht hat, dass sie vergessen hat, dass Clara ihre Freundin ist, sie versucht, sich an dieser anderen Agnès festzuklammern, die sie früher einmal war, vor gar nicht allzu langer Zeit, und die ihr jetzt so fremd erscheint, sie versucht, die andere Agnès zu rechtfertigen.

»Na los, worauf wartest du, sonst spielst du doch auch so gerne den Moralapostel«, sagt Lucille süffisant, »du verteilst doch so gerne deine Lektionen an andere, also kannst du ihr auch die Wahrheit sagen... Etwas mehr Mut!«

Agnès gibt sich einen Ruck und zerschneidet die letzten Bande, die sie noch mit ihrer Freundin und Schwester verbinden, mit all dieser Liebe auf dem roten Sofa, dem Lachen und Hoffen, dem Weinen und Bangen, ohne den Grund zu kennen, nur um den Arm der anderen zu umfassen, sich an der anderen zu wärmen, sich zu beruhigen, sich zusammenzukauern, sich Angst einzujagen, sich zu trösten und in Lachen auszubrechen.

»Ich auch, einmal, an einem Abend. Ich habe Rapha besucht und... Ich war diejenige, die ihn gefragt hat... Es ist allein meine Schuld... Wir haben zusammen eine Nacht verbracht...«

In gerader Haltung, die Ellbogen dicht am Körper, empfängt Clara den Schock, der ganze Körper nahtlos verschweißt, damit die Neuigkeit nicht in sie eindringt, sie nicht wie ein Axthieb umwirft, sie spürt bereits die Kälte im Nacken, die Schärfe der Klinge. Sie hält stand, lockert die Nackenmuskeln, hält sich aufrecht. Erneut beherrscht das Kaminfeuer den Raum. Man hört nur noch das Feuer knistern, dieses Knistern, dessen Gesang an- und abschwillt wie Filmmusik, die gerade die Spannung einer Szene unterstreicht. Drei Frauen, eingeschlossen in Schweigen, das in ihren Köpfen dröhnt, das ihre Köpfe ausfüllt wie ein wütender Sturm, der sich aus dem Schlaf erhebt und alles auf seinem

Weg mitreißt. Der hämmert und hämmert, der überall eindringt, ein wütender Sturm, der mit Schlamm wirft...

»Ich habe euch nie was Böses getan«, wiederholt Clara, »nie. Wir haben uns umarmt, haben zusammen gelacht, haben zusammen geweint, haben uns alles erzählt, aber statt Liebe haben sich dahinter Neid, Zwist und Eifersucht verborgen, die sich wie ein Spinnennetz ausgebreitet haben... Allen habe ich misstraut, aber euch habe ich nie misstraut. Nie...«

Heute hat sie alles verloren. Ihren Vater, ihre Mutter, Philippe und Joséphine, Lucille, Agnès und Rapha... Sie hat nicht die Kraft, sich zu fragen, was in ihr noch am Leben ist. Sie ist ratlos, hilflos. Sie hat keinen Halt mehr. Hinter ihr liegen Ruinen, bedrohliche, verfallene Ruinen, verbrannte Erinnerungen, Kiefer, die sich als Küsse verkleiden, um sie besser fangen und beißen zu können. Aufstehen und einfach weggehen, weggehen in ein ungewisses Anderswo, von dem sie keine Vorstellung hat. Sie bezahlt. Sie bezahlt teuer für eine Rechnung, die sie ignoriert hat. Bis vor kurzem hat sie noch verstanden; inzwischen versteht sie überhaupt nichts mehr. Und dieser mangelnde Sinn nimmt ihr jegliche Kraft. Sie öffnet ihre leeren Hände. Sie hält die leeren Hände vor ihren hohlen, blinden Blick, der versucht zu verstehen, jedoch ohne zu wissen, was er verstehen soll. Sie fühlt, was ihre Mutter empfunden haben muss, als man ihr alles genommen hatte. Sie greift ins Leere, wie sie es getan haben muss, und das Leben wird zu einem verschwommenen Schwarz-Weiß-Film, der entgleist und an einem Baum zerschellt...

Würde sie reden, ihren Schmerz, ihre grausame Pein laut herausbrüllen, würde sie damit nur Schaden anrichten, noch mehr Schaden, und sie ist sich nicht sicher, ob sie das überhaupt will. Verstehen, verstehen. Das Unbegreifliche verstehen. All sein Leid in eine kleine Weißblechdose verschließen, dort, wo früher einmal ein blutrotes Herz voller Lebenslust schlug. So ist das also, das Altwerden, denkt sie, während sie den Deckel der Dose schließt, den Blechdeckel ihres Herzens dem Rost überlässt und wartet, ohne ihn jemals wieder zu öffnen… Kein Wort mehr, einfach aufstehen und gehen. Sie gibt ihren Beinen, ihren Armen den Befehl, und es ist, als würde sie einem verrosteten Roboter Befehle geben. Eins, zwei, eins, zwei, marschier los, kleiner Roboter, geh zur Tür. Lauf, bis du zusammenbrichst und verstehst, oder weigere dich zu verstehen und verschließe auf ewig den kleinen, rostigen Deckel über deinem Herzen, das nicht mehr schlägt. Sie sieht nicht mehr, sie hört nicht mehr, weder bemerkt sie die flehend ausgestreckten Arme von Agnès noch Lucilles verschlossenes Gesicht, sie verlässt einfach den Raum, wobei sie den kleinen schwarzen und blauen Karos folgt, die in ihrem Kopf tanzen, die dort düstere Kapriolen schlagen, die ihr die Tränen in die Augen treiben. Sie läuft, um nicht in all dem Wasser zu ertrinken, das aus ihrem Körper hochsteigt.

—

Lange Zeit ging sie einfach vor sich hin. Ohne zu wissen, wohin sie ging. Sie lief und lief. *Tin man, tin man, tin man.* Dabei murmelte sie unzusammenhängendes Zeug, Worte, die ihr seit langem wieder in den Sinn kamen, Schallwörter, Sätze aus ihren Kinderbüchern, Verse, die Großmutter Mata ihr beigebracht hatte. Paris friert, Paris hungert, Paris isst keine Maronen mehr auf den Straßen, Paris trägt nur noch alte, altmodische Kleider, Paris schläft im Stehen ohne Sauerstoff in der Metro... Worte, die ihren Körper, ihre Beine ausfüllten, die wie Blei fielen, aus dem bleiernen Fleisch ihres Körpers, ihrer Beine, ihrer Arme, die wie schwere Lumpen an ihr herunterhingen. Sie ging weiter, immer weiter, ohne auf die Autos, die Bäume, die Passanten zu achten, die sie anrempelte. Unterm Pont Mirabeau fließt die Seine dahin, Unsre Liebe auch, Ist Erinnern Gewinn, Aus traurigem Sinn wird fröhlicher Sinn. Komm Dunkel, Stunde eile, Die Tage gehn, Ich verweile.

Nachdem sie all diese Worte bis zur Erschöpfung ausgesprochen, all die Kräfte ausgereizt hatte, die die Worte ihren Beinen verliehen hatten, fiel sie gegen ein Brückengeländer, rieb sich die Augen, wandte sich um und machte sich auf den Weg nach Hause. Sie hatte kaum die Kraft, den Schlüssel im Schloss zu drehen, die Tür hinter sich zu schließen, zu ihrem Bett zu taumeln. Jede Bewegung verursachte ihr Schmerzen, beim Atmen schien es ihre Brust zu zerreißen, beim Schlucken schienen scharfe Säbel in ihrer Kehle zu brennen, und ihre Lider waren so schwer wie zwei Grabsteine, die unter Trauerkränzen begraben liegen.

Noch hatte sie die Zeit, jeden einzelnen Kranz anzusehen und all die Ehrbezeugungen und Trauerbekundungen zu lesen, die an sie gerichtet waren. Ich war ein außerordentlicher Mensch, denkt sie verwundert, ich war ein außerordentlicher Mensch, ich wusste es nur nicht, sodass ich nichts daraus gemacht habe, nichts gemacht habe, nichts gemacht habe...

Sie fiel in einen Schlaf, in dem Wurzeln, Blumen, Seerosen, Kröten, Jonquillen, Lianen und Papageien gediehen und Bäume, deren Äste sich hinabbeugten, um sie aufzusammeln, um sie mit einer fluoreszierenden Dunkelheit zu umhüllen, die ihr keine Angst einjagte, sondern die sie sanft einhüllte, sie in die Arme nahm und ihr einen Kuss auf die schweißnasse Stirn gab. Sterben scheint gar nicht so schlimm zu sein, sondern vielmehr ein angenehmes Sich-Zurückziehen, umgeben von der Zuneigung der seinen. Also liebten sie mich doch, obwohl ich nichts davon gewusst habe. Nie habe ich gelernt, mir diese Kraft zu Nutze zu machen. Dann schaltete sie ihre Gedanken aus. Auf ihren Lippen erschien ein vages Lächeln aus ehemaligen Tagen, das Lächeln der kleinen, rebellischen, sich nichts vormachenden Clara, und nach einem tiefen Seufzer schlief sie ein. Wenn ich wieder aufwache, wenn ich aufwache, wenn ich aufwache, werde ich wissen, dann werde ich wissen ... Dann werde ich die Kraft haben zu leben, die Kraft, zu verstehen und zu verzeihen. Jetzt werde ich schlafen, schlafen, schlafen, um zu vergessen.

Drei Tage und drei Nächte schlief sie durch. Ohne sich zu rühren. Dabei hörte sie weder das Telefon noch die Türklingel, als Madame Kirchner sie ein Einschreiben quittieren lassen wollte. Auch hörte sie nicht die Schritte ihres Bruders in der Wohnung, der mehrere Male zuerst ihren rechten, dann den linken Arm hochhob, das Ohr an ihre Brust legte, unter dem Bett und darum herum nach verräterischen Spuren suchte, die auf Tabletten hinwiesen. Es gab keine. Er fand nichts. Zumindest nichts Außergewöhnliches. Nur dieses Lächeln auf den Lippen seiner Schwester, das ihn an die kleine Clara erinnerte, die sich nicht für dumm verkaufen ließ. Es war das einzige Indiz, das bewies, dass sie noch am Leben war. Er ließ einen Arzt kommen, der sie untersuchte und, da er nichts Ungewöhnliches feststellen konnte, dazu riet, sie schlafen zu lassen. Bevor er wieder ging, nahm er ihr noch etwas Blut ab.

Sie bewegte sich nicht. Sie lächelte einfach nur. Unbeweglich und ruhig. In ihrem Schlaf treibt die Seerose zitternd durch die Nacht. Ihr war nicht bewusst, dass sie das Recht zu überleben hatte, so wie sie Monsieur Brieux, Onkel Antoine und all die anderen überlebt hatte. Dazu bestimmt, zu kämpfen. Dazu bestimmt, die leuchtende Anmut ihres Lebens der Brutalität der anderen entgegenzusetzen, die sie zerschmettern, sie unterwerfen wollten, um aus ihr eine gebrochene Frau zu machen, die demütig den Kopf einzieht und sich die Beine spreizen lässt. Auch wenn es ihr nicht bewusst war, dafür wusste es der Schlaf, der sie nach und nach wieder zu Kräften kommen ließ, der ihr eine neue Haut verschaffte, ihr Stück für Stück die Teile ihres zerrissenen Herzens wieder zusammenfügte. Es gibt solche Menschen, bei denen man sich fragt, wie sie das, was sie erlebt haben, überstehen können, woher sie die Hartnäckigkeit nehmen, um nicht zusammenzubrechen, um aufzubegehren, um nicht klaglos zu erdulden, um sich nicht damit abzufinden, die Chancen zu verpassen, wieder lachen zu können, vertrauen zu können, lieben zu können. Nur das große Genie des Schlafes, mit seiner behutsamen Art, seinen magischen Händen, Hände, geweiht mit vollen und goldenen Ähren, ermöglichte es Clara, sich zu regenerieren, wieder zusammenzuwachsen, eine Art, ihre Art zu finden, um die Geschehnisse in ihrem Leben zu erkennen und zu überleben.

All das geschah während des Schlafs. Eine erstaunliche Kraft bemächtigte sich ihrer und brachte sie dazu, einmal mehr die finstere Beklemmung der Schicksalsfügung zu

lockern, zwang sie dazu, den Griff zu lockern, um nur noch das Wesentliche zu sehen. Er liebt mich. Ich weiß, dass er mich liebt, flüstert die Stimme in ihrem Schlaf, er liebt mich über alles, so wie ich ihn über alles liebe. Das Leid, das ich ihm zugefügt habe, hat er mir zurückgegeben, und jetzt, jetzt sind wir quitt. Ich muss diesen Schmerz akzeptieren. Er gehört zu unserer Beziehung, schließlich herrscht in jeder Freundschaft oder Liebe nicht nur eitel Sonnenschein, nicht nur Großmut oder Zärtlichkeit, sondern es walten auch dunkle Mächte, die uns dazu bringen, alles in den Schmutz zu ziehen, zu erniedrigen, die uns auf den Grund einer Kloake ziehen, unserer Kloake, gegen deren Anblick wir uns stets sträuben. Licht und Schatten, Schatten und Licht. Jetzt wissen wir über Liebe, über unsere Liebe Bescheid.
Agnès... Die kleine Agnès, die vom Leben nichts geschenkt bekommen hatte, außer jener Liebe, die sie sich geduldig, Gramm für Gramm, fabriziert hatte, die überall nach dieser Liebe suchte, dass sie es manchmal leid war, sie sich alleine zu erkämpfen. Agnès, die auch ihre Träume haben wollte, wie wir alle, die von einer unendlichen Liebe träumen wollte, die sich wie ein Blatt auf sie legte und aus ihr eine goldene Statue machte. Agnès hatte sie längst verziehen. Und Lucille ebenfalls. Meistens sind böse Menschen bereits gestraft genug, da sie nie genügend Liebe bekommen haben und diese deshalb anderen stehlen müssen, da sie ständig ihre Hände zu Fäusten geballt haben müssen, um sich zu schlagen, weil nie jemand eine liebevolle und zärtliche Hand zwischen ihre verkrampften Finger geschoben hat...
»Arme Lucille«, murmelt sie im Schlaf. »Arme Lucille...«

Sie dagegen hatte die Liebe von ihrem Bruder, die Puppe Véronique, die Liebe von Rapha, von Großvater und Großmutter Mata gehabt. All diese Liebe hatte sie empfangen. Sie hatte es verstanden, all diese Liebe mit offenen Armen aufzunehmen, die ihr über den ursprünglichen Verlust hinweggeholfen hatte, über den Verlust der Mutter, des Vaters, ihrer Zärtlichkeit. Sie hatte alles genommen, da man ihr alles genommen hatte. Richtig süchtig war sie danach geworden und hatte alles gierig in sich aufgesogen, um den alten Schmerz auszulöschen, der eine quälende Leere verursachte. Anstatt über den nicht mehr vorhandenen, in der Sonne ausgestreckten Körper ihrer Mutter zu weinen, hatte sie sich an diesem Körper gewärmt, hatte sich an dieser Wärme gelabt, hatte das Verlangen bekämpft, einen Zipfel ihres Kleids zu erhaschen, wenn sie durch den Gang lief, hatte sich lediglich die Erinnerung an diesen Rockzipfel bewahrt, um daraus die Kraft zu schöpfen, das ganze Kleid in Gedanken zu rekonstruieren und sich dann später in dieses Kleid zu hüllen, um aus diesem erhaschten Rockzipfel die ganze Liebe einer Mutter zu schöpfen und dabei voll und ganz die Anwesenheit eines Bruders, später dann eines Liebhabers, zu beanspruchen, Leben und Liebe und Wut und Angst zu vermengen, ohne dass dabei das Leben, ihr Leben, zu Kitsch wurde. Ohne zu wissen, wie sie sich dabei anstellen sollte, aber was tat das schon zur Sache, schließlich war es das Leben, die Lebenslust, die sie jedes Mal über sie selbst hinaushoben. Aus dem schlimmsten Unglück wusste sie eine weiße, reine, alabasterhafte Perle zu ziehen, die in der Dunkelheit glänzte und der sie blind folgte. Das war Claras Begabung. Sie wehrte sich gegen ein Schicksal, das

das Leben ihr aufzwingen wollte, das sie aber ablehnte, ein kleines Menschenkind, das sich an ein Glück klammerte, das sie weder verpassen noch als durchschnittlich hinnehmen wollte. Es war ihre Art von innerer Größe. Keine große Künstlerin, geschweige denn eine Heilige, dafür aber jemand, der das Leben über alles liebte. Sie sträubte sich gegen Nichtigkeit und Mittelmäßigkeit. Sowohl bei sich als auch bei anderen. Natürlich machte sie dabei Menschen unglücklich. Sie verursachte Unglück und Leid. Sowohl bei sich als auch bei anderen. Sie brachte sie dazu, aus ihrem Leben auszubrechen, sie zwang sie, über sich hinauszuwachsen, Schmerz anzunehmen, ein Schicksal, das ihnen Größe und Schönheit verlieh. Ohne sie hätte Rapha niemals so gemalt, wie er malte, hätte Agnès vielleicht niemals die kleine Agnès akzeptiert, hätte Joséphine nie Scham darüber empfunden, eine geldgierige und eingeengte Spießbürgerin zu sein. Sie trieb die anderen dazu, bis an ihre Grenzen zu gehen. Ein schmerzhafter Prozess, keine Frage. Sowohl für sie als auch für die anderen. Deswegen konnte man sie kaum verdammen. Aber sie hatte nun einmal jene Gabe, diese Gabe, das Leben auszukosten.

Schließlich war sie schon als Kind zu der Erkenntnis gelangt, dass ihre Umwelt sie belog und dass das wahre Leben woanders liegen müsse, in der Imagination. Wenn die anderen alle Recht hatten, wenn die Erwachsenen wie ihre Tante oder ihr Onkel im Recht waren, wie erklärte sich dann die Tatsache, dass aus ihnen diese schwachen, abstoßenden, vom Leben selbst abgewiesenen Gestalten geworden waren, als wäre das Leben ihrer überdrüssig? Diese düsteren Hampelmänner, die, je mehr Zeit verstrich, um so farbloser wurden... Das Leben ist jenen gegenüber, die es nicht zu schätzen wissen, die es verraten, undankbar. Zwar scheint es ihnen eine Zeit lang Recht zu geben und bietet ihnen die Gelegenheit, sich zu bessern, sich wieder in den Griff zu bekommen, aber wenn daraus nichts wird, löscht es sie aus, erniedrigt sie oder ertränkt sie in ihrer Mittelmäßigkeit. Stattdessen nimmt es jene auf, die nie die Hoffnung verloren haben und die es mit Schönheit, Würde, Gnade, Spott und Weisheit schmücken. Man braucht nur in die Gesichter von alten Menschen zu blicken: Auch wenn sie zunächst mit ihren Falten und ihrer Verbrauchtheit ähnlich erscheinen, gibt es darunter doch einige, die dieses Leuchten haben, das sie unter den anderen herausragen lässt, das junge Menschen und kleine Kinder anzieht, das Hochachtung und Liebesbezeugungen hervorruft.

Clara war nicht bewusst, was für eine Arbeit das Genie des Schlafes leistete. Clara schlief.

Schlaf, kleine Clara. Ruh dich aus. Nie wird dich jemand besiegen... Niemals wirst du einsam sein, weil sich immer wieder Menschen finden werden, die sich in dir wieder erkennen, in diesem Widerstandswillen, der die menschliche Rasse auszeichnet, die auf dich zugehen, sich mit dir treffen und sich in dir vereinigen. Es ist die Kraft all dieser Menschen, die dich zum Strahlen bringt, dich zur Verantwortung zieht.

Genau diese Kraft, dieses stumme Vertrauen, das sie selbst nie in Worte hätte fassen können aus Angst, es sofort für immer zu verlieren, bemächtigte sich im Schlaf ihres Unterbewusstseins und setzte sie Stück für Stück wieder zusammen.

Sie schlief und schlief. Dabei beschützte sie das Lächeln des kleinen Mädchens, das Lächeln der einzigen Person, die sie wieder zu finden wünschte.
Drei lange Tage und drei lange Nächte schlief sie durch. Diese Zeit brauchte sie, um das Leid in sich aufzunehmen, das man ihr zugefügt hatte. Um es zu identifizieren, um es mit einem Fingerschnippen zu besiegen. Dieses Leid glich all den anderen, wie jenem, als sie als Kind darauf wartete, dass ihre Mutter ihr Aufmerksamkeit schenkte und sie zu ihrer einzigen kleinen Tochter der Welt erkor, als sie eines Nachts, zusammengekauert hinter der Wohnzimmertür, erkannt hatte, dass ihr Vater und ihre Mutter nie mehr zurückkommen würden, als sie hinter ihrem Onkel herlief, der kein Wort mehr mit ihr sprach, oder als an jenem Nachmittag in Venedig Raphas Schmerz sich in ihr eigenes Fleisch gebohrt hatte...
Dann, eines Morgens, öffnete sie die Augen.
Sie verlangte nach Wasser, nach einem großen Glas Wasser, und wartete auf ein Signal ihres Körpers. Dann bewegte sie einen Arm, ein Bein, hob die Hand vor die Augen, krümmte einen Finger nach dem anderen, löste sie wieder und konnte nichts Ungewöhnliches feststellen. Nichts geschah. Sie fühlte sich außerordentlich leicht und dankbar.
»Ich bin nicht eingerostet«, flüsterte sie.
Sie fantasiert, dachte Philippe, über das entzückte Lächeln seiner Schwester gebeugt.
»Es ist vorbei. Ich habe keine Angst mehr... Ich bin nicht eingerostet...«
Dann nahm sie die Hand ihres Bruders und legte sie auf ihr Herz. In der kleinen Weißblechdose schlug ein Herz mit

frischem Blut, befreit von sämtlichen Aufregungen vergangener Tage, von all der Last der Vergangenheit. Ein schwereloses Herz, das in ihrer Brust hüpfte, das so stark dagegen schlug, dass sie glaubte, es wolle herausspringen und sie müsste ihre Hände flach auflegen, um es im Zaum zu halten.

»Siehst du das Licht dort?«, fragte sie ihn, während sie auf einen weißen Lichtstrahl deutete, der durch die zugezogenen Gardinen fiel.

Er drehte den Kopf und versuchte zu erkennen, worauf seine Schwester ihn so leidenschaftlich hinwies, nämlich ein Bündel Licht zwischen zwei weißen Stoffbahnen.

»Dort…«, beharrte sie, »zwischen den Vorhängen.«

Er sagte, ja, er würde es sehen.

»Das bin ich, siehst du, ich… und dieses Mal habe ich das ganz alleine geschafft. Ohne dich oder irgendwen.«

Sie lächelt ihn an. Und dieses Mal war es nicht mehr das weit entrückte Lächeln der Schlafenden, die ihren Körper in den Kampf mit unbekannten Mächten schickt, sondern das leibhaftige Lächeln einer Frau, seiner Schwester, die entschlossen war zu leben.

———

Rapha rührt sich nicht. Er ist bewegungsunfähig. Erstarrt durch seine eigene Schuld. Durch seine alten Rachegelüste, die er zu lange ausgelebt hat. Er hat sich in sein Atelier eingeschlossen. Er hat die Riegel vorgeschoben. Jetzt kommt niemand mehr herein. Er wartet auf ihren Anruf. Wie früher kann er nichts anderes tun: Zusammengekauert hockt er in einer Ecke seines Ateliers und wartet darauf, dass sie zurückkommt. Dieses Mal ist sie weiter weggegangen,

mit einem anderen, den er nicht kennt. Wieder einmal herrscht zwischen ihnen Schweigen, Abwesenheit. Ein wortloser Zustand, in dem die Zeit den gesamten Raum einnimmt, um eine Entschuldigung aufzubauen, das einzige Heilmittel gegen alle Übel.
Der Einzige, mit dem er reden kann, weil dieser nicht reden muss, ist Philippe. Beide verbindet dieses Schweigen hilfloser Männer, Männer, die nicht weiterwissen, die gerne reden, erklären, offen sprechen würden, es allerdings nicht können. Täglich ruft er ihn an, einmal morgens, einmal abends. Er fragt nach dem Stand der Dinge. Philippe sagt Ja, Philippe sagt Nein, ohne ihm vorzuschlagen vorbeizukommen.
»Ich werde warten«, sagt Rapha. »Ich habe alle Zeit der Welt…«
Ständig sagt er dieselben Worte, wie bei dem Ritual einer Messe, wo jeder die Antworten auswendig kennt, diese aber mit der immer gleichen Leidenschaft wieder aufnimmt. Ihre schweigsamen Atemzüge in der Leitung. Ihr Atmen, das mehr als Worte sagt. Keine Vorwürfe, kein Begleichen von alten Rechnungen, keine nutzlose Reue, keine sinnlosen Gewissensbisse.
»Ich habe den Test gemacht. Er ist negativ«, erzählt Rapha eines Abends.
»Ich auch«, antwortet Philippe, »ebenfalls negativ.«
»Und sie?«, fragt Rapha.
»Man hat ihr Blut abgenommen und nichts gefunden.«
»Ah«, sagt Rapha.
»Bei Agnès auch nicht«, fügt Philippe hinzu.
»Und Lucille?«
»Nichts von ihr gehört… du vielleicht?«

»Nein... Und Joséphine?«
»Auch nichts von ihr gehört...«
Bevor er sein langes Warten auf Clara wieder aufnimmt, muss Rapha noch unbedingt jemanden sehen. Chérie Colère. Wegen ihr kam alles ins Rollen. Oder dank ihr?
Also schiebt er die Riegel an seiner Tür zurück und macht sich auf die Suche nach Chérie Colère. Jetzt hat er einen klaren Kopf. Er hat keine Angst mehr. Er weiß, dass er sie finden wird. Auch weiß er, dass sie noch da ist. Sie geht oft ins »Cadran«, eine Kneipe in Bagneux, wo man für fünfzig Francs Livekonzerte hören kann. Dort setzt sie sich auf einen Barhocker, legt ihre Tasche auf den Hocker rechts, ihre Jacke auf den Hocker links, womit sie ihr Territorium absteckt und anderen den Zugang verweigert. So lässt jeder sie in Ruhe. Keiner traut sich. Dann verbringt sie Stunden damit, Bier zu trinken. »Das ist meine persönliche Droge«, sagt sie zu Bibi, dem Barmann, der ihr Glas auffüllt, sobald es leer ist. Es würde ihren Kopf in Watte hüllen, sodass sie nicht mehr denken bräuchte.
Rapha nimmt den Mantel vom Sitz und klettert auf den Barhocker. Erstaunt dreht Chérie Colère den Kopf und legt wortlos ihre Wange an die seine, als sie ihn erkennt. Er erwidert ihren freundschaftlichen und sanften Druck. Sie gibt ihm ihr Glas und bestellt ein neues. Gerührt betrachtet Rapha sie, bereit, ihr alles zu verzeihen. Um ihren Mund bemerkt er zwei tiefe Falten der Bitternis, obwohl sie ihm ein klägliches Lächeln schenkt, das die hohle Vertiefung auf ihren bleichen, fast fahlen Wangen nach hinten schiebt.
»Du solltest etwas frische Luft schnappen«, rät er ihr, wobei er sich zu ihrem Ohr beugt.
»Ich habe kein Kleingeld«, entgegnet sie und wendet ihm

zwei dicke schwarze Striche zu, ein schmales Augenpaar, geschlossen wie eine Muschel.

»Und wenn ich es dir gebe?«

Sie schüttelt den Kopf.

Er benetzt die Lippen an dem frischen Schaum, wobei ihm durch den Kopf geht, dass eine so stolze Frau nie zu einem solchen Mittel greifen würde, um sich zu rächen. Eher hätte sie uns mit einem Skalpell das Gesicht zerschnitten oder uns mit einem Strumpf erwürgt. Auch hätte sie keine Angst davor gehabt, dabei erwischt zu werden. Wenn man jegliche Hoffnung verloren hat, ist für Angst kein Platz mehr.

»Ist das wahr, was man in der Siedlung über dich erzählt?«

»Du meinst diese Aidsgeschichte und dass ich es jedem aus Rache anhängen würde?«, fragt sie, während sie an ihrer Zigarette zieht.

»Genau die.«

»Dieser Mist stammt vom Zigeuner, aus Rache dafür, dass er bei mir abgeblitzt ist. Ist mir geläufig. Seit geraumer Zeit machen alle einen großen Bogen um mich. Sogar du, Rapha, sogar du...«

»Ich bin durchgedreht, stimmt... Aber ich habe dich überall gesucht.«

»Hast du es etwa geglaubt? Hast du mir das etwa zugetraut?«

Rapha seufzt.

»Wenn du wüsstest, was für Dummheiten ich bereits begangen habe.«

»Er hat von dieser Geschichte gehört, wo eine Frau in England oder Schottland sich an den Kerlen gerächt hat, indem sie sie nacheinander angesteckt hat, und er war wohl der

Meinung, das würde gut ins Bild passen... Jetzt verlangen die Nachbarn, dass ich ausziehe, und meinen Job in dem kleinen Salon bin ich auch los. Ist alles andere als komisch.«
Bibi schiebt ein neues Bierglas herüber, das an das leere Glas von Chérie Colère stößt.
»Bingo!«, sagt sie. »Danke, Bibi!«
Dann wendet sie sich wieder Rapha zu.
»Ich mag Bibi. Bei ihm brauche ich nicht viele Worte zu machen... So was findet sich heutzutage selten.«
»Was wirst du jetzt tun?«
»Mich verziehen. An einen Ort, wo kein Schwein mich kennt. Zum Glück gibt es so was noch. Maniküre und Schönheitspflege sind ein sicheres Geschäft. Vielleicht gehe ich ja nach London... Dort ist eine Freundin von mir hingezogen... Anscheinend geht da der Punk ab. Nicht wie hier, wo sich jeder im Kreis dreht und sich zu Tode langweilt... Von diesem kollektiven Trübsalblasen habe ich die Schnauze gestrichen voll! Mir hängen diese Jammerlappen, die den Arsch nicht hochkriegen, zum Hals raus!«
»Brauchst du Geld?«
»Was anderes hast du mir nicht zu bieten?«
Zwischen den beiden schwarzen Schlitzen, über denen jeweils ein schwarzer Lidstrich liegt, der etwas über die Lider herausragt, blitzt es auf. Ein flüchtiges Aufblitzen, das gegen Raphas verlegenes Schweigen stößt und sogleich wieder erlischt.
»Du bist der Einzige von hier, den ich vermissen werde... Gute Erinnerungen, auch wenn sie schmerzen, sind immer noch besser als schlechte!«

—

Vor Claras Füßen rollt das Fax sich zusammen. Als sie sich bückt, um es aufzuheben, erkennt sie Joséphines Handschrift. Bevor sie es liest, zögert sie. Schließlich kennt sie Joséphine und ihr Temperament, sodass sie nicht sicher ist, ob sie von ihrer zackigen und frivolen Art hören will. Jedenfalls nicht sofort... Sie singen nicht mehr im selben Chor. Weit, weit scheint sie zurückzuliegen, jene Zeit der anzüglichen Faxe, der Geschichten über Mick Jagger und Jerry Hall. Sie hat sich gehäutet und befürchtet nun, dass Joséphines Elan ihre neue Haut zerkratzen könnte. Dennoch könnte sie ihre Wärme, ihre Arme, die sie umschlingen, eine Joséphine, die sich stumm mit ihrem ganzen Gewicht an sie lehnt, gut gebrauchen. Diese Joséphine fehlt ihr.
Joséphine... Seitdem haben sie nicht mehr miteinander gesprochen...
Seitdem...
Clara ist allein in ihrer Wohnung. Sie geht nicht mehr aus, sie lässt die Post vor der Tür liegen, sie geht nicht mehr ans Telefon. Sie wartet ab, bis ihre neue Haut, ihre zarte und feine Babyhaut unempfindlicher, dicker ist, um sich der Außenwelt zu stellen. Sie schlingt die Arme um sich. Im Schneidersitz hockt sie sich neben das Fax. Betrachtet es lange. Nimmt es dann vorsichtig in die Finger und senkt den Blick auf die ersten Worte.
Sie liest, unbewusst versöhnlich gestimmt durch den ernsten Ton in dem Brief ihrer Freundin.

> Liebe Clara,
> ich weiß, es geht dir jetzt besser. Philippe hat es mir erzählt. Wie du siehst, reden wir wieder miteinander, was wir dir zu verdanken haben. Zwar nur über das

Nötigste, aber immerhin. Ich habe dich nicht angerufen, weil auch ich mitgenommen war und immer noch bin. Wahrscheinlich nicht so sehr wie du... aber auch nicht ohne, und es ist noch nicht vorbei. Bevor ich dir von mir erzähle, sollst du wissen, dass ich dich gern habe, dass ich das nicht einfach so schreibe, um gut Wetter zu machen, und dass ein kleiner Wink von dir genügt, und ich werde da sein. Und zwar nicht die oberflächliche Zicke, die dir auf den Geist geht, sondern die andere...

Ich habe die Flucht ergriffen. Es ist wahr. Ich hatte Angst, eine Scheißangst, die mir die Eingeweide zusammengeschnürt hat und die mich blindlings nach Nancy zurückkehren ließ. Noch nie habe ich Ambroises Arm um meine Schultern auf dem Bahnsteig als so tröstlich empfunden wie in jenem Moment. Es hätte nicht viel gefehlt, und ich hätte ihm eine Garantie über 99 Jahre unterschrieben, inklusive Keuschheitsgürtel und doppeltem Schloss, zu dem nur mein Herr und Meister den Schlüssel hätte!

Ich bin also zu Ambroise und den Kindern zurückgegangen. Sie haben mich vom Bahnhof abgeholt, und als ich die vier in einer Reihe am Bahnsteig gesehen habe, hat es mich zu Tränen gerührt. Was war denn nur in mich gefahren, dass ich mir ernsthaft überlegt habe, dieses Glück einfach aufzugeben, diese unschuldigen Gesichter, die mich voller Liebe ansahen! Mit Tränen in den Augen habe ich sie gedrückt, voller Opferbereitschaft, mit klopfendem Herzen.

Ich war also glücklich, von einem Glück der Keuschheit, des Sich-Aufopferns für den ehelichen Altar beseelt. Ich verlangte nach nichts anderem mehr, nichts als diesem Glück, und ich war zu allen Opfern bereit, um daran Gefallen zu finden. Die ersten Tage verliefen fröhlich und ausgefüllt. Ich genoss eine Ruhe, die ich lange Zeit verachtet hatte. Meine Wutanfälle blieben aus. Ich war betäubt. Ein Gefühl, als wäre ich einer großen Gefahr entronnen. Eine richtige Rekonvaleszentin. Ich genoss es in vollen Zügen. In jedem noch so winzigen Detail fand ich mein Glück: in einem Bild von Arthur, ›Für Mama, die ich über alles liebe‹, in einer nachdenklichen Bemerkung von Julie über ihren neuen Schwarm in der Schule, in Nicolas' schwerem Gewicht auf mir. Nichts belastete mich mehr, sodass ich dem, was mich früher auf die Palme gebracht hätte, mit Nachsicht begegnete. Ambroise betrachtete mich, voller Stolz auf sich selbst, in der Gewissheit, dieser neuerliche Gehorsam wäre sein Verdienst. Er fasste wieder Mut und Selbstvertrauen, röhrte wie ein brünftiger Hirsch im September, der Zeit der Liebschaften, bevor die Wälder und Hochebenen vom Schnee bedeckt werden. Tatsächlich erwies er mir sogar die Ehre, mich mit einigen wohlgezielten Hüftstößen zu verwöhnen. Leichten Herzens spielte ich mit und kam dabei zum ersten Mal in den Genuss von Zärtlichkeit während des Aktes der Fleischeslust. Nun war es kein erbitterter Kampf mehr, um die Leidenschaft zu wecken, sondern der Austausch von Liebkosungen zwischen zwei Lebenspartnern. Wenn ich mir den Namen von Herr und Frau auf den Umschlägen unserer Post ansah, fühlte ich Zuversicht. Auf den Empfängen hakte ich mich bei ihm

ein. Wenn er redete, lauschte ich voller Zustimmung. Begeistert sah ich zu, wie der Thymian über dem Spülbecken gedieh.
Bis dann...
Vergangenen Mittwoch war Julie bei Laetitia zum Geburtstag eingeladen. Seit diesem Jahr besucht Laetitia eine andere Schule, sodass Julie sie kaum mehr sieht. Sie war ihre beste Freundin. Auf dem Klassenfoto vom letzten Schuljahr hat sie Laetitia ausgeschnitten und sie an ihre Nachttischlampe geklebt, um ihr gute Nacht zu sagen, bevor sie sie ausknipst. Da Laetitias Eltern geschieden sind, verbringt die Kleine eine Woche bei dem einen, die nächste bei dem anderen, was es für die beiden kleinen Freundinnen sehr schwierig macht, sich zu treffen. Seither sehen sie sich praktisch nicht mehr. Zwar telefonieren sie noch miteinander, aber auch das immer seltener.
Tagelang war Laetitias Feier das einzige Gesprächsthema meiner Tochter. Welche Kleider und Schuhe sie dazu anziehen sollte, welches Geschenk sie für sie aussuchen sollte, um wie viel Uhr sie hingehen sollte, um wie viel Uhr ich sie wieder abholen sollte. Sie machte sich eine Liste von all dem, was sie Laetitia erzählen wollte, wobei sie die Themen nach Wichtigkeit sortierte. Dann kam der Dienstagabend, und sie änderte plötzlich ihre Meinung. Ihr Abendessen rührte sie kaum an und überließ Arthur sogar ihren Schokoladenpudding. Nervös, abwesend, mit einer stummen Angst im Blick. Ich fühlte ihr auf den Zahn, indem ich versuchte, den Grund ihres Verhaltens herauszufinden beziehungsweise sie mit allen Mitteln dazu zu bringen,

den Mund aufzumachen und sich mir anzuvertrauen. Ohne Erfolg.
Als ich die Lampe in ihrem Zimmer ausschalten will, betrachte ich das Foto von Laetitia auf dem Lampenschirm und murmele beim Gutenachtkuss in ihr Ohr: ›Morgen ist Mittwoch. Dann wirst du endlich Laetitia wiedersehen…‹
Aus ihrem Kissen heraus wirft sie mir einen furchtbaren Blick zu und sagt leise, wobei sie an ihrem alten Teddy nuckelt, der mittlerweile wie zwei Hoden aussieht, die von einem Faden zusammengehalten werden:
›Ich habe keine Lust, hinzugehen, Mama. Ich habe keine Lust…‹
Fassungslos sehe ich sie an.
›Aber wie das denn, mein Schatz, du hast dich doch so sehr darauf gefreut! Jetzt verstehe ich überhaupt nichts mehr!‹
›Oh Mama! Bitte‹, erwidert sie, wobei sie die Hände faltet. ›Bitte, bitte! Ich will nicht hingehen.‹
Darauf erkläre ich ihr, dass Laetitia sie erwartet, dass sie extra ein Fest gibt, dass sie doch so wild darauf gewesen sei, dorthin zu gehen. Nichts hilft. Schließlich fängt sie an zu schluchzen und fleht mich unter Tränen an, zwischen zwei Schluchzern, sie nicht dazu zu zwingen, dorthin zu gehen.
Mittwochmorgen hat sie ihre Meinung noch immer nicht geändert, igelt sich ein, sucht nach Ausflüchten und versinkt in tiefste Verzweiflung, sobald ich von dem Thema Laetitia anfange.
Den ganzen Nachmittag spielt sie zu Hause mit Arthur.

Abends schlage ich ihr vor, Laetitia anzurufen, um sich zu entschuldigen. Erneute Panikattacke, erneut faltet sie die Hände in unbeschreiblicher Bestürzung, als hätte ich ihr damit gedroht, sie splitternackt in eine Badewanne voller roter, Fleisch fressender Ameisen zu werfen.

Unbefriedigt gebe ich schließlich auf, schwöre mir allerdings, nochmals mit ihr darüber zu reden.

Nach einigen Tagen erhalte ich von Laetitias Papa, bei dem die Feier hätte stattfinden sollen, einen Anruf. Sehnsüchtig hätte seine kleine Tochter den ganzen Nachmittag Julie erwartet und dabei weder die Kuchen noch die Geschenke angerührt, weil sie mit dem Beginn der Feier warten wollte, bis ihre Freundin eintraf.

›Aber das verstehe ich nicht!‹, sage ich zu ihm. ›Es war doch eine Geburtstagsfeier, was war denn mit all den anderen Kindern, die sie eingeladen hat?‹

›Welche anderen Kinder?‹, entgegnet der Vater sehr aufgebracht. ›Außer Ihrer Tochter hat sie niemanden eingeladen, obwohl sie ihr gesagt hat, dass es sich um eine Riesenfeier handelt, um sie zu überraschen…‹

Ich stammle ein paar wirre Entschuldigungen und verspreche ihm, dass Julie zur Wiedergutmachung Laetitia für den kommenden Mittwoch einlädt. Nachdem ich aufgehängt habe, mache ich mich auf die Suche nach meiner Tochter. Ich verlange eine Erklärung. Sie nimmt mir das Versprechen ab, sie nicht auszuschimpfen, wenn sie mir die Wahrheit erzählt. Ich muss ihr versprechen, dass ich sie unter keinen Umständen – großes Ehrenwort – bestrafen werde, auch wenn sie mir die größte Dummheit gestehen wird. Du kennst

mich ja... Da befinde ich mich bereits mitten in einer akademischen Lobesrede über die Wahrheit, über das Wesen der Wahrheit, dass man durch sie erfährt, wo man selbst steht, dass sie einem den Mut gibt, zu sich selbst zu stehen, den Unterschied zwischen sich und den anderen zu erkennen, dass die Wahrheit einen weiterbringt...
›Beim Lügen machst du dir was vor... Dann schlüpfst du in eine andere Haut, in die, die du dir mit deinen Lügen erfunden hast, und am Schluss weißt du überhaupt nicht mehr, wer du eigentlich bist. Man lügt, weil man nicht den Mut hat, den Dingen ins Gesicht zu sehen.‹
Ich war ziemlich stolz auf mich. Ich habe mir gesagt, wenn ich auf diese Art mit ihr rede, wird ihr das Rückhalt und genügend Zuversicht für ihr restliches Leben geben. Dabei hatte ich das ursprüngliche Thema unserer Unterhaltung völlig vergessen: Laetitias Geburtstagsfeier.
Nachdem sie mir mit ernstem Gesicht zugehört hat, denkt sie eine Weile nach und fragt mich schließlich:
›Und warum bleibst du dann bei Papa?‹
Mir verschlägt es die Sprache, und ich sehe sie nur an. Mein ganzes Doppelleben in einem Satz aufgedeckt.
›Warum sagst du das?‹
Sie gibt keine Antwort. Starrt mich einfach nur hilflos, leicht erschrocken an.
›Du hast mir versprochen, nicht zu schimpfen.‹
›Ich schimpfe auch nicht.‹
›Doch... du siehst sauer aus.‹
›Ich bin nur überrascht. Sogar sehr überrascht...‹

›Du sagst doch immer, dass man offen reden soll...‹
›Stimmt ja auch...‹
›Du meckerst dauernd über Papa. Zwar nicht im Augenblick, zur Zeit beherrschst du dich... Aber dafür sonst immer...‹
Ich bleibe stumm. Kein einziges Wort kommt mehr über meine Lippen. Wie versteinert. Demaskiert. Jetzt bin ich die Tochter und sie die Mutter. Am liebsten würde ich den Kopf an ihre Brust lehnen und sie bitten, mir von meinen Lügen, meiner gespielten Begeisterung, meiner Feigheit zu erzählen. Mit ihrer Hand durch mein Haar zu fahren und mich zu trösten. Mir ihren Teddy zu geben, mich in ihr Bett schlüpfen zu lassen und mich zu wiegen, bis ich einschlafe.
›Ich wollte dir keinen Kummer bereiten...‹
›Du bereitest mir keinen Kummer...‹
Ich beruhige sie wieder und auch mich, komme wieder auf das ursprüngliche Thema unserer Unterhaltung zurück. Mein lehrerhafter Ton ist verschwunden, nun reden wir auf gleicher Ebene. Offenbar spürt sie das auch, weil sie mir nicht mehr ausweicht.
›Also, warum wolltest du nicht zu Laetitia gehen?‹
›Weil ich Angst hatte.‹
›Angst wovor?‹
›Angst, sie nur noch ein einziges Mal zu sehen und danach nie mehr wieder... Angst vor dem Kummer hinterher... Verstehst du, Mama, wenn ich sie nicht mehr sehe, werde ich sie irgendwann vergessen und aufhören, darunter zu leiden.‹
Ich kann dir nicht beschreiben, wie sehr mich das bewegt hat: Meine Tochter unterdrückt ihre Gefühle. Mit

acht Jahren! Sie verwaltet ihr Liebeskapital wie ... ihre
Mutter. Ich lebe ihr vor, wie eine Frau, die Angst vor
dem Leben hat, es vorzieht, in die Sicherheit einer Ehe
zu flüchten, von der sie zwar nicht viel hält, aber in
der sie sich arrangiert. Sämtliche Werte, die ich ihr
mit Hilfe einer guten Erziehung, meiner Fürsorge und
Liebe zu vermitteln geglaubt habe, waren mit einem
Wort ausgelöscht: Angst. Jene Angst, die ich empfinde,
meine Angst, und die ich ahnungslos auf sie übertrage,
die Angst vor dem Leben, die Angst vor dem Risiko,
die Angst zu lieben.
Seitdem quäle ich mich. Was soll ich nur tun? Mein
persönliches Glück der letzten Tage ist nicht mehr dasselbe. Es erscheint mir künstlich, falsch. Und das ist es
auch. Auch mein voriges Leben, das, das ich dir in meinem letzten Fax beschrieben habe, kommt mir falsch
vor. Gekünstelt, mechanisch. Clara, ich mache alles
falsch. Bedeutet Mut in meinem Fall, sich einfach die
Kinder zu schnappen und wegzugehen? Aber wohin?
Und was tun? Wie mein Leben führen? Und womit?
Ich könnte mir noch unzählige Fragen dieser Art stellen ...
Wenn ich gehe ...
Wenn ich bleibe, habe ich die Sicherheit, aber ... dabei
gehe ich langsam ein und gebe den Angstvirus an
meine Kinder weiter. Ich mache aus ihnen Angsthasen.
Clara, ich habe Schiss. *Wirklich Schiss.* Ich hatte geglaubt, der Versuchung widerstanden, sie unter den
Kleidern der perfekten Ehefrau erstickt zu haben,
und plötzlich springt sie mir wieder ins Gesicht.
Mit Philippe würde ich eine neue Zukunft, eine an-

dere Art zu leben, eine andere Art, mit einem Mann zu leben, einen anderen Weg einschlagen, aber ich habe Schiss. Immer wieder wiederhole ich dieses Wort. Mir geht es nicht anders als Julie, die es vorzieht, nicht zu der Geburtstagsfeier zu gehen...
Wie du muss auch ich jetzt alleine sein, um über alles in Ruhe nachzudenken. Alleine sein wie all jene, die das Gefühl haben, dass das, was sie wirklich sind, nicht auf Verständnis trifft, weshalb sie es vorziehen, eine Karikatur ihrer selbst abzugeben. Und auch alleine sein, um eine Entscheidung zu treffen. Ich muss die doofe Kuh, die alberne Zicke zum Schweigen bringen und der anderen, die ich noch nicht kenne, die aber schon seit geraumer Zeit wartet, das Wort geben...
Trotzdem, solltest du nach Zärtlichkeit verlangen, werde ich da sein, nur für dich. Nicht, um zu reden. Sondern um uns ganz fest zu drücken, wie früher auf dem roten Sofa von Großmutter Mata...
Ich umarme dich ganz fest, weil ich dich liebe.
Joséphine.

P.S.: Morgen werde ich den Test machen. Es ist beschlossene Sache. Ich habe einen Termin vereinbart. Sobald die Ergebnisse vorliegen, werde ich sie dir faxen.

Zitternd lässt Clara das Fax sinken, schlingt die Arme um den Körper und rollt sich auf dem Boden zu einer Kugel zusammen. Was für eine Strecke ich doch in wenigen Tagen zurückgelegt habe!, denkt sie. Tag für Tag, Woche für Woche, Monat für Monat, Jahr für Jahr führt man sein Leben, ohne das Gefühl zu haben weiterzukommen, sich Gedanken zu machen, und während dieser Zeit vollzieht sich unerbittlich ein Werk, schwerfällig und im Verborgenen, ohne dass man darauf Acht gibt, ohne dass man sich dessen bewusst ist. Wahrheit ist nicht das, was man mit lauter Stimme bekräftigt, sondern das, was uns entgeht. Ein dünner Strahl klares Wasser aus unserem tiefsten Innern, das das Reinste von uns mit sich führt, das Furchen zieht, das durchsickert, das geduldig vor sich hin arbeitet. Und plötzlich, innerhalb von zwei oder drei Tagen, wird unser Leben völlig umgekrempelt, aus der Bahn gekippt durch diese dunkle Macht, die unser Innerstes bearbeitet hat. Und dann muss man den Mut haben, diese neue Macht walten zu lassen und ihr dorthin zu folgen, wohin sie uns führt.

Noch zögerte sie. Da gab es noch eine letzte Sache, die sie kennen lernen wollte. Bisher hatte sie die Gier, die Begierde, die Gefräßigkeit, das dunkle Leid, das ihr von anderen zugefügt worden war, das leuchtende Leid, das sie sich selbst angetan hatte, kennen gelernt. Sie hatte Erfahrung. Sie hatte beinahe schon zu viel Erfahrung. Aber es blieb ein Letztes übrig, das sie kennen lernen wollte, und sie wollte sicher sein, dass Rapha, mutterseelenallein in seiner Ecke, sich ebenfalls damit vertraut machen wollte: Diese Tugend, gegen die sie sich bis dahin immer nur gesträubt hatte, die sie manchmal sogar verachtet, als einen Beweis für Mäßigkeit, für mangelnden Mut dem Leben gegenüber zurückgewiesen hatte. Diese Unbekannte, die wie ein Lichtstrahl in Erscheinung getreten war, als sie nach ihrem langen Schlaf die Augen wieder geöffnet hatte, deren Buchstaben sich wie eine behäbige Schlange wanden und die sich *Geduld* nannte. Sie brauchte Zeit, sie musste die Zeit für sich arbeiten lassen, und sie brauchte Geduld, bevor sie Rapha wiedertraf. Außerdem hoffte sie, dass auch er, zusammengekauert in seinem Atelier, denselben Weg wie sie einschlagen und warten, warten würde. Nur so können wir wieder zueinander finden, dachte sie, zueinander in demselben Fleisches- und Wahrheitstaumel. Aber im Moment war es noch nicht so weit. Zuerst wollte sie die Trümmer aus vergangenen Tagen, sämtlichen Schutt ihres Lebens sammeln, um diesen auf einem großen Scheiterhaufen zu verbrennen, den nur sie in Brand setzen konnte. Lange Zeit war ihr Leben eine offene Wunde gewesen, die sie unter einer Flut von Vergnügungen, Lachanfällen, grotesken Haltungen, einfachen Pirouetten begraben hatte, und wenn sie wieder ganz von vorne beginnen wollte, mit neuer Kraft, musste sie all diese künstlichen Gebärden einäschern. In einem großen Freudenfeuer, dem sie, wenn sie nicht Gott oder irgendein anderes Placebo anrufen wollte, ganz alleine gegenüberstehen musste, und wenn auch nur, um Ihn nicht zu verraten, Ihn, welchen Namen man Ihm auch immer geben mochte.

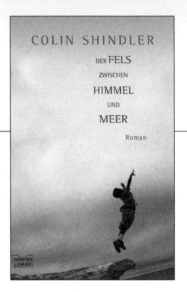

Zusammen mit seinem Vater versucht der zwölfjährige Danny den Tod seiner Mutter zu verarbeiten. Wenn die Sehnsucht allzu groß wird, dann träumt er von einem Ort, an dem er sich der Mutter am nächsten fühlt: der Fels zwischen Himmel und Meer.
Als sein Vater die Amerikanerin Helen kennen lernt, kommt Danny nicht damit zurecht, dass eine andere Frau den Platz seiner Mutter einnehmen soll. Mit allen Mitteln versucht er, das zu verhindern...

Wem *"Schlaflos in Seattle"* gefallen hat, der wird diesen Roman lieben!

"Eine wundervolle Vater-Sohn-Beziehung, eine einmalige Liebe, eine nie erlebte Trauer – und ein Finale, das zu tausend Tränen rührt." SUNDAY TIMES

ISBN 3-404-14651-4

Auf einem romantischen Landgut der Familie Le Ber am Ufer der Durance, umgeben von Lavendelfeldern, glaubt die junge Isabell endlich ein neues Zuhause gefunden zu haben. Doch der Landsitz des wortkargen Corin Le Ber ist hochverschuldet. Ein skrupelloser Hotellier wittert seine Chance, den Besitz in eine Luxushotelanlage zu verwandeln. Die Familie teilt sich in zwei feindliche Lager, und die ahnungslose Isabell findet sich urplötzlich in einem aufregenden Intrigenspiel wieder – und der Liebesgeschichte ihres Lebens ...

Ein mitreißender Provence-Roman

ISBN 3-404-14615-8

DOMINIQUE MARNY

BIS DIE MANDELBÄUME WIEDER BLÜHEN

ROMAN

Die Provence in den 20er Jahren: Ein Landgut ist das Zuhause der lebenshungrigen Jeanne. Inmitten blühender Mandel- und Olivenbäume träumt sie von der Zukunft. Doch die Idylle zerbricht, als ihr Vater im Krieg fällt und ihr Bruder Laurent den Abenteurer Jérôme auf eine Reise quer durch Asien begleitet. Jeanne, gerade erst zwanzig, muß die Leitung des Gutes übernehmen, um das Erbe zu retten. Doch erste Erfolge werden gefährdet, als die Mutter erneut heiratet und Jeanne sich gegen den Stiefvater behaupten muss, der mit allen Mitteln versucht, das Gut an sich zu bringen. Erst als Jeannes Bruder nach Hause zurückkehrt, sieht die junge Frau einen Silberstreif am Horizont. Bis ihr Laurent mitteilt, dass er beabsichtigt, das Gut zu verkaufen ...

3-404-14633-6

Ein Stück magisch-realistischer Erzählkunst

Unvermittelt gerät der junge Mundy in die Hölle des amerikanischen Bürgerkrieges. Er verliert alles, was ihm bisher Halt gab. Sein Tagebuch zeugt mit seiner schlichten Sprache in unvergesslicher Weise von der Absurdität des Krieges und der Verletztlichkeit der menschlichen Seele. Der Tag, an dem ich unsichtbar wurde steht in der Tradition der großen Literatur zur Conditio humana und gehört zu den bewegendsten Antikriegsbüchern der Gegenwart. Mundys Geschichte spielt 1862, doch sie ist von erschütternder Aktualität.

›Jack Dann hat ein bedrückend aktuelles Buch geschrieben, denn das unkontrollierbare Wüten der Menschen gegen die Menschen scheint dauernder Bestandteil menschlicher Unkultur ... Ein großes Buch über die Absurdität des Krieges.‹ *NEUE WESTFÄLISCHE*

3–404–14638–7

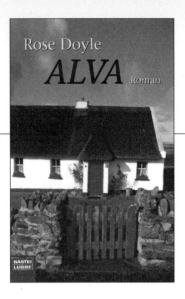

Der Duft eines irischen Sommers

Alva flieht von Dublin aufs Land, wo sie sich in ein viktorianisches Hotel eingekauft hat. Doch bald wird der finanzielle Druck zu groß, und fast scheint ihr Traum vom Erfolg schon ausgeträumt – da mietet eine Filmcrew das Hotel. Damit sind zwar Alvas finanzielle Sorgen beendet, aber der Ärger fängt erst an: Hollywood ist kein Zuckerschlecken und nicht jeder Kuss ein Happy End …

3-404-14637-9